서울대 나라의
헬리콥터 맘 마순영 씨

초판 1쇄 발행 | 2019년 12월 9일

지은이 김옥숙
발행인 이대식

편집 김화영 나은심 손성원 김자윤
마케팅 배성진 박상준 **관리** 홍필례
디자인 모리스

주소 서울시 종로구 평창길 329(우편번호 03003)
문의전화 02-394-1037(편집) 02-394-1047(마케팅)
팩스 02-394-1029
홈페이지 www.saeumbook.co.kr
전자우편 saeum98@hanmail.net
블로그 blog.naver.com/saeumpub
페이스북 facebook.com/saeumbooks
인스타그램 instagram.com/saeumbooks

발행처 (주)새움출판사
출판등록 1998년 8월 28일(제10-1633호)

ISBN 979-11-90473-03-3 03810

서울대 나라의
헬리콥터 맘 마순영 씨

김옥숙 장편소설

새움

차례

프롤로그

베란다 창문이 부옇게 보였다. 아침부터 비는 그치지 않고 내렸다. 유자차에서 향기로운 김이 피어올랐다. 진한 유자차 냄새가 집 안으로 퍼져 나갔다. 오랜만에 임형주의 노래나 들으려고 스마트폰을 집어 든 순간, 벨이 울렸다. 마순영 씨의 얼굴에 반가운 빛이 떠올랐다.

"아드을, 잘 지내지?"

아들이란 말을 길게 빼는 목소리에 살가움이 뚝뚝 묻어났다.

"엄마, 나, 사고 쳤는데…… 놀라지 마."

"아들아, 왜 그러냐? 엄마 심장 약하니까, 살살 해라."

마순영 씨는 유자차를 한 모금 마셨다. 달콤 쌉쌀하고 새콤한 맛이 입안에 퍼졌다.

"나, 오늘 자퇴서 냈어."

"뭐? 너 방금 뭐라고 했어?"

"자퇴서 냈다고!"

그 순간 마순영 씨가 들고 있던 유리 찻잔이 떨어져 깨지는 소리가 났다. 유리 파편이 사방으로 튀고 뜨거운 찻물이 맨발에 튀었지만 뜨거운 줄도 몰랐다.

이건 농담이다. 장난 좋아하는 영웅이가 엄마 심심할까 봐 장난을 치는 거다. 애써 그렇게 생각하려 했지만 헛웃음조차 나오지 않았다. 이놈이 적어도 인간이라면, 그래도 내 아들이라면 이런 소리를 할 리가 없는데. 지금 전화를 건 이놈은 절대 내 아들일 리가 없다. 내가 지금 보이스 피싱을 당하고 있는 건가. 그런데 서울대 자퇴했다는 보이스 피싱은 듣도 보도 못한 신종 피싱이 아닌가. 다리에 힘이 풀려 휘청했다. 식탁 모서리를 힘껏 짚었다.

"엄마, 내 말 듣고 있어?"

"야! 심장 철렁 내려앉았잖아? 장난을 칠 게 있고 안 칠 게 있지. 이건 아니지."

"진짜라니까! 왜 못 믿어? 장난 아니라고. 나, 정말 고민 많이 했어."

갑자기 숨이 턱 막혀 마순영 씨는 주먹으로 가슴을 세게 쳤다.

"어! 엄마? 엄마 왜 그래? 내 말 듣고 있는 거지?"

"으……!"

억센 손이 목을 힘껏 조르는 것 같았다. 마순영 씨는 팔을 휘휘 내저었다.

"엄마! 왜 그래? 엄마?"

"……."

"엄마, 괜찮아? 미안해. 이런 결정한 지 좀 됐는데 이제 겨우 말하는 거야. 엄마 힘들겠지만 나 좀 이해해줘. 엄마! 엄마! 왜 대답이 없어?"

"……."

마순영 씨는 식탁 의자에 무너지듯 주저앉았다. 싱크대 위의 프라이팬과 냄비와 국자와 밥주걱과 숟가락과 그릇과 밥솥과 가스레인지와 싱크대와 냉장고가 빙빙 돌았다. 천장과 바닥이 믹서기 속의 내용물처럼 뒤섞여 빠르게 회전하는 것 같았다.

"엄마, 뭐라고 말 좀 해봐."

"……."

"엄마, 이곳, 서울대는 말이야. 엄마……? 정말 미안해……. 충격 많이 받았지? 집에 가서 이야기해야 했는데…… 엄마 얼굴 보고는 도저히 말할 자신이 없었어. 엄마, 지금 내 말 듣고 있어?"

"……."

"휴! 안 되겠네. 엄마, 일단 마음 좀 진정시켜. 나중에 다시 통화해."

마순영 씨가 아무런 말이 없자 고영웅은 전화를 끊었다. 길을 걷고 있는데 난데없이 괴한이 칼을 들고 달려든 것 같았다. 괴한의 얼굴은 바로 아들의 얼굴이었다. 마순영 씨는 가슴을 마구 쥐어뜯다가 주먹으로 쾅쾅 때렸다.

자퇴라니! 서울대 자퇴라니! 마순영 씨의 목에서 꺽꺽 하는 괴로운 울음소리가 얼어버린 수도꼭지의 수돗물처럼 겨우 흘러나왔다. 온몸이 묶이고 입까지 틀어막힌 짐승이 괴롭게 울부짖는 소리 같았다. 아이를 키우면서 겪은 수많은 사건이 파노라마처럼 스쳐 지나갔다. 작은 돌멩이 같은 인고의 시간들로 공들여 쌓아 올린 탑이 와르르 무너져 먼지로 변해버린 것이었다.

볼을 타고 눈물이 줄줄 흘러내렸다. 그 눈물은 마순영 씨가 서울대라는 깊고 깊은 늪 속에 빠졌을 때부터 빠져나오지 못한 눈물이었다. 아리고 진한, 고독하면서 쓰디쓴 눈물이었다. 오래전부터 갇혀 있던 눈물이었고 피와 땀에 절여진 독한 눈물이었다. 봇물 터지듯 눈물이 터져 나왔다.

그야말로 목숨을 건 전쟁이었다. 아이를 서울대에 보내기까지 겪어낸 수많은 갈등의 시간, 지옥과 전쟁의 시간, 그 시간이 하나 둘씩 차례로 떠올랐다.

서울대 광신도의 기원

마순영 씨는 베스트셀러 코너에서 책을 집어 들고 버릇처럼 한숨을 쉬었다. '내 마음의 비밀 정원'. 황수희의 에세이 제목이었다. 몇 년 전 인터넷에서 황수희의 이름을 검색한 적이 있었다. 황수희는 서울대를 졸업하고 서울의 유명 사립대 불문과 교수가 되어 학생들을 가르치고 있었다. 황수희 교수님은 프랑스 소설을 번역하는 전문 번역가이기도 했고 텔레비전 교양 프로그램에 종종 등장하는 방송인이기도 했다.

황수희의 근황을 인터넷으로 수시로 확인하며 마순영 씨는 어금니를 꽉 깨물곤 했다. 황수희가 번역한 프랑스 소설이 일곱 권이고 최근에는 에세이집까지 출간한 거였다. 무명 시인인 마순영 씨는 등단 이듬해부터 원고 청탁도 끊기고, 시집 한 권 출간하지 못한 상태였으니 황수희와 아예 비교 자체가 되지 않았다. 책날개에 인쇄된 황수희의 프로필 사진은 원숙미를 풍기는 여배우처럼 우아하고 세련되고 아름다웠다. 마순영 씨는 하늘의 별처럼 아득한 곳에 올라가버린 황수희 교수님의 책을 사려다 말고 서점을 나와버렸다.

마순영 씨는 서울대라는 오르지 못할 나무를 생각할 때마다 갈증으로 목이 탔다. 쳐다보지도 못할 서울대라는 까마득히 높은 나무 위에서 황수희가 거만하게 자신을 내려다보는 것만 같았다. 황수희 교수님은 마순영이란 뱁새 따위가 감히 꿈도 꾸지 못할, 황새, 아니 봉새가 되어 있었다.

마순영 씨는 서울대교의 오래된 신자였다. 대한민국은 무릇 종교의 자유가 있는 나라이니만큼 무속신앙을 믿든 기독교를 믿든 불교, 유교, 이슬람교, 천도교, 여호와의 증인, 몰몬교, 원불교, 힌두교, 이 모든 종교를 뒤섞은 잡탕 사이비 종교를 믿든 아무도 뭐라 할 사람은 없다. 그러니 서울대교를 믿는다 하여 뭐가 그리 이상하겠는가?

대한민국 사람들만큼 높이 오르는 데 집착하는 민족이 있을까. 금수저는 금수저대로 흙수저는 흙수저대로 높이 오르는 꿈 하나에 매달리다 종교까지 만들어냈으니 그것은 하늘 높이 치솟으려는 염원을 담은 스카이교, 바로 서울대교이다. 대한민국 공식, 비공식 종교에 등장하지 않지만, 서울대교라는 이상한 종교의 역사는 꽤나 오래된 편이라고 할 수 있다. 일제가 세운 경성제국대학이 서울대의 전신이니 무려 100년 가까운 역사를 자랑하는 유서 깊은 종교다.

30조 원이 넘는 돈을 한 해 사교육비로 쓰는 나라가 대한민국이다. 이 미친 교육열의 진짜 이름은 '학벌열'이나, '계층 상승욕'에 다름 아니겠지만. 대한민국의 교육열은 학군 좋은 지역의 부동산 가격까지 폭등하게 만들어 금수저들의 주머니까지 두둑하게 해주는데 혁혁한 공을 세웠다. 강남 학군 프리미엄 때문에 30년 새 집값이 16배나 뛰었다고 하니 학군 좋은 지역에 거주하시는 금수저들은 표정 관리하기 힘들 지경이 아니겠는가.

대한민국은 대통령을 국민의 힘으로 탄핵한 나라, 국민이 주인인 나라 민주공화국이다. 하지만 말만 민주공화국이지 실제로는 금력을 가진 상위 1퍼센트 진짜 금수저들만의 공화국이다. 자살률이 1위이고 출산율은 꼴찌인 나라, 헬조선이라고 불리는 대한민국은 금수저, 은수저, 쇠수저 혹은 동수저, 흙수저로 계급이 나뉘어 있다. 부모에게 물려받은 수저 색깔이 절대로 바뀌지 않는, 조선 양반사회 뺨치는 신분제 사회이다.

조선시대 민중은 양반, 권력층에 한이 맺혀 있었다. 세금까지도 면제받은 양반들은 흡혈귀처럼 백성들의 고혈을 짜내 자신들의 배를 불리고 자식들에게 부를 대물림했다. 권력은 누리면서 의무는 지지 않는 그놈의 양반이 되고픈 백성들이 얼마나 많았겠는가. 조선 말기, 돈으로 산 양반의 수가 백성의 70퍼센트를 차지했다고 하니 백성들이 양반에 얼마나 한이 맺혔는지 짐작할 수 있다. 일제강점기를 거치면서 친일을 했건 말았건, 경성제국대를 나온 사람들이 높은 권력을 차지하고 나눠 먹는 것을 보면서 민중은 경성제국대에서 이름이 바뀐 서울대에 더 목을 매게 되었다.

조선시대에도 엄마들의 치맛바람이 있었다고 하니 유서 깊은 한국 엄마들의 자식 사랑은 가히 국보급이라 하겠다. 가부장제 유교 사회에서 자식을 벼슬길에 내보내 출세시켜야만 여자들은 그 존재를 인정받을 수 있었다. 치맛바람은 가부장제에 짓눌려 숨조차 크게 못 쉬고 살았던 여인네들의 권력 전쟁이자 치열한 생존 투쟁이었던 셈이다. 자식을 스카이에 보내야만 엄마들이 목에 힘을 주는 요즘도 마찬가지다. 자식을 출세시켜야 가족 내에서 여자들이 기를 펴던 유교 사회 전통이 4차산업혁명 시대인 21세기에도 면면히 이어지고 있는 것이다.

나는 굶어도 내 자식만은 스카이에 올려보내 출세시키고 말리라. 큰소리치면서 떵떵거리며 살아보리라. 남들이야 어찌 되든 말든 나와 내 새끼만, 우리 가족만 잘 먹고 잘 살면 된다는 그 열망이 바로 서울대교라는 이상한 종교를 만든 것이다. 서울대교라는 신앙의 정체는 바로 금력을 가진 자들이 누리는 특권, 힘이었다. 돈이라는 신이었다. 대대손손 부귀영화를 누리며 살고 싶다는 치열한 욕망이 서울대란 무소불위의 신을 만들어냈고 서울대교라는 종교를 만들어낸 것이다.

서울대교의 1등급 신도는 아이를 학교에 보내는 엄마들이나 바짓바람을 일으킬 정도로 아이 교육열이 높은 아빠들이나 일찌감치 서울대를 목표로 한 아이들이나 입시 사교육업자들이다. 서울대교의 2등급 신도들은 입시전쟁에 자의든 타의든 등 떠밀어진 아이들일 테고 3등급은 입시전쟁의 총알을 대는 아빠들이나 재력이 좀 되는 조부모들일 것이다. 그리고 예비 신도들은 서울대 소리만

들으면 기가 죽거나 서울대를 선망하는 대부분의 사람일 것이니, 고로 대한민국은 서울대교 신자들이 창궐하는 서울대의 나라, 서울대 공화국이라 할 수 있었다.

서울대교 신도 마순영 씨는 교육열이 심한 엄마들 중에서도 그 정도가 심각한 헬리콥터 맘이었다. 서울대라는 이상한 신을 숭배하는 광신도 중의 광신도이자 서울대의 노예였다. 광신도라면 전 재산을 내놓거나 십일조라도 바쳐야 하겠지만 뼛속부터, 집안 대대로 성골 흙수저인 마순영 씨는 억억거린다는 사교육비 지출은 언감생심 꿈도 못 꾸고 '나는 자랑스러운 태극기 앞에 자유롭고 정의로운 대한민국의 무궁한 영광을 위하여 충성을 다할 것을 굳게 다짐'하듯 오로지 몸과 마음을 다 바쳐 서울대교라는 기기묘묘한 신앙생활에 몰두해왔다.

마순영 씨는 서울대교의 아주 오래된 광신도답게 독실하고 독특한 신앙생활을 해왔다. 책장에는 각종 육아 관련 도서나 입시 관련 도서들이 즐비하게 꽂혀 있었다. 〈하루라도 공부만 할 수 있다면〉 〈게임중독 대보 서울대 가다〉 〈엄마는 전략가〉 〈입시는 전략이다〉 〈스터디 코드〉 〈내 아이 서울대 보내기〉 〈민성원의 공부 원리〉 〈현근이의 자기주도 학습법〉 〈돈 없이 공부하기〉 〈공부의 왕도〉 〈공부 1번지 강남 엄마들의 수험생 자녀 관리〉 〈두 아이 서울대 연세대로〉 〈박철범의 하루 공부법〉 〈한계는 없다, 끝없이 도전하라〉 〈입학사정관제 이렇게 선발한다〉 〈고교 3년 공부 6개월에 끝내기〉…… 줄잡아 관련 도서 100여 권이 책꽂이 한 귀퉁이를 빼곡히 차지하고 있었다. 그 많은 책은 마순영 씨가 서울대교 신앙생활을 유지하는 데 꼭 필요한 성경이나 불경 같은 신앙 서적들이었다.

무식하면 용감하다고 했던가? 고영웅을 서울대에 보내고 말리라! 마순영 씨는 어쩌자고, 그런 단순하고 무식한 결심을 했던 것일까?

마순영 씨는 영웅이가 세 살이었던 때부터 아들을 서울대에 보내겠다는 원대한 목표를 세웠다. 미래의 서울대생이 되어야 할 당사자, 99년생 고영웅의 의사도 묻지도 않고 허락도 받지 않고, 엄마 마음대로 정해버린 거였다. 당연히 고영웅은 서울대의 '서' 자도 모르고 관심도 없었다. 세 살짜리 아기답게 순진무구하고 천진난만하게 먹는 것과 노는 데만 정신이 팔려 있었을 뿐이다. 마순영 씨는 왜 분수에도 안 맞는, 그 거창하고 위대하신 목표를 세웠을까? 대체 뒷감당을 어쩌려고?

마순영 씨는 게임 아이템과 장비 하나 없이 게임 고수와 대적하는, 겁을 상실한 초딩처럼 아들 서울대 보내기 전투에 무작정 뛰어들었다. 할아버지의 재력과 엄마의 정보력, 아빠의 무관심, 실제로는 아빠의 넓은 인맥이 명문대 진학의 필수 요건인데, 그중 어느 하나도 못 갖춘 주제에 말이다. 마순영 씨는 융통성이라곤 병아리 눈물만큼도 없고, 없는 걱정거리도 장식품처럼 주렁주렁 달고 살고, 엉뚱한 생각에 잘 빠지고, 뭐든 잘 까먹는 중증 건망증 환자였다. 게다가 생리 기간 열흘 전부터는 감정 조절이 전혀 안 되는, 극심한 생리 전 증후군까지 앓고 있었다. 이런 마순영 씨가 아들 서울대 보내기에 한 몸 기꺼이 불사르겠다고 결심했으니, 얼마나 험난한 길이 예비되어 있을지 불 보듯 뻔한 일이었다.

아이가 자라면 남는 건 사진밖에 없다고 하질 않는가. 마순영 씨는 고영웅의 백일사진을 최고로 멋지게 찍어주고 싶었다. 인근에서 아기 사진을 잘 찍는다고 소문난 사진관을 수소문했다. 태어나던 당시 3.4킬로그램의 평균 몸무게였던 고영웅은 거창한 이름에 걸맞게 백일 무렵부터 남달리 뚱뚱했다. 또래 영아들 평균 몸무게의 두 배에 이르렀으니 말 다 한 거였다. 장염으로 열흘간 입원하고 퇴원한 지 얼마 안 되었는데도 뚱뚱한 건 여전했다. 사진관에는 화려하고 앙증맞은 온갖 백일 의상이 진열되어 있었다. 고영웅은 몸에 맞는 백일 의상이 없어 본의 아니게 누드 사진을 찍어야 했다.

백일사진을 찍고 며칠 뒤 별 기대를 하지 않고 사진을 찾으러 갔던 마순영 씨는 눈을 크게 떴다. 주인이 내민 사진 속 아기는 다른 아기 같았다.

"어머! 이거 정말 우리 애 사진 맞아요?"

"티비 광고에 나오는 아기 모델 저리 가라 아닙니까? 사진 너무 잘 나왔죠? 찍은 제가 봐도 진짜 예술입니다."

따로 사례비라도 줘야 할 정도로 만족스러운 백일사진이었다.

맞는 옷이 없어 옷도 안 입히고 머리카락도 빡빡 민 상태에서 그냥 눕혀 놓고 사진을 찍었는데, 아기 천사가 따로 없다 싶었다. 방긋 미소 지으며 누워 있는 통통한 몸매의 고영웅은 누가 봐도 깨물어 주고 싶을 정도로 귀여운 아기였다.

"사모님, 백화점에 우리 사진관 분점이 있는데요. 거기 전시하게 허락해주시면 50퍼센트 디씨해드리겠습니다."

마순영 씨는 50퍼센트나 할인해준다는 주인의 말에 입이 쩍 벌어졌다.

"지금껏 이렇게 사진발 잘 받는 아기가 없었다니까요. 물론 실물이 더 좋은 건 두말할 나위가 없구요. 두고 보세요. 나중에 진짜 큰 인물이 될 겁니다."

사장은 덕담까지 푸짐하게 얹어주었다. 마순영 씨는 연예인 지망생이 길거리 캐스팅 제의를 받은 것처럼 표정을 관리하기 힘들었다.

마순영 씨는 피부가 까무잡잡한 편인데 고영웅은 피부가 백설기처럼 희었다. 봐줄 거라고는 허여멀건 얼굴밖에 없는 고철용 씨를 닮은 덕분이었다. 뽀얀 피부에 포동포동하게 오른 젖살 때문에 고영웅은 누가 보기에도 귀엽고 잘생긴 아기라고 할 만했다. 업고 다니면 다들 통통한 볼을 쓰다듬는 통에 볼이 닳을 지경이었다.

마순영 씨는 백화점 사진관에 걸린 백일사진 때문에 고영웅이 떡잎부터 남다른 아이라고 굳게 믿어버렸다. 은근히 목에 힘이 들어갔다. 누구에게라도 자랑하고 싶어 입이 근질거렸다. 봐라, 우리 영웅인 벌써 사진관에 얼굴이 내걸린 아기란 말씀이야. 그것도 흔해 빠진 동네 사진관이 아니라 백화점 사진관이야. 될성부른 나무는 떡잎부터 다른 법이지.

고영웅은 유난히 머리가 컸는데, 이것마저 마순영 씨 눈에는 특별하게 보였다. 뇌 용량이 크니까 저장 용량이 커서 당연 머리가 뛰어날 거라고 믿었다. 고영웅은 돌잔치 상에서 붓을 잡아 공부에 목을 매는 엄마를 감격하게 만들었다. 이 모든 우연들이 모이고 모여 고영웅이 서울대로 가야 할 필연의 역사가 하나씩 만들어지고 있었다.

고영웅을 서울대에 보내고 말리라! 이 모든 사달의 시작은 마순영 씨의 완벽한 착각 때문이었다. 아이들이 아직 어릴 땐 엄마 눈에는 자기 아이가 천 명이나 만 명 중에서 한 명 나올까 말까 한 천재로 보이는 법이다. 마순영 씨도 제 아이를 천재라 착각하는 대한민국 보통 엄마들과 별반 다르지 않았다. 대부분의 엄마들께서는 유치원 때나 초등학교 저학년 무렵이면 현실을 받아들이며 그 늪에서 빠져나오곤 했다. 하지만 마순영 씨가 빠진 늪은 깊기가 한량없는 늪인지라 쉽게 빠져나올 수가 없었다.

고영웅이 세 살이었을 때, 마순영 씨가 착각의 늪에 빠지게 된 문제의 사건이 벌어졌다. 친척 병문안 가는 길이었다. 남달리 무거운 영웅이를 안고 겨우 버스 자리를 찾아서 앉은 순간이었다.

"우리은행이다! 우리은행!"

영웅이가 갑자기 버스 창을 두드리며 소리를 질렀다. 이 아이가 무슨 소리를 하나 싶어 창밖을 내다보니 과연 우리은행 건물과 간판이 보이는 게 아닌가. 마순영 씨는 눈이 휘둥그레졌다. 맹세코 이 세 살짜리에게 한글을 가르쳐준 적이 없었다. 조선의 신동 이율곡은 세 살에 천자문을 뗐다더니 내 아들 고영웅은 세 살에 가르쳐주지도 않은 한글을 제 스스로 뗐다는 말인가.

그 순간, 쓸데없이 상상력이 뛰어난 마순영 씨는 엉뚱한 생각에 빠졌다. 혹시나 공부 태교를 한 덕분이 아닐까. 영웅이를 가졌을 때 첫딸인 빛나를 데리고 틈만 나면 공부를 시켰다. 빛나가 초등학교 들어가기 직전이라 다른 아이에게 뒤질까 봐 내심 불안했다. 경쟁의 출발선에서부터 조금이라도 앞서나가야 할 것 같았다. 처음 아이를 초등학교에 보내는 예비 학부모로서 과도한 의욕을 발휘해 매일 공부를 시켰다. 한글 교본으로 받아쓰기도 시키고, 동화책도 읽어주고, 사칙연산도 날마다 하게 했다. 한석봉 엄마나 신사임당 저리 가라 할 정도로 아이 공부에 열을 올렸다.

그 당시 고영웅은 평화를 만끽하며 엄마 뱃속에서 해탈한 동자승처럼 염화미소를 지으며 공부 걱정 하나 없이 행복을 누리고 있었다. 그런데 어느 날부터 밖에서 시끄러운 소리가 들려오는 게 아닌가. 고영웅은 바깥세상에서 벌어지는 일 따위에 신경 쓰고 싶지 않았다. 하지만 속세의 소음은 줄기차게 들렸다. 그 소음의 정체는 장차 어머니가 될 사람이 누나가 될 사람에게 쉬지 않고 공부를 시키는 소리였다. 고영웅은 그 소리가 듣기 싫어 엄마 배를 자꾸만 찼다. 뭐든 자기 좋을 대로 해석하는 엄마는 뱃속의 아이가 공부 태교에 반응을 보인다 싶어 더 열심히 공부를 가르쳤다. 문제의 극성맞은 공부 태교 때문에 고영웅은 다소 신경질적인 성격을 타고났는데 마순영 씨는 다르게 해석했다. 남달리 섬세한 감수성을 타고났다고, 공부 태교 덕에 영웅이가 공부 유전자를 갖고 태어났다고 아무런 과학적 근거도 없이 굳게 믿었다.

마순영 씨가 놀라 자빠질 일은 좀더 지나서 일어났다. 영웅이가 창문을 두드리며 좋아하는 초코 과자라도 발견한 듯 반갑게 외쳤다.

“오케이 캐시백이다! 오케이 캐시백!”

오 마이 갓! 천지가 개벽할 일이었다. 버스 창밖을 내다보니 SK주유소 앞에 빨간 해님을 연상시키는 오케이 캐시백 간판이 붙어 있는 게 아닌가. 세상에 이제 영어까지! ‘유레카’라고 외쳤던 아르키메데스처럼 ‘우리 아들은 천재다!’ 하고 차 안이 떠나가도록 소리치고 싶었다. 마순영 씨는 비로소 영웅이가 천재로서의 싹수를 보인 거라고 굳게 믿었다.

“어머머! 얘 좀 봐! 너 저 글자, 읽을 줄 아는 거야?”

마순영 씨가 호들갑을 떨며 물었다. 고영웅은 천사같이 천진한 얼굴로 쌩긋 웃기만 했다. 창밖에 보이는 서울뚝배기, 도원갈비, 전주비빔밥, 경북목욕탕, 미소약국, 삼성전자, 대구추어탕을 가리키며 읽어보라고 했지만, 고영웅은 멀뚱멀뚱 쳐다보기만 했다.

그날 저녁 마순영 씨는 그 비밀을 알아냈다. 시어머니와 나란히 소파에 앉아 있을 때였다. 그다지 좋은 사이는 아니었지만 살가운 고부지간이라도 되는 듯 같이 빨래를 개며 텔레비전을 보고 있었다. 우리은행 기업광고가 화면에 나타나자마자 고영웅이 외쳤다.

"우리은행! 우리은행!"

화면에는 푸른 지구를 닮은, 토성처럼 흰 허리띠를 두른 우리은행 마크가 선명히 보였다. 마순영 씨는 고개를 갸웃했다. 글을 읽은 게 아니라 아무래도 파랗고 둥근 우리은행 로고가 머리에 박혀 있었던 모양이었다. 아들이 천재라고 생각했던 마순영 씨의 믿음에 살짝 스크래치가 생겨났다. 우리은행 광고가 지나가고 SK주유소 광고가 나왔다. 오케이 캐시백 로고가 화면에 보였다. 아니나 다를까 고영웅이 외쳤다.

"오케이 캐시백이다!"

고영웅이 천재라고 굳게 믿었던 마순영 씨의 믿음은 금세 시든 상추처럼 스르르 풀이 죽었다. 외출도 하지 않는 시어머니가 종일 텔레비전을 틀어놓고 있는 바람에 광고에 세뇌가 된 모양이었다. 영웅이가 온종일 제일 많이 접하는 게 광고였다. 하루에 몇 번이나 보는 광고라 저도 모르게 머릿속에 박힌 게 분명했다. 일종의 주입식 선행 학습인 셈이었다.

지푸라기라도 잡고 싶은 마순영 씨의 뇌리에 번득 스치는 무언가가 있었다. 혹시 한글 천재가 아니라 수학 천재가 아닐까? 고영웅은 원 모양인 우리은행과 오케이 캐시백 로고를 보고 한눈에 알아보았다. 어쩌면 영웅이는 기하학, 도형에 대한 천재적인 감각을 타고난 게 아닐까? 도형으로 사물을 인식하는 능력이 탁월한 수학 영재가 아닐까? 원래 사람은 자기가 보고 싶은 대로 보고 믿고 싶은 대로 믿는 법인데, 엉뚱한 생각에 잘 빠지는 마순영 씨는 그 정도가 병적으로 심한 편이었다.

마순영 씨는 그날부터 고영웅이 타고난 수학 천재라고 믿기 시작했다. 완벽한 착각의 늪 속에 빠지게 된 거였다. 아들이 수학에 탁월한 재능이 있었으면 좋겠다는 마순영 씨의 무의식에 잠재된 소망이 바로 이런 착각을 불러온 것일지도 몰랐다. 중학교 시절부터 마순영 씨는 수학에 대한 콤플렉스와 트라우마에 시달렸다.

70년생 마순영 씨가 중학생이던 때, 〈캔디 캔디〉, 〈베르사이유의 장미〉, 〈올훼스의 창〉이란 순정만화 책이 유행이었다. 순정만화 속 주인공들은 가슴이 아릴 정도로 아름다웠다. 깎은 조각상이나 미소년처럼 생긴 남장 여자 오스칼과 유리우스, 캔디의 세 남자, 안소니와 테리우스와 앨버트 아저씨는 순진한 시골 여중생들의 잠을 못 이루게 할 정도로 매력적이었다. 마순영 씨는 쉽게 자기 차례가 오지 않는 〈캔디 캔디〉를 빌려보려고 애를 태웠다. 한 달이나 기다려 만화책을 손에 든 순간 찬란한 보물이 가득 담긴 보물 상자를 가슴에 안은 기분이었다.

마순영 씨는 수학 시간에 선생님 눈치를 보며 서랍 속 만화책을 한 장씩 넘겼다. 담장을 넘어온 남의 집 자두를 몰래 따 먹듯 가슴이 두근댔다. 나쁜 남자 테리우스가 캔디의 마음을 들었다 놨다 하며 애를 태우는 장면에서 침을 꼴깍 삼켰다.

"17번!"

수학선생이 갑자기 마순영 씨의 번호를 불렀다. 마순영 씨는 장미 꽃잎이 분분히 흩날리는 만화 속에 푹 빠져 있다가 짝이 옆구리를 콕 찌르자 그제야 현실 세계로 돌아왔다. 아찔한 장미 향기가 아직도 코끝에 묻어 있는 듯했지만, 사태를 알아채고 자리에서 벌떡 일어섰다.

"마순영, 나와서 문제 풀어봐!"

꿈 같은 세계에 푹 빠져 있다 불려 나온 터라 검은 것은 칠판이요, 흰 것은 그냥 숫자로밖에 보이지 않았다. 머릿속이 하얗게 지워지고 뿌연 안개가 가득 들어찬 것 같았다. 문제를 풀지 못하고 분필을 쥐고 멍하니 서 있기만 하자 수학선생이 소리를 빽 질렀다. 수학선생은 마순영 씨에게 분필지우개를 냅다 집어 던졌다. 분필지우개가 뒤통수를 정통으로 맞히고 바닥에 떨어졌다. 하얀 밀가루 같은 분필 가루가 머리와 옷에 허옇게 묻었다. 마순영 씨는 길 한가운데서 난데없이 뺨을 얻어맞은 기분이었다.

"야! 마순영! 어이구, 이 바보 멍충아! 너 돌대가리지? 어떻게 이 쉬운 문제도 못 푸니? 머리는 장식으로 달고 다니는 거야? 이 등신아! 진짜 한심하다, 한심해!"

수학선생이 기관총을 난사해대듯 비난을 퍼부었다. 수학선생은 여선생들 중에서 미모는 가장 뛰어났지만 원래 좀 신경질적이고 히스테리를 자주 부리는 편이었다. 아이들은 수업시간에 늘 긴장을 하고 있어야 했다. 선생에게 늘 칭찬을 듣던 모범생이 처음 들은 등신, 바보, 멍충이, 돌대가리란 말은 날카로운 유리조각처럼 심장을 찔렀다.

"야! 너 대체 내 수업시간에 뭐 하고 있었던 거야?"

수학선생은 마순영 씨의 책상 쪽으로 가서 서랍에서 만화책을 꺼냈다. 수학선생은 기가 막힌다는 표정을 지었다.

"캔디 캔디? 잘하는 짓이다. 감히 내 수업시간에 만화책을 봐?"

수학선생은 다짜고짜 만화책을 좍좍 찢어서 내동댕이쳤다. 찢어진 종잇조각이 교실 바닥에 종이 꽃가루처럼 흩날리며 떨어졌다. 친구에게 빌린 만화책인데 대체 이 일을 어떡하나 싶어 하늘이 노래졌다. 반 친구들의 시선이 칼끝처럼 몸을 찔러대는 것만 같았다. 커다란 지네가 얼굴 위로 기어 다니는 것처럼 몸서리가 쳐졌다.

마순영 씨는 그 치욕스러운 일을 겪고 전에 없던 숫자 공포증까지 생겼다. 수학을 싫어하거나 어려워한 적은 한 번도 없었다. 초등학교 때는 전교 1, 2등을 도맡아 했고 중학교에서도 우등상을 놓치지 않았던 마순영 씨였다. 수학시간의 만화책 사건은 마순영 씨의 영혼에 돌이킬 수 없는 깊은 상처를 내고 말았다. 그 일은 수학과 완전하고도 완벽한 이별을 고하게 만든 사건이었다.

마순영 씨는 내 인생에 더 이상 수학은 없다고 수학을 외면하며 살았다. 크게 불편한 줄도 몰랐다. 간단한 사칙연산만 할 줄 알아도 사는 데 큰 지장은 없었다. 수학 따위는 쳐다보기도 싫었고 끔찍했지만, 아이를 키우면서 마음이 바뀌었다. 내 자식만은 '수포자'로 만들어선 안 되겠다고 결심했다. 수학이 명문대를 결정하는 잣대였기 때문이다.

첫째인 고빛나는 일찍이 수포자의 스멜을 폴폴 풍겨 마순영 씨를 절망하게 만들었다. 어찌 된 셈인지 숫자라면 질색을 했다. 다른 과목은 곧잘 하는 편인데 유독 수학 성적만 오르지 않았다. 궁색한 살림에 빨간펜 수학, 재능수학, 눈높이 수학까지 시키고 보습학원, 속셈학원, 수학 전문 학원까지 보냈지만 빛나의 수학 실력은 나아질 기미가 안 보였다. 하라는 수학 공부는 안 하고 수학 문제지에 주야장천 순정만화 주인공만 죽어라 그려댔다. 닮을 게 따로 있지 어이가 없어 마순영 씨는 헛웃음이 나왔다. 마순영 씨도 중학생 때 순정만화 주인공들을 시도 때도 없이 그려댔었다. 눈은 커다랗고 코는 뾰족한 만화 속 주인공들이 밥 먹여주는 것도 명문대를 보내주는 것도 아닌데, 수학 문제는 안 풀고 만화만 그려대는 빛나를 보면 앞이 캄캄했다. 수학을 못하면 이른바 '인 서울 대학'은 말짱 꽝이었다. 유치원에 다닐 때부터 공부에 유난을 떨었지만 빛나의 수학 실력은 전혀 발전이 없었다. 마순영 씨는 내 복에 어찌 스카이, 아니 인 서울이라도 넘볼 수 있겠느냐며 마음을 접어야겠다고 생각했다.

수포자 딸을 키우면서 명문대에 대한 꿈을 접으려던 찰나에 마순영 씨는 세 살짜리 영웅이가 우리은행과 오케이 캐시백을 구분하는 것을 보고 확신했다. 고영웅은 수학 천재이고 그런 만큼 서울대를 충분히 갈 수 있을 거라고 말이다.

얼마 전 마순영 씨는 방통대 국문과 3학년에 편입했다. 뼈에 깊이 사무친 학력 콤플렉스 때문이었다. 마순영 씨는 못다 한 학업에 대한 미련과 낮은 학력에 대한 열등감이 하늘을 찔렀다. 남들에게 전혀 내색은 하지 않았지만, 학력과 학벌 콤플렉스가 심했다. 등록금이 없어 지방대 국문과를 중간에 그만둔 터라 마순영 씨의 최종 학력은 고졸이었다. 한술 더 떠 남편 고철용 씨의 학력은 중졸이었다. 고철용 씨는 고등학교 졸업을 앞두고 패싸움을 크게 벌였다. 무기정학을 당하고 홧김에 무작정 학교를 뛰쳐나온 바람에 중졸이 된 거였다. 중졸 아빠와 고졸 엄마라니, 부모의 학력이 하도 볼품없어 아이들이 나중에 기도 못 펴고 살면 어쩌나. 아이들만이라도 명문대를 가야 돈도 많이 벌고 행복을 누리며 살 것 같았다. 마순영 씨는 좋은 학벌을 가져야만 저 높은 곳에 올라가 멋진 삶을 살 수 있다고 믿었다. 서울대에 간 황수희처럼!

찢어지게 가난한 집 아이였지만 마순영 씨는 공부를 잘했고 공부 욕심이 많았다. 돈을 벌어오겠다며 월남전에 자원했다가 다리를 다쳐 상이군인이 되어 돌아온 아버지는 술로 세월을 보냈다. 고엽제 후유증으로 잠도 못 자고 밤새 몸을 긁어댔다. 술주정뱅이 아버지는 집 안의 물건을 때려 부수고 동네 사람들과 싸우고 엄마를 때렸다.

학교는 천국이었다. 도서관에 틀어박혀 책을 읽으면 다른 세계로 도망칠 수 있었다. 빛나는 세계, 가능성이 있는 세계, 환한 세계, 무엇이든 이룰 수 있는 세계가 책 속에는 있었다. 공부를 잘했기 때문에 당연히 학교에서는 인정을 받았다. 인정받는다는 것이 얼마나 달콤한지, 그 짜릿하고 황홀한 맛을 잃고 싶지 않았다. 어린 마순영 씨에게 인정받는다는 것은 사랑받는다는 것과 동의어였다. 선생님들의 기대를 한 몸에 받았고 운동 빼고는 온갖 상을 휩쓸었다. 상처 입은 짐승처럼 으르렁거리던 아버지는 상을 받아 왔을 때는, 1등을 한 성적표를 내밀었을 때는 온순하고 친절한 아버지가 되었다.

마순영 씨는 공부를 잘하면 인정받을 수 있다고, 사랑받을 수 있다고 생각했다. 공부만 잘하면 개천에서 용은 날 수 있다고, 용이 될 거라고 믿었다. 학교 도서관에서 읽었던 위인전과 동화의 세계에 세뇌당한 어린 마순영 씨는 노력하면 꿈을 이룰 수 있다고 믿었다. 집이 가난해도 꿈은 크게 꿀 수 있다고, 노력하면 안 되는 일은 없다고 믿어 의심치 않았다.

5학년 때 라이벌이 나타났다. 같은 반이 된 황수희라는 아이가 마순영 씨와 전교 1등을 다투었다. 황수희는 다른 반이었을 때도 압도적으로 시선을 끌었다. 황수희는 시골 아이답지 않게 뽀얀 얼굴에 레이스가 달린 화려한 원피스를 입고 반짝이는 에나멜 구두를 신고 다녔다. 검은 보리밥 속의 새하얀 쌀밥처럼 돋보였다. 마순영 씨는 황수희의 존재를 늘 의식하고 질투했다.

황수희가 싸오는 도시락은 그 애만큼이나 화려했다. 보리 한 톨 안 섞인 눈처럼 흰 쌀밥, 쇠고기 장조림, 색깔 고운 달걀말이, 소시지 반찬을 본 시골 아이들은 눈이 휘둥그레졌다. 달걀부침 하나로도 황홀하던 시절이었다. 마순영 씨는 시커먼 보리밥에 늘 김치 반찬 한 가지였다. 귀부인 태가 줄줄 흐르는 황수희의 엄마는 학교 소풍날에도 선생님들의 5단 찬합 도시락을 싸오곤 했다. 멀리서 훔쳐본 그 도시락은 꽃보다 더 화려했다. 황수희는 다른 세계에서 사는 아이였다.

공부로는 황수희를 이길 수 있었지만, 그 어떤 것으로도 황수희를 이길 수가 없었다. 황수희의 아버지는 목재소와 벽돌공장 사장이었고 인근에서 제일 큰 부자였다. 가난뱅이 술꾼 아버지를 둔 마순영은 애초에 황수희의 적수가 될 수가 없었다.

황수희의 아버지는 무남독녀 외동딸에 대한 교육열까지 높았다. 비싼 양담배 보루를 옆구리에 끼고 학교를 자주 출입했다. 운동회 날이면 천막 아래 귀빈석에서 교장 선생님과 맞담배를 피울 정도였다. 황수희의 아버지는 치맛바람이 아니라 바짓바람의 원조였으며 선각자였다. 그는 장래가 촉망되는 딸을 궁벽한 시골에서 키울 생각이 없던 모양이었다. 황수희의 중학교 입학을 앞두고 땅과 집과 공장을 몽땅 처분하고 서울로 이사했다.

당연히 가난뱅이에다 술주정뱅이에다 상이군인 아버지를 둔 여자아이는 다른 길로 가야 했다. 어느 날 부자 부모가 고급 승용차를 타고 나타나 우리가 진짜 부모란다, 하고 가난한 여자애를 데리러 오는 꿈 같은 일은 일어나지 않았다. 마순영 씨는 중학교를 졸업하고 일반고 진학은 엄두도 내지 못하고 산업체고등학교에 진학했다. 아들을 대학에 보내기 위해 딸들은 연달아 공장으로 가야만 하는 시절이었다. 마순영 씨가 일하게 된 곳은 수천 명의 산업 전사가 푸른 작업복을 입고 전투적으로 일하는 방직공장이었다. 총소리 대신 기계 소리가 끊이지 않는 무서운 전쟁터였다. 실먼지가 풀풀 날리고 여름이면 찜통 솥처럼 더웠다.

마순영 씨는 일하면서도 손바닥에 영어 단어를 깨알처럼 적어 놓고 기계를 돌며 단어를 외웠다. 주임이나 반장의 눈치를 보며 공부하는 일은 외줄타기처럼 힘들었다. 연필심으로 다리를 찔러가며, 잠을 억지로 참으며 공부했다. 참을 수 없이 졸리면 라이벌 황수희를 떠올렸다. 황수희도 지금 잠 안 자고 공부하고 있겠지 하며 눈을 부릅떴다. 여덟 시간 일하고 잠잘 시간을 쪼개 공부하는 일은 인간의 한계를 시험하는 일이었다. 지방대 국문과에 간당간당한 점수로 합격하자 사람들은 여공이 여대생이 되었다고, 인간 승리라고 추겨세웠다. 마순영 씨는 더는 공순이라 불리지 않았다.

마순영 씨는 대학 2학년 여름방학 때 황수희를 고향의 버스터미널에서 만난 적이 있었다. 그 무렵 등록금을 마련하지 못해 학교를 그만둬야 하나 말아야 하나, 그 생각으로 머리가 터질 지경이었다. 마순영 씨가 터미널 기둥에 기대고 서서 누군가 버린 빈 우유팩을 발로 툭툭 차고 있을 때였다.

"어? 마순영! 어머! 순영아! 너 순영이 맞지?"

"누구……?"

마순영 씨는 눈앞에 서 있는 화려한 차림의 황수희를 단번에 알아보지 못하고 얼떨떨한 표정을 지었다. 초록빛 물방울무늬 원피스를 입고 챙이 넓은 흰 모자를 쓰고 나타난 황수희는 눈이 부시게 아름다웠다. 마순영 씨는 놀라서 눈을 크게 떴다.

"나야, 황수희. 이게 웬일이니? 난 순영이 너 한눈에 알아보겠던데, 왜 날 몰라봐? 서운하다, 얘."

더 화려하고 예뻐진 황수희는 한마디로 텔레비전에 나오는 탤런트 빰칠 정도였다. 지나가던 남자들이 황수희를 흘낏거렸다.

"너, 내 생각 조금도 안 했구나, 그러니 몰라보지."

황수희는 새침한 표정으로 말했다.

"여기서 너 만날 줄 상상도 못 했어. 너…… 서울 살잖아?"

마순영 씨는 수희가 눈부셔서 정면으로 바라보지 못하고 눈길을 피했다.

"응. 할머니 보고 싶어서 내려온 거야. 나, 서울대 불문과 다니는데 넌, 어느 학교 다녀?"

"뭐? 서울대?"

마순영 씨는 놀라서 목소리가 커졌다. 황수희는 마순영 씨의 팔뚝을 치며 빙긋 웃었다.

"뭘 그렇게 놀라? 너 공부 되게 잘했잖아? 너 모르지, 내가 너 공부 라이벌로 생각했던 거? 난 네 생각 자주 했는데. 넌 책을 좋아해서 도서관에서 살았잖아? 백일장 나가면 상도 받고. 난 네가 글 잘 쓰는 게 젤 부러웠어. 우리 앞으로 서로 연락하고 지내. 서울 놀러 와. 내가 서울대 구경시켜줄게."

황수희는 마순영 씨를 빤히 쳐다보며 말했다. 서울대라니! 초등학교에 다닐 때만 해도 공부 실력이 엇비슷하던 아이가 아니었던가. 사촌이 논을 사도 배가 아픈 법인데 같이 1, 2등을 다투던 애가 서울대 갔다는 말에 마순영 씨는 질투심으로 눈이 멀어버릴 것 같았다. 마순영 씨는 황수희가 다방에 가서 이야기 좀 하자는데도 바쁜 일이 있다며 자리를 피해버렸다.

결국 마순영 씨는 등록금 마련할 돈이 없어 2학년을 겨우 마치고 대학을 그만두었다. 뭐니 뭐니 해도 머니가, 그놈의 돈이 문제였다. 돈이 없으면 꿈을 꿀 자유도 미래도 없었다. 마순영 씨의 오랜 꿈은 국어교사였다. 마순영 씨가 꿈을 접을 수밖에 없었던 이유는 그놈의 가난이란 불치병 때문이었다. 집안 형편만 나쁘지 않았다면 서울대는 아니어도 인 서울대는 충분히 갈 수 있었을 터였다. 등록금이 없어 대학을 중간에 포기하는 일도 없었을 것이다. 돈 걱정 안 하고 사는 사람들이 가장 부러웠다. 가난하면 꿈조차 허락되지 않았다.

마순영 씨는 비록 대학 중퇴 학력이었지만 대학 다닐 무렵 야학에서 노동자들에게 국어를 가르친 적도 있었다. 사람들은 반신반의했지만, 심지어 지방신문 신춘문예에 시로 당선한 경력까지 있었다. 빛나를 키우며 한 편 두 편 쓴 시가 소 뒷걸음치는 격으로 신춘문예에 어찌어찌하다가 당선된 거였다. 마순영 씨는 마순영이란 촌스러운 이름으로 당선되긴 어렵다는 것쯤은 일찍이 간파하고 있었던 터라 마수영이란 필명으로 시를 보냈다. '마순영'과 '마수영'은 과연 하늘과 땅 차이인지 마순영으로 시를 보냈을 때는 번번이 떨어지더니 마수영으로 시를 보내자마자 덜컥 당선된 거였다. '수' 자에 'ㄴ'이 있고 없고의 차이인지 납득하기는 어려웠으나 그 미묘한 차이가 겁나게 중요하다는 것을 새삼 실감했다. 황수희와 마순영만큼이나. 서울대와 지방대, 그 차이는 하늘과 땅 차이였다.

서울대는 마순영 씨에게 가슴속 깊이 박혀 있는 날카로운 돌이었다. 황수희가 다닌 서울대란 돌은 마순영 씨의 가슴속에서 점점 덩치를 키워갔다. 서울대를 떠올리면 못나빠지고 밉살스러운 식구를 닮은, 질투라는 감정이 불쑥 솟아올랐다. 분하고, 더럽고, 치사하고, 서럽고, 억울하고, 화가 나고, 밉고, 속에서 불이 올라올 것 같은 그런 구정물 같은 감정에 마순영 씨는 오랫동안 몸을 담그고 살아왔다.

서울대! 대한민국 최고의 수재들이 다니는 대학, 어릴 때부터 공부를 잘했고 우리나라에서 가장 똑똑한 사람들, 모든 사람의 기대와 칭찬과 대접을 한 몸에 받는 아이들이 다니는 대학, 부모 형제와 친척들에게 자랑거리가 된 아이들이 다니는 대학, 이 사회의 지도층과 특권층이 될 아이들이 다니는 대학, 경제적 안정·높은 사회적 지위·완벽한 권리를 누리는 사람들이 다니는 대학, 탄탄대로의 인생이 보장된 대학, 상위 1퍼센트에 속하는 이들이 다니는 대학…… 그 꿈의 대학은 마치 닿을 수 없는 별처럼 아득한 곳에 있었다.

어릴 때부터 질투했던 황수희 때문에 서울대에 한이 맺힌 마순영 씨였다. 세 살짜리 영웅이가 우리은행과 오케이 캐시백을 구별할 줄 아는 것을 보고 수학 천재라고 믿고 싶었다. 아니 수학 천재이니만큼 서울대를 충분히 갈 수 있다고 확신했다. '빛이 있으라!' 하고 천지를 창조한 신이 명령한 것처럼 갑자기 서울대란 희망의 빛이 생겨난 것이었다. 서울대, 그 꿈의 대학이 손 내밀면 잡힐 듯한 곳으로 내려온 것만 같았다.

마순영 씨는 이루지 못한 꿈을 아들을 통해 대신 이루고 싶었다. 학벌욕과 명예욕을 고영웅을 통해서 풀고 싶었다. 누가 속물이라고 비웃어도 좋았다. 내가 못 갔으니 내 아들을 나 대신 보내면 되는 거다. 모로 가도 서울만 가라고 하지 않았던가. 서울대 생각만 해도 가슴이 벅찼다. 공부 하나로 누구에게서나 인정받았던 어린 시절의 그 황홀한 맛을 되찾고 싶었다.

국내 최고의 엘리트들이 다니는 서울대에 보내기 위해서는 맹수 같은 엄마가 되어 아이를 맹훈련시켜야만 했다. 맹수만이 맹수를 길러낼 수 있는 법이다. 이름하여, 고영웅 서울대 보내기 프로젝트! 마순영 씨의 초대형 프로젝트의 막이 올랐다.

수학 천재 고영웅을 어떻게 키울 것인가? 첫 번째 프로젝트가 바로 한글 공부였다. 일단 글자를 읽을 줄 알아야 수학 공부를 시킬 수 있을 게 아닌가. 마순영 씨는 빛나 어렸을 때는 경제 사정 때문에 언감생심 꿈도 못 꾸던 한글 학습지를 신청했다. 조기교육에 목숨을 거는 엄마들 사이에 최고의 인기를 구가하는 한글 학습지가 바로 〈신통한 한글 나라〉였다. 교재 세트를 일괄 구매해야 했기 때문에 제법 목돈이 들었다.

세 살 버릇 여든까지 간다는 말을 세 살 공부 여든까지 간다, 로 잘못 이해한 사람이 바로 마순영 씨였다. 열렬한 조기교육 신봉자가 된 마순영 씨는 한글 공부에 이어 수학 공부를 시킬 궁리를 했다. 수학적인 재능을 키우려면 레고가 도움이 된다는 소리를 어디선가 주워들은 뒤부터 레고에 꽂혔다. 집중력 향상과 지능 개발과 창의력 향상에 아주 효과적이라고도 했다. 쉴 새 없이 먹어대는 고영웅이었지만 레고와 종이 블록을 맞출 때는 먹는 것도 잊고 한두 시간씩 무섭게 집중했다.

평생 가난에 시달린 시어머니는 절약이 몸에 밴 분이었다. 나이도 일흔이 넘은 분이라 완전히 조선시대 사고방식에 젖어 있었다. 마순영 씨는 시어머니의 감시망을 피해 레고를 몰래 사다 날라야 했다. 마순영 씨의 집은 8층이었는데 3층에 사는 다훈이네 집에 주로 장난감들을 숨겨놓았다. 시어머니가 외출한 틈을 타서 다훈이 집에 숨겨둔 장난감을 집에 가져다 놓곤 했다. 다훈이 엄마는 그런 마순영 씨를 보며 무슨 첩보 작전을 하느냐며 재미있어했다. 시집살이 한번 해본 적이 없는 다훈이 엄마로서는 전혀 이해하지 못할 일이었다.

다훈 엄마는 마순영 씨와 동갑이었고 세 아이의 엄마였다. 다훈 엄마를 보면 이상하게 서울대에 간 황수희가 떠올랐다. 다훈 엄마에게는 마순영 씨가 죽었다 깨나도 따라갈 수 없는 여유로움과 우아함이 있었다. 말투와 외모도 지적이고 교양미가 가득했다. 그것은 풍족한 집안에서 걱정 없이 사랑받고 자란 사람만이 가질 수 있는 특유의 분위기인 것 같기도 했다. 만약 황수희가 결혼해서 주부로 살고 있다면 다훈 엄마처럼 아주 고상하게 살아갈 것 같았다. 다훈 엄마는 아이들에겐 둘도 없이 다정다감한 엄마였다. 한마디로 완벽한 엄마의 전형이라 할 수 있었다.

다훈 엄마는 집도 이렇게 인테리어 잡지 속에 나오는 공간처럼 꾸밀 줄 알아서 모든 물건이 제자리에 잘 정리되어 있었다. 다과 하나를 내올 때도 센스 있게 예쁜 찻잔과 접시에 담아서 내왔다. 잘난 체하지도 않았고, 사치하지도 않았다. 속이 좁아터지고 질투는 나의 힘이란 생활신조로 사는 마순영 씨가 뭔가 꼬투리를 잡고 싶어도 잡을 게 없었다. 다훈 아빠는 시청 5급 공무원이었다. 다훈 엄마는 중학교 영어교사였는데 셋째 아이를 가지고 나서 육아 때문에 교사직을 그만두었다고 했다. 마순영 씨는 그 좋은 교사직을 그만둔 다훈 엄마가 전혀 이해되지 않았다. 원래 가보지 못한 길이 더 아름다워 보이는 법이었다.

마순영 씨 집 분위기로 말할 것 같으면 다훈이네 집 분위기와 달리 뭔가 어수선하고 정신이 없었다. 부모는 아이의 첫 번째 스승이라는데 마순영 씨 부부는 철없고 충동적이고 감정 조절과 분노 조절이 잘 안 되는 부모였다. 아이들로선 딱히 보고 배울 만한 게 없는 부모였다. 부모가 된다는 게 뭔지도 모르고 얼떨결에 부모가 되어 아이를 키우다 보니 육아에 대한 개념 자체가 없었다.

아이를 양육하는 데는 아무래도 아빠보다는 집에서 함께하는 시간이 더 많은 엄마가 더 많은 영향력을 끼치는 법이다. 엄마로서 마순영 씨는 온갖 결격사유와 문제를 안고 있었다. 소설 〈피아노 치는 여자〉의 앞부분에는 이런 문장이 나온다. '국가와 가정에서 만장일치로 공인된 이 어머니라는 지위는 종교재판정의 심문관과 총살집행자의 명령권을 동시에 거머쥐고 있는 것이다.' 엄마란 존재가 이토록 무시무시한 지위와 권력을 지닌다면 엄마 자격증도 분명히 있어야 마땅하지 않겠는가. 하지만 아직 전 세계 어디에도 엄마 자격증이란 공인 자격증은 없다. 만약 엄마 자격증이란 게 있다면 마순영 씨는 평생 가도 엄마 자격증을 못 딸 것이 분명했다.

엄마로서 마순영 씨의 가장 치명적인 약점은 건망증이 심하다는 거였다. 자신이 엄마란 걸 자주 잊어먹곤 했다. 아이를 업고서도 아이 업은 걸 까먹고 택시를 타는 사람이 마순영 씨였다. 택시 문에 아이의 머리를 냅다 박아 주먹만 한 혹이 생긴 적도 있었다. 딴 생각을 하며 유모차를 밀고 가다 몸부림치는 아이를 바닥에 떨어뜨린 일은 약과였다. 잘 앉지도 못하는 8개월 아기를 아기 변기에 앉혀 놓고 친구와 전화로 수다를 떨다가 아이 머리를 바닥에 처박아 자지러지게 만든 일도 있었다.

마순영 씨의 또 다른 문제는 뭐든 자기 좋을 대로, 보고 싶은 대로, 듣고 싶은 대로, 느끼고 싶은 대로 받아들이고 해석한다는 점이었다.

가만히 서 있어도 땀이 흘러내릴 정도로 무더운 여름 한낮이었다. 마순영 씨는 영웅이를 데리고 장바구니를 끌고 시장에 가던 중이었다. 다음 날이 시어머니 생신이라 장을 볼 게 많았다. 매미 소리가 요란했다. 영웅이의 통통한 손에 땀이 축축하게 배어 나왔다. 여름 오후 3시의 햇볕이 불에 달군 바늘처럼 따가웠다.

"엄마! 해님이 화살을 자꾸 쏘아. 눈이 아파. 따가워!"

고영웅은 얼굴을 잔뜩 찌푸리며 말했다. 해님이 화살을 쏘다니! 어떻게 세 살짜리가 이런 말을 할 수가 있단 말인가? 마순영 씨는 그 말이 너무 예뻐서 걸음을 멈추고 영웅이를 꼭 안아주었다.

"엄마, 더워! 더워!"

고영웅은 덥다며 마순영 씨를 밀어냈다. 어떻게 이런 시적인 말을 할 수 있단 말인가. 수학에만 뛰어난 재능이 있는 줄 알았는데 언어 감각까지도 탁월한 게 아닌가. 마순영 씨는 섬세한 예술적 감수성을 키워주어야 하는 것이 영재아를 키우는 엄마의 책임과 임무라고 생각했다. 흙을 만지면 아이의 정서지능 발달에 도움이 된다는 내용을 어느 육아서에선가 본 것만 같은데, 정확하게 기억은 나지 않았다. 아이의 언어 감각과 예술적인 감수성을 키워주려면 무엇보다도 자연을 접하게 하면 좋을 것 같았다.

명성아파트 옆으로 작은 지방하천을 끼고 있는 하천부지가 넓게 펼쳐져 있었다. 명성아파트는 이름과는 다르게 명성이 전혀 없는 변두리 아파트였다. 아파트의 노인들은 하천부지를 개간해 고추와 쑥갓과 부추와 상추와 당근과 토마토와 파와 오이와 가지와 배추를 키웠다. 평생 농사를 지었던 노인들은 작은 텃밭에다 온갖 정성을 다 들이부었다. 노인들의 정성을 먹고 자란 질푸른 채소들이 바람에 일렁이는 초여름 들판은 푸른 융단을 깔아놓은 것처럼 보였다.

마순영 씨는 미래의 서울대생이 될 아들에게 자연을 접하게 해 주기 위해 뜨거운 뙤약볕 아래 시커멓게 그을려가며 잡초를 캐내고 돌멩이를 파내 밭 한 뙈기를 개간했다. 닷새 만에 방 하나 크기의 작은 텃밭이 만들어졌다. 개간한 텃밭에 고추와 방울토마토와 상추와 가지와 쑥갓 모종을 사와서 심으니 제법 텃밭 느낌이 났다.

마순영 씨는 저녁 무렵이면 영웅이를 데리고 나가 채소에 물을 주었다. 고영웅은 텃밭 사이를 쏘다니며 풀벌레를 들여다보기도 하고 개울에 돌멩이를 던지기도 하면서 놀았다. 분홍색 자운영과 보라색 붓꽃이 풀들 사이에서 고운 얼굴을 내밀고 있었다. 보라색 제비꽃도 나보란 듯이 피어 있었다. 노란색, 분홍색, 보라색, 흰색의 들꽃들은 앞다투어 말을 걸어왔다. 온갖 들꽃들의 재잘거림이 들판에 가득했다.

"엄마, 이건 민들레지?"

영웅이가 민들레 홀씨 대궁이를 꺾어 훅 불었다. 홀씨가 바람에 날아갔다. 새털보다 더 가벼운 저 홀씨들은 어디로 날아갈까. 어디에서 꽃을 피울까. 돌멩이에 떨어지는 홀씨도 있겠고, 시멘트 위에 떨어지는 홀씨도 있겠고, 물 위에 떨어져서 떠내려가는 홀씨도 있을 것이다. 아니면 비옥한 옥토에 뿌리를 내리는 민들레 홀씨도 있을 것이다. 고영웅이란 민들레 홀씨는 비옥한 옥토에 뿌리내린 홀

씨였다. 서울대에 보내기 위해 어떤 힘든 뒷바라지라도 해줄 각오가 된 엄마가 뒤에 든든히 서 있으니까. 고영웅이란 홀씨가 멀리멀리 바람을 타고 날아가 서울대에 내려앉는 모습을 상상하는 마순영 씨의 얼굴에 미소가 피어났다. 황수희가 갔던 서울대에 고영웅이 가지 말란 법은 없었다.

"엄마, 이 노란 꽃은 뭐야?"

"응, 그건 마타리꽃!"

"마타리? 마수리? 수리수리 마수리 얍!"

고영웅은 장풍을 쏘는 흉내를 내며 웃었다. 아이의 투명한 웃음소리, 바람에 날리는 민들레 홀씨, 새들이 지저귀는 소리, 개울물소리, 나비의 날갯짓, 풀벌레 소리, 풀냄새, 흙냄새, 온갖 들풀과 야생화와 채소들이 길어 올리는 자연의 향기와 생명의 기운이 대기에 가득 차 있었다. 마순영 씨는 나중에 영웅이가 자라 서울대생이 되어 어린 날을 떠올릴 때 엄마와 함께 걸었던 이 들길을 기억해주었으면 좋겠다고 생각했다. 저녁노을이 붉은 수채물감처럼 번지는 들판에 풀벌레 소리가 요란했다.

고영웅의 찬란한 유치원 시절

고영웅은 과연 마순영 씨의 기대를 배반하지 않았다. 〈신통한 한글 나라〉를 시작한 지 석 달 만에 한글을 줄줄 읽었다. 네 살 생일도 되기 전에 한글을 뗀 것이었다.

"어머니, 영웅이 정말 대단하네요. 이렇게 빨리 한글 떼는 아이는 드물거든요. 어머니, 제가 가르친 아이 중에서 영웅이가 제일 빨라요. 진짜 신기해요. 물론 우리 학습지가 좋긴 하지만 영웅인 진짜 완전 한글 천재예요, 어머니."

선생님은 마순영 씨가 자기 어머니가 아닌데도 연신 어머니라고 부르며 놀라워했다. 정말, 빨리, 제일, 진짜, 완전이라는 동원할 수 있는 부사는 다 동원했다. 영업용 멘트가 아니라 진심으로 신기해했다.

자고로 모든 공부의 기본은 독서력에 있었다. 한글을 떼자마자 마순영 씨는 영웅이의 독서력 향상을 위해 각종 학습만화책을 사주었다. 얼마 전 근처에 들어선 홈플러스에 영웅이를 데리고 자주 갔다. 홈플러스가 생기기 전에는 주로 재래시장에 갔는데, 영웅이에게 책을 읽히기 위해서 서점이 있는 홈플러스로 발길을 돌렸다.

학습만화를 사주면 고영웅은 건널목에 쪼그리고 앉아서도 읽을 정도였다. 네 살배기가 길에서도 책에 푹 빠지다니 과연 떡잎부터 다른 아이라고 마순영 씨는 생각했다.

마순영 씨는 드디어 때가 왔다고 생각했다. 영웅이에게 첫 사회생활인 유치원 생활을 경험하도록 해주어야 할 때가 된 것이었다. 한글도 뗐고 책도 줄줄 읽으니까.

"뭐? 유치원에 보낸다고? 니가 직장을 다녀? 애를 왜 유치원에 보내? 이제 겨우 네 살짜리를!"

마순영 씨가 영웅이를 유치원에 보내겠다고 하자 고철용 씨는 어이없다는 표정을 지었다.

"네 살에 유치원에 보내면 왜 안 돼? 어머니가 온종일 텔레비전이나 틀어대시는데, 바보상자나 보고 있으면, 뭘 배우겠어? 하나라도 더 일찍 보고 배우려면 하루라도 빨리 유치원에 보내는 게 득이지."

눈을 세모꼴로 치켜뜨며 마순영 씨가 따지자 고철용 씨는 고개를 절레절레 흔들었다. 고철용 씨는 집안일에는 전혀 관심이 없었다. 생활비만 벌어주면 아이들은 저절로 자라는 줄 아는 남자였다. IMF 직전 노조 활동을 하다 해고된 이후 고철용 씨는 식당에 김치 납품을 하는 대리점 일을 했다. 요즘은 선배의 김치공장 사업이 바빠 대리점 일을 접고 공장에서 숙식을 해결하며 일을 돕고 있었다. 일주일에 한 번씩 옷을 갈아입을 때나 집에 들어왔다. 나중에 일이 잘되면 선배와 김치공장을 동업할 생각이었다. 공장은 집에서 차로 두 시간쯤 걸리는 농공단지에 있었는데, 고부 갈등만 생기면 골치 아프다며 공장으로 삼십육계 줄행랑을 쳤다.

조기교육 신봉자답게 마순영 씨는 영웅이를 네 살에 유치원에 입학시켰다. 어린이집에 보내는 것보다는 유치원을 4년 정도 다니면 뭔가 하나라도 더 보고 배우는 게 있지 않을까 하는 욕심 때문이었다. 고영웅이 다니게 된 유치원은 명성아파트 뒤편에 있는 아이나라 유치원이었다. 새로 부임한 50대 후반 유치원장은 유아교육 전문가로서의 화려한 경력을 자랑하는 사람이었다. 교육학 박사 학위까지 있어서 믿을 만했다. 마순영 씨는 각종 최신 유아학습기법과 접목한 창의적인 프로젝트 수업이 많아서 마음에 들었다. 뭔가 새롭고 멋지고 전문적이고 신선한 최첨단 교육방식인 것 같았다.

고영웅은 유치원에 입학한 지 석 달 만에 엄마의 기대에 부응하기 위해 범상치 않은 사고를 쳤다.

"엄마!"

피아노 학원에 간다고 30분 전에 나갔던 빛나가 집에 갑자기 뛰어 들어왔다.

"엄마! 영웅이가 유치원에서 탈출했어! 상가 빵집 앞에 있더라니까!"

"뭐?"

"빵집 유리를 막 두드리고 있더라고. 유치원에 방금 데려다주고 왔어."

마순영 씨는 어이가 없었다. 유치원이 발칵 뒤집혔을 텐데 왜 전화가 없었을까, 이상했다.

"영웅이 없어졌다고 난리 났지? 선생님들이 영웅이 찾고 안 그랬어?"

"아니, 전혀 모르고 있던데?"

마순영 씨는 기가 막혀 헛웃음이 나왔다. 마침 빛나가 영웅이를 발견했기에 망정이지 차들이 질주하는 대로변으로 나갔다면, 생각만 해도 아찔했다. 분기탱천한 마순영 씨는 앞뒤 재지도 않고 유치원으로 달려가 한바탕 뒤집어놓았다.

원장은 거듭 머리를 숙이며 고영웅은 앞으로 더욱 특별하고 세심하게 잘 보살피겠다고 했다. 특별하게, 란 말을 몇 번이나 강조했다. 마순영 씨는 끌려온 포로처럼 바들바들 떠는 별님반 선생이 안되어 보여 이쯤에서 물러나자고 마음먹었다. 고영웅은 별님반 선생님을 좋아했다. 유치원에서 제일 예쁜 선생님이었고, 아이들에게 친절하고 다정다감했다. 간혹 화장대에서 화장품이 종종 없어지곤 할 때가 있었는데, 고영웅이 엄마의 립스틱이나 로션이나 파운데이션을 종이에 둘둘 말아 스카치테이프로 붙여 별님반 선생님에게 상납한 거였다.

"이게 전부 니 잘못이야. 유치원 잘못이 아니지. 네 살짜리를 유치원에 보냈으니 그런 사달이 나는 거잖아?"

고철용 씨는 마순영 씨의 염장을 있는 대로 질렀다. 누가 판사 노릇 해달라고 했나.

"아이구! 진짜 판사님 납셨어요. 당신은 대체 누구 편이야? 마누라 편 좀 들어주면 어디 덧나냐?"

마순영 씨는 고철용 씨를 흘겨보았다. 그런데 곰곰 생각해보니 고철용 씨 말이 맞았다. 네 살짜리가 무얼 알겠는가? 온종일 집에서 마음대로 놀던 아이가 난생처음 사회생활을 해보려니 얼마나 좀이 쑤셨겠는가. 유치원에서 주는 콩알만 한 간식과 급식으로 얼마나 배가 출출했으면 빵을 찾아 유치원을 탈출했겠는가.

원장과 선생님들은 후환이 두려워서인지 영웅이를 아주 각별하게 잘 보살폈다. 행사가 있으면 영웅이를 주로 앞에 세워주었다. 여장부답게 스케일도 크고 화끈한 유치원 원장은 구청 문화예술회관 대강당까지 빌려서 유치원 재롱잔치를 열었다. 재롱잔치 사회자로는 고영웅과 한 여자애가 낙점되었다. 원장의 인원 동원 능력 덕분인지 관객석이 꽉 찰 정도로 가족들이 많이 참석한 성대한 재롱잔치였다.

"자아, 지금부터 아이나라 유치원 재롱잔치를 시작하겠습니다아. 저희가 실수를 하더라도 예쁘게 봐아주세요오!"

무대 위의 두 아이가 관객들 앞에서 재롱잔치의 시작을 알렸다. 관객들이 환호하며 손뼉을 쳤다. 앙증맞은 한복을 입고 마이크를 쥔 채 무대 위에서 사회를 보는 영웅이를 보며 마순영 씨는 가슴이 터질 것만 같았다. 바로 저 아이가, 사회를 보는 아이가 내 아이라고 벌떡 일어나 외치고 싶었다.

고영웅은 재롱잔치 사회뿐만 아니라 유치원 졸업식 송사까지 도맡아서 했다. 마순영 씨가 주변에 안 좋은 소문이라도 낼까 봐 유치원 측에서 특별히 배려하는 것임을 마순영 씨도 알고는 있었다. 그러면서도 특혜가 아니라 고영웅만큼 잘나고 똑똑한 아이가 없으므로 대표를 맡게 된 거라고 굳게 믿었다.

유치원에서는 일주일에 한 번씩 언어전달 숙제를 내주곤 했다. 유치원과 가정의 연계교육인 셈인데 언어능력과 표현력을 발전시키는 훌륭한 교육방법이었다.

"영웅아! 오늘의 언어전달은 뭐야?"

"가는 말이 고와야 오는 말이 곱다!"

"오! 영웅이 잘하는데."

"엄마, 타고 가는 말이 예쁘면, 다시 타고 돌아오는 말이 예쁘단 말이야?"

"하하, 타고 다니는 말이 아니라 입에서 나오는 말이야. 영웅이가 친구에게 예쁘게 말해주면 친구도 예쁘고 친절하게 말해준단 뜻이야."

"아하!"

고영웅은 언어전달 숙제를 재미있어했다. 언어전달 숙제는 대부분 속담이었다. 등잔 밑이 어둡다, 발 없는 말이 천 리를 간다, 백지장도 맞들면 낫다, 티끌 모아 태산…… 등등. 유익한 내용이 많았다. 마순영 씨가 보기에 속담만큼 훌륭한 삶의 스승이 없는 것 같았다. 속담 속에 인생의 많은 지혜가 농축되어 있는 듯했다. 언어전달 숙제를 잘해 가면 원아 수첩에 스티커를 붙여주었는데, 고영웅은 스티커 받는 재미에 언어전달 숙제를 놓치지 않으려고 애를 썼다. 열성적으로 아이들을 아껴주고 사랑해주는 선생님들도 좋은 데다 별난 엄마 때문에 나름 특혜를 받아서인지 고영웅은 유치원 생활을 즐겁게 하고 있었다.

"엄마! 산타클로스 할아버지 진짜 있어."

고영웅이 집으로 뛰어 들어오면서 한 말이었다.

"엄마! 엄마! 이거 봐. 〈수학 대전 11〉이야! 산타 할아버지가 내가 갖고 싶은 거 알았나 봐. 산타 할아버지 진짜 최고야!"

잔뜩 흥분한 얼굴로 고영웅은 책을 내밀며 자랑했다. 크리스마스를 보름 앞두고 유치원에서 문자가 온 적이 있었다. 아이들이 크리스마스에 받고 싶어 하는 선물을 조사했는데 영웅이가 원하는 건 만화 〈수학 대전 11〉이라고 했다. 유치원에서는 전 세계 어린이들을 상대하느라 바쁘신 산타 할아버지 대신 일일 알바 산타 할아버지를 고용해서 유치원 아이들에게 선물을 나누어 주곤 했다.

"이야! 우리 영웅이가 착하다고 산타 할아버지께서 〈수학 대전〉을 선물해주셨네. 영웅이 좋겠다. 축하해!"

마순영 씨도 호들갑을 떨며 영웅이의 기쁨에 동참해주었다.

고영웅은 한글을 뗀 이후부터 학습만화에 빠져 만화책을 사달라고 졸랐다. 과학 학습만화를 보는데 이벤트에 응모하면 학습만화를 준다는 광고가 영웅이 눈에 들어왔다. 학습만화를 받고 싶은 욕심에 고영웅은 출판사로 독자카드를 적어 보냈다. 마순영 씨는 전혀 모르는 일이었다.

"안녕하세요? 여기는 서울 문화출판사인데요. 고영우 어린이 집인가요?"

한 날 완벽한 서울말투의 젊은 여자에게서 전화가 걸려왔다.

"네? 우리 아이 이름은 고영우가 아닌데요? 고영웅인데요."

"아, 그렇군요. 독자 이벤트 카드가 왔는데 이름이 고여우로 적혀 있어서 고영우를 잘못 적었는가 해서요. 확인 차 전화 드린 거예요. 영웅이 어린이가 신간 이벤트에 당첨되어서 신간 학습만화를 부쳐드릴 거거든요. 명성아파트 102동 803호로 부쳐드리면 되는 거죠."

마순영 씨는 전혀 생각지도 못한 전화에 당황해서 얼떨결에 대답했다.

"아! 네, 감사합니다."

마순영 씨는 전화를 끊고 배를 쥐고 웃었다. 어떻게 고영웅이 고여우로 변신할 수 있단 말인가. 마순영 씨는 지금껏 자신은 행운과는 거리가 먼 사람이라고만 생각해 경품 응모 같은 건 생각해본 적이 없었다. 초등학교 소풍 때 보물찾기 놀이에서도 보물 한 장 찾은 적 없어 두세 장 찾은 친구에게 한 장씩 얻곤 했다. 아직 세상의 때가 묻지 않은 고영웅은 무조건 응모만 하면 당첨이 될 거라고 믿고 카드에 제 이름을 적었던 모양이었다. 고사리 손으로 카드에 한 글자씩 적는 영웅이의 모습이 떠올라 마순영 씨는 미소를 지었다. 까치발을 하고 관리실 앞의 빨간 우체통에 독자 카드를 집어넣는 고여우, 아니 고영웅!

마순영 씨는 영웅이에게 수학 관련 학습만화가 나오면 무조건 다 사주는 편이었다. 빛나가 수학을 싫어하는 이유가 지겨운 문제지 풀기로 수학을 접했기 때문이라고 판단했다. 두 번 다시 영웅이에겐 그런 시행착오를 겪게 하고 싶지 않았다. 만화만큼 재미있는 게 있겠는가. 수학을 재미로 접근하게 만들어야만 수학을 무조건 좋아하게 될 거라고 생각했다. 그 때문에 〈수학 대전〉, 〈수학 도둑〉, 〈수학 마왕〉 시리즈가 출간되는 족족 다 사다 주었다. 영웅이가 가장 좋아하는 수학 학습만화는 바로 〈수학 대전〉이었다. 그 만화책을 너무 좋아한 나머지 따분한 수학의 원리를 설명해 놓은 부분까지 자세히 읽고 또 읽곤 했다. 화장실에 갈 때도 〈수학 대전〉을 들고 들어갈 정도였다.

드디어 고영웅에게 기회가 왔다. 〈수학 대전〉으로 날마다 갈고 닦은 수학 실력을 뽐낼 기회가 찾아온 거였다. 늘 공사다망하신 고철용 씨가 온 식구들을 데리고 오랜만에 외식을 나선 길이었다. 마순영 씨의 시어머니는 시누 집에 하룻밤 자고 온다고 했다. 모처럼 네 식구만의 오붓한 나들이였다. 최근에 고철용 씨는 아파트 대출까지 내서 선배와 같이 김치공장을 동업하고 있었다. 마순영 씨와 의논도 안 하고 몰래 저지른 일이었다. 식당에 납품하는 일이 바빠 아예 공장에서 먹고 자고 하는 중이었다. 근 한 달 만에 집에 들어온 고철용 씨는 팔공산에 오리불고기를 잘하는 집이 있다며 외식을 하러 나가자고 했다.

차창 밖으로 보이는 팔공산 단풍이 꽃보다 더 고왔다. 붉은색, 황금색, 초록색, 갈색이 뒤섞인 가을 산은 게으른 화가가 아무렇게나 유화물감을 휙휙 뿌려놓은 것 같았다. 나무들은 제각각의 빛깔로 물들어가고 있었다. 거의 1년 만의 가족 나들이였다.

"엄마 나, 수학 진짜 왜 배워야 하는지 모르겠어. 양수 8 빼기 음수 9가 왜 음수 1이 되는지, 전혀 이해가 안 돼. 진짜 음수 양수 헷갈려 죽겠어."

마순영 씨는 아이고! 두야, 소리가 절로 나왔다. 나도 수포자이긴 하지만 내 딸은 진짜 구제 불능의 수포자구나 싶어 한숨이 나왔다.

"누나, 뒤에 있는 음수가 크면 앞에 있는 양수를 음수에서 빼면 돼."

고영웅의 말에 전부 놀라서 입을 쩍 벌리고 쳐다보았다. 조수석에 앉은 마순영 씨는 눈이 휘둥그레져 고개를 길게 빼고 고영웅을 쳐다보았다.

"야! 고영웅 잘난 척 그만해! 거짓말 치지 마. 니가 무슨 음수 양수를 알아? 유딩 주제에!"

빛나가 영웅이의 팔을 탁 때리며 말했다.

"안단 말이야. 음수가 크면 음수가 이기니까 음수를 붙이고, 양수가 크면 양수가 이기니까 양수를 붙이면 돼. 양수 8보다 음수 9가 크니까 음수를 붙이고 9에서 8을 빼면 1이잖아? 음수가 크니까 음수를 붙여서 음수 1이 되는 거야."

일곱 살짜리가 무슨 수학 강사가 수학에 대해 알기 쉽게 설명해 주는 것처럼 설명하는 게 아닌가. 다들 입을 다물지 못했다.

"허! 고놈 참, 뉘 집 자식인지 참말로 똑 소리가 나는구만. 고철용이 아들이라 그런지 진짜 물건이네. 이 몸께서도 왕년에 수학 좀 했지."

어릴 때부터 공부와는 완전히 담을 쌓고 살았던 고철용 씨가 헛소리를 할 정도였다. 마순영 씨는 눈이 휘둥그레진 채 영웅이에게 물었다.

"영웅아 너, 음수 양수 계산하는 거 어디서 배웠어?"

"〈수학 대전〉 보면 다 나와. 난 〈수학 대전〉이 제일 재밌어."

고영웅은 그날 수학 천재로서의 가능성을 온 천하, 아니 온 가족에게 증명했고, 고빛나는 완벽한 수포자임을 여섯 살이나 어린 동생 앞에서 완벽하게 증명하고 말았다.

"으아아아악! 야! 고영웅!"

보글보글 끓는 김치찌개 간을 보던 마순영 씨는 빛나의 비명 소리에 놀라 입을 데고 말았다. 국자를 든 채로 거실로 뛰어갔다. 빛나는 흥분해서 팔짝팔짝 뛰고 있었다. 거실 바닥에는 깨진 찰흙 부스러기들이 여기저기 흩어져 있었다. 사태가 짐작되었다.

빛나는 다른 과목보다 미술을 가장 좋아했고 미술 수행평가에 가장 공을 들였다. 찰흙으로 흉상을 만들어 제출하기 수행평가로,

있는 정성 없는 정성을 들여 만든 예쁜 여자 흉상을 베란다 그늘에서 말리던 중이었다. 그런데 그 흉상을 영웅이가 거실에 들고 들어와 만져보다 박살 내버린 것이었다. 고영웅은 잔뜩 목을 움츠린 채 빛나의 눈치를 보았다.

"야! 너 이거 어떡할 거야? 너 죽을래? 물어내!"

팔짝팔짝 뛰던 빛나는 영웅이 등짝을 세게 때렸다. 감정이 꽤나 실려 있었던지 철썩 소리가 났다. 고영웅은 누나에게 미안했는지, 아니면 맞은 게 아프고 서러웠는지 울음을 터뜨렸다.

"왜 동생을 때리고 난리야? 이게 영웅이 잘못이야? 니가 잘 관리했으면 이런 일이 없었을 거 아니야? 영웅이 일루 와. 괜찮아. 울지 마."

"엄마!"

빛나가 악을 쓰며 소리를 질렀다.

"얘가 왜 소리를 지르고 난리야? 귀청 떨어지겠다."

"엄마는 왜 항상 영웅이 편만 들어? 지금 내 마음이 어떤 줄 알아? 내가 이 수행평가 얼마나 신경 썼는데! 영웅이가 잘못한 거 맞잖아? 왜 내 잘못이야? 엄마는 항상 그랬어. 왜 나만 뭐라 그러는데? 내가 동생 태어났다고 너무 좋아서 놀아주면 공부나 하라 그러고, 엄마 도와준다고 영웅이 기저귀 갈아준다고 하면 깨웠다고 혼내고. 엄마는 영웅이밖에 몰라. 난 눈에 보이지도 않지? 온 식구가 영웅이! 영웅이! 내 맘이 어떤 줄 알아? 엄마, 진짜 내 엄마 맞아? 나, 엄마 진짜 싫어!"

빛나는 그동안 엄마에게 서운한 게 엄청 많았는지 정신없이 쏘아붙였다. 마순영 씨가 뭐라 말할 틈도 주지 않고 현관문을 쾅 닫고 집 밖으로 뛰쳐나가 버렸다.

빛나는 그림 그리기를 좋아했고 그림을 꽤 잘 그렸다. 스케치북에 뭔가를 잔뜩 그려 와서 엄마를 빤히 올려다보며 내밀곤 했다. 엄마의 잘 그렸다는 칭찬 한마디를 기대하며 그림을 보여주는 빛나에게 마순영 씨는 매몰차게 쏘아붙였다. 그림 한 장 그릴 시간에 문제지나 한 장 더 풀어. 그림이 밥 먹여주니? 너 쓸데없는 짓 좀 그만해. 그림에 빠져 있으면 절대 좋은 대학 못 가. 빛나는 엄마의 그 말에 금세 풀이 죽어버렸다. 어쩌다 100점 받은 시험지를 내밀 때도 온전히 칭찬해준 적이 없었다. 너희 반에 100점 받은 애들 몇 명이야? 이렇게 되물어 아이가 가장 아끼는 인형을 망가뜨리듯 아이의 티 없는 기쁨을 망가뜨려 버렸다. 아이가 좋아하는 것을 같이 좋아해주고, 아이의 기쁨에 순수하게 동참해준 적이 없었다.

빛나의 말대로 영웅이가 태어난 이후 빛나의 존재는 뒷전이었다. 남아선호 사상에 찌든 시어머니야 말할 것도 없고 마순영 씨도 수학 천재 아들 서울대 보내기 프로젝트에 미쳐 늘 영웅이만 챙겼다. 빛나가 어릴 때는 그리 예뻐하던 아빠도 집에 뜨내기손님처럼 들어올 뿐이었다. 마순영 씨는 빛나의 외로움을 처음 대면했다. 차갑고 까칠하고 서늘한 돌멩이 하나가 심장에 닿는 기분이었다.

빛나가 다섯 살 때 빵집 앞에서 빵을 사달라고 울며불며 떼를 쓴 적이 있었다. 그때 수중에 돈이 없어 아이에게 팥빵 하나를 사주지 못하고 등짝을 때렸다. 나중에 사줄게, 하며 달래줄 수도 있었는데 길바닥에서 아이의 여린 등짝을 매몰차게 때렸다. 아이가 원하는 건 하나도 해주지 않았던 차가운 손이었다. 마순영 씨는 멍한 얼굴로 손을 내려다보았다. 딸의 마음을 쓰다듬어주지 못하고 늘 상처만 준 손이었다. 심장이 칼날에 스친 듯 시리고 아팠다.

빛나는 눈이 퉁퉁 부은 채 밤 11시가 넘어 집으로 들어왔다. 마순영 씨는 빛나에게 미안하다고 말하려고 했으나 입이 열리지 않았다. 아무 말 없이 그냥 안아주기만 해도 되었지만, 등이라도 쓰다듬어주면 되었지만, 마순영 씨는 그런 용기도 내지 못했다. 마순영 씨는 아이에게 가장 필요한 것이 무엇인지 모르는 어리석고 못난 엄마였다.

마순영 씨는 아이가 뛰어난 성취를 보일 때만 아이를 사랑했다. 성적이 뛰어나거나, 상을 받으면 칭찬해주었다. 예쁜 짓을 하고 칭찬받을 짓을 했을 때만 사탕이나 과자를 주듯 조건부 사랑만 건넸다. 아이를 늘 다그치고 비교했다. 마순영 씨는 수더분한 인상에 안 어울리게 극도로 예민했다. 늘 남의 집 아이와 자기 아이를 비교하곤 했다. 빛나와 빛나 또래의 아이들을 비교했고 영웅이와 영웅이 또래 아이들을 비교했다. 비교하는 습관 때문에 아이의 실수를 눈감아주고 너그럽게 넘기는 법이 없었다. 비교가 천국을 지옥으로, 천사를 악마로 만든다는 것을 알지 못했다.

마순영 씨는 두 아이가 남들보다 늘 앞서기를 원했다. 공부에서건 운동과 예체능에서건, 모든 방면에서 앞서기를 원했다. 하지만 두 아이는 엄마의 이런 욕심에 전혀 아랑곳하지 않았다. 제 본성대로 자라는 풀과 나무처럼 제 나름의 색깔대로 자라났다. 빛나는 엄마의 핍박에도 불구하고 꿋꿋하게 교과서와 노트와 연습장과 문제지에 낙서하고 그림을 그렸다. 고영웅은 제 본성대로 당연히 먹는 것과 노는 것만 좋아하는 아이로 자라났다. 두 아이 다 빠릿빠릿한 것과는 거리가 멀었는데 특히나 고영웅은 느려터진 것 하나는 알아줘야 했다.

유치원 가을 체육대회에서 고영웅은 진가를 유감없이 발휘했다. 구청 공설 운동장에서 아이나라 유치원 체육대회가 성대하게 열렸다. 유치원생은 100명 정도밖에 되지 않는데 가족들이 총출동하는 바람에 분위기가 한껏 고조되었다. 그날의 하이라이트는 바로 50미터 단축 달리기였다. 열 명의 새끼 오리 같은 아이들을 한 줄로 세워서 달리기를 시켰다. 교사가 호루라기를 불고 깃발을 내리자마자 아이들이 쏜살같이 달렸다. 엄마들은 자신의 특별한 아이들을 카메라에 담겠다고 여기저기 정신없이 뛰어다니며 사진을 찍기 바빴다. 백일, 돌, 유치원 입학, 유치원 재롱잔치, 유치원 체육대회, 유치원 졸업식 등 각 성장단계마다 찍은 사진이야말로 엄마들의 아이에 대한 사랑을 증명할 가장 확실한 수단이었다.

드디어 고영웅의 순서가 되었다. 마순영 씨도 옆집 성재 엄마에게 성능 좋은 디지털카메라를 빌려 영웅이 사진을 찍으려고 결승선에 대기하고 있었다. 호루라기 소리가 들리자 열 명의 아이들은 날쌘 토끼처럼 달리기 시작했다. 노란 유치원 체육복을 입고 달리는 아이들은 마치 노란 오리나 병아리처럼 귀여웠다. 다른 아이들은 결승점에 다 뛰어들어왔는데 고영웅은 아무리 기다려도 들어올 생각을 하지 않았다.

"어머 재 좀 봐. 완전히 지가 1등 한 얼굴이야!"

"완전 멋진데!"

"이야! 니가 난놈이다!"

학부모들이 걷다시피 하면서 천천히 들어오고 있는 고영웅을 보고 박수를 치고 함성을 질렀다. 고영웅은 세월아 네월아 하면서 산책하듯 설렁설렁 걸어 들어왔다. 응원하는 학부모들의 다양한 표정을 구경하면서 뛰는 흉내만 내었다. 선수와 관객이 바뀐 것 같았다.

"아하하하! 영웅이 엄마! 영웅이 왜 저렇게 웃겨요? 미쳐! 나, 영웅이 땜에 배 아파 죽겠어. 달리기의 역사를 새로 쓰네."

성재 엄마는 아예 배를 쥐고 바닥에 나뒹굴 기세였다.

"허허! 그놈 인생이 뭔 줄 아는구먼. 죽도록 달려봐야 별 볼 일 없다는 걸, 저 어린 나이에 터득했네! 나무 관셈보살."

머리가 허연 할아버지가 합장까지 하며 한마디 거드는 통에 마순영 씨는 어디 숨고 싶은 심정이었다.

그날 고영웅은 꼴찌로 들어왔지만 1등 이상으로 대환영을 받고 박수를 받았다. 꼴찌가 이렇게 열렬한 대환영을 받을 수도 있다니 마순영 씨는 어리둥절했다. 고영웅은 이렇게 엉뚱한 짓을 해서 마순영 씨를 기함시키곤 했지만, 행복한 유치원 시절을 보냈다. 앞으로 다가올 고영웅 인생의 폭풍의 시절에 비하면 평화로운 시절, 고영웅 인생의 가장 찬연했던 한 시절, 봄 햇빛처럼 따사로운 한 시절이라 할 만했다.

초 1, 건망증 엄마가 준 최고의 입학선물

미래의 영웅이 될 준비된 인재, 고영웅은 드디어 초등학교 입학식을 며칠 앞두고 있었다. 마순영 씨는 영웅이가 초등학교에 들어가기만 하면 학교에서 일약 스타가 되어 선생님들의 귀여움을 독차지할 것이라고 믿어 의심치 않았다. 그래도 일말의 양심이란 게 있었다. 고슴도치도 제 새끼는 함함하다고 하지 않았는가? 엄마 눈에는 영웅이가 마치 정우성 저리 가라일 정도로 잘생겨 보일지 몰라도 다른 사람 눈엔 그렇게 보이진 않을 거라는 정도는 알고 있었다. 영웅이가 다른 애들보다 심하게 뚱뚱해서 좀 둔하게 보인다는 게 문제였다. 키는 평균보다 10센티미터 정도 더 컸지만, 몸무게는 또래 남자애들보다 10킬로그램이 더 나갔다. 그러니 옷발이 영 받지 않았다.

마순영 씨는 영웅이의 입학식 패션에 대해 고민을 했다. 고영웅은 입학식 날부터 그 누구보다 단연코! 기필코! 결단코! 더 돋보이고 멋있어 보여야만 했다. 입학식을 앞두고 괜찮은 옷 한 벌쯤은 사 입혀야겠다 싶었다. 그런데 문제는 영웅이가 옷 사는 것을 지독히도 싫어한다는 거였다. 늘 입고 다니는 옷만 입으려 했다. 품이 넉넉하고 헐렁한 치수의 옷, 여유 있는 옷을 좋아했다. 고영웅은 땀을 많이 흘리는 편이라 몸에 붙는 옷은 병적으로 싫어했다.

마순영 씨는 사도세자처럼 영웅이도 의대증, 옷 강박증이 있다고 생각했다. 사도세자는 아침마다 의복을 차려입고 영조에게 문안 인사 가는 것을 형장에 끌려가는 것만큼 싫어했다고 했다. 어떨 때는 옷을 입혀주는 궁녀를 칼로 찔러 죽일 정도였다. 영조는 한 나라의 군주가 되려면 학문과 예절을 제대로 배우고 익히라고 아들을 보기만 하면 심하게 다그쳤다. 그 때문에 사도세자는 의관을 차려입는 것을 극도로 두려워하는 의대증이 생긴 모양이었다. 무슨 사무가 바쁘신지 집에 자주 들어오지도 않는 고철용 씨인지라 마순영 씨는 아빠에게 문안 인사 한번 시킨 적 없었다. 그런데도 영웅이 이 녀석은 왜 새 옷 사 입는 것을 그리 싫어하는지 알다가도 모를 일이었다.

"영웅아, 낼 입학식이잖아? 우리 백화점에 옷 사러 갈까? 백화점에 가서 맛있는 거 사줄게."

고영웅은 일단 맛있는 거 사준다는 말만 하면 통했다.

"난 옷 사는 거 젤 싫어. 백화점도 싫어. 난 홈플러스가 좋아. 홈플러스 가면 만화책도 실컷 볼 수 있잖아. 홈플러스! 홈플러스!"

고영웅은 홈플러스 노래를 불렀다. 엄마 아빠 출신 성분이 밑바닥이다 보니, 백화점 패션으로 아무리 업그레이드시켜주려 해도 잘 안 되는 거라고 마순영 씨는 한숨을 내쉬었다. 할 수 없었다.

"그럼 홈플러스 갈 테니까, 꼭 옷 사는 거다."

"옷 살 테니까, 꼭 만화책 사줘야 해."

고영웅은 꼭 장사꾼처럼 흥정을 붙여서 제가 원하는 것을 받아내곤 하는 탁월한 재주가 있었다.

마순영 씨는 장바구니를 끌고 영웅이와 함께 홈플러스로 향했다. 11시도 안 됐는데 고영웅은 배가 고프다고 칭얼거렸다. 아침 먹은 지 세 시간도 안 됐는데 벌써 배고프다니, 식욕 하나는 어디 내놔도 1등이었다. 푸드 코트로 가서 푸짐한 해물 쟁반짜장을 시켜서 나눠 먹었다. 쟁반짜장을 다 먹자마자 고영웅은 만화 코너로 가겠다고 고집을 피웠다.

마순영 씨는 일단 옷부터 사야 했기 때문에 영웅이를 끌고 2층에 있는 아동복 매장으로 올라갔다. 유아복 코너 옆에 아동복 매장이 있었는데 옷을 고르는 엄마들 몇 명이 보였다. 마순영 씨가 검정색 아동용 재킷과 흰색 티셔츠를 들고 살펴보고 있는데 한 엄마와 딸의 대화가 들려왔다.

"서영아, 오늘 입학식에서 선생님 봤지? 선생님 좋아?"

"응, 좋아. 우리 선생님이 1학년 선생님 중에서 젤 예뻐!"

입학식이란 단어를 듣는 순간 마순영 씨의 머리끝이 쭈뼛 서고 등에 식은땀이 흐르는 것만 같았다. 머리에서 발끝까지 전류가 쫙 흘렀다.

"저기, 죄송한데요. 입학식 내일 아닌가요?"

마순영 씨는 눈이 휘둥그레져서 여자에게 따지듯 물었다.

"무슨 소리 하세요? 오늘 입학식 마치고 오는 길인데요."

여자는 황당하다는 표정을 드러내며 말했다. 마순영 씨는 그 자리에서 비명을 지르고 싶었지만 입을 틀어막았다. 이 무슨 재앙이란 말인가. 아! 이 죽일 놈의 건망증이라니! 입학식 날짜를 깜빡하고 착각했던 거였다. 마순영 씨는 장바구니를 그대로 팽개쳐놓고는 영웅이의 손을 잡고 마구 달리기 시작했다.

"엄마! 만화 보러 갈 거야. 만화책 안 샀잖아?"

고영웅은 따라오지 않으려고 엉덩이를 뒤로 빼고 뻗댔다.

"지금 만화책이 문제가 아니야. 오늘 입학식했대."

"엄마가 입학식 내일이라고 했잖아?"

착각하고 까먹을 게 따로 있지, 어떻게 아이 입학식을……. 마순영 씨는 이게 정녕 꿈이었으면 좋겠다고 생각했다.

"미안해. 엄마가 큰 실수를 했어. 입학식 날짜를 까먹었어. 내일인 줄 알고 있었는데, 어쩌니?"

"괜찮아. 만화책 두 권만 더 사주면 돼."

마순영 씨는 아들의 너그러움에 목이 멜 지경이었다. 더는 지체할 시간이 없었다.

뚱뚱한 영웅이 손을 잡고 바람같이 달려서 학교에 도착했다. 숨을 거칠게 몰아쉬며 학교 안을 두리번거렸다. 입학식에 온 학부모와 1학년 아이들은 눈 씻고 찾아봐도 보이지 않았다. 대신 운동장에는 고학년 아이들 몇 명이 소리를 지르며 공을 차고 있었다. 바람이 불자 마른 플라타너스 잎과 검은 비닐봉지가 을씨년스럽게 이리저리 날아다녔다. 마순영 씨는 세상이 끝난 것처럼 막막한 기분이었다.

영웅이 손을 잡고 교무실이 있는 본관 건물을 향해 다시 달렸다. 본관 복도를 쿵쾅거리며 뛰다가 교무실에서 나오는 한 여선생과 마주쳤다. 30대 초반쯤으로 보였는데, 검은 모직 투피스 차림의 단정한 인상이었다. 머리카락을 한 올도 안 흘러내리게 뒤로 올려 묶고 있는 모습이 좀 차가워 보이기도 했다.

"선생님, 혹시 교무실에 1학년 2반 선생님 계시는가요?"

"왜 그러시죠?"

"오늘 입학식인 걸 깜빡하고 참석을 못했어요. 선생님 뵈려고 하는데……."

"혹시 고영웅 어머니, 아니신가요? 얘는 고영웅이 맞죠?"

마순영 씨는 너무 놀라서 헉 하는 소리가 절로 튀어나왔다. 혹시 이 선생은 선생이 아니라 신내림을 받은 무당이 아닐까, 하는 얼토당토않은 생각까지 들었다. 앞일을 내다보는 능력이 있는 사람이 아니라면 어떻게 영웅이를 알며 내가 영웅이 엄마인 줄 안단 말인가?

"어머! 선생님, 제가 영웅이 엄만 줄 어떻게 아세요?"

"제가 바로 1학년 2반 담임입니다. 저도 이런 일이 처음이라. 댁에 전화를 걸어보았는데 전화도 안 받으시고 해서, 혹시 입학식 첫날부터 전학을 가셨나 했습니다."

"요즘 집에 일이 좀 많아서요. 입학식을 깜빡했습니다. 죄송합니다."

아무리 집에 일이 많기로서니 아이 초등학교 입학식을 까먹는 정신없는 엄마가 세상에 어디 있겠는가? 변명치곤 너무 궁색하기 이를 데 없었다. 얼굴이 화끈거려 선생을 쳐다볼 면목이 없었다. 고영웅은 선생님과 엄마를 멀뚱멀뚱 쳐다보았다. 영웅이의 입가에 짜장이 지저분하게 묻어 있었다. 입학식 첫날부터 선생에게 좋은 인상을 주겠다는 마순영 씨의 계획은 수포가 되고 말았다. 대신 칠칠치 못한 엄마가 키우는 아이라는 눈도장 하나만은 확실하게 찍어준 셈이었다.

살림과 육아에 재능이 있는 사람도 있겠고 없는 사람도 있겠지만 마순영 씨의 경우는 아이를 키우기에는 치명적이고 완벽한 결격사유가 있었다. 그것은 바로 선천적으로 타고났다고밖에 할 수 없는 중증 건망증이었다. 마순영 씨는 어릴 때부터 건망증이 심해 별명이 '먼산'이었다. 엉뚱한 생각에 빠지거나 먼산 보느라 뭐든 잘 잊어먹는다고 생긴 별명이었다. 엄마가 무슨 심부름을 보내면 늘 잊어먹고 되돌아와서 무슨 심부름을 시켰느냐고 묻는 경우가 허다했다. 마순영 씨의 엄마는 이런 딸의 미래를 일찌감치 예언한 적이 있었다. 아이를 업고 아이를 찾을 거라고. 그 예언처럼 마순영 씨는 가끔씩 자신에게 아이가 있다는 사실 자체, 자신이 엄마라는 사실 자체를 깜빡하기가 일쑤였다.

건망증 증세는 날로 심해졌다. 휴대폰을 손에 들고 휴대폰을 찾거나, 달구어진 프라이팬에 식용유 대신 주방세제를 들이부어 거품이 산처럼 부풀게 하는 마술도 선보일 때도 있었다. 집에 곰국을 끓이다 가스불도 안 끄고 외출하는 바람에 소방차가 출동하게 만든 일도 있고 돌아가는 세탁기 뚜껑을 열고 음식물쓰레기를 다짜고짜 들이부어 세탁기와 옷을 못 쓰게 만든 적도 있었다. 나날이 건망증 레벨이 상승해 마침내는 아이에게 인생 최고의 입학선물을 선사한 거였다. 초등학교 입학식 불참, 고영웅에겐 결코 잊지 못할 최고의 입학선물이었다.

전무후무한 입학선물의 효과는 곧바로 드러났다. 입학식 다음 날 학교에 가자마자 담임선생님은 아이들이 떠들면 고영웅만 대표로 이름을 불렀다. 딴 아이들 이름은 못 외웠지만, 고영웅이란 이름은 입학식 날부터 외운 탓이었다. 유치원에서 초등학교 세계로 갓 입문한 어린이들은 초등학교의 모든 것이 신기해 친구들만 만났다 하면 수업시간에도 개구리떼처럼 와글와글 떠들어댔다. 초등학교 1학년 지도에서 가장 중요한 건 바로 아이들을 조용히 시키고 제자리에 얌전히 앉혀두는 일이었다. 선생님이 책상을 막대기로 탕탕 두드리며 소리를 빽 질렀다.

"야! 고영웅, 조용히 안 할래? 왜 그렇게 떠드니?"

고영웅은 놀라서 눈이 휘둥그레졌다. 시끄럽게 떠들던 아이들도 일제히 입을 다물었다. 아이들의 시선은 대표로 이름이 불린 영웅이에게 쏠렸다.

"선생님! 왜 내 이름만 불러요? 다른 애들도 떠들었단 말이에요."

고영웅은 억울한 건 절대로 못 참았다. 엄격한 가정교육 근처에도 못 간 탓에 어른에게도 따박따박 말대꾸를 하는 되바라진 녀석이었다.

“시끄러! 어디서 말대꾸야? 영웅이 너 떠들었어, 안 떠들었어?”

“떠들었어요.”

고영웅은 입을 시무룩하니 내밀었다.

“떠든 거 맞잖아? 뭐 잘했다고 말대꾸야? 다른 애들은 이름을 아직 모르니까, 대표로 이름 부른 거잖아? 그러니까, 혼나기 싫으면 떠들지 마. 알았어? 한 번만 더 떠들면 벌세울 거야. 떠든 애들 대표로.”

“싫어요! 선생님, 억울해요. 난 떠드는 애들 대표하기 싫단 말이에요. 다른 애들도 다 떠들었어요!”

“난 시끄러운 애들 제일 싫어한다. 고영웅 조용히 해라! 너 나가서 벌서고 싶어?”

집에 돌아온 고영웅은 신경질이 잔뜩 나서 마순영 씨에게 심통을 부렸다.

“이게 전부 엄마 때문이야! 씨이!”

욕설에 병적으로 민감하시며 교양도 있으신 왕년의 시인 마순영 씨는 ‘씨이’라는 말에 놀라서 눈이 휘둥그레졌다. 학교에 가자마자 욕부터 배운 건가 걱정이 되었다.

“영웅아, 너 왜 그래? 학교에서 무슨 일 있었어?”

“선생님이, 나만 혼냈어.”

“왜? 왜 너만 혼내?”

“선생님 진짜 나빠! 다른 애들도 다 떠들었단 말이야. 근데 내 이름만 외웠다고 나만 혼내. 나보고 떠드는 애들 대표래. 억울해. 진짜 억울해."

마순영 씨는 아이고 소리가 절로 나왔다. 영웅이 말대로 이 모든 게 엄마 때문이었다. 엄마가 입학식 날짜를 까먹지만 않았다면 고영웅은 1학년 생활을 멋지게 시작할 수 있었을 것이다. 선생님께 귀여움받으며 학교생활을 즐겁게 할 수 있었을 텐데, 마순영 씨는 머리를 벽에 쾅쾅 찧고 싶은 기분이었다.

그날 이후로 영웅이의 18번이 '엄마 때문이야!'였다. 준비물 안 챙겨 간 것도, 숙제 못 한 것도, 학교에 늦게 간 것도, 체육복 안 갖고 간 것도, 숙제 못 챙긴 것도, 실내화 안 챙겨 간 것도, 교과서를 빠뜨리고 간 것도 모든 것이 엄마 때문이라고 신경질을 부렸다. 교실 바로 옆에 공중전화기가 설치되어 있었는데 고영웅은 1교시 마치면 하루도 빠짐없이 콜렉트 콜을 했다. 텔레비전을 볼 때 콜렉트 콜 광고를 그렇게 유심히 보며 노래를 따라 하더니 학교에서 마마보이 노릇 하는 데 써먹을 줄은 꿈에도 몰랐다. 마순영 씨는 영웅이의 전화를 피해서 어디론가 달아나고 싶을 지경이었지만 중풍으로 몸이 불편해진 시어머니를 혼자 두고 집을 비울 수도 없는 노릇이었다.

고영웅은 대성통곡을 하면서 집에 돌아왔다. 얼굴은 온통 눈물 콧물 범벅이고 입술도 부어 있었다. 마순영 씨는 영웅이에게 자초지종을 듣고 말문이 막혔다.

1교시 체육시간 줄넘기 수업을 하려고 운동장에 모였는데 평소에 사이가 안 좋은 민혁이와 시비가 붙었다. 여자 짝꿍이 모자라 덩치가 큰 고영웅은 민혁이와 짝이 되었는데 걸핏하면 싸우곤 했다. 몸이 부딪친다고 팔을 치고 서로의 물건이 책상을 넘어오면 휙 집어던질 정도로 신경전을 벌이며 티격태격했다. 운동장에서 줄을 서다가 서로 발을 밟았다며 옥신각신하다 고영웅이 먼저 민혁이를 확 떠밀었다. 화가 치민 민혁이가 축구공에 헤딩하듯 고영웅의 얼굴을 머리로 냅다 박아버렸다. 입술이 터지고 코피가 나자 고영웅은 피를 보고 놀라 큰 소리로 울었다.

민혁이를 혼내지도 않고 선생님은 그냥 휴지만 주면서 닦으라고 하고는 수업만 계속했다. 고영웅은 선생님이 원망스럽고 억울하고 서러웠다. 울고 싶은데 아파서 입안을 만져보니 이빨이 흔들리는 게 아닌가. 엉엉 울면서 이빨이 흔들린다고 소리쳤다. 선생님은 눈길도 안 주고 들은 척도 하지 않았다. 고영웅은 아프기도 하고 선생님이 원망스럽기도 해서 더욱더 큰 소리로 우렁차게 울었다. 선생님은 매미처럼 시끄럽게 울어대는 고영웅을 무시하고 줄넘기 수업에만 열중했다. 고영웅은 교실에 들어와서도 울음을 그치지 않았다. 선생님이 밉고 억울해서 하교할 때까지 멈추지 않고 끈질기게 울었다.

평소의 영웅이였다면 아마도 몇 번이나 집에 콜렉트 콜로 전화를 했을 터였다. 얼마나 억울했기에 집에 전화할 생각조차 하지 않았을까. 피가 거꾸로 솟았다. 마순영 씨는 열이 있는 대로 뻗쳐올라 담임에게 전화를 걸었다.

“네, 전화 바꿨습니다. 1학년 2반 담임 한정은입니다.”

“선생님, 영웅이 엄맙니다. 정말 너무하신 거 아니에요? 어떻게 이러실 수 있습니까? 아이가 다쳐서 이빨이 흔들리는데, 어떻게 봐주지도 않을 수 있어요? 진짜 심하시네요.”

“네? 영웅이 이빨이 흔들린다구요? 피가 나서 휴지로 닦으라고 했는데 이빨까지 흔들리는 줄은 몰랐네요.”

마순영 씨는 더 기가 막혔다. 이빨이 흔들린다고 내리 세 시간이나 울었다는데, 왜 몰랐단 말인가.

“영웅인 분명히 이빨 흔들린다고, 다쳤다고 말했다는데요? 선생님 아이라면 이렇게 하셨겠습니까?”

“어머니, 신학기라 처리할 일도 많고 업무가 많다 보니 제가 미처 세심하게 신경을 못 썼네요.”

그 말을 듣는 순간, 마순영 씨는 아차 싶었다. 집에 일이 많아 입학식을 깜빡했다고 했던 기억이 떠올랐다. 되로 주고 말로 받았다는 생각이 들었다.

“다친 게 아니라 민혁이한테 화나고 분해서 우는 줄 알고 대수롭지 않게 생각했습니다. 제가 무심했습니다. 사과드립니다. 그냥 고집피우는 줄 알았습니다. 영웅이가 성격이 좀 강해서 고집을 좀 피울 때가 많거든요. 일단 병원 치료부터 하셔야 할 텐데요. 민혁이 어머니랑 어쨌든 통화해야 할 것 같은데, 전화번호 알려드리겠습니다.”

담임은 의례적으로 사과를 하고 귀찮은 일에서 재빨리 발을 빼려 했다. 무책임, 무사안일, 무신경의 극단을 본 기분이었다. 아직 젊은 선생인데도 교사로서의 형식적인 책임감도 없고 벌써 공무원 특유의 복지부동이 몸에 배어 있었다.

마순영 씨는 이게 다 자업자득이라고 생각했다. 정신없는 엄마가 키우는 아이라고, 다쳐서 우는데도 믿어주지 않았던 것이다. 입학 첫날부터 입학식도 까먹고 대소동을 피운 엄마가 키우는 아이라면 그 아이도 문제아라는 건지, 아이가 세 시간이나 내리 우는데도 선생은 아이의 말을 귀 기울여 들어보려고 하지 않았던 것이다. 고영웅의 학교생활을 희망차게 시작하도록 해주려는 원대한 희망에 부풀어 있었는데 첫 단추부터 잘못 끼워주었구나 싶어 마순영 씨는 머리가 지끈거렸다.

갖가지 소동을 피우긴 했지만 고영웅은 2학기부터는 학교생활에 그런대로 적응해나갔다. 친구들을 집으로 자주 데려오고 온 동네를 누비며 신나게 놀았다. 학교 가기 전부터 각종 학습만화로 선행학습을 충분히 한 덕분인지 학교 성적도 좋았고 독후감 상이나 과학 글짓기 상, 독서만화 그리기 상을 자주 받아와 마순영 씨를 흐뭇하게 만들어주었다. 첫 단추를 잘못 끼운 것치고는 이 정도면 나름 선방한 셈이라고 할 만했다.

"천 리 길도 한 걸음부터라고 했잖아? 첫술에 배부르겠어?"

선조들이 물려주신 빛나는 유산인 속담으로 자신을 합리화하는 데 일가견이 있는 마순영 씨는 좋을 대로 해석했다. 겨우 초등

학교 1학년, 서울대 가는 길은 길고도 멀었다. 넘어지면 다시 일어
서면 되는 것이다.

초 2, 우아한 치맛바람과 맹모삼천

"엄마, 우리 선생님 이름 진짜 신기해. 강호수 선생님이야. 강과 호수래. 재밌지?"

2학년 때 영웅이 담임이 된 강호수 선생님은 30대 초반으로 미혼이었다. 영웅이 말대로 재미있는 이름을 가진 강호수 선생님에게 마순영 씨는 희망을 걸었다. 어디로 튈지 모르는 남자아이들에게는 남자 선생님이 더 맞을지 모른다고, 다행이라고 생각했다. 엄마조차 이해 못하는 아들놈의 별 해괴한 행동도 남자선생님이라면 조금은 이해해줄 것만 같았다.

마순영 씨는 본격적으로 영웅이 학습 매니저로 나섰다. 차도 없고 운전면허도 없었지만, 아들을 수학 영재로 키우기 위해 수학경시대회가 열린다는 소식이 들리면 무조건 참가시켰다. 버스를 갈아타고 대회에 영웅이를 데리고 다니는 것은 고역이었다. 그런데도 마순영 씨는 경기에 출전시키듯 KMC, KME, 해법 수학경시대회, 동아 수학경시대회, 성균관대학교 수학경시대회, 언론사나 출판사나 대학에서 주최하는 각종 대회에 영웅이를 다 내보냈다. 고영웅을 우물 안 개구리로 만들 수는 없는 일이었다. 마순영 씨는 전국의 아이들과 실력을 겨루어야만 수학 실력을 키울 수 있다고 굳게 믿었다. 수학 천재를 뒷바라지하기 위해선 이 정도 수고쯤은 감수해야 했다.

어쩌다 집에 들어온 고철용 씨에게 경시대회에 데려다달라고 부탁이라도 할라치면 핀잔이 날아왔다.

"2학년짜리를 무슨 경시대회에 내보내? 애 좀 잡지 말고 좀 놀게 내버려둬. 그 나이 때는 노는 게 제일 좋은 거야. 친구들이랑 잘 노는 놈이 나중에 사회생활도 잘해."

이렇게 세상 물정 모르는 소리나 해대기 일쑤였다.

"차 한번 태워주는 게 뭐가 그리 어려워? 아빠들이 얼마나 많이 따라오는 줄 알아? 완전히 가족 나들이 겸해서 오는 거 보면 진짜 부러워."

"부러우면 그런 서방 찾아가든가. 치맛바람 좀 일으키지 마. 진짜 볼썽사납다."

"뭐? 치맛바람? 당신이 치맛바람이 뭔지 알기나 해?"

마순영 씨는 치맛바람 소리에 도끼눈을 뜨며 화를 벌컥 냈다.

"내가 언제 치맛바람 근처에 가는 거 본 적 있냐고?"

마순영 씨는 운동권 물을 잘못 먹은 이들이 그러하듯 무조건 자신만 깨끗하고 옳고 정의롭다는 도덕적 우월감에 젖어 있었다. 치맛바람을 일으키는 엄마들은 이기적이고 비도덕적이라고 생각했다. 학부모회 활동을 하는 엄마들을 보면 눈꼴사나워 같이 어울리지 않았다. 빛나가 초등학교에 다닐 때는 운동회 빼고는 학교 한번 찾아간 적이 없었다. 빛나는 학부모 참관수업도 안 오는 엄마에게 서운함을 내색하곤 했다. 다른 엄마들은 학교에 자주 오는데, 엄마는 계모냐고 신경질을 낼 때도 있었다.

그랬던 마순영 씨는 이젠 상황이 달라졌다고 자신을 합리화했다. 전형적인 '내로남불'이었다. 자그마치 영웅이를 서울대에 보내려고 마음을 먹고 있는 상황이 아닌가. 아이를 서울대에 보낼 엄마라면 치맛바람이든 뭐든 하는 데까지 아이를 지원해줘야 한다는 생각이 들었다. 친구 황수희가 서울대에 간 이유는 본인이 잘나서 혼자 힘으로 갔다기보다는 전적으로 바짓바람의 선구자였던 제 아버지의 물심양면 지원이 따랐기 때문이 아니겠는가. 아이의 힘만으로는 불가능한 일이 서울대에 합격하는 일이었다. 엄마의 강력하고 맹렬한 치맛바람이 필수였다.

마순영 씨는 영웅이를 위해서 표 나지 않는 우아한 치맛바람을 일으켜야겠다고 결심했다. 마순영 씨가 인생 최초로 도전한 치맛바람이 바로 일일 학부모 교사였다. 일일 학부모 교사를 모집한다는 가정통신문을 본 순간, 마순영 씨는 오래전 흙 속에 파묻혀서 썩어버리기 직전인 시인 마수영이라는 이름을 발굴해냈다. 그래도 명색이 신춘문예 당선 시인이 일일 학부모 교사로 봉사하면 아이들에게 무한한 영광이 아니겠는가. 고영웅은 아이들에게 우리 엄마가 시인이라고 기 좀 펴겠고 말이다.

마순영 씨가 자원봉사를 하는 날은 신록이 눈부신 5월, 스승의 날이었다. 마순영 씨는 전날 미용실에 가서 오랜만에 머리도 했다.

옷장에서 은은한 파스텔 톤 연분홍색 투피스를 꺼내 입고 초록빛 실크 스카프까지 두르니 제법 봐줄 만했다. 마순영 씨는 스카프를 흩날리며 보무도 당당하게 일일 교사를 하러 학교로 갔다.

교실로 들어가자 엄마를 본 고영웅이 아이들 틈에서 함박웃음을 지었다. 집에서 매일 후줄근한 차림으로 화장도 하지 않은 채 살림만 하던 엄마가 예쁘게 차려입고 선생님처럼 교단에 섰으니 입이 귀에 걸릴밖에. 비록 하루지만 이날은 아들 덕분에 학교 교단에 서고자 했던 마순영 씨의 숙원 사업이 성취된 역사적인 날이었다.

"여러분! 오늘 여기 오신 고영웅 어머님께서는 시를 쓰시는 마순영 시인님입니다. 오늘 선생님 대신 멋진 수업을 해주실 마순영 선생님께 힘찬 박수 부탁합니다."

담임선생이 마순영 씨를 소개하자 아이들이 손뼉을 쳤다. 마순영 씨는 교탁 앞으로 나가서 인사를 했다. 담임선생이 한 시간 잘 부탁드린다는 말을 하고는 복도로 나갔다. 이제 마순영 씨가 책임져야만 하는 시간이었다. 마순영 씨는 아이들에게 A4 용지 한 장씩 나누어주고 단어 수집 게임을 시켰다. '미' 자로 시작하는 말을 10분 만에 가장 많이 쓴 사람에게 초콜릿을 주겠다고 하니 아이들은 정신을 집중하고 열심히 종이에 단어를 적었다. 역시 경쟁은 인간의 본능인 것 같았다. 교육을 위해선 뭐니 뭐니 해도 경쟁본능을 자극하는 것만큼 좋은 방법이 없다는 생각이 들었다. 단어를 떠올리려고 머리를 쥐어짜 내는 아이들 모습이 귀여웠다. 마순영 씨는 아이들이 쓰는 단어들을 들여다보았다.

미남, 미녀, 미안, 미국, 미나리, 미인, 미래, 미술, 미소, 미리, 미워하다, 미끄럼틀, 미움, 미루다, 미역, 미사일, 미용실, 미음, 미치광이, 미끼, 미꾸라지, 미로, 미신, 미륵불, 미르, 미리내, 미치다…….

풀들이 돋아나듯, 꽃들이 피어나듯 단어들이 무성하게 흰 종이 위에 피어났다. A4 용지에 30개나 되는 단어를 적은 아이도 있었다. 마순영 씨는 단어를 가장 많이 쓴 백승우란 아이에게 가나초콜릿을 주었다. 나머지 아이들에게는 종처럼 생긴 키세스 초콜릿 하나씩을 나누어주었다. 아이들은 달콤한 초콜릿을 입에 넣고 행복한 표정을 지었다.

그다음엔 단어 일곱 개를 제시하고 그 단어로 동시를 쓰고 그에 맞는 그림을 그려보라고 했다. 엄마, 하늘, 나무, 꽃, 나비, 바다, 마음이란 단어를 칠판에 적었다. 무조건 일곱 개의 단어만 넣으면 된다고 했더니 아이들은 게임을 하듯 시를 썼다. 아이들이 집중해서 시를 쓰는 모습을 보면서 마순영 씨는 가슴이 설레었다. 이 사랑스러운 아이들을 가르치는 교사라는 직업만큼 멋지고 숭고한 직업이 있겠는가 싶었다. 다시 한번 교사가 되지 못한 자신의 처지가 안타깝기만 했다.

교실을 빙 둘러보니 몇 명 빼고는 시를 다 쓴 것 같았다. 시를 발표하고 싶은 아이들에게 손을 들어보라고 했다. 영웅이도 손을 번쩍 쳐들었다. 영웅이에게 발표를 시키고 싶었지만 다른 아이를 시켜주는 게 공평할 듯싶었다. 마순영 씨는 머리를 양 갈래로 묶은 최고은이란 여자애에게 발표를 시켰다.

엄마

엄마는 나의 하늘
엄마는 나의 꽃
엄마는 나의 나비
엄마는 나의 나무
엄마는 나의 바다
엄마는 나의 마음

군더더기 하나 없는 순수한 시였다. 최고은은 은유법의 명수란 생각이 들었다. 평소에 고은이와 엄마 사이가 어떨지 예상할 수 있었다. 아이들은 우, 하는 소리를 질러댔다. 그게 무슨 시냐고, 장난친 거냐고 되묻는 아이까지 있었다. 마순영 씨는 영웅이도 엄마를 고은이처럼 이렇게 생각해줄지 궁금했다. 영웅이에게 엄마는 대체 어떤 존재인 걸까. 엄마는 단지 밥이고, 반찬이고, 옷이고, 신발이고, 잔소리꾼일까.

아이들에게 이 멋진 시를 쓴 최고은에게 크게 박수 쳐주자고 했다. 아이들의 박수에 고은이가 뿌듯한 표정으로 활짝 웃었다. 언제 들어왔는지 교실 뒤에는 담임선생이 미소를 지으며 서 있었다.

마순영 씨가 첫 번째로 시도한 우아한 치맛바람은 나름 성공적이었다. 마순영 씨는 자신이 명명한 우아한 치맛바람에 자신감이 한껏 붙어서 이제 또 다른 우아한 치맛바람을 일으킬 만한 게 없는지 기웃거렸다. 마순영 씨가 두 번째로 도전한 치맛바람이 바로 도서관 자원봉사였다. 도서관 자원봉사를 하면 영웅이에게 독서 습관을 길러줄 수 있겠다는 생각이 들었다. 독서는 모든 공부의 기본이었다. 독서능력이 좋아지면 수학 문제를 잘 읽을 수 있고 문제도 정확하게 풀 수 있을 것이다. 자고로 공부 환경이 중요한 법이었다. 도서관에서 책을 읽다가 같이 귀가한다면 이보다 더 좋을 수 없었다.

그날따라 도서관 바코드 기계가 말썽이었다. 일일이 수작업으로 대출 도서와 반납 도서를 도서대장에 기록하며 일했다. 도서관 입구의 사서 책상에는 아이들이 반납한 책이 수북이 쌓여 있었다. 도서관을 무슨 놀이터 삼아 뛰어다니는 아이들까지 있어서 마순영 씨는 정신을 차릴 수가 없었다. 떠드는 두 아이를 도서관 밖으로 내쫓고 나서 책상에 앉았을 때였다.

"엄마! 민구가 내 물통 빼앗아갔어!"

갑자기 고영웅이 도서관으로 뛰어 들어오더니 신경질을 내며 소리 질렀다. 책상 주변에 몰려 서 있던 아이들이 영웅이를 보고 킬킬대며 웃었다. 마순영 씨는 씩씩대는 영웅이에게 조용히 하라고 눈치를 주었다. 그 눈치를 알아먹을 영웅이가 아니었다.

"난 물도 못 마셨단 말이야! 민구 진짜 나쁜 새끼야!"

욕을 병적으로 싫어하는 고상하고 교양 있으신 마순영 씨가 아닌가. 도서관에서 나쁜 새끼라는 욕을 함부로 내뱉는 이 아이를 어째야 하는가 싶었다. 아이들이 어처구니없다는 듯 영웅이와 마순영 씨를 번갈아 쳐다보았다. 마순영 씨는 얼굴이 화끈거려 아이들의 눈길을 외면했다.

"쉿! 그런 말 하면 못써! 조용히 안 할래? 여기 도서관인 거 몰라?"

"몰라! 씨!"

고영웅은 신경질을 있는 대로 내며 발까지 쿵쿵 굴렀다. 책을 읽던 아이들이 영웅이를 쳐다보며 얼굴을 찌푸렸다.

영웅이와 늘 붙어 다니는 민구 때문에 마순영 씨는 머리가 터질 지경이었다. 한 날은 학원버스 기사에게서 연락이 와서 심장이 철렁한 적도 있었다. 영웅이가 차를 우그러뜨렸다고 했다. 민구가 먼저 영웅이의 보온 물병을 빼앗아 달아나면서 바보, 뚱보라고 놀렸다. 화를 못 이긴 영웅이가 우산이 든 것도 모르고 신발주머니를 차에다 마구 휘두르다 흠집을 낸 것이었다. 사고를 친 영웅이 잘못이었지만 사태의 원인은 민구 녀석이었다. 마순영 씨가 뒷목을 잡을 일은 연달아 일어났다. 민구가 홈플러스에서 장난감 훔치는 것을 봤다는 말을 영웅이가 너무도 태연스럽게 하는 게 아닌가. 친구 따라 강남 간다는데, 마순영 씨는 잠이 오지 않았다. 도둑질까지 하는 아이에게서 영웅이를 떼놓아야만 서울대로 보낼 길이 열리는데, 지금 시점엔 가장 큰 장애물이 바로 민구였다. 그 아이가 전학이라도 가기를 정화수 떠놓고 빌어야 할 것만 같았다.

마순영 씨는 아파트 슈퍼 앞에서 유정이 엄마를 만났다. 된장찌

개에 넣을 두부 한 모와 애호박과 파를 사서 집으로 오는 길이었다.

"영웅이 엄마! 나, 안 그래도 영웅이 엄마한테 전화하려다 말았어."

유정이 엄마는 긴히 할 말이 있는 눈치였다. 유정이 엄마는 시험관 시술로 낳은 늦둥이 딸 유정이를 금이야 옥이야 하며 애지중지했다. 늘 학교 출입이 잦은 편이라 학교 소식에 대해 훤하게 알고 있었다. 유정이 엄마는 마순영 씨의 팔을 잡아끌며 놀이터 쪽으로 가자고 했다. 아마도 영웅이에 관한 이야기가 아닌가 싶어 마순영 씨는 불안했다. 노인정 옆에 있는 놀이터에는 아이들이 왁자하게 뛰놀고 있었다. 저녁 무렵이라 저녁을 하러 갔는지 엄마들은 보이지 않았다.

"영웅이 엄마, 고깝게 듣지 마. 같이 아이 키우는 처지인데 아이에 대해 안 좋은 소리 들으면 기분 나쁘겠지만…… 이런 이야기는 꼭 해줘야 할 것 같아 말해주는 거야."

마순영 씨는 무슨 이야기인데 이렇게 서두가 거창한가 싶어 애가 탔다.

"괜찮아요. 저야 우리 애 이야기인데 당연히 알아야 하잖아요."

"어제 내가 학교에 일이 있어서 교실에 찾아갔거든. 근데 영웅이가 교탁을 발로 차고 선생님께 소리를 지르면서 대들고 있더라고. 선생님께 대드는 애가 어딨냐고? 진짜 놀랬다니까. 선생님은 크게 화도 안 내시고 영웅이 그냥 달래고만 있고. 아이들은 놀라서 영웅이 쳐다보고. 영웅이가 선생님 앞에서 있는 땡깡, 없는 땡깡 다 부렸다니까. 우리 선생님이 점잖으시고 사람이 좋았기에 망정이지. 진짜 무서운 선생님 같았으면 영웅이 어쩌면 심하게 맞았을걸. 아마 이 학교 다니지도 못하고 전학이라도 해야 했을 거야."

마치 전학이라도 빨리 가란 소리로 들렸다. 마순영 씨는 낯이 화끈거려 유정이 엄마 얼굴을 바로 볼 수가 없었다. 이제 앞으로 담임선생님 얼굴을 어떻게 본단 말인가.

마순영 씨는 다훈이 엄마가 입버릇처럼 말하던 '엄부자모'란 말을 떠올렸다. 아이에겐 엄한 아버지의 자리가 필수라고 했다. 고영웅은 다훈이네 집에 가서 놀 때가 많았다. 정훈이와 다훈이와 셋이서 노는 걸 보면 영웅이가 심하게 고집을 부리고 장난감을 혼자서 차지하거나 놀이규칙을 잘 안 지키고 자기 맘대로 할 때가 많다는 거였다. 다훈 엄마는 아마도 아이에게 규칙을 지키게 만들고, 엄하게 가르치는 아버지 역할이 부족해서 그런 게 아니냐는 원인 분석까지 내놓았다. 한마디로 영웅이 버릇이 없다는 말이었다.

마순영 씨가 아무 생각 없이 고철용 씨 흉을 보며 가정적인 다훈 아빠를 칭찬했던 적이 몇 번 있긴 했다. 마순영 씨는 다훈 엄마의 말을 들었을 때 자기가 무슨 아동교육 전문가도 아니면서 주제넘은 소리를 한다고 속으로 코웃음을 쳤다. 자기 아이나 잘 키우라지, 그런 말로 응수해주고 싶었으나 다훈이네 3남매는 어렸지만 나무랄 데 없이 반듯한 아이들이었다. 말 그대로 엄부자모 슬하에서 교육 잘 받고 컸다는 말이 딱 들어맞는 아이들이 바로 다훈이네 집 아이들이었다.

다훈 엄마의 말이 맞을지도 몰랐다. 집에는 영웅이의 행동을 제지하거나 엄하게 가르치는 사람이 없었다. 시어머니는 늘 천금 같은 내 손주, 하며 오냐 오냐 해주었고 마순영 씨도 영웅이가 떼를 써도 뭐든 허용했다. 누나에게 버릇없이 대들어도 영웅이 편을 들며 감쌀 때가 많았다. 영웅이가 8개월 무렵 장중첩증에 걸려 사경을 헤맸던 일이 있었는데 그 일 때문인지도 몰랐다. 꼬여버린 장이 24시간 내에 안 풀리면 장이 괴사하는 무서운 병이었다. 그야말로 아이를 잃어버릴 뻔했던 위급한 상황이었다. 실력 있는 소아과 의사의 발 빠른 조처로 겨우 목숨을 건진 터라 불면 날아갈세라, 쥐면 터질세라 조심조심 아이를 키웠다. 미운 자식 떡 하나 더 주고 이쁜 자식은 매로 다스리라고 하지 않았던가? 마순영 씨는 머리를 싸쥐고 한숨을 내쉬었다. 공부보다 인성을 가르치는 일이 더 힘들다는 것을 처음으로 깨달았다.

원래 사건은 연달아 터지는 법이다. 영웅이 문제로 머리가 터지기 일보 직전인 마순영 씨에게 고철용 씨가 어느 날 핵폭탄급 선언을 했다. 술에 엉망으로 취해 들어온 고철용 씨가 마순영 씨를 갑자기 끌어안았다. 전에 없던 술버릇에 마순영 씨는 기함했다. 시큼한 술냄새와 담배냄새가 역겨웠다.

"왜 이래? 술냄새 나. 저리 가."

마순영 씨는 고철용 씨를 확 떠밀어냈다.

"이 아줌마야! 사람 기분 좀 맞춰줘봐. 너무 힘들다. 한번 안아주면 안 되냐?"

"무슨 사고 쳤어? 왜 안 하던 짓을 하고 난리야?"

"마순영 씨! 마수영 시인님! 마 여사! 이제 우리 어떡하냐?"

고철용 씨는 그 말을 하더니 땅이 꺼져라 한숨을 내쉬었다. 갑자기 마수영 시인이라니, 이 남자가 신춘문예 시상식 날 딱 한 번 써먹은 마수영 시인이란 이름을 기억하고 있다니 좀 당황스러웠다.

"당신 진짜 무슨 사고 쳤어? 바람피웠어? 갑자기 왜 그래?"

"이 바보야, 그따위 문제라면 왜 이러겠냐? 내가, 이 고철용이가 큰 사고 쳤다. 집을 날렸어. 김치공장이 부도났어. 집이 경매로 넘어가버렸다고!"

마순영 씨는 그대로 얼어붙은 채 아무 말도 못 하고 고철용 씨의 얼굴을 멍하니 쳐다보았다. 이 난데없는 메가톤급 선언은 뭐란 말인가.

"당신 지금 무슨 소리 하는 거야? 경매? 지금 농담하는 거지? 거짓말이지?"

"거짓말이면, 이게 전부 꿈이면 좋겠다. 식당에서 국산 김치는 비싸다고 중국산 김치만 쓰는데 무슨 재간으로 견디겠냐? 길거리 나앉게 됐어. 알거지가 됐다니까. 휴!"

한숨을 내쉬는 고철용 씨의 얼굴에 절망이 가득했다.

"아! 정말 미쳤어. 이 한겨울에 우리 식구들 어디로 가라고? 좀 있으면 빛나 고등학교 입학하잖아? 애니메이션고라서 학비도 더 많이 들어! 대체 어떡할 거야? 그러게 왜 김치공장까지 동업한다고 난리를 피웠어? 그냥 얌전히 대리점이나 하지."

"지금 뭐라 했어? 뭐? 얌전히 대리점이나 하지?"

고철용 씨는 소리를 버럭 질렀다.

"왜? 내가 말 잘못 했어?"

"사람들이 김치까지 전부 중국산을 쓸 줄 누가 알았겠냐? 생활비 잘 벌어다 줄 땐 고마워할 줄도 모르더니. 나보고 지금 어쩌라고? 그럼 니가 돈 좀 구해 와. 난 모르겠으니까. 니가 바가지 안 긁어도 골치 아파 죽을 것 같으니까. 어디 가서 콱 죽어버리든지 해야지."

고철용 씨는 현관문을 쾅 닫고 집 밖으로 나가버렸다.

"빛나 아빠!"

마순영 씨는 현관문을 열고 얼른 따라나갔지만 엘리베이터는 이미 아래층으로 내려가버린 뒤였다.

마순영 씨는 고철용 씨가 그렇게 나가버린 후 전화벨 소리만 들려도 깜짝깜짝 놀랐다. 텔레비전 뉴스에도 신경이 쓰였다. 고철용 씨 말대로 다혈질인 성격에 어디 높은 곳에 올라가 투신자살을 하거나, 차 안에다 번개탄을 피워 놓고 죽거나, 목매달아 죽거나, 물에 뛰어들거나 하지 않는가, 해서 심장이 타들어갔다.

근 보름 만에 잠적했다가 나타난 고철용 씨는 마순영 씨 앞에 돈 천만 원을 내놓았다. 어디서 노숙이라도 하다 왔는지 몰골이 말이 아니었다.

"이 돈으로 작은 월세 아파트 얻을 수 있을 거야. 부산으로 이사 가자. 부산에서 아는 형님이 부동산 컨설팅 사무소 하고 있는데 거기 와서 점포 컨설팅 영업 좀 해보래. 엄마는 누나한테 부탁해볼게."

난데없이 부산이라니? 점포 컨설팅 영업이라니? 마순영 씨는 입을 쩍 벌리고 고철용 씨를 한참 쳐다보았다. 고철용 씨의 볼이 푹 파여 있었다. 남편이 무슨 외계인같이 낯설었다.

마순영 씨는 이 도시에서 근 20년을 살았다. 그런데 갑자기 이 도시를 떠나 아무 연고도 없는 부산으로 가야 한다니 헛웃음만 나왔다. 어제도 통화했던 친구 명혜의 얼굴이 떠올랐다. 명혜는 마순영 씨가 세상에서 가장 많이 믿고 의지하는 친구였다. 어쩌면 친구라기보다 마순영 씨의 스승이자 멘토라고 할 수 있었다. 늘 불안에 쫓기는 마순영 씨와 달리 명혜는 매사에 너그럽고 여유가 있었다. 친정엄마가 돌아가셨을 때 쓰지도 못한 지폐가 장판 밑에서 비료 포대로 한 자루 넘게 나왔는데, 곰팡이가 슬고 심하게 썩어서 반 넘게 버렸다고 했다. 췌장암이었는데 돈이 아까워 병을 키우다가 돌아가셨다고 했다. 반찬도 없이 간장으로 밥을 먹거나 대충 찬물에 말아 먹거나 입성도 늘 허름했던 친정엄마의 허무한 죽음 때문에 돈에 매인 삶이 제일 끔찍하다던 명혜였다.

명혜는 사교육 1번지인 수성구에서 고등학생 국어 과외와 독서 논술 수업을 10년째 하고 있었다. 수업을 듣던 학생이 1년 넘게 수강료를 내지 않아도 다그치거나 재촉하는 적도 없었다. 아버지 사업이 망해서 학원비를 못 내는데 어쩌겠냐고 했다. 2년 치 학원비를 떼여도 그냥 웃을 정도로 여유가 있었다. 마순영 씨는 자신에게 없는 그런 너그러움과 여유를 가진 명혜에게 존경심을 넘어 경외감을 품고 있었다. 명혜는 상담료 하나 받지 않고 수준 높은 상담을 해주는 마순영 씨의 전속 정신과 주치의기도 했다. 고민거리를 주렁주렁 달고 사는 마순영 씨인지라 아이가 엄마에게 칭얼대듯 명혜에게 자주 하소연을 하고 푸념을 했다. 귀찮을 만도 한데 명혜는 친절하고 다정하게 마순영 씨 이야기에 귀를 기울여주고 마치 그 유명한 법륜스님처럼 명쾌한 해결 방법까지 조언해주곤 했다. 그러나 명혜가 아무리 수준 높은 상담을 해주어도 허사였다. 마순영 씨가 어리석고 아집이 심한 탓에 상담 효과가 전혀 나타나지 않았다.

다훈 엄마도 얼마나 괜찮은 사람이었나. 흉허물 없는 친구가 될 수도 있었던 좋은 사람을 놓치게 되었다는 아쉬움이 컸다. 괜히 황수희 때문에 질투심이란 안경을 쓰고 다훈 엄마를 대했던 게 미안했다. 그뿐인가? 아파트 앞에 일구어놓은 텃밭까지 아깝고 아쉽기 짝이 없었다. 푸성귀를 뜯고, 고추나 가지나 오이를 따오던 순간들, 영웅이에게 꽃들의 이름을 가르쳐주며 들길을 걷던 그 모든 순간이 좋았다. 눈부신 한때였다. 내 집에 살고 있을 때는 내 집 마련할 때의 기쁨도 잠시였고 집은 당연히 있다는 생각밖에 하지 못했다. 마순영 씨는 집을 잃고서야 집의 소중함을 뒤늦게 깨달았다.

마순영 씨는 사소한 일에는 흥분하고 목숨 거는 성격이었지만 막상 위기가 닥치면 강한 전투력을 발휘하는 투사적인 면모도 있었다. 이사 가면 영웅이를 전학시켜야만 했다. 전학이 한 줄기 빛처럼 느껴졌다. 위기는 기회의 다른 이름이기도 했다. 집을 잃고 어쩔 수 없이 전학을 가는 게 아니라, 현재의 어려움을 타개할 새로운 돌파구가 될 수도 있을 것만 같았다. 민구에게서 영웅이를 떼놓을 절호의 기회이기도 했다.

아이를 잘 키우기 위해서라면 맹모삼천이 아니라 맹모칠천이나 팔천까지도 불사해야 하지 않겠는가. 뿐만 아니라 영웅이 자체의 문제 때문에라도 전학이 불가피했다. 유정이 엄마에게 영웅이가 선생님 앞에서 난리를 피운 이야기를 들었을 때 단 하루도 이 학교에 있을 자신이 없었다. 선입견이나 고정된 이미지는 바꾸기가 힘든 것이다. 마순영 씨가 입학식 날짜를 까먹는 바람에 영웅이가 1학년 내내 얼마나 고생을 했던가 말이다.

이사를 가면 먹고사는 일이 가장 큰 문제였다. 고철용 씨는 부도를 낸 바람에 신용불량에다 10억대의 어마 무시한 빚을 짊어지게 되었다. 늙어 죽을 때까지 갚아도 못 갚을 빚더미에 눌려 정상적인 경제생활이 불가능할 터였다. 마순영 씨가 생계를 떠맡아야 할 상황이었다. 폐기처분해 버리다시피 한 마수영 시인이란 이름을 다시 땅속에서 파내어 들여다보았다. 뭔가 쓸모가 있을 것만 같았다. 명혜처럼 독서논술 교실이나 글쓰기 교실을 해보면 어떨까? '마수영 시인의 글쓰기 교실'이나 '마수영 시인의 독서논술 공부방'을 연다면 학생들이 줄을 서지 않을까? 시집 한 권 출간하지 못한 무명 시인이긴 하지만 그래도 명색이 신춘문예 당선 시인이 아닌

가. 마수영으로 개명이라도 해서 일을 시작해야 했다.

마순영 씨는 두 주먹을 불끈 쥐었다. 집을 잃고 부산으로 쫓겨 내려가는 것이 아니라, 영웅이 서울대 보내기 대장정을 계속하기 위하여 이사 가는 것이라고, 아이 교육을 위하여 맹모삼천을 감행하는 거라고 생각했다. 집에서 공부방을 하게 되면 영웅이 공부 뒷바라지를 하면서도 돈을 벌 수 있을 것 같았다. 산 입에 거미줄 치겠는가. 하늘이 무너져도 솟아날 구멍은 있는 법이다. 도망이 아니라 도전이었다.

"엄마, 토백이도 데리고 가면 안 돼?"

고영웅은 토끼장 앞에 쭈그리고 앉아서 처량한 목소리로 말했다. 마순영 씨는 사람도 못 데리고 가는 판국에, 라는 말을 내뱉으려다 입을 다물었다. 시어머니도 시누이 집에 두고 가는 마당이 아닌가. 고철용 씨는 시누이 집에 안 있겠다고 매달리는 시어머니를 떼놓고 와서 멍하니 창밖만 내다보았다. 자신이 저지른 일의 결과가 실제로 눈앞에 벌어지니 넋이 나가버린 모양이었다.

토백이는 영웅이가 일곱 살 때부터 동생처럼 애지중지 키운 토끼였다. 토백이를 키우기 전에도 아기 토끼 한 마리를 키웠는데 영웅이가 얼음을 먹여서 죽게 만든 일이 있었다. 고영웅은 토끼가 너무 더워하는 것 같아서 냉장고의 얼음을 꺼내서 먹였다고 울먹였다. 토끼를 화단에 파묻고 와서 날마다 토끼장 앞에 쭈그리고 앉아 있었다. 보다 못해 다시 흰 토끼 한 마리를 사주었는데 그 토끼가 바로 토백이였다.

"제발! 엄마아아, 토끼 데리고 가면 공부 진짜 열심히 할게. 엄마 말도 잘 들을 거야. 제발 토백이 데리고 가자."

"안 된다니까. 거긴 이 집보다 훨씬 좁아. 베란다도 좁단 말이야."

마순영 씨가 부산 해운대에 계약해둔 월세 집은 방 두 개짜리 24평 아파트였다. 주방 옆에는 창고 용도로 쓸 수 있는 두 평도 안 되는 공간이 딸려 있었다. 문도 안 달린 그 방을 영웅이 방으로 쓰면 억지로 방 세 개짜리 집이라고 우길 수 있는 집이었다. 주변에 온통 아파트뿐이라 오로지 공부방을 할 용도로 계약한 집이었다. 보증금 천만 원에 월세 60만 원짜리 집이었다. 집을 경매로 날린 주제에 아파트 월세라니 소가 웃을 일이었지만 공부방을 하자면 아파트가 최선책이었다. 초등학교 앞이고 아파트 밀집 지구라 공부방 학생들을 모집하기 쉽다는 계산에서 있는 돈을 다 털어 얻은 아파트였다. 더군다나 그 아파트는 20년이 다 된 낡은 아파트이긴 하지만 부산의 강남이라는 해운대 마린시티 안에 있었다.

"엄마, 제발!"

고영웅은 마순영 씨의 팔을 붙들고 매달렸다. 토백이는 토끼장 안에서 건초를 오물거리며 먹고 있었다. 마순영 씨는 미간을 찌푸렸다. 토끼까지 버리고 간다면 영웅이가 낯선 곳에서 얼마나 외로울까. 마음을 붙이고 적응할 수 있을지 걱정이 되었다. 아이에게 토끼를 뺏는다면 너무 잔인한 짓이 아닐까. 마음이 약해져 토끼를 데리고 가자고 했더니 고영웅은 엄마의 목을 끌어안고 볼에 뽀뽀를 퍼부었다.

날씨까지 사람을 심란하게 만들었다. 이삿날은 겨울비가 추적추적 내렸다. 한겨울에 비까지 내리다니 마순영 씨는 이삿날을 잘못 잡았나 싶었다. 이삿짐센터 직원들은 새벽 6시에 들이닥쳤다. 사다리차가 8층까지 오르내리는 소리가 요란했다. 집을 잃고 이사 가는 딸이 안쓰러워 마순영 씨의 친정엄마가 아침 일찍부터 와서 서성였다. 친정엄마는 세간살이가 하나씩 내려져 차에 실리는 것을 보면서 눈물을 훔쳤다. 12자 장롱까지 버려야 했다. 지금보다 좁은 집으로 옮기는 터라 이것저것 살림 규모부터 줄여야 했다. 시어머니가 쓰던 물건부터 버렸다. 이불과 옷가지들을 버리고 시골에서부터 가지고 왔던 항아리 여섯 개와 다듬잇돌과 재봉틀까지 폐기물로 분류되어 화단가 쪽으로 밀려났다. 호미와 곡괭이와 물뿌리개와 삽과 낫 따위의 텃밭 농사 연장도 버려졌다.

마순영 씨는 시어머니를 생각하자 가슴이 옥죄는 듯한 통증을 느꼈다. 사람이 저 쓸모없는 물건과 무엇이 다른가 싶어 씁쓸하기 짝이 없었다. 가난은 가족을 정육점 고기처럼 해체시키고 도륙 내는 잔인하고 무자비한 칼날이었다. 가난은 가족 안에서도 필요와 필요 없음의 잣대를 들이댔다. 처참한 가족 해체의 잔해처럼 쓸모가 없어진 물건들이 쓰레기더미로 쌓여갔다.

"자기야!"

다훈 엄마가 보라색 우산을 쓰고 마순영 씨에게로 다가와 손을 잡았다. 마순영 씨는 다훈 엄마의 목소리가 너무 다정해 울컥 목이 메었다. 눈물이 왈칵 솟구칠 것 같아 고개를 돌려 헛기침을 했다. 다훈 엄마는 만 원짜리 한 장을 꺼내 영웅이에게 내밀었다. 고영웅은 엄마를 쳐다보았다. 마순영 씨는 영웅이에게 고개를 끄덕여주었다.

"자기야, 건강 조심해. 자기 많이 보고 싶을 거야. 우리 자주 연락하고 살자. 자긴 씩씩해서 뭐든 잘 해낼 거야."

다훈 엄마는 마순영 씨의 팔을 쓰다듬었다.

"고마워."

마순영 씨는 다훈 엄마에게 그 말밖에 하지 못했다. 한번 이사가면 아무리 좋은 이웃사촌도 자주 연락을 안 하게 되고 결국은 소식이 끊어지는 것이 인지상정이고 세상인심이었다. 영웅이의 온갖 장난감을 사서 자기 집에 숨겨놓아도 싫은 내색 한번 안 했던 다훈 엄마였다. 마순영 씨가 모르는 육아 정보와 살림 기술 등을 알게 모르게 잘 가르쳐주기도 했다. 이 좋은 이웃과도 헤어져 낯선 곳으로 떠난다고 생각하니 가슴에 커다란 구멍이 뚫린 것만 같았다.

고철용 씨는 운전대를 잡고 앞만 노려보고 있었다. 마순영 씨는 창밖만 내다보았다. 차가 톨게이트를 빠져나오자 드디어 20년간이나 살았던 이 도시를 떠난다는 것이 실감 났다. 이제 뿌리 뽑힌 나무가 되어서 새로운 땅에 뿌리를 내려야 했다. 온 가족에게 새로운 도전이 기다리고 있었다. 제 소원대로 만화창작과가 있는 학교에 실기시험을 쳐서 합격한 빛나는 경기도의 애니메이션고에 입학할

예정이었다. 고영웅은 마린시티에 있는 혜성초등학교로 전학해서 적응해야 했다. 그리고 마순영 씨는 비류와 온조를 데리고 남하해 새로운 땅을 개척하는 소서노처럼 공부방을 개척해서 두 아이 뒷바라지를 해내야 했다. 신용불량자가 된 고철용 씨는 태산 같은 빚을 청산할 일이 필생의 과제가 되어버렸다. 까마득한 절벽 같은 가난이 가족 앞에 버티고 서 있었다.

차 안에는 토끼 똥오줌 냄새가 진동했다. 토끼는 불안한지 토끼장 안에서 왔다 갔다 했다. 고영웅은 토끼장을 놓칠세라 꽉 끌어안고 있었다. 빛나는 아빠와 엄마 사이에 흐르는 딱딱하고 무거운 분위기에 숨이 막힐 것 같은지 한숨을 길게 내쉬었다.

"엄마, 차 문 좀 열면 안 돼?"

코를 틀어막고 있던 빛나가 차 안에 고인 무거운 공기를 흔들며 말했다. 마순영 씨는 차창 문을 조금 열었다. 차가운 겨울바람이 차 안으로 거세게 몰려들어 얼굴과 귓전을 때렸다. 마순영 씨는 이 차갑고 매서운 겨울바람이 앞으로 펼쳐질 부산 피난살이의 무서움을 일깨워주는 채찍 같다고 생각했다.

이삿짐을 정리하고 나니 저녁 무렵이었다. 이삿짐센터 직원은 부산까지 오느라 배로 힘들었다며 목욕비에다 식사비까지 덤으로 요구했다. 울고 싶은 사람 뺨 때리나 싶어 마순영 씨는 화가 머리끝까지 치솟았다.

"무슨 소리예요? 처음부터 그런 이야기를 하셨어야죠. 목욕비에 식사비라니!"

마순영 씨가 도끼눈을 치뜨며 이삿짐센터 직원에게 언성을 높였다.

"이사 첫날부터 재수 없게 왜 그래? 목욕비 좀 얹어주면 되잖아?"

고철용 씨가 불난 데 기름을 부었다.

"재수? 집도 날리고 온 판국에 재수 타령할 때야, 지금? 돈이 남아나?"

이삿짐센터 직원은 두 사람이 언성을 높이며 부부싸움을 할 태세를 보이자 이사비만 받고는 꽁무니를 빼듯이 달아나버렸다. 아이들은 눈치를 보다가 베란다로 나갔다. 토끼장 앞에 우두커니 쪼그려 앉아 있던 영웅이가 마순영 씨를 쳐다보았다.

"엄마, 배고파."

그러고 보니 점심이 아니라 저녁때가 다 되어 있었다. 배고픈 걸 못 참는 아이가 여태 어떻게 참고 있었나 싶었다. 밖에 나와 식당을 찾아보니 아파트 상가 2층에 금화루라는 중국집이 보였다.

영웅이만 짜장면 그릇을 핥듯이 비웠다. 다들 입맛이 없어서 짜장면을 반 이상 남겼다. 마순영 씨는 물만 연거푸 들이켰다. 이사 첫날부터 언성을 높이다니, 왜 이렇게 싸움닭처럼 곤두서 있는지 모를 일이었다. 마순영 씨는 성난 멧돼지처럼 누구든 들이받고 물어뜯고 싶은 심정이었다.

보일러를 틀어놓고 나갔는데 방이 얼음장이었다. 마순영 씨는 부동산에 전화를 걸어 어떻게 된 일이냐고 따졌다. 부동산에서는 주인집에 연락하겠다고 하며 전화를 끊었다. 조금 있다 부동산에서 다시 전화가 걸려왔다. 전번 세입자가 이사 가면서 보일러 고장 난 것을 말하지 않아서 몰랐다는 되지도 않은 핑계를 댔다. 세를 주면서 보일러 점검도 하지 않느냐고 부동산 소장에게 버럭 소리를 질렀다. 부동산에서는 미안하다며 내일 사람을 보내 고쳐주겠다고 했다.

방은 얼음장보다 더 차가웠다. 길바닥에서 자는 것도 이보다 덜 추울 것 같았다. 마순영 씨는 아직 정리를 다 하지 못한 이삿짐을 뒤져서 일인용 전기장판을 찾아냈다. 전기장판을 가로로 깔고 그 위에다 이불을 몇 겹으로 깔고 덮었다. 고영웅은 추운지 마순영 씨의 품을 파고들었다. 고철용 씨와 빛나는 둘 다 벽 쪽을 보고 누워 있었다. 마순영 씨는 이 냉골 방이 부산 피난살이의 험난한 예고편이자 복선이란 생각이 들었다.

2월 중순에 이사하고 난 뒤 한동안 바쁜 날들이 이어졌다. 빛나는 고등학교에 입학할 준비를 했다. 기숙사에서 쓸 잡다한 물품을 챙겼다. 빛나는 집을 떠나게 되어 차라리 홀가분하다는 표정이었다. 낯선 곳에서 지내기가 쉽지는 않겠지만 집을 떠나는 것만이 최선책이었다. 날마다 부모가 싸움을 벌이는 망해버린 집에서 눈치를 보며 사는 것보다는 백배 나았다.

빛나가 고등학교 기숙사로 떠나는 날은 2월인데도 봄날처럼 햇볕이 따스했다. 빛나는 붉은 동백이 거리 곳곳에 피어 있는 남쪽의 낯선 도시를 떠나 3년 동안 지내게 될 북쪽 도시로 향했다.

초 3, 금수저 나라에 잘못 떨어진 흙수저

고영웅은 아파트 근처에 있는 혜성초등학교로 전학했다. 교육환경이 우수한 혜성초등학교는 전학생이 너무 많아 과밀학급이 될 정도로 인기가 많은 학교였다. 부산의 부촌 마린시티에 위치한 조건 때문이었다. 운동장이 넓고 학교 본관 건물은 대학교 건물이 연상될 만큼 멋스러웠다. 잘 손질된 향나무와 이국적인 정원수들과 붉은 동백꽃이 피어 있는 화단이 눈길을 끌었다. 본관에 들어서니 갖가지 꽃들이 핀 실내화단까지 조성되어 있었다. 마순영 씨는 시설 좋고 학군이 좋은 혜성초등학교에 영웅이를 전학시켜서 마음이 놓였다. 영웅이가 이곳에서 우수한 교육을 받으면서 서울대로 가는 티켓을 거머쥐게 될 거라고 생각하니 든든했다. 담임선생님은 50대 초반의 남선생이었는데 네 명이나 되는 전학생들을 친절하게 맞아주었다. 아이들이 웬만한 잘못을 해도 너그러운 인품으로 안아주고 용서해줄 것처럼 푸근한 인상이었다.

이제 생계활동을 위해 본격적으로 뛰어야 할 시점이었다. 학생을 모집하기 위해서 공부방 구색부터 갖추어놓아야 했다. 초등학생을 타깃으로 하는 독서논술 공부방인데 책이 부족했다. 집 책장에는 온통 만화책과 시집, 육아 도서, 소설책이나 수필집밖에 없었다. 독서논술 공부방답게 보이려면 동화책을 많이 구비해둬야 하는데 책값이 만만치 않았다. 마순영 씨는 일단 헌책방이라도 뒤지고 다녀야겠다고 생각했다.

마순영 씨는 공부방용 테이블과 의자와 책장과 몇 가지 비품을 마련하기 위해 발품을 팔며 돌아다녔다. 이사를 하고 빚나 입학 준비를 해주느라 생활비가 빠듯했다. 한 푼이라도 아껴야 했다. 신혼 가구를 장만하는 것도 아니면서 인근의 가구점과 가구백화점까지 돌아다녔지만 싼 게 없어서 입맛만 다시다 나왔다. 여기저기 헤매고 다니다 해운대역 맞은편에 폐업정리 현수막이 붙은 가구점이 보여서 들어갔다. 주인은 다른 곳보다 훨씬 싸다는 걸 몇 번이나 강조했다. 공부방용 테이블과 의자 여섯 개, 책장 세 개를 사고 배달해달라고 부탁했다.

가구점 문을 밀고 나오려는데 휴대폰 벨이 울렸다. 전화를 받자마자 영웅이의 울음소리가 상자 속의 용수철 인형처럼 갑자기 튀어나왔다. 마순영 씨는 불에 덴 듯 놀랐다.

“너 왜 그래? 무슨 일 있어?”

“엄마! 엉엉! 선생님이, 선생님이 내 머리를 몽둥이로 막 때렸어. 머리 아파 죽겠어!”

그 인상 좋게 생긴 선생이 영웅이를 때리다니, 믿기지 않았다. 아이들이 이래도 허허, 저래도 허허 할 것으로 보여 안심하지 않았던가. 우선 흥분할 게 아니라 이성부터 찾아야 했다. 참자, 참자. 참

자. 참을 인 자 셋이면 살인도 면한다고 했다. 마순영 씨는 심호흡을 몇 번이나 했다.

택시기사에게 아파트 경비실 앞에 택시를 세워달라고 했다. 거스름돈도 안 받고 집을 향해 급하게 뛰어갔다. 엘리베이터에서 내려 열쇠로 현관문을 여는데 손이 다 떨렸다. 고영웅은 마순영 씨가 집에 들어설 때까지 소파에 엎드려 대성통곡을 하고 있었다. 하도 울어 눈이 퉁퉁 부어 있었다.

"어디 한번 봐. 어디를 어떻게 맞았다는 거야?"

"선생님이 내 머리를 막대기로 세게 때렸어. 다섯 대나 때렸어. 봐. 혹이 불룩해. 엄청 아파."

몽둥이가 아니라 막대기로 때렸다는데 머리를 만져보니 탁구공만큼 혹이 솟아 있었다. 인상 좋다고 생각했던 담임이 폭력교사였다니, 마순영 씨는 이를 으드득 갈았다.

"선생님이 왜 때렸어?"

"수업시간에 떠들었다고, 선생님이 뒤에 나가서 벌서라고 했는데……."

"뭐? 수업시간에 떠들었다고? 야! 지금 니가 수업시간에 떠들 때야?"

마순영 씨가 영웅이에게 버럭 소리를 질렀다. 고영웅은 움찔했다. 발을 뻗을 데를 보고 뻗어야 하는 게 아닌가.

"수업시간 내내 벌서고 있었어. 근데 선생님이 수업 끝나고 나서 갑자기 왜 필기를 안 했냐고 혼을 냈어. 내가 선생님이 벌서라고 했잖아요. 벌서고 있는데 어떻게 필기해요? 이렇게 따졌거든. 그랬더니 막 화를 내면서 갑자기 막대기로 때리는 거야. 아파 죽는 줄 알았어."

고영웅은 엄마의 눈치를 보며 기어드는 목소리로 말을 했다. 전후 사정도 안 살펴보고 말대꾸하는 게 기분이 나빠서 아이를 홧김에 때린 모양이었다. 아이는 단지 솔직하게 말한 죄밖에 없었다. 솔직하게 말한 게 왜 맞을 짓인지, 영웅이가 얼마나 억울했을지 이해가 갔다. 사그라지던 마순영 씨의 화는 맹렬한 기세로 다시 불붙었다.

마순영 씨는 당장 선생에게 전화해서 따지려다 멈칫했다. 흥분했다 하면 앞뒤 재지 않고 달려드는 마순영 씨였지만 가슴 한 귀퉁이에 병아리 눈물만큼 남아 있던 이성이 머리를 쳐들었다. 만약 지금 선생에게 따지고 한바탕한다면 뭐가 남는단 말인가. 아이가 말대꾸 한번 했다고 심하게 때리는 선생이라면 순순히 자신의 잘못을 사과하리란 보장도 없었다. 선생에게 따지고 들면 그 피해는 고스란히 아이에게 돌아올 수도 있었다. 더 심하게 찍혀 학교생활을 제대로 할 수나 있을까 싶었다. 그렇다면 마린시티에서 영웅이를 공부시키고, 공부방을 하려던 모든 계획은 수포가 될 게 아닌가.

뭐니 뭐니 해도 돈, 먹고사는 것이 가장 심각한 문제였다. 빚나 학비와 기숙사비도 부쳐야 했다. 목구멍이 포도청이었다. 공부방은 아예 시작도 못 했고 이사 온 지 겨우 한 달도 지나지 않았는데 또다시 이사 갈 수는 없는 일이었다. 공부방을 연다고 생활비를 탈탈 털어 가구점에 배송시킨 물품도 취소시킬 수 없었다. 무슨 일이 있어도 여기에서 뿌리를 내려야만 했다. 마순영 씨는 필생의 결단을 내리는 사람처럼 비장한 얼굴로 담임선생에게 전화를 걸었다.

"여보세요. 누구십니까?"

담임의 목소리는 중후하고 부드러운 바리톤 음성이었다. 물결 한 점 일렁이지 않는 연못처럼 잔잔하고 평온한 목소리였다. 그게 화를 더 부채질했지만 마순영 씨는 목소리를 한껏 부드럽게 만들었다. 초보 연기자가 연기 연습하는 셈 치자고 생각했다.

"선생님, 안녕하세요. 고영웅 엄마입니다."

"아, 네, 영웅이 어머니."

그제야 담임의 목소리에 약간 당혹감이 배어나는 것 같았다. 뒤로 몸을 약간 빼는 것이 눈에 보이는 듯했다.

"영웅이 일로 전화 드렸어요. 오늘 학교에서 선생님께 맞았다고 하던데요. 영웅이가 열이 나고 많이 아프다네요."

담임이 좀 찔리길 바라며 일부러 아프다는 말을 강조했다.

"아, 네, 그건 말이죠. 영웅이가 버릇없이 말대꾸를 심하게 해서 제가 체벌을 좀 했습니다."

체벌 좋아하시네. 아이가 솔직하게 말한 게 그렇게 때릴 일입니까? 마순영 씨는 버럭 쏘아붙이고 싶었지만 숨을 가다듬고 목소리를 한껏 부드럽게 만들었다. 얼굴에 벌레가 스멀스멀 기어가는 것만 같았다.

"선생님, 다 집에서 잘못 가르친 탓입니다. 다 제 불찰입니다. 앞으로 선생님에 대한 예의를 잘 가르치도록 하겠습니다. 우리 영웅이가 부족한 면이 많더라도 모쪼록 선생님께서 사랑으로 잘 보살펴주시고 지도해주시면 좋겠습니다."

마순영 씨는 이런 말을 연극 대사처럼 지껄이는 자신에게 소름이 오싹 끼쳤다. 담임은 마순영 씨가 심하게 따지고 들 줄 알았는데 이렇게 나오자 적잖이 당황한 모양이었다. 무슨 상황인지 대꾸할 말을 찾지 못하고 있는 듯했다.

"아, 네, 네. 어머니, 아, 알겠습니다."

"선생님, 영웅이가 너무 머리가 심하게 아프다고 해서, 응급실에라도 데려가야 하는 건 아닌가 했어요. 아마 자고 나면 괜찮겠죠. 앞으로 모쪼록 잘 부탁드립니다. 선생님, 들어가십시오."

"아, 네, 네."

마순영 씨는 전화를 끊고 나자마자 갑자기 욕지기가 치밀어 올랐다. 화장실로 급히 뛰어 들어갔다. 변기에 대고 헛구역질을 하다 수돗물을 컵에 받아 입을 헹구고 거울을 쳐다보았다. 눈이 붉게 충혈되어 있고 눈가에는 눈물이 비어져 나와 있었다. 잘못도 없는 제 아이를 때린 선생에게 굽신댄 여자. 이 동네에 빌붙어 살기 위해, 단지 먹고사니즘 때문에 선생에게 한마디도 따지지도 못한 여자가 자신을 쳐다보고 있었다. 공룡 같은 덤프트럭이 달려와도, 지진이 나도, 건물이 무너져도, 불길 속에서도, 그 어떤 상황에서도 몸을 던져 아이를 지켜내야 하는데, 아이를 때린 선생에게 굽실거리기나 하다니, 비참했다. 가난은 사람의 영혼까지 옴짝달싹 못 하게 만드는 더러운 올가미였다. 올가미 속으로 비굴하게 제 발로 들어가다니. 더럽고 역한 냄새가 온몸을 휘감는 것 같았다.

수돗물을 세게 틀어놓고 세수를 하고 있는데 초인종 소리가 들렸다. 수건으로 대충 얼굴을 닦고 나가 인터폰을 보니 가구 배달 왔다고 문을 열어달라고 했다. 현관문을 열자마자 책장이 먼저 들어왔다. 뒤이어 테이블과 의자가 연달아 집 안으로 들어왔다. 마순영 씨는 마른행주로 물기를 훔치듯 비참한 기분을 싹 닦아내고 생활이라는 기차에 올라타야 했다.

마순영 씨는 아파트 맞은편 요트경기장 입구에 서서 시네마테크 게시판을 쳐다보았다. 머리카락이 바람에 날렸다. 마순영 씨는 언젠가 바람이 잠잠해지는 날이 오면, 마음 편히 영화 한 편 볼 날도 오겠지, 하고 생각했다. 해외 유명 여성 감독 특집전을 한다는 안내문이 붙어 있었다. 제인 캠피온 감독의 〈피아노〉 포스터도 보였다. 해변에서 피아노를 연주하던 엄마 홀리 헌터, 피아노 선율에 맞추어 해초와 신발을 들고 해변에서 춤을 추던 딸, 안나 파킨의 모습이 인상적이었던 영화였다. 천재적인 아역배우의 출연이라고 언론에서 떠들던 일이 떠올랐다. 해변에 버려진 피아노는 엄마의 욕망을 상징했다. 마순영 씨는 너무도 무겁고 거대한 피아노를 이곳 해운대로 끌고 왔다는 생각이 들었다. 서울대라는 거대한 욕망의 피아노였다.

마순영 씨는 요트경기 전시관 건물을 지나 요트경기장으로 들어갔다. 요트경기장 광장은 광활한 들판처럼 드넓었다. 자전거를 타고 달리거나 개를 데리고 산책을 하는 주민들이 드문드문 보였다. 부촌의 여유와 풍요로움이 묻어나는 풍경이었다. 바다에서 불어오는 3월의 해풍 속에는 앙칼진 고양이 같은 날카로움과 부드러움이 섞여 있었다. 요트경기장을 둘러싸고 고층건물들이 여기저기 올라가는 중이었다. 현대 아이파크와 두산 제니스가 경쟁하듯이 아득한 높이를 자랑하며 올라가고 있었다. 우리나라에서 제일 높은 건물들이 지어질 것이라고 했다.

요트 계류장에는 수억 원이나 한다는 요트 수백 척이 정박해 있었다. '하얀 미소'라는 이름을 달고 있는 맵시가 좋은 요트가 눈에 들어왔다. 하얀 미소를 타고 바다를 누비면 어떤 기분이 들까. 새하얗고 날씬한 몸매를 뽐내는 요트들은 볼 때마다 이국적인 느낌이 들었다. 영화에서만 보던 화려한 요트들이 즐비한 선착장을 내려다보고 있노라면 마치 외국의 어느 항구에 와 있는 게 아닌가 하는 착각이 들었다. 요트경기장에서는 가끔 드라마나 영화를 촬영하기도 했다.

마린시티는 교육열도 높고 학부모들의 경제 수준도 높은 부촌이었다. 해운대 신시가지 쪽에는 강남 대치동만큼이나 많은 학원이 즐비했고, 센텀시티에는 온갖 최첨단 문화 레저 쇼핑 시설이 빼곡히 들어서 있었다. 롯데백화점, 부산시립미술관과 방송국, 벡스코가 자리한 센텀시티에는 영화의 전당과 세계 최대 규모의 신세계백화점 공사가 한창이었다. 마순영 씨는 이 동네가 어떤 동네인 줄도 전혀 모른 채 별세계에 발을 들여놓은 것이었다.

여기에서 뿌리내리려면 이 동네의 방식에 맞추어야 했다. 마순영 씨는 학부모회부터 가입하고 반모임에도 주기적으로 나가야겠다고 작정했다. 혜성초는 이사 오기 전에 고영웅이 다녔던 변두리 학교와는 급이 다른 학교였다. 마린시티 고급 아파트에 사는 사람들은 고소득 전문직이 많았다. 의사, 변호사, 검사, 판사, 중견기업 대표이사, 회계사, 교수, 교사, 세무사, 약사……. 거기에 더해 유명 연예인들도 더러 살고 있다고 했다. 부산에서 가장 교육열이 높은 마린시티에 있는 학교다 보니 학부모회에 가입하지 않는 학부모가 없었다.

혜성초 학부모회에 가입해보니 이런저런 반강제 자원봉사활동이 많았다. 마순영 씨는 녹색어머니회에도 가입해 일주일에 한 번씩 아침마다 마리나아파트에서 혜성초등학교로 건너가는 건널목에서 교통봉사를 했다. 깃발을 허리 높이에 들고 있다가 초록불이 켜졌을 때 90도로 열어서 차를 막고 아이들이 지나가도록 했다. 깃발을 90도로 여는 것과 동시에 호루라기를 한번 불었다. 빨간불로 바뀌면 호루라기를 두 번 불고 깃발을 다시 옆으로 들고 있어야 했다. 선글라스를 끼고 교통봉사를 하는 엄마들은 마치 패션쇼에 나온 것 같았다. 교통봉사를 할 때는 선글라스를 끼지 말도록 했으나 엄마들은 대부분 명품 모자에 명품 선글라스를 끼고 한껏 멋을 부리며 모델 같은 포즈로 깃발을 들고 서 있었다.

낯을 가리는 편이지만 마순영 씨는 반모임에 나갔다. 첫 번째 반모임은 해운대 해수욕장 근처에 있는 고급 베트남 쌀국수 식당에서 열렸다. 엄마들은 대부분 구찌나 프라다, 샤넬, 버버리 같은 명품 백을 들고 있었다. 옷차림도 하나같이 세련되고 럭셔리했다. 노골적인 부티가 아니라 은은한 고급 향수 같은 부티였다. 5만 원짜리 가방을 든 마순영 씨는 싸구려 청바지에 검은 재킷을 걸치고 쭈빗거리며 참석했다.

반대표 엄마는 반장 엄마였다. 해운대 신시가지에서 대형 입시학원을 운영하고 있다고 했다. 이제 겨우 학생이 열 명밖에 안 되는 초보 공부방 교사 마순영 씨와는 차원이 달랐다. 엄마들은 반대표 엄마의 휴대폰을 돌려보며 반장 현민이의 잘생긴 외모를 찬양하느라 바빴다. 현민이는 아역배우로 드라마에 출연한 적도 있는 아이라고 했다. 마순영 씨도 반대표 엄마의 휴대폰을 슬쩍 들여다보았는데 곱상한 남자아이가 턱에 브이 자를 하고 씨익 웃고 있었다. 잘생긴 거 하나는 인정하지 않을 수가 없었다.

엄마들은 서로 친해 보였다. 초등학교 1학년 때 친해진 엄마들 모임이 졸업할 때까지 쭉 간다고 했다. 마순영 씨는 자신이 학의 무리에 잘못 들어온 까마귀 같다는 생각이 들었다. 잘못 초대받은 불청객 같았다. 엄마들은 담임선생, 학교, 시댁, 남편, 골프, 인기 드라마나 영화, 연예인 스캔들에 대해 두서없이 떠들다가도 결국에는 아이들 학원 어디 보내냐며 서로를 탐색했다. 다들 한다는 이야기가 자기 아이는 영어, 수학, 예체능 빼고는 별로 보내는 데가 없다고 했다. 실제로 학원을 단 한 군데도 안 다니는 아이는 영웅이밖에 없었다. 물론 돈 때문이었다.

엄마들은 대형 입시학원 대표인 반장 엄마의 말에 귀를 쫑긋 세웠다. 성적 관리에 도움되는 이야기라도 들을 수 있을까 봐 은근히 기대하는 눈치였다. 중요한 정보는 마순영 씨 같은 불청객이 끼인 자리에서는 전혀 흘리지 않는 모양이었다. 같은 레벨이 되는 아주 특별한 엄마들이 모인 자리에서만 고급정보들이 오가는지 대충 얼버무리고 은근히 견제하는 눈치였다.

설거지를 하고 있는데 친구 명혜에게서 전화가 걸려왔다.

"부산 생활은 어때? 이제 좀 적응이 됐어?"

"기를 쓰는 중이지. 명혜야, 나 학부모회 가입했어. 녹색어머니회 교통봉사도 하고. 웃기지?"

"뭐? 녹색어머니회 교통봉사? 오, 이거 빅뉴슨데. 너 빛나 키울 땐 학부모회 활동 전혀 안 했잖아? 스승의 날에도 선물 하나, 꽃 한 번 안 샀지? 정말 의왼데?"

"일종의 생존 전략이지 뭐. 여기에서 뿌리내리려면……. 로마에선 로마법을 따라야지."

"로마법 안 따라도 잘만 살고 있잖아. 난 반모임 그런 데 절대 안 나가. 나가보면 괜히 속 시끄러워. 엄친아, 엄친딸 이야기 듣고 오면, 내 애가 괜히 못나 보이고, 다른 애들 사교육 뭐 시킨다는 이야기 들으면 내 아이도 시켜야 할 것 같고, 마음이 불안하고 조급해지거든. 옆집 엄마가 기준이 된단 말이지. 난 처음 한두 번 가보고 그냥 이건 아니다 싶어서 안 나가기로 마음먹었잖아. 그러니 속 편해."

"그게 맞긴 하지. 예전엔 신경도 안 썼는데 요즘은 그게 잘 안 돼. 반모임에라도 안 나가면 내 아이가 왕따 당할 것 같고 뭔가 소외될 것 같은 불안감이랄까. 니 말대로 다른 엄마들 이야기 듣고 오면 괜히 우리 애가 못나 보이긴 해. 자꾸 비교하게 되더라구. 난 다른 사람보다 욕심이 많아서 그런지, 질투심이 강한 건지, 하여간 난 비교병이 심해. 다들 달리는데 우리 애만 처지는 것 같으면 불안해서 못 견디겠어."

"빨리 달려가서 뭐 해? 천천히 걸어가면 앞도 뒤도 다 보이고, 꽃향기도 맡을 수 있고, 옆에 오는 사람과 이야기도 나눌 수 있고. 한번 사는 인생인데 경치도 구경하면서 천천히 가는 게 좋잖아? 혹시 알아? 천천히 가다 보면 길에 떨어진 돈이나 금덩이라도 주울지도 모르고……."

마순영 씨는 영웅이가 유치원 체육대회 때 느릿느릿 걸어 들어오던 광경을 떠올렸다. 그 시절의 고영웅은 세상을 다 가진 것처럼 행복했다. 오히려 꼴찌로 들어와서 사람들에게 환호를 받았다. 마순영 씨의 얼굴에 웃음이 슬며시 피어올랐다.

"맞아. 천천히 가면 숨도 덜 가쁜데, 왜 그게 잘 안 될까?"

"엄마들이 불안하기 때문에 아이도 엄마 자신도 힘들게 만드는 거지. 엄마들이 사교육에 목매고 스카이에 목매는 건, 니 말대로 내 애만 뒤처질지 모른다는 것, 불안감 때문이야. 어디에 내놓아도 안 빠지는 번듯한 상품을 만들고 싶은 건지도 몰라. 실패해도, 넘어져도 괜찮다는 말을, 들어본 적이 없으니까, 그래서 무조건 미친 듯 달리는 거야. 불안해서."

"그래, 맞아. 불안감 때문에 그래. 엄마들 모이면 하나같이 애들 교육 걱정이야."

"엄마들의 불안이 사교육 업체의 자산이지. 사교육업체는 엄마들의 불안으로 먹고살고. 그니까, 엄마들의 불안감을 자꾸만 조장하는 거지. 학원 상담 가면 꼭 그러잖아? 상담할 때 넌 혹시 이런 멘트 안 써? 어머니, 독서는 모든 공부의 기본입니다. 독서 수업은 꼭 하셔야만 됩니다. 어머니, 지금 안 하시면 늦습니다. 어머니, 독서논술은 학업 성적을 올리는 최고의 비법이니 기본적으로 꼭 시키셔야만 합니다. 하하! 그러고 보니, 너하고 나도 독서논술 사교육 업자네."

"무슨 업자씩이나! 학생이 열 명도 안 되는데, 참 나."

"순영아, 너무 빨리 달리면 힘만 들어. 그 동네 부촌 사람들 따라가지 말고 그냥 네 속도로 살아."

명혜와의 통화를 끝내고 마순영 씨는 곰곰 생각했다. 나다운 속도로 간다는 것은 무엇일까? 이미 서울대로 가는 길에 들어선 지 오래인데 속도를 멈출 수가 없었다. 속도를 멈춘다면 아득한 추락만이 있을 뿐이었다. 속도를 멈추지 말고 끝까지 계속 이대로 달려야만 했다.

금수저들이 사는 이 동네에 뿌리내리고 살 수 있는 길은 성적뿐이었다. 마순영 씨는 마린시티에 잘못 불시착한 외계인, 흙수저 고영웅이 살아남기 위해서는 성적을 올리는 길밖에 없다고 판단했다. 흙수저가 살아남기 위한 유일한 생존수단은 공부밖에 없는 것이다.

마순영 씨는 4월 중간고사를 보름 정도 앞두고 영웅이 공부에 열을 올렸다. 아직 공부방 학생들이 열 명밖에 없어 하루에 한두 번 수업하거나 수업이 없는 날도 있었다. 충분히 공부 지도를 해줄 수 있었다. 마순영 씨는 없는 돈에 무리해서 중간고사 문제지란 문제지는 출판사별로 몽땅 사왔다. 요약정리 부분을 하나하나 줄을 그어가며 달달 외울 정도로 읽어주고 문제를 풀게 했다. 고영웅은 문제지 풀기 싫다고 몸부림을 치면서도 엄마의 성화에 억지로 문제를 풀었다.

“엄마, 졸려.”

고영웅은 9시만 되면 잠 온다고 난리였다.

“아홉 시밖에 안 됐는데 졸린다고? 지금 잘 때야? 정신 바짝 차려. 지난번에 선생님께 맞은 것 분하지도 않니? 반에서 1등만 하면 선생님도 절대 너 안 때려. 1등만 해! 알았지?”

마순영 씨는 고영웅의 아픈 상처까지 건드리며 수능생처럼 아이를 몰아세웠다.

중간고사를 치는 날 아침이었다. 마순영 씨는 새벽 6시부터 영웅이를 두드려 깨웠다. 고영웅은 전혀 일어날 생각을 하지 않았다.

찬물이라도 한 바가지 들이부을까 하다 마순영 씨는 이불을 홱 걷어붙였다.

"고영웅, 일어나!"

"아! 왜 그래?"

고영웅은 짜증을 있는 대로 부리며 이불을 잡아당겼다.

"시험 치는 날이잖아! 빨리 일어나! 일어나서 공부 좀 하고 가야지."

"싫어! 더 잘래."

"뭐? 더 잔다고? 얼음물 갖다 부을까? 정신 차리게?"

"아 씨! 진짜 엄마 왜 그래? 조금만 더 자고 싶은데에에에!"

고영웅은 눈도 못 뜨고 겨우 일어나 앉았다. 고영웅은 아침잠이 많은 편이었다. 거의 8시가 다 되어서야 일어나 허겁지겁 밥을 먹고 세수도 안 한 채 학교로 달려갈 때가 많았다. 그런 아이를 6시에 깨웠으니 짜증을 낼 수밖에.

"빨리 화장실 가서 세수하고 정신 차리고 와. 문제지 한번 읽고 가야지. 그래야 시험을 잘 볼 것 아니야?"

고영웅은 화장실 문이 부서져라 쾅 닫았다. 화장실에 간 아이가 10분이 되어도 안 나와서 문을 열어보니 변기 위에서 끄덕끄덕 졸고 있었다.

"고영웅!"

마순영 씨는 벼락같이 고함을 질렀다. 고영웅은 불이라도 붙은 것처럼 변기 위에서 벌떡 일어섰다.

마순영 씨는 연신 하품을 해대는 아이를 옆에 앉히고 참고서의 요약정리 부분을 하나도 빠짐없이 읽어주었다. 고영웅이 멍하니 앉아 있으면 소리를 버럭 질렀다. 머릿속에 하나라도 더 욱여넣으려고 기를 썼다.

시험날 당일 아침까지 공부를 시킨 덕분인지 고영웅은 중간고사에서 딱 한 문제만 틀렸다. 전학 온 지 채 두 달도 안 된 아이가 중간고사에서 1등을 했다. 오로지 마순영 씨의 피나는 담금질과 채찍질 덕분이었다. 학교에서 돌아오기만 하면 잘 때까지 다른 건 안 시키고 문제만 풀게 한 결과였다. 시험 당일 아침까지 아이를 공부로 고문했으니 말 다 한 거였다.

과연 성적은 힘이 셌다. 전학 오자마자 심하게 때리고 문제아 취급을 했던 담임선생이 다른 학부모와 면담하는 자리에서 영웅이 칭찬을 그렇게 하더라고 했다. 심지어 영웅이가 남다른 천재성이 있다는 칭찬까지 했다는 게 아닌가. 마순영 씨는 그 이야기를 수업 상담을 온 같은 반 엄마에게 듣고 표정 관리하기가 힘들었다. 미운 오리 새끼가 갑자기 1등 한 번으로 백조로 변신한 것만 같았다. 그 밉던 담임에 대한 원망도 스르르 녹아버렸다. 자고로 예수님께서 원수를 사랑하라고 했는데 사랑까지는 힘들어도 용서까지는 해줄 마음도 생겼다.

마린시티가 어떤 동네인가. 부산에서 가장 부촌이며 교육열 또한 높은 금수저들의 동네가 아닌가. 마린시티 혜성초등학교에서 1등을 한 일은 작은 일이 아니었다. 학부모들 사이에 소문이 퍼져 나갔는지, 갑자기 공부방 상담 문의가 쇄도했다. 공부 잘하는 아들이 공부방 홍보의 1등 공신이었다. 심지어 고영웅은 반 아이들에게 논술 공부 좀 안 해볼래, 하며 영업활동까지 직접 나섰다. 고영웅은 아이들에게 토끼를 보여주겠다며 집에 데려왔다. 마순영 씨는 어린 아들이 공부방 영업활동까지 나서는 걸 보자 뭉클하기도 하고 가슴이 아프기도 했다. 고영웅의 활약으로 공부방 학생이 갑자기 서른 명으로 늘어나 마순영 씨는 한시름을 놓았다.

고영웅은 공부방 보조교사 역할도 톡톡히 해냈다. 교재를 까먹고 안 가져왔다고 거짓말하는 아이들이 종종 있었다. 각종 학원 숙제에 지친 아이들이 논술 숙제를 해오는 것이 귀찮아 일부러 교재를 안 가져오는 것이다. 그럴 때마다 마순영 씨는 영웅이에게 교재 복사 심부름을 시켰다. 심부름 값으로 거스름돈을 가져도 된다고 했더니 고영웅은 복사 심부름을 신나게 했다. 문구점 주인이 복사를 시작하면 고영웅은 머릿속 계산기를 맹렬하게 가동시켰다. 엄마에게 받은 돈에서 복사비 얼마를 제하면 거스름돈 얼마가 나오는지 계산했다. 일종의 생활밀착형 수학 공부였다. 거스름돈으로 문구점에서 파는 각종 불량식품을 하나씩 사 먹는 재미를 놓칠 수가 없었다.

마린시티 학부모들의 경제 수준에 깜깜한 마순영 씨는 턱없이 낮은 수강료를 받았다. 초등학생은 일주일 한 번 90분 수업에 한 달 6만 원이었다. 서른 명이라 해도 월 180만 원의 수입밖에 되지 않았다. 그 돈으로 빛나의 기숙사비와 수업료를 부치고 월세와 관리비를 내고 나면 생활비가 모자랐다. 수업료는 들어오기가 무섭게 빠져나갔다. 부자 학부모들에게 껌값도 안 되는 2, 3만 원의 학원비를 올려달란 소리도 못 하는 주변머리로 마순영 씨는 공부방을 운영했다. 고철용 씨는 집으로 들이닥치는 빚쟁이를 피해 거의 나가 살다시피 하고 있었는데 자기 교통비도 못 벌고 점심값이 없어 종종 점심도 거르는 눈치였다.

남편이 점심값이 없어 굶든지 말든지 마순영 씨에게는 오로지 영웅이 서울대 뒷바라지란 목표만 중요했다. 가장 밑바닥에 떨어졌다 하더라도, 서울대를 향한 대장정은 흔들림 없이 계속되어야만 했다. 그것만이 가난이라는 절벽을 뛰어넘는 유일한 길이라고 믿었다.

마순영 씨는 영웅이를 수학경시대회에 꾸준히 내보냈다. 빠듯한 형편에도 〈수학 대전〉 시리즈가 출간되면 꾸준히 사주었다. 수학 학습만화가 가득 찬 책장은 공부방 남자아이들에게 인기가 많았다. 여자아이들은 90분 수업시간에 10분의 쉬는 시간을 주면 베란다로 몰려나가 토백이에게 사료나 과일 껍질을 주면서 공부 스트레스를 풀곤 했다. 부촌의 아이들이 마순영 씨의 허름한 공부방을 그런대로 좋아하고 만족스러워하는 이유는 만화책과 토끼라는 즐거움의 요소가 있었기 때문이었다. 무릇 공부에서 즐거움을 제거하면 아무 맛도 없는 음식을 강제로 먹이는 것과 같다고 마순영 씨는 생각했다.

마린시티 학부모들의 교육열은 광적이라 할 수 있었다. 아이들과 수업을 하다 보면 얼마나 수업시간에 집중을 못 하는 아이들이 많은지, 도저히 수업이 진행되지 않을 때가 많았다. 마순영 씨는 수업시간마다 조는 5학년 이승준이란 아이에게 왜 그렇게 조느냐고 물었다. 승준이는 학원을 밤 11시까지 다니고 학원 숙제가 너무 많아 잘 시간이 부족하다고 했다. 12시나 1시가 넘어 잔다고 했다. 영어 학원 두 개에다 수학 학원 세 개, 과학 학원 하나, 바이올린 학원, 논술 학원에다 학습지, 학교 숙제에 일기까지 써야 하니, 잠잘 틈이 없다는 거였다. 영재고 대비 때문에 수학 올림피아드까지 준비하는데, 시간이 늘 부족하다고 했다. 마순영 씨는 이렇게 피곤해하는 아이들에게 자신도 가세해 공부로 고문을 하는 것만 같아 죄책감을 느꼈다. 공부 스트레스로 심한 틱장애를 앓거나 과다행동 증후군을 앓는 아이들도 있었다.

마린시티의 경쟁적인 사교육의 낙수효과로 생계를 유지하고 있는 마순영 씨는 사교육 붐을 고마워해야 할지 말아야 할지 혼란스러웠다.

"수업은 할 만해?"

명혜가 얼음이 든 아이스 아메리카노를 빨대로 저으며 말했다. 명혜는 검정색 재킷과 검정색 정장 바지를 입고 있었다. 부산 사는 숙모가 돌아가셔서 문상하고 돌아가는 길인데 마순영 씨를 보려고 잠시 틈을 낸 것이었다.

"그럭저럭 할 만한데, 아이들이 안쓰러워. 다 닳은 건전지 같아. 영재고, 과고, 외고, 자사고 보낸다고 엄마들이 초등학교 저학년 때부터 선행으로 몰아붙이니까, 애들이 그냥 기계나 로봇같이 무표정하게 앉아 있어. 학원을 일주일에 열두 개 다니는 애도 있다니까. 연예인 행사 뛰는 것보다 애들이 더 바빠."

"나도 10년 넘게 사교육하고 있지만, 진짜 심한 경우 많이 봐. 애는 만화 그리겠다고 하는데 엄마는 죽어도 스카이 보내겠다는 거야. 아버지는 판사고 엄마가 변호사인 집인데 애가 가출을 대여섯 번 했다니까. 그 애 엄마는 아직도 포기를 안 하더라구. 다들 스카이 보내겠다고 목을 매고 있으니, 애들만 죽어나는 거지. 그놈의 스카이가 뭔지."

"얼마 전에 애들하고 〈꽃들에게 희망을〉 이 책으로 수업한 적이 있어. 독서토론 하고 독후감 쓰게 했거든."

"아, 그 책, 너무 좋지?"

명혜가 손뼉을 치며 말했다.

"진짜! 내가 애들보다 더 감동받았어. 책 내용 너무 좋더라. 애들이 다들 물어보더라고. 죽도록 고생해서 꼭대기에 올라가 봐도 아무것도 없는데, 왜 어른들은 죽어라 공부해라, 공부해, 이 소리만 하느냐고, 남보다 더 좋은 성적을 받으라고 하느냐고. 좀 당황했어. 찔리기도 하고. 나부터 영웅이를 그렇게 다그치고 있으니까. 나는 애들에게 왜 그럴 거 같냐고 물었어. 애들은 그냥 다들 죽어라 올라가려고 하니까, 남들 따라서, 어른들이 안 올라가 봐서, 대신 올라가게 하려고, 뭐가 있는지 몰라서, 그냥 애들이 게임하고 노는 게 꼴이 보기 싫어서, 이렇게 대답하더라니까."

"녀석들 진짜 똑똑하네. 어른들 속셈을 벌써 알아차리다니."

"죽도록 공부해서 서울대 갔는데, 그 꼭대기에 아무것도 없으면 어쩌냐면서, 스카이 절대 안 갈 거야, 하는 애 때문에 많이 웃었지. 옆에 애가 야, 못 가는 거잖아, 이러고 말이야."

"수업 분위기 좋다. 좋은 책으로 수업하면 수업이 잘 진행되거든. 스카이 안 가겠다는 그 애 멋지다. 진짜 그 앤 똑똑한 거야."

"글쎄, 그럴까? 근데 난, 아직도 그 꼭대기에 뭔가 최고로 좋은 게 있을 거라고 봐. 그러니 부자든 가난뱅이든 서울대에 그리 목을 매지. 난 내가 못 올라갔으니까, 나 대신 영웅이 꼭 올라가게 할 거야. 그곳에 얼마나 대단한 게 있는지 반드시 보게 만들 거야."

"아이고, 맙소사! 우리 마 여사를 어찌할꼬?"

명혜는 마순영 씨의 손등을 톡톡 치고는 기차 시간이 다 되었다며 자리에서 일어섰다.

전학 오자마자 선생님에게 심하게 맞아서 걱정을 시켰던 영웅이는 학년 말에는 자신감이 붙어서인지 학예발표회에서 연극을 하겠다고 했다. 마순영 씨가 자신의 알량한 시인 경력까지 들먹이며 대본을 대신 써주겠다 했지만 고영웅은 스스로 하겠다며 밤늦게까지 연극 대본을 썼다. 〈백설공주와 일곱 난쟁이〉를 패러디한 연극 대본이었다. 제목이 '세상에서 가장 뚱뚱한 왕자와 키 큰 난쟁이'였다.

그날은 기숙사에 있던 빛나가 밤늦게 오는 날이라 마순영 씨는 마중을 나가야 했다. 대본을 쓰는 영웅이를 혼자 두고 빛나 마중을 갔다. 빛나와 집 앞에 도착해 문을 열어보니 현관문에 걸쇠가 걸려 문이 열리지 않았다. 초인종을 누르고 문을 두드리고 전화를 해보고 밖에서 한 시간 동안 난리를 쳤지만 깊이 잠든 모양인지 고영웅은 문을 열어주지 않았다. 두 달 만에 집에 온 빛나를 데리고 택시 타고 찜질방을 찾아가야 했다. 아침에 급히 택시를 타고 집에 오니 그제야 영웅이가 놀란 얼굴로 문을 열어주었다.

마순영 씨는 엄마와 누나를 외박까지 하게 만든 문제의 대본을 읽다가 배를 잡고 웃었다. 영웅이에게 신경질을 부리던 빛나도 연극 대본을 보고 웃을 정도였다. 대사가 압권이었다. '거울아 거울아, 세상에서 누가 제일 예쁘니?'란 백설공주의 대사가 '거울아 거울아, 세상에서 누가 제일 뚱뚱하니?'로 바뀌어 있었다. 세상에서 제일 뚱뚱한 것이 가장 멋지다고 믿는 왕자가 키 큰 난쟁이들의 도움으로 가장 뚱뚱한 왕자로서 즐겁고 행복하게 잘 살아간다는 내용의 이야기였다. 마순영 씨는 외모지상주의를 꼬집기 위해 이런 연극 대본을 썼으니 고영웅은 진짜 천재가 틀림없다고 빛나에게 농담을 했다.

고영웅은 아빠의 흰 와이셔츠 속에 커다란 곰 인형을 집어넣어서 묶은 채 한껏 배를 들이밀고 연극을 했다. 세상에서 가장 뚱뚱한 왕자 역할이었다. 반에서 가장 키가 크고 잘생긴 남자아이가 뚱뚱한 왕자를 부러워하는 이웃 나라 못생긴 왕자 역할을 했다. 학부모들은 박수를 치며 즐거워했다. 그날 연극으로 고영웅은 일약 스타가 되었다. 고영웅은 어릴 때부터 늘 뚱뚱하다고 친구들에게 놀림을 심하게 받았다. 그 놀림을 오히려 유쾌한 패러디로 만들 정도로 고영웅은 자신감에 차 있었다. 세상에서 가장 뚱뚱한 사람도 행복하게 살 수 있다는 창의적인 이야기를 만들어낸 거였다.

마순영 씨는 부산에 내려와서도 영웅이를 꾸준히 수학경시대회에 내보냈다. 마순영 씨가 따라갈 때도 있었지만 영웅이 혼자 버스나 지하철을 타고 가야 할 때도 있었다. 마순영 씨가 수업을 하느라 못 데리고 가면, 어른도 찾아가기 힘든 길을 초등학교 3학년이 혼자 찾아가야 했다. 그 때문에 제 시간에 수험장을 못 찾거나 길을 잃고 헤맨 적도 몇 번이나 있었다. 그래도 고영웅은 경시대회에 나가는 걸 싫어하진 않았다. 수학경시대회에서 입상하면 학교로 상장이나 메달이 도착했는데 친구들 앞에서 상을 받을 때 으쓱한 모양이었다. 도금한 금메달을 목에 걸고 뿌듯한 얼굴로 개선장군처럼 집에 올 때도 있었다.

경시대회에 꾸준히 내보낸 덕분인지 고영웅은 학교 영재학급 선발 시험에 당당히 합격했다. 3학년 전체 아이들 250명 중에서 열다섯 명의 아이들이 선발되었다. 마린시티 혜성초등학교 영재학급에 선발됐다는 것은 나중에 과학고로 가는 표를 거머쥔 것이나 마찬가지였다. 1학년 때부터 영재 대비 학원에 보낼 정도로 경쟁이 치열했고 선발되기도 어려웠다. 그런데 영재학원 근처도 안 가본 고영웅이 떡하니 선발된 거였다. 유치원 때부터 사교육의 도움을 받은 아이들 속에서 사교육의 힘을 전혀 빌린 적이 없는 고영웅이 뽑히다니. 어쩌면 뛰어난 독서력이 뒷받침된 덕분인지도 몰랐다. 고영웅은 학습만화도 좋아했지만 사전만큼 두꺼운 〈나니아 연대기〉나 〈해리포터〉 시리즈를 열 번 넘게 읽어낼 정도였다. 무슨 책이든 흥미를 붙이면 무섭게 몰입하는 집중력을 발휘했다.

마순영 씨는 서울대 가는 길에 서광이 비치고 있다고 믿었다. 세 살 때부터 아들이 천재가 분명하다고 생각했는데 그 믿음이 혜성초 영재학급 합격으로 증명된 거였다. 고영웅은 누가 뭐라 해도 확실한 영재였다. 개천의 용, 서울대생이 되고도 남을 아이였다.

초 4, 수상한 가족

마순영 씨는 장바구니를 끌고 마트를 나오다가 멈칫했다. 마트 화단 동백나무에 더러운 개가 묶여 있는 모습이 눈에 들어왔다. 줄에 묶인 걸 보니 분명 주인이 있는 개였다. 원래 털이 흰색이었던 모양인데, 회색인지 검정색인지 흰색인지 구별하기 힘들 정도로 더러웠다. 더럽긴 했지만 개는 순해 보였다. 개 옆에는 라면박스와 온갖 종류의 종이상자가 쌓여 있고, 걸레나 누더기보다 더 더러운 누런 이불도 보였다. 누가 버린 냄비와 그릇과 프라이팬을 주워서 모아둔 건지 지저분한 세간살이가 플라스틱 바구니 안에 담겨 있었다. 그러고 보니 어느 노숙자의 살림살이인 모양이었다. 살림살이가 아니라 쓰레기 더미였다. 역 주변에만 있는 줄 알았던 노숙자들을 해운대 해수욕장 주변에서도 한두 번씩 본 적은 있지만, 마린시티에서는 노숙자를 본 적이 없었다.

마순영 씨를 올려다보는 개의 순한 눈빛이 애처로웠다. 배가 고픈 듯했다. 개의 눈빛에 마음이 약해진 마순영 씨는 장바구니를 뒤져보았다. 마침 참치캔이 보였다. 참치캔을 따서 개에게 주려는 순간이었다.

"뭐 하는 거요?"

성난 남자 목소리에 마순영 씨는 깜짝 놀라서 돌아보았다. 1년 내내 씻어본 적이 없는 것처럼 까치집을 지은 떡진 머리에 목 아래까지 내려오는 텁수룩한 수염, 몇 년 정도는 빨래를 안 했을 것 같은 더러운 옷차림을 한 남자가 리어카를 끌고 다가왔다. 리어카에는 폐지가 수북했다. 이 부촌 마린시티에서는 지금까지 폐지 리어카를 끌고 다니는 노인 한 명 본 적이 없었다. 마순영 씨는 놀라서 저도 모르게 뒷걸음질을 쳤다.

"우리 개한테 그런 거, 절대 주지 마시오!"

남자는 버럭 화를 내며 소리를 질렀다. 마치 우리 아이한테 무슨 해로운 것을 먹이지 말라는 엄마의 준엄한 목소리 같았다. 자신의 개에게 조금의 해꼬지라도 하는 걸 용납하지 않겠다는 단호함이 엿보였다. 쓸데없는 동정 따위는 하지 말라는 성난 목소리 같기도 했다. 마순영 씨는 무슨 봉변을 당할 것만 같아 얼른 자리를 피했다. 이상한 사람이었다. 리어카를 몰고 다니며 폐지를 줍는 것 같은데, 더러운 노숙자 차림이고, 실제 노숙을 하는 모양이었다. 지금껏 개를 데리고 노숙을 하는 사람이 있을 거라고 상상해본 적이 없었다. 자기 한 몸도 감당 못 하는 이들이 노숙자가 아닌가.

엉뚱한 생각을 잘하는 마순영 씨는 〈플란다스의 개〉를 떠올리며 마트 주변을 지나갈 때마다 그 노숙자가 있는지, 개가 있는지 주변을 살펴보곤 했다. 노숙자는 그 자리에 있을 때도 있고 없을 때도 있었다. 리어카를 끌고 다니며 폐지를 주우러 다니는 모양이었다. 노숙자는 개와 함께 느긋하게 햇볕을 쬐며 누워 있기도 하고 막걸리를 병째 마시며 멍하니 행인들을 구경할 때도 있었다. 더러 노숙자와 개가 보이지 않으면 마순영 씨는 그들의 행방이 궁금했다.

개와 노숙자, 그들은 가족 이상이었다. 그가 개에게 들이는 정성은 자식을 지극정성으로 보살피는 엄마의 정성 그 이상이었다. 세상의 모든 위협으로부터 자신의 개를 지키겠다는 결연한 의지가 보였다. 폐지를 주워 개를 부양하고 있는 마린시티의 노숙자라니. 가족의 종류가 다양하듯 세상에는 수상한 가족도 많은 모양이라고 마순영 씨는 생각했다.

학부모 총회를 마치고 학부모들은 교실로 가서 담임을 만났다. 4학년 담임선생의 이름을 처음 들었을 때 마순영 씨는 웃음이 나왔다. 안인자. 인자하다는 건지, 안 인자하다는 건지, 재미있는 이름이라고 생각했다. 그런데 안인자 선생은 이름 그대로 안 인자한 선생님이 분명했다. 깐깐하고 무섭고 숙제를 너무 많이 내주고 아이들의 손바닥도 자주 때리고 벌도 잘 주는 선생이라고 했다. 당연히 고영웅은 안인자 선생을 싫어했다.

은테 안경을 낀 안인자 선생은 40대 후반으로 보였는데 성마르고 까칠해 보였다. 얇은 입술과 뾰족한 턱 때문인지도 몰랐다. 담임은 학급 운영규칙이 적힌 프린트물을 나눠주었다. A4 용지에 빼곡하게 적힌 내용은 한마디로 담임의 학급 운영규칙에 잘 협조하란 일방적인 지시문 같았다. 담임은 한 해 동안 전교에서 성적이 가장 우수한 1등 반을 만들겠다는 원대한 포부와 비전을 제시했다. 학부모들이 박수를 치자 담임은 만족스러운 미소를 지었다.

"혹시, 저에게 궁금한 사항이 없으십니까? 학급운영에 관한 의견이 있으신 학부모님 계신가요?"

아무도 뭔가 물어볼 엄두를 내지 못하는 것 같았다. 할 말이 있는 듯해 보였지만 자칫 아이에게 불이익이 갈지도 몰라 다들 눈치를 보는 모양이었다. 마순영 씨는 초등학교 신입생처럼 잔뜩 주눅이 들어 있는 학부모들이 마음에 들지 않았다.

마순영 씨로 말할 것 같으면 가끔 앞뒤 상황도 안 재보고 쓸데없는 정의감이나 의협심이 분출할 때가 있었다. 젊은 시절 한때 운동권에 몸담았던 습관이었다. 마순영 씨는 담임이 내주는 수학 숙제가 가장 큰 불만거리였다. 담임은 매일 수학 문제 다섯 장을 풀고 그 문제지를 잘라서 내라는 희한한 숙제를 시켰다. 집에서 문제를 매기고 오답은 다시 풀고 숙제를 제출하면 선생은 그 숙제를 확인하고 그냥 폐지함에 버린다고 했다. 문제지 숙제 때문에 집에는 각종 수학 문제지가 쌓여갔다. 고영웅은 수학 숙제가 하기 싫어 몸살을 했다.

마순영 씨는 미래의 서울대생이 되어야 할 고영웅이 수학을 싫어하게 될까 봐 걱정이었다. 명색이 서울대생이 될 아이라면 수학을 진심으로 사랑해야만 하지 않겠는가. 단순 계산 문제를 매일 풀면 수학을 얼마나 지겨워하고 싫어하겠는가. 어쩌면 빛나가 수포자가 된 이유도 단순 계산 문제만 죽어라 풀게 했기 때문일지도 몰랐다. 마순영 씨는 저도 모르게 손을 번쩍 쳐들었다. 담임은 안경을 끌어올리며 마순영 씨를 흘낏 쳐다보았다.

"누구 어머니시죠?"

"고영웅 엄마입니다."

"아 네, 영웅이 어머니시군요. 말씀하시죠."

마순영 씨는 담임의 얼굴에 얼핏 냉소가 스치는 것만 같아 불안했다. 내가 혹시 긁어 부스럼을 만들고 있는 건 아닐까? 그런 생각이 약간 머리를 쳐들었지만 단순무식한 마순영 씨는 그대로 직진했다.

"선생님, 수학 문제지 매일 다섯 장씩 푸는 숙제가 아이들에겐 좀 무리가 아닌가 생각합니다. 저희 아이는 수학을 좋아하는 편인데도 수학 숙제 때문에 요즘 많이 힘들어합니다. 이러다간 수학을 싫어하게 되지 않을까 걱정이 되네요."

담임은 애써 미소를 띠고 있었지만, 누군가 억지로 입을 손으로 벌리고 있는 것처럼 표정이 어색했다. 초등학교 담임선생만큼 무소불위의 권력을 자랑하는 자리도 드물었다. 아무리 국회의원, 판사, 의사, 변호사, 회사 대표, 기업 임원, 고위 공무원이라 해도 자신의 아이를 들었다 놨다 할 수 있는 초등학교 담임 앞에서는 다들 머리를 조아렸다. 아이 문제라면 이성을 잃는 대한민국 학부모는 자식 가진 죄인이고 자식 앞에서는 작아지기만 했다. 진보건 보수건, 좌파건 우파건 자식 앞에서는 이성을 잃고 무조건적인 딸

바보, 아들 바보가 되었다. 담임선생의 얼굴은 표나게 일그러졌다. 간이 배 밖에 나온 이 눈치 없는 엄마는 뭐란 말인가, 하는 표정이 담임의 얼굴에 그대로 나타나 있었다.

"지금 그 말씀은 제가 내주는 숙제 때문에 아이들이 수학 공부를 싫어하게 될 수도 있다는 그런 말씀으로도 들리는데요. 무슨 말씀인지 알겠습니다."

담임은 은테 안경을 끌어 올리며 마순영 씨를 쏘아보았다. 교실 안에 싸한 냉기가 감돌았다.

"선생님, 그런 말씀이 아니라……."

마순영 씨는 당황해서 허둥댔다.

"영웅이 어머니, 수학 숙제를 내준다고 수학을 싫어한다는 결론으로 말씀하셨는데요. 논리적 비약이 심하신 거 아닌가요? 영웅이 한 명만의 경우를 갖고 전체적으로 확대해서 말씀하시면 성급한 일반화의 오류 아닙니까? 영웅이 어머니께선 논술 공부방 하신다면서요?"

"네?"

마순영 씨는 눈이 휘둥그레졌다. 학부모 총회를 앞두고 부모 직업 조사라도 했던 모양이었다.

"수학은 피아노처럼 단 하루라도 문제 풀이 연습을 게을리하면 계산 실력이 떨어지는 과목입니다. 그래서 매일 문제를 풀게 한 것입니다. 우리 반을 전교 1등 반으로 만들려고 한 조치입니다. 영웅이 어머님의 말씀은 충분히 제가 납득을 했으니 고민해보도록 하겠습니다."

담임은 마순영 씨를 뚫어지게 쳐다보면서 말했다. 마순영 씨는 뭔가 불길했다. 학급 총회를 마치고 나오는 길에 몇몇 엄마들은 마순영 씨에게 숙제 이야기 잘 꺼냈다고 힘을 실어주었다. 그런 말도 위로가 되진 않았다.

다음 날 고영웅은 학교를 마치고 신이 나서 집으로 달려왔다.

"엄마, 선생님이 수학 숙제 안 해도 된대."

"사실이야?"

"하고 싶은 사람만 하래. 아싸! 자유다, 자유!"

마순영 씨는 담임이 생각보다 꽉 막힌 사람은 아니라고 생각했다. 하지만 한편으로는 이렇게 순순히 물러설 사람이 아닐 텐데 왜 이러지? 싶어 불안했다. 고영웅은 그날로부터 수학 숙제에서 해방되어 신나게 놀았다. 학원도 한 군데도 안 가니 남는 게 시간이었다. 다른 아이들은 여전히 문제지 풀어오는 숙제를 꼬박꼬박 제출하고 있다고 했다. 중간고사 기간에도 딴에는 수학 영재랍시고 수학 문제집은 거들떠보지도 않았다. 마순영 씨의 불길한 예감은 현실이 되었다.

1학기 중간고사를 치고 나서 고영웅은 교탁 앞으로 불려 나갔다. 암사자처럼 노려보는 담임의 눈길이 무서워 고영웅은 자라처럼 고개를 한껏 움츠렸다.

"고영웅 너! 수학 영재 맞아?"

"네, 맞아요."

영문도 모른 채 고영웅은 가슴을 펴고 자랑스럽게 대답했다.

"수학 영재? 하이고! 지나가던 개가 웃겠다. 이 녀석아, 이따위를 수학 성적이라고 받았냐? 우리 반 수학 평균이 93점인데 너 때문에 반 평균이 깎였어. 우리 반이 너 땜에 전교 1등 반이 못 됐단 말이다. 얘들아! 수학 영재란 녀석이 수학 성적이 겨우 76점이랜다. 이게 말이 되니? 수학 영재가 아니라 수학 바보 아냐? 얘들아, 우리 수학 바보 고영웅에게 박수 한번 크게 쳐주자."

아이들이 박장대소를 하며 책상을 치며 야유를 보냈다. 마치 물어뜯을 먹잇감을 발견한 하이에나떼처럼 신나서 어쩔 줄을 몰랐다. 고영웅은 엄마에게 논술 수업을 받는 재균이까지 박수를 치는 것을 보고 충격을 받았다. 재균이는 3학년 때부터 친하게 놀던 친구였다. 고영웅은 얼굴이 벌게져 복도로 뛰쳐나갔다. 복도에 쭈그리고 울고 있는데 담임이 따라 나와 소리를 질렀다.

"고영웅! 뭐 잘했다고 뛰쳐나가? 어디서 배운 버릇이야? 아이구! 진짜 볼썽사납게 왜 울고 난리야? 썩 들어와!"

담임은 그날 한 아이의 영혼에 가차 없이 붉은 줄을 죽죽 그어버린 것이었다.

마순영 씨는 세상 다 잃은 표정으로 집에 들어온 영웅이에게 자초지종을 듣고 이가 갈렸다. 안인자 선생은 이름 그대로 안 인자한 선생임이 분명했고 게다가 뒤끝 작렬이었다. 학부모가 공개적인 자리에서 자신의 권위에 도전했다고 그 화풀이를 아무 죄도 없는 아이에게 한 거였다.

학교로 쫓아가 따지고 싸우고 싶었지만 이럴수록 더 냉정해져야 했다. 학부모 총회 날 말 한마디 잘못 해서 이런 일이 생겼는데 만약 따지고 들면 영웅이의 학교생활이 얼마나 힘들어질지 불 보듯 뻔했다. 참고 견뎌내야만 했다.

똥이 무서워서 피하나? 더러워서 피하지. 어떤 조상님이 만든 속담인지 모르겠으나 절묘한 속담이란 생각을 하며 마순영 씨는 입술을 깨물었다. 절대로 무서워서 피하는 건 아니라고, 주먹을 불끈 쥐었다. 마순영 씨는 어쨌든 5학년이 될 때까지 잘 버텨내면 된다고 생각했다. 고영웅 인생 최악의 불량 선생을 다시 마주칠 일은 없을 터였다. 5학년이 되면 새로운 선생님을 만날 것이고 모든 것은 다 지나가므로.

그해 5월, 붉은 장미는 핏빛 울음을 토해내는 것처럼 붉었다. 마순영 씨는 거짓말이라고 생각했다. 온 나라가 발칵 뒤집혔다. 저 밑바닥에서 가장 높은 곳에 올라갔던 사람이 이렇게 허무하게 추락할 수도 있다는 사실이 너무나 비현실적이어서 실제로 일어난 일 같지가 않았다. 돈 없고 빽 없어도, 불의와 타협하지 않아도 성공할 수 있다는 하나의 증거를 우리 아이들에게 꼭 남기고 싶다고 했던, 그 사람. 개천의 용이면서도 가장 높은 곳까지 올라갔던 사람, 노력하면 개천의 용이 될 수 있다는 희망을 보여준 사람이었다. 퇴임하고 고향으로 내려가 밀짚모자를 쓰고 봉하마을 사람들과 막걸리잔 기울이며 소박하게 살려던 그의 꿈마저 기득권 세력은 용납하지 않았다. 왜 이 나라는 개천에서 올라간 용이었던 대통령 하나 온전하게 내버려두지 못하고 만신창이로 만들어 추락하게 만드는 것인가. 이렇게 허무하게 가버리다니. 믿을 수가 없었다. 개천의 용에겐 추락이란 비극적인 결말이 기다리고 있는 것인가. 노무현 전 대통령의 갑작스러운 죽음 때문에 온 나라가 슬픔에 잠겨 있었지만 마순영 씨는 온전히 슬퍼할 겨를도 없었다.

그동안 마순영 씨 집에는 연거푸 일이 터졌다. 학교 잘 다니던 빛나가 다짜고짜 학교를 그만두겠다고 소동을 한바탕 피웠다. 기숙사 선배들이 후배들을 밤마다 불러내어 얼차려를 시키고 기합을 주고 때린다는 거였다. 선배들 등쌀에 전학 간 친구도 있다고 했다. 이 마당에 빛나까지 만약 자퇴하거나 전학을 한다면 마순영 씨는 감당할 자신이 없었다. 집에 짐을 싸 들고 내려온 빛나를 어르고 달래서 겨우 올려보내고 나니 이젠 고철용 씨가 시어머니를 집으로 모시고 온 거였다. 시누가 시어머니를 못 돌보겠다고 하고, 시어머니를 몇 번이나 잃어버리는 소동까지 일으킨 바람에 무턱대고 모시고 내려온 거였다.

시어머니는 치매까지 걸려 있었다. 수업하는 도중에 시어머니가 공부방 문을 수시로 열어보는 바람에 수업에 집중할 수가 없었다. 집 밖을 나가 배회하거나 길을 잃어버리기도 했다. 경비원이나 청소하는 아줌마들이 시어머니를 모시고 온 적도 몇 번이나 있었다. 게다가 고철용 씨의 밀린 카드빚 때문에 집 안의 물건들에 붉은 차

압 딱지까지 붙고 채권자들이 집 초인종을 수시로 눌러대니 단 하루도 조용할 날이 없었다. 집이 아니라 폭탄이 터지고 피비린내 나는 전쟁터였다. 가난은 가족의 영혼을 너덜너덜한 누더기로 만들었다.

"왜 대책 없이 어머니를 데려와? 온 식구 길 위에 나앉자는 거야?"

마순영 씨는 고철용 씨 얼굴만 보면 상처 입은 맹수처럼 으르렁거렸다.

"그럼 엄마를 버리자고?"

"난 공부방 하면서 치매 중풍 걸린 어머니 못 모시니까, 당신이 어머니 문제 해결해. 당신이 모시고 나가든가, 요양원에 모시든가."

"요양원? 나더러 지금 엄마를 고려장 하라는 거야?"

고철용 씨가 소리를 지르며 길길이 뛰었다.

"고려장? 그게 왜 고려장이야? 요양원에 입소시키고 싶어도 못 시키는 사람도 많아. 어머니가 기초수급자라, 그래도 요양원비는 지원받을 수 있잖아? 요양원 보내기 싫으면 당신이 돈 벌어서 생활비 대줘. 내가 공부방 접고 집에서 어머니 돌볼 테니."

"니 눈에는 돈밖에 안 보이지? 그러니까, 돈 안 된다고 쓰레기처럼 엄마를 버리자는 거네. 그럼 나도 버려! 돈 한 푼 못 벌어주니까 나도 버려. 니 눈에는 돈 못 벌고 돈 안 되면 다 쓰레기로 보이지?"

"안 그래도 버리고 싶다. 당신이 날 이렇게 만들었잖아? 왜 당신이 저지른 일을 나보고 책임지라는 건데? 당신이 이러고도 남편이야? 애들 아빠냐고?"

마순영 씨는 고철용 씨의 팔을 할퀴고 주먹으로 고철용 씨의 가슴을 마구 때렸다. 고철용 씨는 눈을 질끈 감고 마순영 씨의 화풀이를 그냥 받아냈다. 시뻘겋게 변한 얼굴은 터지기 일보 직전이었다.

"엄마! 아빠한테 그러지 마!"

고영웅이 달려들어 마순영 씨의 팔을 잡아당겼다. 울부짖으며 매달리는 아들을 보자 마순영 씨는 심장이 찔리는 듯 아팠다. 영웅이가 집에 있는 줄도 모른 채 고철용 씨와 짐승처럼 싸웠던 것이었다.

"영웅아, 미안해. 엄마가 잘못했어."

마순영 씨는 애써 목소리를 부드럽게 만들어 영웅이를 다독거렸다. 고영웅은 잔뜩 겁에 질려 훌쩍였다.

"흥! 새끼한테는 미안한 줄 아시네. 쓸모없는 남편과 시어머니는 발가락의 때만큼도 안 여긴다 이 말이지? 그래, 아무짝에도 쓸모없는 쓰레기는 니 눈앞에서 사라져줄게."

고철용 씨가 마순영 씨를 노려보고 씹어뱉듯 한마디하더니 현관문을 부서져라 세게 닫고는 나가버렸다.

집을 나갔던 고철용 씨는 보름 만에 들어왔다. 시어머니가 이불 위에 수시로 대소변까지 지리는 모습을 본 고철용 씨는 더 이상은 안 되겠는지 고집을 꺾었다.

요양원 입소 전날 마순영 씨는 시어머니 목욕을 시키려고 물을 욕조에 가득 받았다. 시어머니를 욕조에 앉히고 따뜻한 물에 적신 커다란 수건을 어깨에 둘러주었다. 뜬금없이 헨젤과 그레텔이 떠올랐다. 집에 먹을 것이 없어 아이들을 산에 버리러 갔을 때 그 아버지는 마음이 어땠을까. 마순영 씨는 늘 집을 떠나 있다시피 살았던 고철용 씨보다 시어머니와 살았던 시간이 더 많았다. 미운 정 고운 정이 다 들었다. 내가 살기 위해 시어머니를 쓰레기처럼 버린다는 말이 어쩌면 맞을지도 몰랐다. 자본주의 사회에서 가난으로 가정이 해체되거나 무너질 때 약자인 노인이나 아이가 가장 큰 상처를 받게 마련이었다. 가난은 가장 먼저 보호를 받아야 하는 약하고 힘없는 이부터 가차 없이 내팽개치게 했다. 가난은 씻을 수 없는 큰 원죄였다. 가난은 사람조차 쓰레기로 만들었다. 가난은 가장 소중한 것도 내버리게 만들었다. 더러운 길바닥에 자면서도 개를 버리지 않고 정성스레 돌보던 노숙자가 갑자기 생각났다. 부끄러움이 한없이 밀려들었다.

비누를 묻힌 때수건으로 시어머니의 등을 문질렀다. 오래 목욕을 시키지 않아 욕조에는 때가 둥둥 떠올랐다. 시간이 새겨진 늙고 주름진 몸, 검버섯이 얼굴과 팔과 종아리와 손등과 발등에 검은 문신처럼 피어 있었다. 저승꽃이 온몸에 돋아난 시어머니를 폐품처럼 내다 버리러 가기 전의 마지막 목욕이라니. 악어의 눈물이나 진배없었다. 화장실에 떠도는 비누 거품, 향기로운 샴푸 냄새가 생의 잔인한 얼굴을 가려주는 얇디얇은 레이스 커튼 같았다.

목욕을 끝낸 시어머니의 몸을 닦고 내복을 갈아입혔다. 머리를 말리고 스킨로션을 발라주었다. 처음으로 시어머니를 꼭 안았다. 작은 아이를 안은 것 같았다. 시어머니는 마순영 씨 품 안에서 아이처럼 흐엉, 흐엉, 서럽게 울었다. 정신이 없는 와중에도 뭔가를 눈치채신 것만 같았다. 어머니 죄송해요. 마순영 씨는 차마 내뱉지 못하고 눈물과 함께 그 말도 꾹 삼켰다.

초 5, 불량 엄마 그리고 불량 교사

"으악! 완전 망했어!"

컴퓨터 앞에 앉아서 학교 홈페이지에 접속하고 있던 고영웅은 머리를 싸쥐었다.

"왜?"

"또, 안인자 쌤이 5학년 담임이야."

마순영 씨는 망치로 뒤통수를 맞은 것 같았다. 어떻게 연거푸 이런 일이 일어난단 말인가. 4학년 2학기를 버틴 힘은 오로지 다 지나간다는 믿음 하나밖에 없었다. 5학년이 되기만 하면 안인자 선생과 다시는 만나지 않게 되리라는 그 희망 하나로만 버텨냈다. 그런데 그것이 완전히 물거품이 된 거였다. 마순영 씨는 엄마인 나부터 정신을 차려야만 한다고 생각했다. 호랑이에게 물려가도 정신만 차리면 된다고 하지 않았던가. 아무리 생각해도 선조들의 속담만큼 힘이 되는 게 없었다. 삶의 벼랑에서 한숨 쉬며 울고 있을 가련하고 어리석은 후손 마순영 씨를 너무나 사랑했기에 선조들은 이런 속담을 미리 준비해둔 게 틀림이 없었다.

그날부터 마순영 씨는 군기가 바짝 든 군인처럼 영웅이를 다그치고 들볶아댔다. "고영웅 빨리빨리 안 일어날래?" "빨리빨리 가방 챙겨." "빨리빨리 세수해." "영웅아, 제발 빨리빨리 밥 먹어." "영웅아 아아! 빨리빨리 양치질하고 화장실에서 빨리 나와!" "영웅이 너 빨리빨리 학교 안 갈래?" "빨리빨리 숙제해." "너 뭐 하니? 빨리 컴퓨터 끄고 빨리 일기 써." "고영웅! 빨리빨리 문제지 안 풀래?" "어허, 텔레비전 그만 보고, 빨리빨리 자." 마순영 씨는 '빨리빨리'가 고영웅을 안인자 선생에게서 지켜줄 비장의 방패라도 되는 듯 시도 때도 없이 써먹었다. 마순영 씨는 마음이 급해 죽겠는데 달팽이나 굼벵이보다 더 느려터진 고영웅은 하나도 바쁜 게 없어 엄마의 심장을 바짝바짝 태우곤 했다.

아침부터 놀이터 쪽에서 까치 소리가 요란했다. 마순영 씨는 무슨 좋은 소식이 올 것만 같아 괜스레 마음이 들뜨고 기분이 좋았다. 어제는 온종일 비가 내리더니 오늘은 날씨도 화창하게 개었다. 영웅이의 봄소풍날이었다.

어젯밤 수업을 마치고 김밥 재료를 사러 마트에 다녀온 덕분에 재료는 다 마련되어 있었다. 김밥을 싸기 좋게 당근과 우엉을 채 썰어서 볶고 시금치를 데쳤다. 달걀 지단을 얇게 부치고 비싼 소고기까지 볶아서 재료를 준비했다. 밥이 다 되자 참기름과 맛소금과 깨소금을 넣어서 비볐다. 고소한 참기름 냄새가 집 안에 퍼져 나갔다.

고영웅은 김밥을 싸는 엄마 옆에 쪼그리고 앉았다가 갑자기 벌떡 일어나 개다리춤을 췄다. 마순영 씨는 웃음을 터뜨렸다. 부산에 온 지 3년째인데 매일매일 사건의 연속이라 영웅이를 데리고 인근에 나들이 한번 가본 적이 없었다. 아이에게 괜스레 미안했다. 마순영 씨는 김밥 꼬투리를 영웅이 입에다 넣어주었다.

"엄마! 김밥 진짜 최고!"

고영웅은 눈웃음을 지으며 엄지손가락을 치켜세웠다. 마순영 씨는 영웅이의 가방에 물병과 과자와 김밥과 음료수를 넣어주며 잘 다녀오라고 했다. 고영웅은 콧노래를 흥얼거리며 집을 나섰다. 아이들에게 소풍날처럼 설레는 날이 있을까. 마순영 씨는 어릴 적 소풍을 떠올리며 베란다에서 영웅이의 뒷모습을 내려다보았다. 아이의 등 뒤로 깨끗하고 투명한 봄 햇살이 눈부시게 쏟아져 내렸다.

5시 정각에 중학교 2학년 여학생팀 논술 수업이 있었다. 시계를 보니 4시 50분이었다. 고영웅이 집에 돌아올 시간이 지나 있었다. 소풍을 마치고 집에 돌아오면 4시일 거라고 했는데 늦는 걸 보니 친구들과 노는 모양이었다. 5시가 되자 여중생 네 명이 입에 아이스 바 하나씩 물고 우르르 몰려왔다. 같은 중학교 아이들인데 평소에는 독서논술 수업을 하다 내신 기간이면 국어 내신 공부 모드로 바꾸어서 수업을 진행하는 팀이었다.

"쌤도 드세요."

붙임성 좋은 지현이가 인심 쓰듯 마순영 씨에게 메로나 하나를 내밀었다. 마순영 씨가 메로나 껍질을 벗기는 순간 전화벨이 울렸다. 담임이었다. 순간 불길한 느낌이 스쳤다. 마순영 씨는 아이들에게 잠깐 쉬면서 기다리라고 했다. 메로나는 거실 테이블에 올려두고 안방으로 들어가서 전화를 받았다.

"네, 선생님, 안녕하세요?"

"영웅이 어머니, 영웅이가 좀 다쳤습니다."

심장이 쿵 내려앉았다.

"네? 뭐라구요? 우리 영웅이가 왜 다쳐요?"

"아이들하고 시비가 붙었는데, 영웅이가 친구를 놀려서 싸움이 붙었어요."

영웅이 탓을 하는 말투였다. 역시 안인자 선생다웠다.

"영웅이 많이 다쳤어요? 때린 애가 대체 누굽니까?"

"영웅이 어머니, 너무 흥분하지 마세요. 많이 다치진 않았습니다. 영웅이만 맞은 게 아니라, 같이 싸워서 다친 겁니다."

밖에서 방문 두드리는 소리가 들렸다. 아이들보고 잠깐 기다리라 해놓고는 수업을 깜박 잊고 있었던 거였다.

"선생님, 영웅이 오면 자세히 상황을 알아보고 다시 전화 드리겠습니다."

마순영 씨는 일단 전화를 끊었다. 거실 테이블에 올려둔 메로나는 그새 녹아서 테이블에 녹아내린 물이 번져 있었다. 메로나를 싱크대에 버리고 수업을 하기 위해 공부방으로 갔다. 아이들에게 교재를 펴라고 했다. 지난주에 읽고 오라고 나눠준 책 〈돼지가 한 마리도 죽지 않은 날〉에 대한 느낌과 생각을 물어보았다. 아이들이 뭐라 뭐라 하는데 전혀 귀에 들어오지 않았다. 영웅이가 들어오는가 싶어 온 신경이 곤두서 있었다. 고영웅은 휴대폰도 없어서 연락조차 할 길이 없었다. 마치 불행한 일을 당하고 곧바로 무대에 오른 희극 배우가 된 기분이 들었다. 가족의 장례를 치르고 와서도 무대에 올라 관객들을 웃기고 울려야 하는 배우의 심정을 알 것 같았다.

수업을 시작한 지 30분쯤 지나서 현관문 열리는 소리가 났다. 마순영 씨는 자리에서 벌떡 일어섰다. 아이들이 어리둥절한 얼굴로 마순영 씨를 쳐다보았다. 마순영 씨는 아이들에게 뜬금없이 '나의 20년 뒤'라는 제목으로 에세이 한 편을 써보라고 하고는 밖으로 나왔다. 안방 문이 잠겨 있었다.

"영웅아, 문 열어! 엄마 다 알고 있어!"

문을 두드려도 고영웅은 문을 열어주지 않았다. 다친 얼굴을 보여주기 싫은 모양이었다. 문 두드리는 소리에 지현이와 수민이가 공부방 문을 빼꼼 열고 내다보았다. 마순영 씨는 아이들에게 들어가라고 손짓했다. 마순영 씨가 한참 불러대자 고영웅은 마지못해 문을 열어주었다. 눈두덩이 벌겋게 부어 있고 부풀어 오른 볼에는 손톱자국이 나 있었다. 목까지 졸렸는지 목에 붉은 손자국이 보였다. 마순영 씨는 심장이 찢기는 기분이었다.

"이 일을 어떡해? 많이 아팠지?"

마순영 씨는 영웅이의 얼굴과 목을 만지며 이곳저곳 살폈다.

"지금은 많이 안 아파. 근데 안경 깨졌어. 변기준 그 새끼가 깼어."

고영웅은 제가 다친 것보다는 안경이 깨진 것이 더 속상하고 걱정되는 모양이었다.

“안경 걱정은 하지 마. 근데 어쩌다 그랬어? 니가 먼저 싸움 건 거야?”

“아니야! 기준이 그 자식이 먼저 그랬어. 진우가 기준이 말을 엿들었는데 나보고 엿들었다고 그 새끼가 갑자기 주먹으로 쳤어. 나도 화가 나서 변기 이 자식아 죽을래? 하면서 달려들었거든. 근데 갑자기 성규 자식도 기준이랑 같이 나를 막 때렸어.”

“뭐? 둘이서 널 때렸다고?”

그때 밖에서 방문을 두드리는 소리가 났다. 오늘 수업은 정말 엉망이었다. 수업하다 자리를 비우고 와서 완전히 수업에 관한 생각은 잊고 있었다. 마순영 씨는 수업하는 공부방으로 돌아가서 아이들이 쓴 글을 돌아가면서 읽도록 했다. ‘나의 20년 뒤’란 제목으로 쓴 글은 기발하고 자유로웠다. 지현이는 나중에 어른이 되면 길고양이 보호센터 소장이 되어 고양이들을 보살피겠다고 했고, 수민이는 치어리더가 되겠다고 했다. 서인이는 여행 작가가 되어 전 세계를 누비는 사람이 되고 싶다고 했고, 혜지는 건물주가 되어 편하게 살고 싶다고 했다. 혜지의 글에 아이들이 와르르 웃음을 터뜨렸다. 평소의 마순영 씨 같았으면 아이들 글이 별로여도 폭풍 칭찬을 퍼부었을 텐데 정신이 온통 영웅이에게 가 있었다. 평소보다 10분 일찍 마치자 지현이는 덩실덩실 춤을 추고 아이들이 깔깔대며 웃었다.

중학생 아이들을 배웅하고 나자 다음 팀이 곧바로 들이닥쳤다. 5학년 남자애들 팀이었는데 세 명이 한 팀이었다. 수업시간이 저녁 7시여서 저녁을 못 먹고 곧바로 오는 아이들도 있었다.

"쌤, 배고파요. 먹을 것 없어요?"

"없다."

평소 같지 않은 마순영 씨의 반응에 아이들이 뜨악한 표정을 지었다. 마순영 씨는 모든 게 귀찮았다. 곳간이 차 있어야 인심이 날 게 아닌가. 아이들이 배고플까 봐 미리 간식도 챙겨주곤 했으나 오늘은 수업 온 아이들까지도 밉살스럽고 귀찮았다. 5학년 수업 중간에 아이들에게 10분 쉬라고 했다. 마순영 씨는 변기준 엄마에게 전화를 걸었다. 변기준 엄마는 기준이가 집에서는 그리 착하고 엄마 말도 잘 듣고 얌전한 아이인데 친구랑 싸울 줄은 전혀 몰랐다고 했다. 둘째라서 그런지 집에서 딸 노릇 할 정도로 애교도 잘 부리고 정도 많은 아이인데 친구를 때리다니 믿기지 않는다고 한참 주절주절 변명인지 애 자랑인지 모를 말을 늘어놓았다. 사과의 말 한마디 없었다.

아파트 앞에 와 있다는 변기준 엄마의 전화를 받고 아파트 현관 입구로 내려갔다. 황금빛으로 염색한 긴 웨이브 머리에 프릴이 잔뜩 달린 소매 없는 붉은 원피스를 입고 있는 여자가 103동 현관 쪽에 서 있었다. 아이 엄마가 아니라 술집 마담이 아닌가 싶은 요란한 옷차림이었다. 기준 엄마는 기준이가 잘한 건 없지만 영웅이가 먼저 변기라고 놀린 것도 문제가 있지 않으냐고, 사과하러 온 건지

시시비비를 가리러 온 건지 모를 소리를 해댔다. 기준 엄마는 어쨌건 안경은 기준이가 깼으니 안경값은 변상해주겠다고 선심 쓰듯 말했다. 그러고는 뜬금없이 독일제 흉터 약이라며 연고 하나를 불쑥 내밀었다. 흉터엔 직방으로 잘 듣는다는 거였다. 병 주고 약 주는 실제 상황이 바로 눈앞에서 일어나자 마순영 씨는 놀라서 입이 쩍 벌어졌다. 기준이나 많이 발라주세요. 그 말 한마디만 하고 그냥 돌아서버렸다.

그 사건이 터지고 나서 마순영 씨는 자주 악몽을 꾸었다. 영웅이가 아이들에게 둘러싸여 맞고 있는 꿈이었다. 눈앞에서 아이가 맞고 있는데도 온몸이 묶인 것처럼 아무것도 할 수가 없었다. 영웅이가 비명을 지르며 엄마! 엄마! 외치는데도 마순영 씨는 손발을 움직일 수가 없었다. 영웅이를 구하려고 발버둥을 치며 허우적거렸다. 영웅아! 하고 소리치다 깨어나 보면 꿈이었고 온몸이 식은땀으로 축축했다. 꿈에서도 현실에서도 아이를 위해 아무것도 못 하는 못나고 못난 엄마, 불량품 엄마였다.

2학기가 시작되고 며칠 지나지 않아 또 사건이 터지고 말았다. 마순영 씨가 집안일을 끝내고 차를 마시려는데 인터폰이 울렸다. 인터폰 화면에 영웅이가 보여 기함했다. 문을 열자 고영웅이 울면서 뛰어 들어왔다. 마순영 씨는 영웅이 얼굴을 보고 놀라 자리에 털썩 주저앉았다. 입술이 터지고 볼이 퉁퉁 부어 있었다. 아침에 멀쩡한 얼굴로 등교했던 아이가 학교에 있을 오전 시간에 집으로 왔으니 놀라 자빠질 일이었다. 게다가 옷도 흙투성이고 머리도 얼굴도 엉망진창이었다.

"여, 영웅아, 너 대체 무슨 일이니? 얼굴은 왜 그래?"

영웅이가 꺽꺽 목이 메어가며 설명한 내막을 들어보고 마순영 씨는 더 기가 막혔다. 체육시간이 끝나고 운동장에서 놀고 있는데, 기준이가 고영웅에게 갑자기 흙을 막 뿌렸다고 했다. 돼지! 뚱보! 거지! 하며 놀리는 게 신경질나서 고영웅은 이 변기 새끼야! 하며 달려들어 주먹을 날렸다. 기준이와 함께 있던 아이 둘도 합세해서 영웅이에게 같이 달려들었다. 몸도 둔한 데다 싸움도 잘 못하는 고영웅은 세 아이에게 일방적으로 두들겨 맞았다. 종이 울리자 고영웅은 울면서 교실로 들어갔다. 담임은 때린 아이들을 놔두고 고영웅을 더 심하게 혼냈다. 고영웅은 억울하다고 소리치며 항변했다. 담임은 버릇 없이 말대꾸한다고 심하게 야단을 쳤다. 고영웅은 너무 억울하고 분해서 학교를 뛰쳐나와 집으로 곧바로 달려온 거였다. 마순영 씨는 피가 거꾸로 솟았다.

마순영 씨는 영웅이에게 화장실에 가서 일단 세수부터 하라고 했다. 씻고 나온 영웅이의 얼굴에 면봉으로 상처 연고를 발랐다. 왼쪽 눈 밑에 난 손톱자국 때문에 흉터가 남을 것 같았다. 얼굴에 남은 흉터보다 가슴속 흉터가 더 오래 남을 텐데. 눈물이 핑 돌고 가슴이 베이듯 아팠다. 얼굴을 돌리고 코를 푸는 척했다. 갑자기 낯선 동네에 이사 와서 왕따를 당하고, 친구들에게 두들겨 맞고, 선생마저 보호해주지 않았으니, 얼마나 억울하고 외로웠을까. 가난하고 못나고 힘없는 부모 탓이었다. 가난이 만든 흉터를 몸에 새기며 아이는 제 몫의 가시밭길을 헤쳐나가야만 했다.

"영웅아, 많이 힘들지?"

영웅이가 다시 울음을 터뜨릴 듯 눈물이 그렁한 얼굴로 고개를 끄덕였다.

"우리, 여기 말고 딴 데로 이사 갈까? 너무 힘들면 억지로 참고 견딜 필요는 없어."

영웅이가 고개를 마구 저었다.

"엄마, 안 돼요. 절대 안 돼요. 우리 이사 가면 엄마 공부방도 못 하잖아요. 돈도 못 벌잖아요? 잘 참아볼게요."

고영웅은 엄마에게 잘못한 일이 있거나 미안한 일이 있으면 갑자기 존댓말을 하곤 했다. 마순영 씨는 깨진 유리에 심장이 찔리는 것만 같았다.

"억지로 참을 필요 없어. 니가 이렇게 힘든데, 다른 데 갈 수도 있지."

"엄마, 내가 잘못했어요. 친구들과 절대 안 싸울게요. 친구들이 시비 걸어도 참고 그럴게요. 우리 집 돈도 없잖아요."

마순영 씨는 아이에게 벌써 무거운 십자가를 지게 한 것만 같았다. 부모의 잘못으로 가난이란 더러운 늪에 아이까지 빠뜨린 것이었다. 가난한 자들은 모욕을 참고 견뎌야만 한다는 것을, 그래야만 비루한 일상이 겨우 유지되고 목구멍에 풀칠하며 목숨을 연명할 수 있음을 벌써 이 어린아이가 알아챈 건 아닐까. 생의 잔혹한 진실을 가난으로 인하여 아이가 너무 일찍 깨달아버린 건지도 몰랐다.

"영웅아, 괜찮아. 니 잘못이 아니야. 그러니까, 누가 네게 나쁜 짓을 하면 참지 말고 싸워도 돼. 우리 절대 도망치지 말자."

마순영 씨는 영웅이를 끌어안고 등을 쓰다듬어주었다.

해운대 신도시에서 오는 5학년 여학생 개인 수업을 다른 날로 미루었다. 그날 오후 4시에 마순영 씨는 학교로 갔다. 교실로 가니 담임이 교탁 옆 책상에 앉아서 무언가를 들여다보고 있었다.

"영웅이 어머니 오셨습니까? 이것 좀 보시죠."

영웅이 상태는 묻지도 않고 담임은 다짜고짜 종이부터 내밀었다. 마순영 씨는 의아한 얼굴로 종이를 받아 들었다.

"영웅이 문제로 골치가 아파서 아이들에게 영웅이에 대해 평소 생각하던 걸 솔직히 적어보라고 했습니다. 병원에서도 그렇지 않습니까? 치료하기 전에 병명을 정확히 진단하기 위해 검사도 하고 문진도 하고 그러잖아요? 그러니까, 집에서 영웅이 잘 단속해주십사 하고 아이들에게 영웅이 문제점을 적어보도록 한 겁니다. 제가 영웅이에 대해 말씀드리는 것보다는 아이들이 본 시각이 더 객관적일 수가 있지 않겠습니까?"

이건 숫제 영웅이를 병자로 몰아가는 게 아닌가. 그것도 하필이면 오늘 영웅이에 대해 설문지를 돌리다니 담임의 비인간적인 처사에 치가 떨렸다. 학교에서 친구와 싸우고 학교를 뛰쳐나간 아이에 대한 인민재판이 아닌가. 영웅이에 대한 안 좋은 내용이 적혀 있을 것은 불 보듯 뻔했다.

"선생님, 굳이 오늘 이걸 해야 했습니까? 맞은 아이 입장은 생각해보셨어요? 한 아이가 아니라 세 명이나 되는 아이에게 맞았어요. 집단 폭력을 당한 아이를 보호하고 지켜주셔야 하는 게 선생님 책임이잖아요? 어떻게 아이들에게 이런 설문지나 작성하게 만드실 수 있습니까? 교육청에 민원 넣겠습니다. 일단 선생님 말씀이나 들어보자 싶어서 왔더니, 진짜 심하십니다."

마순영 씨가 흥분을 주체 못 하고 따지고 들자 담임은 갑자기 눈물을 쏟으며 울기 시작했다. 마치 눈물 연기의 달인인 연극배우가 눈물을 갑자기 쏟아내는 것 같아 마순영 씨는 당황스러워 어쩔 줄을 몰랐다. 학부모 앞에서 눈물을 쏟는 선생은 지금껏 듣도 보도 못했다. 그것도 찔러도 피 한 방울 안 나올 것 같은 안인자 선생이.

"영웅이 어머니, 저는 영웅이 걱정되어서 그래요. 내가 요즘 영웅이 때문에 잠도 못 잔답니다."

선생은 울먹거리는 소리로 말하더니 티슈를 뽑아 코를 팽 풀었다.

"영웅이가 반 친구들하고 얼마나 자주 다툼을 벌이는 줄 아십니까. 걸핏하면 아무나하고 싸워요. 우리 반의 가장 모범생인 반장 윤수연이하고도 싸웠다니까요. 남자애가 여자애랑 싸울 일이 뭐가 있습니까? 요즘 영웅이 때문에 신경정신과 약을 먹고 있답니다. 우울증과 불면증이 너무 심해졌습니다. 일단 애들이 적은 거니까, 한번 읽어보시기나 하세요."

예상대로 아이들이 쓴 글은 악의적인 내용이 대부분이었다. 뚱뚱하다. 돼지 같다. 잘 나선다. 잘난 척을 심하게 한다. 싸움을 걸듯이 말을 한다. 더럽고 냄새난다. 친구를 잘 도와준다. 가난뱅이 주제에 공부는 좀 하는 편이다. 땀을 너무 흘려서 땀냄새가 난다. 암산 천재다. 존나 거지 같다. 글씨를 너무 못 쓴다. 개그맨 같다. 옷도 구리고 촌스럽다. 재치 있다. 수학 영재라고 뻐긴다. 발표를 잘한다. 급식 때 돼지처럼 너무 많이 먹는다. 친구에게 공부를 잘 가르쳐준다. 글을 잘 쓴다. 책을 많이 읽는다. 재미있는 말을 잘한다. 착하다. 운동을 너무 못해서 같은 편 하기 싫다. 똑똑하고 아는 게 많다. 달리기도 못한다. 행동이 느리다. 고집이 너무 세다. 자기주장이 너무 강하다. 목소리가 너무 크다. 목소리도 듣기 싫다.

그야말로 영웅이를 발가벗겨 가운데 세워놓고 아이들이 마구 돌멩이를 집어 던지는 것만 같았다. 칭찬도 더러 섞여 있었지만 조금도 위로가 되지 않았다. 담임에게 치가 떨려 머리카락이라도 확 잡아 뜯고 싶은 기분이었다. 이 종이를 찢어버리고 싶다는 생각밖에 들지 않았다.

"선생님, 그럼 제가 이 설문지를 가지고 가도록 하겠습니다. 집에서 영웅이 단속하라고 하셨잖아요? 이 설문지를 참고로 아이 단속시키도록 하겠습니다."

티슈로 눈물을 닦아내던 담임은 갑자기 정색했다. 마순영 씨 손에서 설문지를 뺏다시피 하며 받아 챙겼다.

"영웅이 어머니, 이걸 굳이 왜 가져가겠다고 하십니까? 여기서 본 거로도 영웅이의 문제점이 뭔지 충분히 파악되셨을 텐데요."

이 설문지로 자신의 비리라도 폭로하는 데 쓸 것이라고 짐작한 모양이었다.

"선생님, 이 설문지도 그렇구요, 저 정말이지 서운합니다. 지금까지, 왜 전부 영웅이 문제로 몰아가십니까? 기준이가 먼저 시비를 걸고 괴롭혔는데 그 애들부터 혼을 내셔야지 왜 영웅이 문제라고 하십니까? 선생님! 변기준이 보호잡니까?"

"아니, 영웅이 어머니 말씀이 진짜 심하시네요. 보호자라니요? 진짜 서운하고 억울합니다. 영웅이에게 도움이 되라고 이렇게 일부러 설문지도 보여드렸는데 어떻게 그런 말씀을 하십니까? 제가 오죽하면 정신과 약까지 처방받아 먹고 있겠습니까?"

선생은 또 훌쩍이며 눈물을 쏟았다. 마순영 씨는 선생이 또 눈물을 찍어내고 정신과 약까지 들먹이자 마음이 약해졌다.

"선생님, 그럼 제가 어떻게 하면 될까요?"

마순영 씨가 저자세로 나가자 담임은 마치 공격의 기회를 포착한 축구 공격수처럼 재빨리 표정을 바꾸었다.

"고영웅은 일단 말투가 문제예요. 애들이 쓴 거 보셨죠. 애가 너무 공격적이에요. 늘 싸울 준비 태세가 된 아이 같아요. 마치 따지듯이, 싸움을 걸듯이 말을 하거든요. 말투가 문제니까 언어교정 치료 다녀보세요. 그리고 행동과 정서가 차분하지가 못한데, ADHD 아닌가 싶기도 한데요. 병원에 가서 진단을 한번 받아보고 치료를 해야 할 듯합니다."

마순영 씨는 어이가 없어서 입을 딱 벌리고는 멍한 표정으로 선생을 쳐다보았다. 아이를 구제 불능의 문제아로 만들더니, 이제는 교정 치료가 필요한 아이로 내몰았다. 과연 이 사람이 선생이 맞기나 한 건지 의심스러웠다. 골치 아픈 문제아 따위는 가르치기 싫으니 전학을 보내려고 떠미는 것 같기도 했다.

마순영 씨는 요양원에 다녀오는 길이었다. 시어머니는 늘 보따리를 끌어안고 요양원 문 앞에 쭈그리고 앉아 있다고 했다. 시어머니가 좋아하던 부추잡채를 해서 사각 통에 담고 귤 한 박스를 사 들고 갔다. 시어머니는 마순영 씨를 전혀 알아보지 못했다. 시어머니는 아기처럼 잡채를 양손에 움켜쥐고 허겁지겁 먹었다. 시어머니의 손가락에 끼워져 있던 금가락지가 보이지 않았다. 마순영 씨는 요양원에 따지려다 말았다. 나 살자고 시어머니를 내친 며느리가 금가락지 이야기라니, 말할 자격도 없는 것만 같았다.

마순영 씨는 터벅터벅 경사진 길을 걸어 내려왔다. 날마다 요양원 문 앞에 쪼그리고 앉아 있다는 시어머니 때문에 마음이 복잡했다. 집에 갈 날만 기다리시는 모양이었다. 아픈 아기를 억지로 떼놓고 도망가는 기분이었다.

한 노인이 산더미 같은 폐지를 싣고 경사진 차도에서 리어카를 끌고 힘겹게 올라가고 있는 모습이 눈에 들어왔다. 차들이 쌩쌩 달리는 차도에서 마주 오는 차와 역방향으로 리어카를 힘겹게 끌고 가는 노인의 모습은 위태로워 보였다. 마순영 씨는 차도로 내려가 노인의 리어카를 밀어줄까 말까 망설였다. 안 하던 짓을 하려니 민망하기도 하고 차도로 내려서는 게 겁도 났다.

그때 리어카와 마주 보고 달려오던 흰색 차 한 대가 속력을 늦추더니 노인의 리어카를 지나쳐 도로변 병원 앞에 비상 깜빡이를 켜고 차를 세웠다. 차에서 내린 운전자는 한참 동안 노인의 리어카를 밀고 경사진 차도를 올라갔다. 마순영 씨는 리어카를 밀고 가는 그 남자의 뒷모습을 한동안 멍하니 쳐다보았다. 폐지 리어카를 밀어주려고 일부러 차를 갓길에 세우다니, 이상한 사람이었다. 걸어가던 것도 아닌데 그냥 지나쳐도 아무도 뭐라 할 사람이 없었다. 리어카를 멈추고 노인은 남자에게 몇 번이나 고개를 숙여 고맙다고 했다. 남자는 비상 깜빡이를 켜둔 차에 오르더니 차를 몰고 멀어져갔다. 대체 어떤 마음을 가진 사람이기에 운전하던 차까지 멈추고 노인의 폐지 리어카를 밀어주고 갈 수 있는지 놀랍기만 했다. 전혀 알지도 못하는 사람에게, 전혀 상관없는 사람에게 베푸는 친절, 1퍼센트 계산도 섞이지 않은 순수한 친절을 베푸는 사람이 있다니, 마순영 씨로서는 상상도 못 해본 배려와 친절이었다. 다른 세계에서 온 사람을 본 기분이었다.

마순영 씨가 요양원에서 집에 돌아오니 오후 4시였다. 4시 반에 수업이 있어서 논술 교재와 자료를 뒤적이고 있는데 문시우 엄마로부터 전화가 걸려왔다.

"선생님, 뵙고 의논드릴 게 좀 있어요."

시우 엄마의 목소리가 물에 푹 젖은 두꺼운 천처럼 무거웠다. 마순영 씨는 내일 11시쯤 방문하라고 했다. 시우는 6학년 남자아이였는데 눈이 크고 또래 남자아이들보다 키가 작고 몸이 많이 약했다. 엉뚱한 면이 있긴 하지만 창의적이고 글도 잘 썼다. 공상에 잘 빠져드는 마순영 씨는 문시우가 마치 생텍쥐페리의 동화 〈어린 왕자〉에 나오는 어린 왕자 같다고 생각하곤 했다. 시우는 수업시간에 늘 딴생각에 빠져 있을 때가 많았는데, 그럴 때면 마순영 씨는 "어이! 어린 왕자님, 소행성 b612에서 지구로 귀환하시죠." 이런 썰렁한 농담을 가끔 했다. 시우는 기발하고 독특한 시를 잘 썼는데, 전국 어린이 동시 공모전에서 금상을 받은 적도 있었다. 시우 엄마는 마순영 씨의 지도 덕분이라고 고마워하며 학생들을 곧잘 소개해주곤 했다. 마순영 씨가 이 동네에서 공부방을 유지하는 데 있어서 가장 든든한 지원군이 바로 시우 엄마였다.

시우 엄마는 앞에 놓인 티백 녹차 잔을 들여다보며 한숨을 길게 내쉬었다. 한 달 만에 만났는데 얼굴이 많이 상해 있었다. 녹차 잔을 든 손끝이 바르르 떨렸다.

"선생님, 우리 시우가…… 휴! ……왕따를 당하고 있어요."

마순영 씨는 심장이 쿵 내려앉았다.

"저런, 정말 많이 힘드시겠어요."

마순영 씨는 겁 많은 시우의 커다란 눈동자를 떠올렸다. 시우 엄마의 커다란 눈에 눈물이 맺혀 있었다. 금방이라도 눈물이 떨어질 것 같아 마순영 씨는 티슈를 한 장 빼주었다. 눈가를 닦는 시우 엄마의 콧등이 붉었다. 엄마들에겐 아이가 왕따 당하는 것만큼 힘든 일은 없는 것이다. 마순영 씨는 실은 우리 애도 왕따예요, 그 말을 하려다가 입을 다물었다. 일단 시우 엄마의 이야기를 들어봐야 했다. 시우 엄마는 습관이 되었는지 또 한숨을 길게 내쉬었다. 만날 때마다 밝은 에너지를 내뿜던 사람이 이렇게 변하다니 안타까웠다.

"시우 반에 변형준이란 애가 있는데 그 녀석이 왕따를 시키고 괴롭혀요. 학교에 말해도 소용이 없어요. 그 녀석 아빠가 해운대 호텔 나이트클럽 사장이래요. 나이트클럽이 조폭을 끼고 있대잖아요? 사실인지 모르겠는데, 학교 행사도 많이 도와주고 선생님들 회식비도 분기별로 댄다고 소문이 퍼져 있더라구요. 그 녀석은 초등학교 4학년 때부터 유명했어요. 약한 애들만 때리고 괴롭히고 진짜 못된 놈이에요. 같은 반만 안 되기를 기도하고 있었는데…… 6학년 때 같은 반이 됐지 뭐예요. 아니나 다를까, 반에서 제일 약한 시우가 그놈 먹잇감이 된 거예요. 걸핏하면 때리고 옷도 빼앗고, 급식에 침을 뱉기도 하고, 책상 안에 지렁이나 벌레를 갖다 넣기도 하고…… 돈도 뺏기고…… 집에서 돈을 훔쳐 갖다 바치기도 했다니까요. 학교에 말했더니, 그때뿐이더라고요. 더 교묘하게 괴롭히고……. 선생님, 진짜, 제가 당하는 것보다 우리 몸도 약한 시우가 당하는 걸 보니…… 가슴이 천 갈래 만 갈래 찢어져요."

마순영 씨는 깨진 유리에 찔린 듯이 가슴이 아팠다. 뭐라 위로해줄 말이 없어 안타깝고 막막하기만 했다. 그냥 시우 엄마의 손만 꼭 잡고는 안타까운 표정으로 바라보았다. 시우 엄마의 심정이 바로 마순영 씨의 심정이었다.

"그 녀석 동생 변기준이란 놈도 형 못지않아요. 진짜 나쁜 형제 놈들이에요."

마순영 씨는 놀라서 기준이요? 하고 반문할 뻔했다. 형준이 동생이 바로 기준이라니, 상상도 못 했다.

"동생 녀석도 학교에서 친구들 괴롭히고 사고 자주 친다고 엄마들 사이에 유명하거든요. 근데 기준이 반 담임선생 별명이 울보라고 소문이 파다해요. 피해 학생 엄마를 불러서 막 울고불고 한다는 거예요. 그러면 피해당한 학생 엄마는 선생에게 미안해서 기준이 처벌해달란 말도 못 꺼낸다는 거예요. 이 학교가 완전히 그 못된 형제 놈들 방패막이에요. 선생님, 대체 어떡하면 좋을까요? 교육청에 민원이라도 넣을까요? 교육청에 민원 넣으려니, 겁이 나요. 혹시나 형준이 아빠가 부하들 시켜 우리 시우하고 우리 가족 해꼬지할까 봐서요. 진짜, 전학이라도 가야 할지, 고민스러워 죽겠어요."

마순영 씨는 비로소 안인자 선생의 의문스러운 행동이 납득이 되었다. 영웅이가 맞았는데도 오히려 기준이 편을 들었던 그 모든 행동에 대한 의문이 풀렸다. 담임은 조폭을 끼고 있을지도 모르는 나이트클럽 사장이란 기준이 아빠가 두려웠던 것이다.

마순영 씨는 눈물을 쏟는 시우 엄마에게 아무런 말도 해줄 수가 없었다. 이러지도 저러지도 못하고 곤혹스러웠다. 시우 엄마 말처럼 교육청에 민원이라도 넣어서 이 문제를 해결해달라고 해야 했다. 내 자식을 지키기 위해 죽을 각오로 끝까지 싸워야 하는 게 가장 좋은 해결책이었다. 가해자들이 원하는 것이 피해자들이 아무 찍소리도 못하고 당하는 것밖에 없으니까. 시끄럽게 만드는 것을 가장 두려워하니까. 그러나 그걸 알면서도 마순영 씨는 시우 엄마에게 영웅이 문제를 털어놓지도 못했다. 같이 싸워보자는 말도 하지 않았다. 어떤 일이 벌어진다 해도 각오하고 싸울 자신도 없었고, 뒷감당할 자신도 없었다. 자칫 잘못하다간 공부방 운영도 어려워질 수도 있었다.

가난은 영혼의 손발을 잘라내는 잔인한 칼이었다. 저승사자보다 무서운 밥벌이를 포기할 용기가 생기지 않았다. 더러운 개를 보물처럼 지키고 감싸주던 마트 화단의 노숙자가 갑자기 떠올랐다. 자기 자식도 못 지키는 엄마 같지도 않은 엄마라니. 얼굴이 화끈거렸다. 가난은 한 인간의 수준과 밑바닥을 남김없이 드러냈다.

마순영 씨는 씻지 못할 자신의 죄의 목록에 오늘의 사건을 새겨두었다. 시우 엄마의 손을 잡지 못한 죄, 자신의 아이도 보호하지 못한 죄, 누구보다 도덕적인 척, 양심적인 척, 정의로운 척 입만 나불대면서 불의에 눈감은 죄. 이 모든 것이 밥벌이라는 핑계 하나로, 먹고사니즘 하나로 사해질 수는 없었다. 마순영 씨는 제 아이 하나 지킬 능력 하나 갖추지 못한 불량품 엄마였다.

마순영 씨는 베란다에 서서 아파트 입구 쪽을 내려다보았다. 시우 엄마가 아파트 모퉁이로 걸어가는 모습이 보였다. 힘없이 터덜터덜 걸어가는 시우 엄마의 모습이 마순영 씨의 가슴을 바위처럼 짓눌렀다. 경사진 차도에서 노인의 폐지 리어카를 밀어주던 남자의 뒷모습과 시우 엄마의 뒷모습이 겹쳐 보였다. 아무 연고도 없는 해운대에 내려와 막막해할 때, 선뜻 다가와 손을 내밀어준 사람이었다. 무거운 생의 리어카를 밀어주었던 고마운 손을 외면한 자신의 손이 너무 부끄러워 뒤로 감추었다.

시어머니가 위급하다는 연락이 왔다. 같은 병실의 환자 보호자가 가져온 인절미를 급하게 먹다가 목에 걸려 질식 사고가 일어났다고 했다. 중환자실에 입원해 있다는 연락을 받고 달려갔더니 시어머니의 목과 쇄골 쪽에 시퍼런 흉터 자국이 선명했다. 가슴 부근과 갈비뼈 쪽에도 시퍼런 멍이 뒤덮여 있었다. 긴급했던 순간이 몸에 고스란히 드러나 있었다. 시어머니는 의식이 돌아오지 않았다. 산소마스크를 끼고 중환자실에 입원한 지 열흘 만에 숨을 거두었다. 고통스러운 마지막이었다.

시어머니의 빈소는 쓸쓸했다. 고철용 씨의 사업이 망해서 부산으로 이사를 온 탓에 조문객이 많지 않았다. 학교에서 소식을 듣고 교복 차림으로 그대로 달려온 빛나는 엄마 아빠와 눈도 제대로 맞추지 않았다. 할머니를 요양원에서 돌아가시게 했다고, 할머니를 폐품처럼 버렸다고 원망하는 듯했다. 마순영 씨는 문상객들을 맞고 묵묵히 상을 차려내고 치웠다. 파리 날리는 식당에 들어오는 손님처럼 검은 옷을 입은 문상객들이 띄엄띄엄 들어왔다. 육개장 국물에 밥을 말아 먹고 소주를 마시고 편육을 새우젓에 찍어 먹는 문상객들이 식당의 손님과 다를 바 없다는 생각이 들었다.

마순영 씨는 문상객이 없으면 빈소에 앉아 시어머니의 영정을 올려다보았다. 갸름한 얼굴선, 꼭 다문 얇은 입술, 오뚝한 콧대, 영정사진 속 시어머니는 깐깐해 보였지만 젊었을 때의 고왔던 흔적이 희미하게 남아 있었다. 소파에 앉아 같이 주말드라마를 보며 웃던 순간도 있었고, 김장하는 날 수육을 삶아 함께 막걸리를 마셨던 순간도 있었다. 영웅이가 태어났을 때, 하회탈처럼 웃음 지었던 시어머니의 말년은 외롭고 고통스러웠다. 치매와 중풍에 걸려 자신이 누구인지도 모르고 살았다. 아등바등 산다는 게 다 부질없다는 생각이 들었다. 한 사람의 생과 사가 목련 꽃 한 송이가 툭 떨어지는 것처럼 허무하기 짝이 없었다. 눈부시게 곱던 목련도 땅에 떨어지기만 하면 금세 짙은 갈색으로 추하게 변하는 것과 다르지 않았다.

시어머니의 장례를 치르고 와서 고철용 씨는 한동안 우울증에 걸린 듯 말 한마디 하지 않았다. 거의 두 달 동안 한마디도 하지 않는 고철용 씨가 답답했지만 마순영 씨도 달리 어찌할 수가 없었다. 고철용 씨는 밤늦게 술에 취해 비틀대며 들어와 소파에 엎어져 잤다. 마순영 씨는 고철용 씨를 되도록 자극하지 않으려고 말을 조심했다. 사업이 망해 같이 살던 엄마를 요양원에서 돌아가시게 한 것만도 마음 아플 터인데, 마지막에는 어이없는 질식 사고로 돌아가시도록 했으니 그 괴로운 마음을 짐작하고도 남았다. 화살을 맞고 동굴 속으로 도망친 짐승에겐 지혈을 시키고 상처를 아물게 할 시간이 필요했다.

초 6, 엄마 제발 비교 좀 하지 마!

"대한독립 만세!"

안인자 선생이 담임이 아니란 걸 확인한 순간, 마순영 씨의 입에서는 얼토당토않게 대한독립 만세 소리가 터져 나왔다. 대한독립 만세가 아니라 고영웅 독립 만세였다. 비로소 해방이었다. 도망치듯 전학 안 가고 질기게 버텨낸 보람이 있었다. 고영웅은 안인자 선생의 압제에서 비로소 벗어나게 된 것이다.

2년 동안 안인자 선생에게 찍혀서 당했던 일을 생각하면 악몽 속에서 헤매는 느낌이었다. 단 하루도 마음 편할 날이 없었다. 오늘은 또 학교에서 무슨 연락이 안 오는가 해서 늘 불안한 날들의 연속이었다. 더 다행스러운 일은 문제의 변기준 녀석과도 다른 반이라는 거였다. 변기준과 안인자, 이 두 이름만 생각하면 자다가도 벌떡 일어나는 마순영 씨였다.

왕따 때문에 힘들어하던 시우는 변형준과 다른 중학교에 배정되어 예전보다 얼굴이 많이 밝아진 편이었다. 마순영 씨는 시우 엄마가 가장 힘들어할 때 아무런 도움도 못 되어준 게 미안해서 중학생이 된 시우에게는 수강료를 초등학생 때와 같이 받았다. 시우 엄마는 중학생 수강료가 10만 원이란 걸 알아내고는 계좌로 10만 원씩 부쳐왔다. 마순영 씨는 모든 일에는 때가 있음을 뒤늦게 깨달았다. 목이 타는 이에겐 물 한 컵을 내밀어야 하고, 손을 잡아주어야 할 순간에는 손을 내밀어야 한다는 것을. 시우 엄마에게 진 마음의 빚은 마순영 씨 몫으로 고스란히 남았다.

한 날 택시를 탔는데 50대의 택시기사가 한숨을 푹 내쉬며 이런 말을 했다.

"다음 생에 태어나면 말입니다. 해운대 마린시티에 사는 전업주부로 태어나고 싶어요."

여자기사도 아닌 남자기사가 전업주부가 되고 싶다니? 마순영 씨는 무슨 소린가 했다.

"그게 무슨 말씀이세요?"

"남편 출근시키고 아이 학교 보내고 카페에 모여 수다 떨고, 고급식당이나 돌아다니는 게 마린시티 주부들 일이잖아요?"

택시기사는 마순영 씨의 동의를 구하듯 룸미러로 힐끗 쳐다보았다. 그는 마린시티 주부 중에는 마순영 씨 같은 빈민도 있는 줄은 상상도 못할 것이다. 마린시티에 산다고 해서 카페에 모여 수다만 떠는 아줌마만 있는 게 아닌데 말이다.

"해운대 마린시티 아줌마들 팔자가 젤로 상팔자 아니겠습니까? 전생에 나라를 구했는지, 돈 걱정 안 하고, 머리끝에서 발끝까지 명품으로 치장하고, 피부 관리하러 다니고, 스파 다니고, 마사지하고, 백화점 쇼핑이나 하고, 진짜 부러워 죽겠어요."

마순영 씨는 그 말을 듣는 순간, 혹시 건우팀 엄마들이 모여서 카페에서 우아하게 커피를 마시는 광경이라도 본 게 아닐까, 하는 생각을 했다. 건우팀 엄마들은 다들 하나같이 잡지나 티브이에 나오는 청담동 재벌가 며느리 스타일의 귀부인이었다. 세련되고 지적이고 우아하고 도도한 분위기를 풍겼다. 특히 시훈이 엄마는 여자 앵커나 아나운서가 연상될 정도로 단아하고 미모가 뛰어났다.

건우팀 남자아이 세 명은 모두 고소득 전문직 부모를 둔 아이들이었다. 건우의 아버지는 국립대 전자공학과 교수였고, 시훈이의 아버지는 성형외과 의사였다. 도준이의 아버지는 변호사였다. 부산시 영재인 도준이는 누나가 민족사관고에 다닌다고 늘 자랑을 했다. 민사고는 학비가 1년에 2천만 원이 넘는다고 했다. 박건우팀 아이들은 다들 우수한 유전자를 물려받은 아이들이어서 그런지 학교 성적도 뛰어나고 똑똑했다.

그 세 아이 중에서 가장 우수한 아이를 꼽으라면 단연코 박건우였다. 박건우는 모든 면에서 압도적으로 우수한 아이였다. 소위 말하는 엄친아 중의 엄친아였다. 6학년 1학기 중간고사는 고영웅이 반에서 1등을 했고 건우가 2등을 했다. 아들이 1등을 하기만 하면 입이 귀에 걸리는 마순영 씨는 기쁨을 주체하지 못했다. 그런데 웬걸? 기말고사에서 박건우가 올백을 한 것이었다. 전 과목 만점을 받다니. 시험 때 늘 덜렁대는 바람에 한두 개씩 실수하는 고영웅은 지금껏 꿈도 못 꿔본 올백이었다. 영웅이도 반에서 2등을 했고 겨우 두 개밖에 안 틀렸으니 잘했다고 할 수 있었다. 그러나 질투심 빼면 시체인 마순영 씨는 애꿎은 고영웅에게 1등을 놓쳤다고 잔소리를 하고 화를 냈다.

보면 볼수록 건우는 무슨 컴퓨터 공학박사가 정교하게 프로그래밍해서 만든 AI 같다는 느낌이 드는 아이였다. 수업시간에 남자아이 대부분은 몸을 비틀고 딴짓하거나 글쓰기를 시켜보면 그냥 대충 아무렇게나 주제에도 맞지 않는 글을 쓸 때가 많았다. 건우는 글의 종류에 맞게 글을 썼는데 글씨까지도 반듯반듯 명조체로 썼다. 기행문이면 기행문, 논설문이면 논설문, 생활문이면 생활문, 글의 종류에 맞는 글을 쓸 줄 알았다. 내용이 달라지면 들여쓰기로 문단 구별도 확실하게 했다. 중학생이나 고등학생이나 대학생도 문단 구별을 못 하는 경우가 많았다. 특히 건우가 가장 잘 쓰는 글은 독후감이었다. 책 읽기를 귀찮아하는 아이들은 책을 제대로 읽고 오지 않았다. 줄거리와 내용도 맞지 않고 주제도 다른 이상한 독후감을 써오곤 했다. 그런데 건우는 책을 제대로 읽지 않으면 쓸 수 없는, 내용과 감상과 자기 생각까지 잘 드러난 독후감을 썼다.

건우팀의 시훈이는 마순영 씨에게 인사를 하는 법이 없었다. 시훈이는 88평이나 되는 초대형 평수의 고급 아파트에 산다고 했다. 그런 시훈이 눈에 콧구멍만 한 월세 아파트에서 공부방을 하는 마순영 씨는 전혀 선생님으로 보이지 않는 모양이었다. 한 번씩 보고 마는 식당 아줌마나 마트 아줌마처럼 생각하는지 도무지 인사할 줄을 몰랐다. 마순영 씨는 시훈이 때문에 공부방 교사라는 자신의 직업에 대해 종종 자괴감을 느끼곤 했다.

시훈이 때문에 떨어졌던 공부방 선생으로서의 자존심은 건우 덕분에 완벽히 회복되곤 했다. 건우는 성적만 뛰어난 아이가 아니라 인성까지 갖춘 아이였다. 같은 반인 영웅이와도 친했고 마순영 씨를 선생님으로 깍듯하게 대우했다. 심지어 스승의 날에는 꽃 선물과 핸드크림까지 사와 마순영 씨를 감격하도록 만들었다. 수업 시간에는 설명을 하나라도 놓치지 않겠다는 듯 집중하면서 들었다. 그 덕분에 마순영 씨는 자신이 아주 능력 있는 논술교사라는 착각에 빠질 때가 있었다.

마순영 씨는 건우의 이마 위에는 서울대 마크가 박혀 있다는 생각을 하곤 했다. 날 때부터 서울대에 갈 아이라고 미리 정해진 아이가 있다면 바로 박건우 같은 아이였다. 부모의 재력은 기본으로 깔려 있고 그 무엇보다 중요한 것은 자기주도 학습능력을 갖추고 있다는 거였다. 건우는 어른의 손길이 별로 필요 없는 아이였다. 금수저를 물고 태어난 아이가 아니라 다이아몬드 수저를 물고 태어난 아이가 바로 박건우였다.

완벽한 엄친아 중의 엄친아가 자신이 가르치는 아이 중에 있다 보니 마순영 씨의 비교병은 불치병 수준으로 점점 심해졌다. 건우를 보고 영웅이를 보면 온통 모자라고 못나고 부족한 면만 보였다. 영웅이의 가장 큰 문제는 집중력이 부족하고 너무나 본능에 충실하다는 거였다. 공부하라고 방 안에 들여보내면 잠시를 못 앉아 있고 온 집 안을 왔다 갔다 했다. 냉장고를 열어서 무언가를 쉴 새

없이 꺼내 먹고, 다 큰 녀석이 에디슨 흉내라도 내는지 베란다에 쭈그리고 앉아 돋보기로 뭔가를 태우기도 하고, 서랍의 물건들을 이것저것 꺼내 만지작거리기도 했다. 틈만 나면 드러누워 텔레비전을 보며 뭘 먹고 있거나 컴퓨터 게임을 했다.

"고영웅! 텔레비전 좀 그만 봐. 제발 좀 그만 먹어. 살찐다. 내년이면 중학생인데 살 좀 빼. 이번에 박건우 또 1등 했다면서? 건우는 컴퓨터, 한국사, 한문 4급 자격증도 땄다더라. 넌 대체 할 줄 아는 게 뭐니?"

"제발 비교 좀 그만하라고!"

고영웅이 짜증을 내며 소리를 질렀다.

"니가 건우만큼 알아서 잘하면 내가 왜 비교를 하겠니?"

"건우, 건우, 건우! 지겨워. 엄마가 자꾸 건우랑 비교하니까, 건우가 나한테 잘못한 것도 없는데 건우 꼴도 보기 싫어! 엄마는 친구 사이를 갈라놔야 하겠어?"

"엄마 때문에 건우가 밉다고? 말이 되는 소리를 해라."

"엄마, 만약에 내가 엄마랑 다른 엄마를 맨날 비교하면 어떨 것 같애?"

"뭐?"

"다른 엄마들은 엄마처럼 집에서 공부방 안 하잖아? 엄마가 집에서 공부방을 하기 때문에 내가 얼마나 힘든 줄 알아? 방에서 좀 쉬거나 공부하고 있으면 애들이 불쑥불쑥 들어오고, 엄마 수업 때문에 배고파도 기다려야 하고, 너무 배가 고파서 라면이라도 끓이면 엄마는 냄새피운다고 뭐라 하고. 나는 할 말 없는 줄 알아? 엄마가 돈 벌어야 하니까, 나도 참고 견디는 거라고."

마순영 씨는 충격받은 얼굴로 아들을 쳐다보았다. 아들의 마음이 어떤 줄 전혀 생각지도 못했다. 수업 온 아이들과 가끔 말다툼이 벌어지거나 주먹다짐이라도 하면 영웅이 편을 들지 않고 수업료를 내는 고객인 아이들 편을 들며 영웅이를 나무라곤 했다. 영웅이가 얼마나 서럽고 힘들었을지 그제야 짐작이 되었다.

영웅이가 비교하는 걸 그렇게도 싫어하는데도 마순영 씨의 비교병은 전혀 고쳐지지 않았다. 급기야 건우가 땄다는 한문 4급 자격증을 영웅이에게도 따게 만들겠다는 집념에 불타오르기 시작했다. 5급 자격증도 안 딴 아이에게 곧바로 4급 자격증을 따라고 하니 한문 공부는 죽어도 하기 싫다고 짜증을 부렸다. 왜 쓸데없는 한문 공부를 해야 하는 거냐고 따졌다.

"건우가 한문 자격증 땄다고 나도 따야 한다는 법 있어? 왜 한문 공부해야 하냐고?"

"중학교 가면 어차피 한문 공부 하잖아? 우리말 80퍼센트 이상이 한문이야. 한문 잘하면 국어, 수학, 과학 다 잘할 수 있어. 서울대 가려면 한문 공부는 필수야."

"필수라고? 누가 그래? 엄마는 건우가 하니까 그냥 따라서 시키는 거잖아? 엄마는 사실 건우가 엄마 아들 했음, 좋겠지?"

마순영 씨는 내심 뜨끔했다. 저렇게 완벽한 애가 영웅이라면 얼마나 좋을까, 그런 생각을 한두 번 했던 건 실제 사실이었으니까.

"얘가 미쳤나?"

"미안하지만 난 절대 건우가 아니야. 건우처럼 한국사 자격증도 따고 컴퓨터 자격증도 따고 한문 자격증도 따고 올백도 맞는 일, 나는 못해. 나는 나야. 나는 고영웅이라고. 그냥 엄마 아들 고영웅이니까, 건우처럼 하라고 하지 마! 비교도 하지 마! 자꾸 그럼 나도 엄마하고 다른 엄마들 비교할 거야. 다른 엄마들은 엄마처럼 맨날 공부하라고도 하지 않고, 집에서 간식도 잘 만들어주고, 밖에 나가서 놀아도 아무 말 안 하고, 피시방 가도 암말 안 하고, 생일 파티도 해마다 열어주고, 노래방도 가게 해주고, 용돈도 많이 준다고. 놀이공원도 가고, 가족들이랑 해외여행도 가고, 아이폰도 사주거든. 난 휴대폰도 없어!"

마순영 씨는 놀라서 입을 다물지 못했다. 원래 고영웅이 똑똑한 건 알았지만 엄마를 이렇게 꼼짝달싹 못 하게 만들다니, 언제 이렇게 컸나 싶었다.

"시끄러워! 공부나 해."

마순영 씨가 아들과의 말싸움에서 밀리거나 궁색하면 하는 소리가 공부나 해! 였다.

물러설 마순영 씨가 아니었다. 융통성 없는 마순영 씨는 영웅이가 그토록 하기 싫어하는데도 한문 자격증 시험 준비를 밀어붙였다. 고영웅의 동의도 받지 않고 시험 접수를 해버린 거였다. 독재자 엄마답게 마순영 씨는 수업하다가 중간중간 영웅이가 한문시험 공부를 하는지 점검했다.

문제의 한문 자격증 시험 전날이었다. 마순영 씨는 수업 중간 아이들에게 10분 정도 쉬라고 말해놓고 안방 문을 열어보았다. 한문시험 공부를 하는 줄 알았는데 고영웅은 큰대자로 누워서 만화 채널을 틀어놓고 히히덕거리고 있었다.

"야! 고영웅 너 지금 뭐 하는 거야?"

"공부하다 좀 쉬고 있었어."

"쉬긴 뭘 쉬어? 낼이 시험인데, 지금 쉴 틈이 어딨어? 빨리 하나라도 더 외워."

"아, 진짜 내가 무슨 공부 기계야? 맨날 공부 공부 지겨워 죽겠네."

"언제 기계처럼 공부라도 하고 그러면 말을 안 하겠다. 건우 본 좀 봐!"

"엄마! 건우랑 비교 좀 하지 말라고 했잖아?"

영웅이가 소리를 버럭 지르며 짜증을 냈다.

마순영 씨는 일단 후퇴하고 수업을 마치고 와서 다시 공부를 점검하기로 했다. 헬리콥터 맘 마순영 씨 사전에 절대적으로 포기란 없었다. 9시에 5학년팀 남자애들 수업을 마치고 내보내자마자 안방 문을 벌컥 열었다. 영웅이는 코를 드렁드렁 골며 자고 있었다. 마순영 씨는 열이 있는 대로 뻗쳐올라 소리를 버럭 질렀다.

"고영웅! 안 일어나? 니가 지금 잠이나 잘 때야?"

고영웅은 엄마의 고함 소리에 놀라 눈을 번쩍 뜨고는 헤맸다. 뭔가 먹는 꿈이라도 꾸던 모양이었는지 입맛까지 쩍쩍 다시며 배를 쓱쓱 긁었다. 마순영 씨는 영웅이의 등짝을 있는 대로 때렸다.

"야! 낼 시험인데 지금 잘 때야? 정신 차리고 빨리 한문 한 글자라도 더 외워. 안 되겠다. 너 테스트 좀 하자."

"아, 엄마, 왜 그래? 수학경시대회 나가는 건 괜찮은데, 한문 시험은 진짜 싫다고!"

"시험 접수도 해놨는데 접수비 날릴 거야? 어이가 없네. 연필 들어. 부른다. 신하 신, 왜 안 써?"

고영웅은 입이 찢어져라 연신 하품만 했다. 마순영 씨는 울화가 치밀어 폭발할 지경이었다.

"그 간단한 걸 왜 못 써?"

"아 씨! 못 쓴다니까, 왜 그래? 난 한문 시험 치기 싫어. 그렇게 치고 싶으면 엄마가 치면 되잖아?"

"뭐? 이 녀석이 어디서 억지야? 너 손바닥 내."

마순영 씨는 바닥에 있던 효자손을 집어 들었다.

"왜? 내가 뭘 잘못했냐고?"

"고영웅! 손바닥 내라고 했다."

"왜? 왜, 엄마 마음대로 하는데? 시험을 엄마가 쳐? 내가 언제 밖에 마음대로 놀러 다니기를 해? 맨날 집에서 공부만 하라고 하면서 여기서 더 어떻게 하라고? 졸리면 잘 수도 있지. 엄마는 진짜 너무해. 한문 그까짓 시험이 뭐가 중요한데? 난 시험 치기 싫어! 싫다구!"

고영웅은 화장실로 뛰어 들어가서 문을 잠그고 한참 동안 나오지 않았다. 물소리가 요란했다. 마순영 씨는 화장실 문을 열라고 문을 계속 두드렸다. 문을 두드린 지 10분이 넘어서야 고영웅은 밖으로 나왔다. 울었는지 얼굴이 벌겠다.

화장실에서 울고 나온 아이를 붙들고 마순영 씨는 끝끝내 밤 12시까지 한문 공부를 시켰다. 고영웅은 한문을 쓰면서 한껏 신경질을 부렸다. 연필에 너무 힘을 주고 글씨를 쓰는 바람에 종이가 계속 찢어졌다. 마순영 씨는 거의 아동 학대 수준으로 아이를 공부로 몰아세우면서도 자신이 무슨 짓을 저지르고 있는지 전혀 알지 못했다. 영웅이에게 너를 위해서라고 말했다. 이 모든 것이 아이의 장래를 위하는 것이라고, 아이에 대한 사랑이라고 굳게 믿었다. 사랑이 아니라 사육인 줄도 몰랐다. 받는 사람이 원하지 않는 사랑은 폭력임을 알지 못했다.

고영웅은 그다음 날 울며 겨자 먹기로 한문 자격증 시험을 치러 갔다. 보름 뒤 시험 결과가 발표되었는데 아깝게도 한 개 차이로 떨어졌다. 마순영 씨는 한 문제 때문에 떨어진 게 약이 올라 못 견뎠지만 고영웅은 전혀 억울해하지도 않았다. 대신 죽어도 앞으로 한문 시험은 안 치겠다고 선언했다. 마순영 씨는 소를 억지로 물가에 끌고 갈 수는 있어도 물을 강제로 먹이기 힘들다는 것을 절감했다. 엄마 욕심으로 무작정 엄친아 건우를 따라 한문 공부를 시켰다가 시간 낭비만 하고, 한문 공부에 염증만 느끼도록 만든 셈이었다. 마순영 씨가 수학과 이별을 겪도록 한 사람은 중학교 때의 수학선생이었고 아들이 한문과 완전한 이별을 고하도록 한 사람은 바로 엄마 마순영 씨였다.

내 아이는 무조건 남들보다 뛰어나고 수단과 방법을 가리지 않고 앞서나가야만 한다고 생각하는 엄마들이 있었다. 마순영 씨와 같은 부류의 엄마들은 자신이 낳은 아이를 제대로 알지 못했다. 비교만 하지 않으면 모든 존재는, 모든 아이는 그 자체로 완벽하며, 그 자체로 완성되어 있으며, 존재 자체가 찬란한 빛이란 사실을 알지 못했다. 높고 낮고, 빠르고 느리고, 크고 작고, 많고 적고, 못하고 잘하고가 없다는 것을 알지 못했다. 모든 아이가, 모든 존재가 달라서 더욱 특별하다는 것을 알지 못했다. 비교만 하지 않으면 아이는 남지도 모자라지도 않으며 그 존재만으로도 이미 충분하고 완전하다는 것을 알지 못했다. 비교가 지옥을 만든다는 것을 몰랐다. 마순영 씨는 그 쉽고 단순한 진실을 알지 못하는 어리석은 엄마였다.

제1회 실용수학시험 결과 발표날이었다. 결과를 확인한 마순영 씨는 환호성을 질렀다.

"영웅아! 니가 1등이야! 전국 1등을 했어. 진짜 멋지다, 우리 아들 고영웅!"

며칠 전 한문 자격증 시험에 떨어진 아쉬움을 수학경시대회 1등이 충분히 만회시켜주었다. 마순영 씨는 역시 조건부 사랑의 일인자답게 아들이 상을 받거나 1등을 했을 때만 좋아라 했다.

"참나! 엄마, 그게 뭐 그리 대단한 일이라고. 시험 별로 안 어려웠거든."

고영웅은 늘 1등을 해오기라도 한 것처럼 대수롭지 않게 말했다.

마순영 씨는 영웅이를 수학경시대회란 경시대회는 다 내보내곤 했다. 제1회 전국 실용수학경시대회가 열린다는 정보를 입수하고 영웅이를 참가시켰다. 시험을 치고 온 고영웅은 그 어느 수학경시대회보다 시험이 쉬웠다고 자신만만해했다. 처음 생긴 수학경시대회다 보니 아직 홍보가 덜 되어서 참가인원이 적었고, 덕분에 영웅이가 어쩌다 전국 1등을 한 것이었다. 그런데도 마순영 씨는 영웅이가 나라에서 공인된 수학 천재라도 된 듯 좋아했다. 상장과 함께 10만 원의 장학금도 받고 수학 공부비법에 관해서 〈수학 동아〉와 이메일 인터뷰까지 했다. 영웅이의 사진과 인터뷰가 실린 잡지가 집에 도착하자 마순영 씨는 춤이라도 출 듯이 좋아했다.

마순영 씨는 이제 서울대로 올라가는 길의 중간쯤 왔다고 확신했다. 건우 같은 아이는 타고난 성실성과 재력이 받침이 된 덕분에 서울대로 갈 수밖에 없는 아이였다. 완벽하게 준비된 인재인 건우를 따라가긴 힘들겠지만, 고영웅은 타고난 천재이기 때문에 조금만 노력해도, 벼락치기를 하더라도 서울대를 갈 수 있다고 확신했다. 금수저인 박건우가 서울대를 간다면 흙수저인 고영웅도 꼭 서울대를 갈 것이다. 고영웅은 누가 뭐라 해도 개천의 용이니까. 마순영 씨는 두 주먹을 불끈 쥐며 앞을 노려보았다.

중 1, 입학도 하기 전에 교무실에서 왜 불러?

"고영웅 학생 집인가요?"

모르는 남자의 건조하고 사무적인 목소리에 마순영 씨는 바짝 긴장했다. 낯선 전화가 걸려오기만 하면 심장부터 덜컥했다. 빚 독촉 전화나 고영웅이 학교에서 사고 쳤다는 전화일까 봐 지레 주눅이 드는 것이다.

"네, 고영웅 집 맞는데 누구십니까?"

"여기 해문중학교 교무실인데요."

"네?"

"내일 오전 10시까지 고영웅 학생 교무실로 보내주세요."

마순영 씨는 대체 무슨 일인가 싶어 가슴이 벌렁거려 용건도 묻지도 못하고 알았다고 대답하고 전화를 끊었다. 마순영 씨는 앞뒤 생각도 않고 영웅이에게 달려갔다. 고영웅은 컴퓨터 게임 삼매경에 푹 빠져 있었다. 요근래 고영웅이 빠진 게임이 바로 스타크래프트였다. 중학교 입학이 낼모레인데 해탈한 표정으로 염화미소를 지으며 컴퓨터 신 앞에서 도를 닦고 있는 아들놈을 보자 머리가 터질 지경이었다.

"고영웅! 너 바른대로 대. 대체 무슨 일 저질렀어?"

앞뒤 사정도 설명하지 않고 마순영 씨는 소리를 빽 질렀다. 명색이 논술교사였지만 논술교사로서의 자질이라곤 1도 없는 마순영 씨였다. 한참 게임에 열을 올리고 있느라 고영웅은 눈도 깜짝하지 않았다.

"내가 뭐?"

"무슨 일 저질렀어? 아직 입학도 안 했는데, 왜 해문중학교 교무실에서 전화가 다 오냐고? 왜?"

"난 몰라. 난 아무 짓도 안 했거든."

고영웅은 붉으락푸르락하는 엄마는 아랑곳하지 않고 컴퓨터 자판만 탁탁 두들겨대고 마우스만 이리저리 움직였다. 마치 자기 손에 전 세계의 운명이라도 달린 양 초집중 모드였다. 공부만 시키면 그렇게 좀이 쑤셔 못 견디던 녀석이 저토록 게임에는 집중하다니. 마순영 씨는 부글부글 속이 끓었다.

"고영웅 너, 컴퓨터 코드 확 빼버린다."

"엄마! 하지 마!"

드디어 반응이 왔다. 영웅이가 가장 광분하는 게 게임을 하고 있을 때 컴퓨터 코드를 확 빼버리는 만행이었다. 마치 먹이를 빼앗긴 맹수가 따로 없었다. 짜증을 있는 대로 내면서 난리를 피우곤 했다.

"너, 바른대로 말해. 내일 너 해문중학교 교무실에 10시까지 오라고 전화가 왔어. 대체 무슨 짓을 저지른 거야?"

범인을 취조하는 형사가 따로 없었다.

"무슨 짓이냐니? 엄마! 엄마는 왜 그렇게 날 못 믿어? 내가 6학년 때 언제 사고 친 적 있어? 사고 치고 싶어도 학교하고 집밖에 모르는데 어떻게 사고를 쳐? 이건 완전히 사육이잖아? 내가 동물원 코끼리야? 하마야? 물개냐고? 6학년이 갓난애처럼 집에만 처박혀 있는데 무슨 사고를 치겠냐고? 진짜 엄만 너무해. 24시간 감시 모드면서 무슨 사고? 그렇게 궁금하면 학교에는 왜 안 물어봐? 해문중학교 교무실에 전화해봐, 왜 오라고 했는지. 내가 지금 전화해봐?"

구구절절 영웅이 말이 맞았다. 요즘 마순영 씨는 머리가 굵어진 영웅이에게 말발 면이나 논리 면에서 늘 딸렸다. 논술교사라면 논술교사답게 논리적으로 아이를 설득해내는 기술이 있어야 하는데 늘 흥분하는 성격 때문에 할 말조차 까먹는 게 주특기였다. 그러다 보니 비생산적인 말싸움만 길어졌다.

"야! 그래도 사육이라니! 말이 좀 심하다. 입학도 안 했는데, 중학교 교무실에서 전화가 오니까 그랬지. 진짜 놀랬어. 솥뚜껑 보고 놀란 가슴, 자라 보고 놀란다고 하잖아?"

인상을 구기고 있던 영웅이가 갑자기 배를 쥐고 웃었다.

"아니거든요. 하하! 나 참! 자라 보고 놀란 가슴 솥뚜껑 보고 놀란다, 이거거든. 엄마, 건망증이 너무 심한 거 아냐? 건망증 환자한테 배우는 엄마 학생들이 진짜 불쌍해서 눈물이 앞을 가리네. 흑흑!"

고영웅은 눈물 흘리는 흉내를 내며 엄마를 놀렸다.

"야! 헷갈릴 수도 있지. 너 엄마 실수만 하면 그냥 좋아 죽더라. 아까는 엄마가 좀 심했어. 미안해."

"미안한 줄 아시니 다행이네요. 미안하시면 점심은 라면? 콜?"

"어이구, 이 녀석아!"

고영웅은 라면이라면 사족을 못 썼다. 수업하느라 밥을 제때 못 챙겨주는 일이 허다했다. 영웅이 혼자서 라면을 끓여 냄새를 안 풍기려고 방 안에서 문을 닫아놓고 먹곤 했다. 수백 그릇의 라면이 엄마 대신 고영웅을 위로해주고 다독거려주고 키워준 건지도 몰랐다. 어쩌면 라면은 고영웅에게 엄마보다 더 엄마 같은 존재인지도 몰랐다.

영웅이가 아침에 학교에 가고 난 뒤 마순영 씨는 안절부절 못하고 거실을 왔다 갔다 했다. 안 하던 화장실 청소, 베란다 청소까지 하면서 시간을 보냈지만, 평소보다 시간은 더디 가기만 했다. 얼마 전에 영웅이에게 사준 2G폰으로 전화를 걸어보고 싶어 손가락이 근질근질했지만, 연락이 올 때까지 기다리자 싶었다. 후회막급이었다. 어제 영웅이 말대로 학교에 전화를 걸어서 무슨 일인지 확인했으면 좋았을 텐데. 매도 먼저 맞는 게 낫다고 하지 않았는가.

마순영 씨가 가스레인지 주변의 기름때를 쇠수세미로 빡빡 문질러 닦으면서 마음을 겨우 진정시키고 있는데 전화벨이 울렸다.

"엄마!"

고영웅의 목소리는 의외로 밝았다. 마순영 씨는 마음이 조금 놓였다. 큰일은 아닌 모양이었다.

"엄마아아아! 내가아아아아!"

영웅이답지 않게 길게 말을 늘이며 장난을 쳤다. 얘가 안 하던 애교까지 피우다니 뭘 잘못 먹었나 싶었다.

"장난치지 말고 빨리 말해. 엄마, 숨넘어간다."

"엄마, 내가 배치고사에서 1등 했대. 나보고 선서하래. 김초현이란 여자애도 같이 1등 했는데 그 애는 답사하고. 공동 1등이야."

"……!"

마순영 씨는 가슴이 터질 것만 같았다. 숨을 크게 들이마시고 내쉬었다. 이게 꿈인가 생시인가 싶었다. 드디어 부산 피난살이에서 찬란한 빛 하나를 만난 기분이었다. 암초에 부딪혀 부서진 배처럼 표류하다 구명선을 만난 기분이 들었다.

"엄마? 왜 말을 안 해?"

"너무 좋아서. 말이 안 나오네. 고마워. 우리 아들 장하다! 축하한다."

"진짜 우리 엄마는 못 말린다니까! 배치고사 1등 해서 학교에서 부르는 줄도 모르고, 아들이 사고 쳐서 불려갔다고 생각하다니. 대체 왜 그래?"

대체 왜 그래? 는 마순영 씨가 영웅이에게 늘 하던 말 습관이었다.

"그러게 말이다. 엄마가, 많이 모자라서 그래. 엄마는 모자란데 우리 아들은 진짜 똑똑하고 용하니 진짜 다행이다. 그치?"

해문중학교는 달리 명문 중학교가 아니었다. 마린시티 초고층 고급 아파트에 사는 아이들이 다니는 학교였다. 학부모와 학생과 학교 수준이 높기로 유명했다. 이 우수한 명문 중학교에서 고영웅이 수석 입학을 한 것이었다. 영웅이가 전교생과 학부모들 앞에서 선서하는 모습을 지켜보고 있으려니 마순영 씨는 발이 땅에서 1미터는 떠 있는 느낌이었다.

입학식이 끝나고 마순영 씨는 문제의 그 모자지간을 보았다. 기준 엄마가 입은 빨간 코트는 먼 데서도 한눈에 들어왔다. 예전엔 빨간색 원피스 차림이더니 빨간색 덕후인 모양이었다. 기준 엄마는 마치 모델처럼 화려하게 차려입고 선글라스까지 끼고 있었다. 강당 한가운데서 꽃다발을 들고 변기준은 수석 입학이라도 한 것처럼 사람들에게 둘러싸여 사진을 찍고 있었다. 기준 엄마는 기준이 팔짱을 끼고 활짝 웃고 있었다. 두 번 다시 마주치고 싶지 않았지만 마순영 씨는 오늘 같은 날은 눈꼴 시린 모습을 봐주기로 너그럽게 마음먹었다. 수석 입학생의 엄마로서 그 정도는 아량을 베풀어야 할 것 같았다.

금화루 안에는 짜장을 볶는 냄새가 떠돌았다. 달콤한 양파 냄새, 진한 짜장 냄새, 고소한 돼지고기 냄새, 각각의 냄새들이 섞이고 스며들어 활기찬 하모니를 만들어내고 있었다. 고소하고 달콤한 추억을 떠올리게 만드는 냄새였다. 배고플 때 맡는 짜장면 냄새는 쓰러진 삶을 일으켜주는 냄새, 손을 잡아주는 냄새였다.

"짜장면 냄새 죽이는데!"

영웅이가 눈을 감고 코를 벌렁거리며 행복한 표정을 지었다. 식당 주인이 테이블에 짜장면 두 그릇과 양파와 단무지와 춘장을 갖다 놓았다. 영웅이의 짜장면은 곱빼기였다.

"아들! 미안해."

"뭐가?"

"중학교 1등으로 들어간 아들 기껏 짜장면이나 사주고."

패밀리 레스토랑에라도 데려가서 최고로 비싼 걸 사주어도 모자랄 텐데 짜장면이라니. 1시부터 초등학교 1학년들 수업이 있어서 멀리 밥을 먹으러 갈 수가 없었다.

"괜찮아, 여기 금화루 짜장면 진짜 맛있어. 우리 부산 이사 오던 날도 이 집에서 짜장면 먹었잖아. 난 그날 먹었던 짜장면이 최고로 맛있었어. 면도 쫄깃쫄깃하고 짜장 양념도 진짜 맛있었어. 다들 기분이 안 좋아서 다 남겼지만. 난 그날 배고파서 더 먹고 싶어 죽겠는데, 눈치 본다고, 더 먹고 싶다는 말도 못 했어. 엄마가 너무 무서운 표정이었거든."

"미안하다, 아들아."

"역쉬! 배고플 때 먹는 짜장면이 최고지. 세상에서 제일 맛있어."

고영웅은 짜장면을 쓱쓱 비벼 한입 가득 쓸어 넣었다. 진공청소기처럼 폭풍 흡입했다. 단무지 씹는 소리가 경쾌했다. 마순영 씨는 짜장면을 영웅이 그릇에 더 덜어주고 주인에게 튀김 만두도 달라고 주문했다.

"아이구, 만두까지나! 우리 모친 크게 한턱 쏘시네."

"영웅아, 생각나?"

"뭐?"

"초등학교 입학식 전날. 엄마 때문에 입학식인 줄도 모르고 홈플러스에서 짜장면 먹었던 거 말이야."

"왜 생각이 안 나겠어? 입학식 까먹고 선생님에게 찍혀서 고생한 거 생각하면 지금도 살 떨려. 워낙 큰 입학선물을 주셨어야 말이지. 진짜 우리 엄마는 대단해. 짱 ㄱㅅ!"

"고맙다. 뭘 그까짓 걸 감사하게 생각하니?"

"이야! 우리 엄마, 좀 되는데. 그걸 알아들으시고."

영웅이가 엄지손가락을 추켜세웠다. 마순영 씨는 콧등이 시큰했다. 부산에 내려와 이런 선물을 받다니. 살다 보면 늘 비만 내리다, 해가 반짝 나는 순간, 늘 바짝 마르고 가문 날만 계속되다 단비가 기적처럼 내리는 그런 한순간도 있는 것이다. 메마른 모래사막 한가운데에도 오아시스가 숨어 있으니, 버티고 견디고 살아낼 수 있는 거였다. 마순영 씨는 짜장면 곱빼기를 깨끗하게 비우고 바삭한 튀김 만두까지 맛있게 먹고 있는 중학생이 된 아들을 눈이 부신 표정으로 쳐다보았다. 부산에서의 가장 눈부신 하루였다.

해문중학교 1학년 1반 반모임은 마린시티에 있는 고급 파스타집에서 열렸다. 요트의 날렵한 돛을 연상시키는 현대 아이파크 건물과 우리나라 최고층이라는 80층 두산 위브 더 제니스를 올려다보면 현기증이 일었다. 70층이 넘는 초고층 아파트가 경쟁하듯 서 있었다. 저 높은 데서 아래를 내려다보면 어떤 기분일까? 당연히 빌딩 아래 있는 사람들이 벌레나 개미처럼 하찮아 보이겠지, 하고 마순영 씨는 생각했다. 직장 다니는 엄마들도 있을 텐데 첫 모임이라 그런지 열일곱 명이나 모였다. 초등학생 반모임도 아닌데 이 정도 인원이 모이다니, 역시 엄마들 교육열은 못 말리는 동네였다.

와인까지 곁들인 파스타는 반장 엄마가 한턱 쏜다고 했다. 마순영 씨는 비싼 밥값에 눈이 휘둥그레졌다. 반장 엄마는 한정원이라는 여자아이의 엄마였다. 영웅이 이야기를 들으니 반장선거 때 엉뚱하게 노래 부르고 춤추면서 유세를 했는데 표가 많이 나왔다고 했다. 조갯살이 듬뿍 들어간 봉골레 파스타를 먹고 근처의 카페로 옮겼다. 3층 카페에서 보이는 전망이 환상적이었다. 짙은 초록빛 동백섬이 바로 눈앞에 보이고 햇살에 눈부시게 반짝이는 바다가 발아래 펼쳐져 있었다. 커피는 남자 부반장 엄마가 냈다.

"고영웅 어머니, 어떻게 하면 애가 그렇게 공부를 잘할 수 있어요? 우리 정원이는 공부는 안 하고 늘 외모만 신경 써서 걱정인데……. 우리 정원이가 영웅이처럼 공부 좀 잘하면 원이 없겠어요."

반모임 주빈 격인 반장 엄마가 마순영 씨에게 말을 걸었다. 일제히 마순영 씨에게 시선이 모였다. 마순영 씨는 당황스러워 손을 내저었다. 얼굴이 달아올랐다.

"잘하긴요. 그냥 어쩌다 보니, 소 뒷걸음치듯 1등 한 거죠. 그냥 운이에요."

"어머! 겸손하시기도 하셔라."

반장 엄마가 웃으며 말했다.

"영웅이, 초등학교 때부터 공부 잘했잖아요? 곧잘 1등도 하고, 수학 영재였고. 맞잖아요?"

맞은편에 앉은 인성 엄마가 마순영 씨에게 말을 건넸다. 인성 엄마는 6학년 때도 영웅이랑 한 반이어서 서로 알고 있는 사이였다. 마순영 씨는 책잡히는 말을 하지 않게 조심해야겠다 싶어 빙긋 웃기만 했다.

"와, 역시, 수학 영재였다니, 과고 합격은 일단 예약해놨네요. 혹시 수학 잘하는 비결이라도 있나요? 학원 어디 보내요?"

반장 엄마 옆에 앉은 엄마가 물었다. 입술 화장이 진하고 피부가 도자기처럼 매끄러워 보였다. 밝은 갈색으로 물들인 머리에 고급 선글라스를 얹고 있었다.

"자기 좀 심했다. 전교 1등 엄마에게 학원 어디 보내느냐고 노골적으로 묻는 사람이 어디 있어? 그런 고급 정보는 비싼 밥 한 끼 사면서 은근하게 물어봐야지."

선글라스를 낀 엄마 건너편에 앉은 화려한 보라색 실크 스카프를 걸친 여자가 밉지 않게 눈을 흘기며 말했다. 고급 정보라니, 마순영 씨는 어리둥절했다. 사실을 그대로 말해야 하나 말아야 하나 잠시 망설이다가 입을 열었다.

"학원 전혀 안 보내고 있어요."

안 보내는 게 아니고 실은 못 보내고 있는 거였지만, 안 보낸다고 있는 그대로 말했다. 엄마들의 눈이 휘둥그레졌다. 마린시티에서 학원 한 군데 안 보내고 전교 1등 했다는 엄마 이야기는 금시초문이었을 테니까.

"그럴 리가요? 우리 아이도 학원 안 보내잖아요. 국영수 빼고는 말이죠."

적포도주 빛으로 염색한 숏컷 헤어스타일이 잘 어울리는 한 엄마가 마순영 씨를 빤히 쳐다보며 말하자 엄마들이 와르르 웃었다.

"우리 애는 국영수에다, 바이올린, 검도, 논술, 빼고는 학원 한 군데도 안 보내요."

별모양 귀고리를 만지작거리며 한 엄마가 얄밉게 말하자 웃음이 터졌다. 마순영 씨가 꺼낸 말 한마디가 졸지에 웃음거리로 변해버린 것이었다. 마순영 씨는 입을 그냥 다물고 있으려다 오해를 남겨선 안 되겠다 싶어 조심스레 말을 꺼냈다.

"수학은 초등학교 2학년 때부터 수학경시대회 꾸준히 내보냈어요. 상을 받으니까, 게임 레벨 올리는 그런 기분이 드는지 계속 경시대회 나가겠다고 하더라구요. 그게 수학 공부에 가장 큰 도움이 된 것 같아요. 그리고 영어는 학교 방과 후 영어 수업 프로그램이 좋아서 방과 후 수업 1년 정도 했고, 국어는 그냥 집에 책이 많아서 책 읽고 그래요. 아 참, 수학 공부에 가장 도움이 된 건 수학 학습만화인 것 같아요. 아이마다 공부 방법이 다르겠지만 우리 아이에겐 이런 방식이 맞는 것 같아서 학원은 안 보내고 있는데, 이제 중학생이 되었으니 학원도 알아봐야죠."

돈이 없어서 안 보냈다는 그 말만 하면 시원하게 해명할 수 있는 일인데 마순영 씨는 결국 그 말을 하지 못했다. 괜히 말을 해서 엄마들 사이에 말이 돌기라도 하면 영웅이에게 피해가 갈 수도 있었다.

"진짜 학원 안 보낸 거 맞네요. 책도 많이 읽히고. 역시 독서가 중요해. 공부 잘하는 애들 거의 다가 독서를 좋아하더라니까요."

"초등학교 2학년 때부터 경시대회 내보냈다구요? 역시, 남다른 비법이 있었다니까."

"근데, 영웅이가 머리가 되니까, 그런 방법이 먹힌다는 이야기잖아요?"

"맞아요. 결국, 영웅이 천재란 소리로 들리는데요."

엄마들이 한마디씩 했다. 마순영 씨는 이 이상한 말의 화학작용에 대해서 어리둥절해졌다. 학원 안 보내고 공부시켰다는 말이 왜 아이 머리 자랑하는 말로 해석되는지 납득할 수가 없었다.

마순영 씨의 공부방은 공부 잘하는 아들 덕분에 유지되고 있다고 해도 과언이 아니었다. 반모임을 다녀온 그날 저녁 몇몇 엄마들에게 전화를 받았다. 국어 내신을 봐달라는 거였다. 영웅이네 반 아이들도 세 명이나 되었다. 중학생은 일주일에 한 번 수업을 해주고 10만 원을 받았다. 이 동네 다른 내신 학원이나 비싼 과외비에 비교하면 턱없이 싼 수강료였다. 늘 쪼들리는 마순영 씨로서는 중학생 내신 수업이 늘고 있는 것만도 감지덕지였다.

명혜는 공부방 선배로서 마순영 씨에게 이런저런 조언을 많이 해주었다. 가장 조심해야 할 것은 어떤 일이 있어도 내 아이를 먼저 생각하라는 것이었다. 절대 아이와 같은 반 아이 수업은 맡지 말라고 했다. 그 이유는 같은 반 아이가 수업을 오면 아이가 학교생활을 어떻게 하는지 일일이 알게 되어 쓸데없이 잔소리하거나 비교를 해서 아이를 힘들게 만든다는 거였다. 마순영 씨도 영웅이 초등학교 6학년 때 엄친아 박건우로 인해 뼈에 사무칠 정도로 경험한 적이 있었다. 같은 반이었던 엄친아 박건우와 사사건건 비교하는 바람에 고영웅은 비명을 질렀다. 그런 일을 겪고도 마순영 씨는 공부방 학생 한 명이라도 더 늘일 욕심에 영웅이네 반 아이들을 맡았다.

아니나 다를까, 세 명의 아이들은 고영웅의 확실한 CCTV 노릇을 했다. 고영웅이 오늘 수업시간에 무슨 짓을 했는지, 선생님께 혼이 났는지 안 났는지, 수업시간에 잤는지 어떤지 모든 일거수일투족을 마순영 씨에게 일러바쳤다. 인간에겐 다른 사람의 잘못을 지적하고 타인을 깎아내려 우월감을 맛보려는 고약한 심리가 있는 법이다. 고영웅의 반 아이들도 우월감을 맛보고 싶어서였는지, 영웅이의 실수와 약점을 낱낱이 마순영 씨에게 말해주었다. 마순영 씨가 그런 말을 듣고 삭일 만큼 인품이 넉넉한 사람이 못 되는 게 결정적인 문제였다. 마순영 씨는 아이들에게 영웅이가 학교에서 혼났다는 이야기를 듣기만 하면 고영웅에게 왜 그랬느냐고 다그치고 혼을 내고 잔소리를 심하게 했다.

새벽에 마순영 씨는 소변이 마려워 화장실에 가려고 일어났다. 거실로 나오니 공부방에서 불빛이 새어 나오는 게 아닌가. 마순영 씨는 놀라서 공부방 문을 벌컥 열어보았다. 컴퓨터 앞에 앉아 있던 고영웅이 벌떡 일어났다. 마순영 씨는 컴퓨터 본체와 모니터를 만져보았다. 보온밥통 안의 솥처럼 본체가 뜨끈뜨끈했다. 고영웅이 파워 버튼을 재빨리 눌러서 끈 바람에 현장을 잡지는 못했지만 잠도 안 자고 컴퓨터를 하고 있었던 것만은 확실했다. 마순영 씨는 형사처럼 증거를 찾기 위해 방 안을 두리번거렸다.

"너, 대체 새벽까지 뭐 했어? 게임했지?"

"안 했다니까!"

"본체가 이렇게 뜨끈뜨끈한 걸 보니 밤새 했네. 잠도 안 자고 뭐 한 거야? 너 정말 왜 그래?"

"금방 컴퓨터 켰다 껐어. 진짜야."

"야! 고영웅, 거짓말 할 걸 해라. 너, 최소한 거짓말은 안 했잖아? 다시 한번 밤에 몰컴하고 그러면 컴퓨터 그냥 그 자리에서 망치로 깨부술 거야."

"넵! 명심하겠습니다. 앞으로 안 하겠습니다."

마순영 씨는 이제 집에다 CCTV를 설치해야 하나 말아야 하나 그 생각까지 하며 한숨을 내쉬었다. 꺼진 불도 다시 보자는 말처럼 자는 아들도 밤새워 지켜야 하나 어째야 하나, 발에 수갑이라도 채워놓고 자야 하나 온갖 생각이 들었다.

영웅이에게 배치고사 1등은 독이었다. 고영웅은 중학교 들어간 뒤에 초등학교 때보다 공부를 안 했다. 영웅이와 같은 반인 아이들 말을 들어보면 수업시간에 전혀 필기할 생각도 하지 않고 엎드려 자는 게 일이라고 했다. 당연히 성적이 쭉쭉 떨어졌다. 중학교 1학년 첫 중간고사에서 반에서 2등을 하더니 기말고사에서는 반에서 6등으로 대추락을 해버렸다. 마순영 씨는 영웅이를 위해 중간고사 기말고사 학부모 시험 감독까지 했다. 아침부터 점심시간까지 교실 뒤에 서서 움직이지도 않고 시험 감독을 하는 건 고역이었다. 어떤 선생님은 학부모 시험 감독에게 정중히 예를 표했지만 어떤 선생은 아예 투명인간 취급을 하며 인사조차 안 하는 경우도 있었다. 고생고생하며 아들 뒷바라지에 매진했지만 아무런 보람이 없었다.

제갈공명 빰치는 노련한 책사이자 학습 컨설턴트인 마순영 씨는 원인 분석에 들어갔다. 이 모든 게 목표가 없기 때문이었다. 수많은 입시 관련 서적과 육아서를 섭렵한 결과 도출한 결론이었다. 학습에서 가장 중요한 것은 학습의 동기, 목표였다. 고영웅에게 만약 목표가 생긴다면 공부에 신경을 쓸 것이라고 생각했다. 서울대란 목표는 마순영 씨에게만 절실한 목표였지 고영웅의 목표가 아니었다. 고영웅은 미래의 행복을 위해 현재의 행복과 본능과 쾌락을 미룰 능력도 없었고 그럴 생각도 없었다. 오로지 놀기, 먹기, 자기란 본능에만 충실한 아이였다.

목표가 없다면 영웅이에게 목표를 만들어주어야 했다. 가장 일차적 목표인 과학고를 영웅이 머릿속에 심어야 했다. 과학고의 설립 목적이 수학·과학 분야의 전문·심화 교육을 통해 대한민국의 수학·과학 인재를 양성하는 것이었지만, 과고 출신이 서울대에 가장 많이 합격한다는 것은 공인된 사실이었다. 부모들이 아이를 과고에 보내려고 기를 쓰는 목적이 서울대 합격인 셈이었다. 과고에 합격하기 위해서는 일단 교육청 영재원에 합격해 교육을 받아야 했다. 영재원은 과고 입시에서 필수적인 과정이므로 고영웅을 과고에 보내려면 교육청 영재원에 합격시켜야 했다. 본능에 충실한 아이 고영웅에겐 채찍질보다는 당근책이 효과적일 것 같았다. 마순영 씨는 조건을 내걸어보기로 했다.

"영웅아, 영재원 합격만 해. 너 원하는 것 사줄게, 꼭 합격해. 알았지?"

"아싸! 웬일이래? 뭐든 사줄 수 있어?"

"그럼!"

마순영 씨는 영웅이가 너무 비싼 걸 요구하지 않기만을 바랐다.

"엄마, 나, 진짜 수학 공부 열심히 할 테니까, 스마트폰 사줘."

마순영 씨는 오 마이 갓! 하는 소리가 절로 나왔다. 스마트폰이라니! 마순영 씨는 아이들과 수업을 하면서 스마트폰의 폐해를 뼈저릴 정도로 절감하는 중이었다. 아이들은 수업시간에도 게임을 하거나 카톡을 하거나 문자를 보내거나 스마트폰으로 온갖 딴짓을 했다. 스마트폰은 한마디로 공부의 가장 큰 적이었다. 영웅이가 배치고사에서 1등을 한 것도 스마트폰이 없었던 덕분인지도 몰랐다. 마순영 씨는 금세 없었던 일로 하고 싶었다.

"혹시 스마트폰 말고 다른 건 안 될까? 전자사전 어때? 영어 공부에도 도움되잖아?"

"싫어! 요즘 이런 똥폰 쓰는 애들이 있는 줄 알아? 투지 폰 쓰는 애들 아무도 없거든. 변기준 그 자식이, 나보고 뭐라는 줄 알아? 복도 지나가다가 부딪쳤는데, 똥폰 쓰는 거지새끼, 이러더라구. 내가 그대로 주먹 한 방 날리려다가 겨우 참았다니까. 지금 생각해도 열받네."

스마트폰 이야기에 왜 변기준 그 녀석이 등장하는지 납득이 안 갔지만, 마순영 씨도 변기준 이야기를 들으니 열이 확 뻗쳐올랐다. 제발 중학교 졸업 때까지 기준이와 부딪치는 일만은 없어야 했다. 다른 반이란 게 그나마 다행스러운 일이었다.

"그래, 약속은 약속이니까. 합격하면 스마트폰 사줄게. 꼭 영재원 합격하도록 하자. 과고에 가기 위해선 무슨 일이 있어도 영재원 시험 통과해야 한다. 명심해. 과고에 합격해야 서울대에 갈 수 있어."

"오키! 우리 엄마 오랜만에 마음에 드는데. 우리 짠순이 어마마마께서 웬일이래? 수입 좀 늘었어?"

"이 녀석아! 너 배치고사 1등 했다고 소문나서 공부방 들어왔던 애들 다 나갔어. 반에서 6등이 뭐냐?"

"다시 1등 하면 되잖아. 난 마음만 먹으면 1등 그 까짓것 식은 죽 먹기라니까!"

스마트폰을 가지게 되었다는 희망에 들뜬 영웅이가 심하게 잘난 척을 했다.

마음만 굳게 먹는다고 해서 영재원에 합격할 수 있는 것은 아니었다. 대부분 아이들은 초등학교 저학년 때부터 사고력 수학 전문 학원에 다닌다고 했다. 과고에 가기 위한 준비를 초등학교 저학년 때부터 시작한다는 말이었다. 사고력 수학 학원 학원비가 월 70만 원이었다. 집 월세만큼 비싼 돈이었다.

마순영 씨는 영웅이 학원비를 마련하기 위해 백방으로 뛰었다. 학원 홍보 전단도 붙이고 상담 전화도 돌렸다. 백화점 문화센터 글쓰기 교실 강사 일까지 새로 시작했다. 센텀시티 롯데백화점 문화센터 글쓰기 교실 수강생이 20명 정도였다. 수업에 안 들어오겠다고 발버둥 치며 우는 아이를 억지로 수업에 밀어 넣는 부모도 있었다. 부모 욕심으로 글쓰기를 강제로 하는 아이들을 데리고 수업하는 일은 고역이었지만, 그중에서 반짝이는 언어 감각과 글쓰기 재능을 가진 아이들을 만날 때는 수업하는 보람이 있었다.

백화점 문화센터 글쓰기 수업은 토요일마다 있었다. 마순영 씨는 토요일이면 백화점 수업 말고도 오후 1시부터 연달아 밤 10시까지 수업했다. 4시 반 수업을 마치고 곧바로 백화점 수업을 하러 집을 나섰다. 센텀시티까지는 지하철을 타면 금방이었지만 급할 땐 택시를 탈 때도 많았다. 백화점 수업을 끝내면 바로 집에 와서 6시 반부터는 중학교 1학년 국어 내신 수업을 해주어야 했다. 토요일에는 마치 행사를 뛰는 가수처럼 이리저리 정신없이 뛰었다. 마순영 씨는 아들도 어머니 은혜에 감읍해서 최선을 다해 공부에 매진할 것이라고 철석같이 믿었다. 엄마가 이렇게 자기 뒷바라지를 위해서 정신없이 뛰어다니는 걸 아는 놈이라면 말이다.

고영웅은 엄마의 기대를 충족시켜줄 생각이 눈곱만치도 없었다. 엄마는 직장이 집인지라 거의 24시간 집에 붙어 있었다. 외출도 하지 않고 집에만 있던 엄마가 갑자기 토요일마다 장장 두 시간씩이나 집을 비우는데 꼴통 고영웅이 기회를 놓칠 까닭이 없었다. 고영웅이 스타크래프트 다음에 빠진 게임이 바로 리그 오브 레전드였는데 약자로 롤이라고 했다. 롤만큼 완벽하고 환상적인 게임이 없었다. 엄마가 집을 비울 때 고영웅은 슈퍼에 가서 컵라면부터 사왔다. 컴퓨터 앞에 앉아서 소울푸드 컵라면을 음미하며 공부방을 완전히 개인 전용 피시방으로 만들어 롤의 블랙홀 속에 빠져들곤 했다.

마순영 씨가 현관문을 여니 공부방에서 게임하는 소리가 들려왔다. 마순영 씨는 소리를 빽 질렀다.

"야! 고영웅! 지금 게임하는 거지?"

영웅이가 공부방에서 번개같이 튀어나왔다. 술이라도 퍼마신 것처럼 얼굴이 벌겠다.

"너, 왜 그 방에서 나와?"

"학교 숙제가 있어서 자료 좀 찾아본 거야."

몰컴하다 들키기만 하면 자료 검색 타령이었다.

"진짜?"

"어마마마! 왜 이렇게 의심이 많으시옵니까? 우리는 형사와 범인

사이가 아니라 모자지간이옵니다. 정신을 수습하옵소서. 소자, 학교 숙제에 집중하였나이다. 의심을 푸소서."

고영웅은 궁하면 사극을 찍었다. 엄마를 웃게 만들어 위기를 모면하기 위한 나름의 잔머리였다.

"야, 근데, 이 컵라면은 뭐야? 라면 좀 먹지 말랬지? 공부방에 수업 온 애들에게 방해되잖아? 냄새도 나고."

"엄마, 내가 지금 돌도 씹어 먹을 나이잖아? 먹어도 먹어도 배가 고프다구. 혹시 백화점에서 맛난 거 좀 안 사오셨나?"

도둑이 제 발 저리다고 고영웅은 한껏 너스레를 떨어댔다. 마순영 씨는 의심의 눈길을 거두지 못하고 영웅이를 흘겨보다 마지못해 비닐봉지에 든 고기만두를 내밀었다.

고영웅은 학원에 다닌 지 석 달 뒤, 해문중 대표로 교육청 영재원 시험에 거뜬히 합격했다. 엄마 모르게 농땡이를 피우고 게으름을 피웠음에도 불구하고 영재원에 합격했으니 순전히 운이라고 할 수밖에 없었다. 마순영 씨는 영웅이가 수시로 꼴통 짓을 하고 농땡이를 피운 것도 모르고 학원에 보낸 보람이 있다고 믿었다. 사교육을 이래서 시키는구나, 하고 사교육의 효과에 심취했다. 그리고 어릴 때부터 수학경시대회에 꾸준히 내보내 수학 실력을 쌓아온 보람이 있다고 자평했다.

문제는 스마트폰이었다. 약속을 지켜야만 했다. 마순영 씨는 할부로 스마트폰을 사주며 가슴을 쳤다. 원하는 게 있다면 대가를 치러야 한다는 것, 이것이 바로 등가교환의 법칙이 아닌가, 하는 엉뚱한 생각까지 했다. 과학고 합격을 시키기 위해서 공부의 적인 스마트폰을 사주게 되다니, 앞으로 치러야 할 대가가 너무 컸다.

생전 처음 스마트폰을 가지게 된 고영웅은 밤낮 스마트폰을 끼고 살았다. 스마트폰이 몸의 일부가 되어버린 것 같았다. 늦바람이 무서운 법이었다. 다른 아이들보다 늦게 가지게 되어서 그런지 중독 증상이 너무 심했다. 화장실에 갈 때도 스마트폰을 들고 들어가 30분이나 한 시간씩 있다가 나오기가 예사였다. 수업을 온 학생이 화장실 밖에서 기다려야 할 때도 있었다. 마순영 씨는 화장실 문을 두드리며, 화장실에서 살림 차렸냐고 소리를 질렀다. 밥 먹을 때도 스마트폰, 문제지를 풀 때도 스마트폰이었다. 밤새 스마트폰을 하느라 잠도 안 잤다. 마순영 씨는 스마트폰을 만든 스티브 잡스를 원망하고 롤 게임을 만든 게임회사를 원망했다. 아이의 영혼을 납치해가려는 호환 마마가 도처에 도사리고 있었다. 공부의 적들이 사방에 매복하고 있었다. 마순영 씨는 그 무서운 적들을 물리치고 무슨 일이 있어도 영웅이를 서울대로 보내고 말 거라고 다짐했다.

"으! 이게 뭐야?"

마순영 씨는 컴퓨터에서 어떤 파일을 클릭했다가 질겁했다. 만든 적도 없는 폴더가 보여서 무심코 클릭했는데 그 폴더 안에 야동 파일이 수백 개나 저장되어 있었다. 고철용 씨는 공부방에 있는 컴퓨터를 전혀 사용하지 않으니 보나 마나 영웅이 짓이었다. 이 많은 파일을 다운받고 저장해놓은 걸 보니 대체 언제부터 야동 생활을 시작한 건지, 눈앞이 캄캄했다. 엄마들 모임에 가면 대놓고 말하진 않았지만, 남자애들 성교육에 관한 이야기나 야동 이야기를 들은 적이 몇 번 있긴 했다. 그런데 영웅이가 이럴 줄은 전혀 몰랐다. 대한민국 모든 중학생이 야동을 보아도 순진하고 순수한 내 아들만은 절대 야동을 볼 리가 없다고 믿었던 마순영 씨의 믿음은 한순간에 처절히 깨져버렸다. 마순영 씨는 분노의 불길에 활활 휩싸인 채 아들에게 달려갔다.

"고영웅! 너 컴퓨터에 저 망측한 파일들 뭐야?"

"아하! 야동?"

드러누워 스마트폰을 하다가 느릿느릿 몸을 일으키며 하는 말이 가관이었다. 엄마는 뒷목 잡고 넘어갈 판인데 입에서 나오는 야동 소리가 아주 자연스러웠다. 마치 밥이나 라면처럼 자연스럽게 말하는 게 더 놀라워 마순영 씨는 입이 떡 벌어졌다. 저놈이, 과연 내 아들인가. 순수하고 천진난만하고 아기 천사 같았던 영웅이가 어떻게 야동을 다운받는 엉큼하고 음란한 놈이 되어버렸단 말인가.

"엄마 컴퓨터 왜 건드렸어? 저 괴상망측한 것들 왜 저렇게 다운 많이 받아둔 거야? 언제부터 야동 본 거야? 진짜 너 땜에 못 살겠다."

"엄마, 촌스럽게 왜 이러셔? 요즘 야동 안 보는 중딩들이 어딨다고 이러셔요? 초딩 때부터 보는 애들 수두룩해. 엄마는 요즘 시대를 너무 모르셔요. 첨단 IT 시대에 인터넷으로 성지식을 쌓을 수도 있지. 뭘 그렇게 흥분하고 야단이야?"

"뭐 촌스럽게? 이 녀석이 뭘 잘했다고 큰소리야? 당장 지워. 왜 엄마 컴퓨터에 저딴 걸 저장해놔?"

"그럼 컴퓨터가 한 대뿐인데 어떻게 해?"

고영웅은 끝까지 말대답하며 문제의 야동들을 마순영 씨 눈앞에서 지웠다. 아쉬워하는 눈치가 역력했다. 마순영 씨는 고개를 절레절레 흔들었다. 아들을 키우다 보니 온갖 일이 벌어지는 건지, 아니면 영웅이 말마따나 첨단 IT 시대에 엄마가 뭘 몰라서 그런 건지, 머리가 복잡했다. 이런 꼴통 아들놈을 어떻게 무사히 서울대에 안착시킬 수 있을지 마순영 씨는 골머리가 아팠다. 북한 김정일도 무서워서 못 쳐들어온다는 문제의 '중 2', 이게 말로만 듣던 '중2병' 전조증상인가 싶었다.

중 2, 청소년은 손끝으로도 건드리지 말라

마침내 고영웅은 그 무시무시한 중 2가 되었다. 영웅이의 중2병 증세도 만만치 않았다. 말투는 늘 시비조였고, 말을 걸기만 하면 짜증부터 냈다. 마순영 씨는 아들을 과고에 보내기 위해 각종 전략 전술을 수립하고 있었지만, 정작 당사자인 고영웅은 도무지 협조할 마음이 없고 의욕도 보이지 않았다.

고영웅은 학교생활에도 마음을 붙이지 못했다. 하나같이 부유한 집안 자식들인 마린시티 아이들과는 수준도 맞지 않았고 마음도 맞지 않았다. 공부만 강요하는 엄마, 늘 공부 열심히 하라고 잔소리하는 담임, 집과 학교, 어느 곳에도 마음을 붙일 데가 없었다. 학교 복도나 화장실이나 운동장에서 만나기만 하면 시비를 거는 변기준을 보면 가슴속에서 불덩어리가 치밀어 올랐다. 초등학교 때의 상처는 자꾸만 덧나고 피가 흘렀다. 변기준을 묵사발이 되도록 패고 싶어 주먹이 근질거렸다. 날뛰는 마음의 고삐를 놓치지 않기 위해 무진 애를 썼다.

인터넷에서 우연히 라이트노벨을 접한 뒤로 고영웅은 오타쿠들이 즐겨보는 일본 라이트노벨에 빠져들었다. 엄마의 감시를 피해

헌책방에서 구해온 〈스즈미야 하루히〉 시리즈가 고영웅을 위로해 주는 유일한 친구였다. 마순영 씨는 아들의 마음속에 도사린 검고 진득진득한 덩어리의 존재에 대해 전혀 알지 못했다.

마순영 씨는 오로지 과고만 생각했다. 곧 죽어도 과고였다. 마순영 씨에게서 수업을 듣던 중 3 나현이가 과고에 합격한 다음부터 과고가 바로 목전에 있는 것 같았다. 마순영 씨는 나현이가 작성해 온 자기소개서를 첨삭해주고 독후감을 몇 번이나 다시 수정해서 과고에 합격하도록 도와주었다. 나현 엄마는 선생님 덕분이라며 비싼 홍삼 엑기스 선물 세트를 보내왔다. 홍삼 엑기스를 물에 타서 마실 때마다 무슨 일이 있어도 아들을 과고에 합격시켜야만 한다고 결심을 다졌다. 해문중학교에 수석으로 들어왔고, 교육청 수학영재원에도 합격했으며, 각종 수학경시대회에서 출전해서 온갖 상을 휩쓴 고영웅, 이런 아이가 아니면 누가 과고에 가겠는가.

"애가 무슨 수능 시험을 쳐? 장모님 칠순 잔치가 해마다 돌아오는 생일이야?"

고철용 씨가 마순영 씨에게 한소리를 했다. 가만있을 마순영 씨가 아니었다.

"수능 시험만큼 중요해! 과고 보내려면 내신이 제일 중요하다고! 내신 한 번이라도 망치면 과고 못 보내. 이 한 번의 시험에 영웅이 장래가 달렸는데, 어떻게 데려가?"

마누라가 결정한 일에 남자가 감히 어디, 감 놔라 배 놔라 하느냐는 투였다. 고철용 씨의 경제권이 없어진 다음부터 집안의 헤게모니는 마순영 씨에게 넘어간 지 오래였다. 하부구조가 상부구조를 규정한다는 마르크스의 그 유명한 명제는 마순영 씨 가족 내에서도 어김없이 증명된 셈이었다.

"무슨 중학교 시험 한 번에 장래씩이나! 어째 갈수록 더 병이 깊어지냐?"

고철용 씨는 혀를 끌끌 찼다. 마순영 씨는 고철용 씨 말에는 콧방귀도 뀌지 않았다.

"영웅이 너 절대로 딴짓하면 안 돼."

마순영 씨는 영웅이에게 신신당부했다.

"엄마! 노파심이 뭔 줄 알아? 노파가 심술부리는 게 노파심이야. 아직 노파도 아니면서 진짜 노파심 쩌시네. 걱정 붙들어 매시고 잘 다녀오셔. 이번에 전교 1등 학실히 보여드리겠습다. 충성!"

고영웅은 거수경례하는 흉내까지 내며 씩 웃었다. 마순영 씨는 '확실히'가 아니라 '학실히'란 부사가 마음에 걸렸다. 학실과 학살이 약간 비슷한 느낌이 들어 왠지 불길했다. 고영웅은 엄마 아빠가 집을 비우는 게 그렇게 신이 나는 모양이었다. 입이 귀에 걸려 있었다.

"너 이번 시험 망치면 과고 원서도 못 낸다. 알았어? 월요일 수학시험인 거 알지? 수학 과학 내신이 젤 중요해."

"걱정 붙들어 매시라니까."

일요일이 친정엄마의 칠순 잔치였다. 토요일 저녁 수업을 9시에 마치고 마순영 씨는 고철용 씨와 대구로 출발했다. 월요일부터 중간고사 시험기간이어서 영웅이만 집에 남겨두고 가는 터라 마순영 씨는 젖먹이 아기를 떼놓고 가는 기분이었다. 무슨 짓을 벌일지 마음이 놓이지 않았다. 그렇다고 해서 시험을 칠 아이를 칠순 잔치에 데려가면 시험공부는 포기해야만 했다. 영웅이를 집에 혼자 남겨두고 중간고사 대비를 하라고 한 거였는데 잘한 결정인지 판단이 서지 않았다.

엄마의 칠순 잔치에 모든 가족이 총출동했는데 영웅이와 빛나만 참석하지 않았다. 심지어 고 3인 조카까지도 온 터라, 마순영 씨는 뭐라 변명할 말이 떠오르지 않아 둘 다 몸이 좀 아프다고 했다. 가뜩이나 집을 날리고 난 다음부터 가족 행사에 돈 때문에 전혀 참석을 못 했던 마순영 씨였다. 엄마 칠순 잔치까지 아이들을 안 데려왔으니 면이 서지 않았다. 칠순 잔치의 모든 준비는 오빠네 부부와 두 여동생이 했고 마순영 씨는 몸만 달랑 왔을 뿐이었다.

오빠네 부부가 이벤트 회사와 프로그램을 사전에 잘 짰는지, 나름 감동적인 잔치였다. 오빠가 친정엄마를 업고 입장할 때에는 모두 일어나서 박수를 치고 환호했다. 연분홍색 저고리에 옥색 치마를 입은 친정엄마의 미소가 새색시처럼 수줍고 고왔다. 주인공인 친정엄마가 마이크를 들고 현철의 〈봉선화 연정〉을 한 곡조 부르자 잔치의 여흥이 한껏 달아올랐다. 조카들이 언제 연습을 했는지 박상철의 〈무조건〉까지 부르자 삼촌과 숙모들도 덩실덩실 춤을 추었다. 영웅이를 데려오지 않은 게 마음에 걸려 마순영 씨는 바늘

방석에 앉아 있는 듯 불편했다. 칠순 잔치를 마치고 다들 엄마 집으로 가서 놀자고 했지만 마순영 씨는 수업이 있어서 내려가봐야 한다는 핑계를 댔다. 엄마 칠순날에도 아이 시험 걱정이나 하다니, 실로 불효막심한 딸년이란 생각이 들었다. 이러니 자식 키워봤자 다 소용없다는 말이 나올밖에.

집에 도착해 현관문을 열자마자 이상한 냄새가 났다. 시큼한 토사물 냄새와 음식이 상한 듯한 역한 냄새가 집 안 가득 고여 있었다. 영웅이가 끙끙 앓으며 방바닥에 뒹굴고 있었다. 방바닥은 거대한 쓰레기통으로 변해 있었다. 컵라면과 새우깡 봉지, 아이스크림 통, 치토스, 썬칩, 온갖 과자 껍데기가 뒹굴었다. 밥 사 먹으라고 주고 간 돈으로 과자 파티를 한 모양이었다.

"영웅아! 너 왜 이래?"

"어, 엄마, 나 아파 죽겠어. 배 아파!"

입가에는 토한 자국이 그대로 묻어 있었고, 얼굴에는 식은땀이 비 오듯 흐르고 있었다. 이마가 불덩이였다.

"뭐 해? 빨리 병원 데리고 가야지. 애 업혀!"

고철용 씨는 마순영 씨의 도움으로 무거운 영웅이를 겨우 들쳐 업었다. 축 늘어진 영웅이를 업은 고철용 씨의 야윈 몸은 금방이라도 폭 고꾸라질 것만 같았다. 거칠게 숨을 몰아쉬며 아파트 현관까지 나온 고철용 씨는 도저히 안 되겠는지 영웅이를 바닥에 내려놓았다. 지하주차장에서 차를 몰고 오겠다고 했다. 마순영 씨는 바닥에 그대로 주저앉은 영웅이를 겨우 떠받쳤다.

응급실에서 링거를 맞고 새벽에 집에 들어온 고영웅은 밤새 끙끙 앓았다. 급성장염이었다. 설사와 구토 때문에 10분 간격으로 화장실을 들락거렸다. 어른들이 집에 없다고 각종 밀가루 음식과 라면과 아이스크림으로 배를 채웠으니 탈이 안 날 수가 없었던 거였다. 마순영 씨는 밤새 한숨도 못 자고 영웅이를 간호하면서 땅이 꺼져라 한숨을 쉬었다. 뒷일이라고는 눈곱만큼도 생각 안 하는 이놈을 대체 어떻게 해야 하나 막막하기만 했다. 이런 녀석을 서울대에 보내겠다고 마음먹고 줄기차게 뒷바라지하고 있다니. 아이가 아픈 와중에도 서울대를 떠올리고 있는 자신에게 끔찍한 환멸감을 느꼈다.

과고는 1학년 내신보다 2학년 내신 비중이 더 커서 시험을 포기할 수도 없었다. 아침에 일어나지도 못하는 아이를 억지로 두들겨 깨웠다. 집에서 걸어서 10분밖에 안 걸리는 거리인데 택시를 태워 학교에 보내려니 기가 막혔다. 아파서 정신을 못 차리는 아이를 보내놓고 마순영 씨는 안절부절못했다. 1시가 넘어 시험을 치고 거의 바닥에 기다시피 집에 온 고영웅은 그다음 날 시험 준비도 전혀 하지 못하고 약을 먹고 잠만 잤다. 밤 9시가 되어 잠에서 깬 아이에게 흰죽을 먹였다.

시험 결과는 처참했다. 영웅이가 태어나서 받은 최악의 성적이었다. 과학고 입시를 준비하는 아이가 받은 수학 점수가 겨우 72점이었다. 그다음 날 친 과학은 88점이었다. 수학 과학 내신이 과학고에서는 가장 중요했다. 원서도 못 내밀어볼 최악의 점수를 받아놓고서도 고영웅은 전혀 반성하지 않았다. 시험 전날 컨디션을 유지하는 것도 성적이라고 귀에 못이 박일 정도로 일러주었는데, 소귀에 경 읽기였던 것이다.

"쌤, 오늘 영웅이, 학교에서 싸웠어요."

영웅이네 반 희은이가 수업을 오자마자 호들갑을 피웠다. 마순영 씨는 가슴이 쿵 내려앉아 아무 말도 못 하고 희은이 얼굴만 멍하니 쳐다보았다. 정신이 아뜩했다.

"왜? 누구랑 싸웠는데?"

"변기준이랑 복도에서 치고 박고 싸웠는데 진짜 영웅이 생각보다 쎄던데요. 기준이가 학교 짱이거든요. 근데 영웅이가 더 많이 때렸어요. 기준이 코피 터지고 그랬어요. 영웅이가 진짜 화가 많이 났었나 봐요. 기준이가 원래 욕을 잘하고 애들을 잘 놀리거든요. 기준이가 먼저 욕을 했나 봐요. 아빠 욕을 심하게 하니까, 영웅이가 빡쳐 가지고…… 자세히는 몰라요. 영웅이한테 물어보세요."

다른 아이들이 수업하러 오자 희은이는 입을 다물었다. 아이들이 의아한 얼굴로 희은이와 마순영 씨를 번갈아 쳐다보았다. 마순영 씨는 속이 시커멓게 타들어가는데도 애써 밝은 목소리로 수업을 했다.

마순영 씨가 교무실로 찾아가자 담임선생이 교무실 옆에 있는 교사 휴게실로 안내했다. 젊고 의욕이 많은 젊은 여자 담임선생은 영웅이를 도와주려고 애썼다. 과학고를 준비한다는 것을 알고 있었기 때문에 교내외 봉사활동 정보와 경시대회 정보도 알려주었고 동아리 활동도 지원을 아끼지 않았다. 부반장이라고 여러 가지 일을 맡겨 리더십과 책임감도 키워주려고 했다. 무엇보다 수업시간에 자는 영웅이를 깨워주고 신경을 많이 써준다고 같은 반인 희은이가 마순영 씨에게 알려준 적이 있었다. 고마운 담임 앞에 안 좋은 일로 불려 와서 마순영 씨는 민망하고 면목이 없었다.

"선생님, 면목이 없습니다. 우리 영웅이 신경 많이 써주시는데, 이렇게 심려 끼쳐서 정말 죄송해요."

"무슨 말씀을요. 근데 어머니, 이번에 자칫하면 학폭위가 열릴 뻔했어요."

"네? 학폭위라뇨?"

"어머니, 학폭위가 열리면 과고는 아예 물 건너가는 거거든요. 영웅이에게 반성문을 쓰게 했는데 안 쓰려고 하더라구요. 자긴 죽어도 잘못한 거 없다고 말이에요. 교장 선생님께 제가 읍소했어요. 가능성도 있고 잠재력이 우수한 학생인데 한 번만 봐주십사 하구요. 다행히 무마되어서 얼마나 다행인지 몰라요."

"뭐라 말씀을 드려야 할지…… 선생님 정말 감사드려요."

"중학교 2학년 남자애들이 하나같이 종잡을 수 없이 감정의 기복이 심하긴 하지만 영웅인 요즘 이상하게 상태가 안 좋은 것 같더라구요. 고민 있냐고 물어봐도 대답도 안 하구요. 집에서 좀더 신경을 써주세요. 스트레스가 심한 모양이에요. 영웅이 1학년 때 생활기록부 보면 담임선생님께서 아주 기발하고 창의적이고 수학적 천재성이 엿보인다고 극찬을 하셨어요. 첫 중간고사를 망치긴 했지만, 기말고사는 수학이 100점이잖아요? 수업시간에 전혀 집중도 안 하는데 그런 성적이 나오는 걸 보면 놀라워요. 다른 과목도 성적이 좋은 편이고, 남다른 천재성이 있는 아이인데, 이런 인재를 과고 못 보내면 진짜 아깝잖아요? 아이들과 수학 퍼즐 동아리 활동도 열심히 잘하고 있거든요."

"선생님, 감사합니다. 선생님께서 이렇게 신경 써주시는데, 영웅인 선생님 마음도 모르고 있으니, 제가 정말 면목이 없습니다."

마순영 씨는 제자를 진심으로 걱정해주는 담임선생이 정말 고마워서 몇 번이나 머리를 숙였다.

"선생님, 1학기 수학 성적이 완전 바닥인데, 과고 차라리 포기하는 게 맞지 않을까요?"

"아니에요, 어머니. 요즘은 과고 입학사정관들도 내신이 완벽한 아이들만 뽑는 게 아니라 그 아이의 성장 가능성, 일관된 스토리를 보고 뽑기도 해요. 한번 내신 성적이 추락했다고 해도 과고에 가기 위해 더욱 열심히 노력했다는 점을 어필하면 오히려 가능성이 있을 거라고 봅니다."

마순영 씨는 과고에 대한 미련을 완전히 포기하려는 각오로 담임선생을 만나러 왔는데 뜻밖의 응원에 어리둥절했다. 도와주려는 담임선생님을 생각해서라도 영웅이의 성적 관리를 더 철저하게 해야겠다고 마음먹었다.

2학년 2학기 중간고사 전날이었다. 마순영 씨는 마음이 급했다. 4시 반에 중 2 희은이팀 수업이 있었다. 희은이팀 수업이 끝나면 곧바로 5학년 남자애들팀 수업이 있었다. 그 애들까지 수업하고 나면 영웅이 국어시험 준비를 도와줄 수 있었다. 헬리콥터 맘의 본분에 충실한 마순영 씨는 시험 전날이면 초등학생 시험공부를 시키듯 중학생 영웅이를 붙들고 요약정리 부분을 하나하나 설명하고 다시 읽어주고 확인하곤 했다. 중학생이 되었다고 고영웅은 이런 방식을 끔찍해했지만 마순영 씨는 시험 전날 요약정리 부분을 하나도 빠짐없이 다시 소리 내어 읽으면 그 어떤 벼락치기 방법보다 효과가 있다고 믿고 있었다. 영웅이 공부시간을 확보해야 한다는 생각 때문에 마순영 씨는 마음이 급했다. 아침에 영웅이에게 국어 교과서와 프린트물을 꼭 챙겨오라고 몇 번이나 일렀다. 마순영 씨가 신신당부하는데도 고영웅은 스마트폰만 들여다본다고 정신이 없었다. 마순영 씨는 기분 같아서는 스마트폰을 확 빼앗아 베란다 창문 밖으로 내동댕이치고 싶었다.

내일이 국어시험을 치는 날이라 아이들은 평소보다 더 집중해서 수업을 들었다. 평소의 마순영 씨라면 내신시험 준비를 해줄 때는 철두철미하게 수업을 해주곤 했다. 목소리에는 힘이 들어가고, 설명도 평소보다 더 귀에 쏙쏙 들어가게 했다. 재미있는 방식으로 암기하는 것도 알려주었다. 마순영 씨는 열정적으로 수업을 마치고 나면 자신이 강의에 천부적인 소질이 있다고 착각하곤 했다. 아이들보다 엄마들이 성적에 더 민감했다. 1점이라도 떨어지면 가차 없이 수업을 끊겠다고 문자로 통보해왔다. 마순영 씨의 천부적인 강의 능력 때문인지, 아니면 필사적으로 수업해준 덕분인지 시험 실적은 전반적으로 좋은 편이었다. 그 덕분에 공부방 학생들이 떨어지지 않고 유지되고 있었다. 시험 전날인데도 마순영 씨는 오늘따라 이상하게 수업에 집중이 안 되었다. 수업을 하면서도 마순영 씨는 영웅이가 들어오는지 그것만 신경 썼다.

현관문 열리는 소리가 들렸다. 마순영 씨는 아이들에게 단원 평가문제를 풀라는 말을 해놓고 나왔다. 엄마를 본 척도 안 하고 안방으로 들어가는 고영웅을 불렀다.

"고영웅! 국어 교과서 갖고 왔어? 프린트물은?"

"아, 맞다. 안 가져왔네."

"야! 너, 정신이 있어, 없어? 낼이 시험이잖아? 너 왜 그래?"

"아, 참 내! 사람이 깜빡할 수도 있지 뭐! 엄마는 완벽해? 실수 안 하냐고? 어제도 집 다 태울 뻔했으면서……."

그건 사실이었다. 아직까지 집 안에 탄 냄새가 배어 있었다. 김치찌개를 데우다 까먹는 바람에 새까만 숯덩이로 만든 것이었다. 원래 사실을 말하면 화가 더 나는 법이다.

"야! 너 지금 뭐 하자는 거야?"

"숨 좀 돌리고 갔다 올게. 수업이나 해. 공과 사를 구별하셔야지. 업무시간에 자리를 이렇게 비우시면 됩니까?"

고영웅은 엄마를 손바닥에 올려놓고 저글링하듯 제 맘대로였다. 고영웅은 마순영 씨를 방문 밖으로 밀어내고는 문을 쾅 닫았다. 마순영 씨는 뭐라 한마디하려다 말았다. 일단 수업은 마무리 해주어야 했다. 마순영 씨는 수업 내내 영웅이가 교과서를 가지러 가는지 신경을 썼다. 아무리 기다려도 나가는 기척이 없었다. 영웅이만 신경 쓰다 보니 시험 전날인데도 평소보다 성의 없게 수업을 마쳤다. 아이들에게 시험 잘 치고 다음 주에 보자는 의례적인 말을 하고 현관문을 닫자마자 마순영 씨는 안방으로 후닥닥 뛰어갔다.

안방 문을 열어보니 고영웅은 엎드려서 정신없이 자고 있는 게 아닌가. 마순영 씨는 열이 뻗쳐올라 정신을 잃을 지경이었다. 영웅이를 두들겨 깨우며 소리를 질렀다.

"야! 안 일어나? 낼이 시험인데 지금 잠이 오냐, 잠이? 너 시험 전날 잠자는 게 습관이니? 6학년 때도 잠 때문에 한문시험 망쳤잖아? 대체 왜 이래?"

마순영 씨가 콩을 볶아대듯 잔소리하며 깨우자 고영웅은 하품을 쩍쩍하며 겨우 몸을 일으켰다.

"알았다니까! 좀 그만해."

"뭘 그만해? 교문 닫기 전에 빨리 가서 교과서 갖고 와."

"아씨! 알았다니까!"

그때 현관 벨이 울렸다. 마순영 씨는 영웅이와 싸우느라 5학년 남자애들 수업이 있다는 사실을 깜빡하고 있었다. 재빨리 표정을 수습하고는 현관으로 가서 문을 열어주었다. 영화 〈변검〉의 주인공이 순식간에 가면을 바꿔 쓰는 것 같았다. 남자애들 네 명이 약속이라도 한 듯 한꺼번에 왁자하게 떠들며 들어왔다. 영웅이가 신경질적으로 현관문을 쾅 닫고는 밖으로 나가버리자 아이들이 놀란 얼굴로 마순영 씨를 쳐다보았다.

수업을 하는 동안 마순영 씨는 영웅이가 돌아와 공부하는지 신경 쓰느라 수업에 열중하지 못했다. 수업을 겨우 마치고 나서 아이들을 보내고 안방 문을 열어보았다. 방 안에 컵라면 냄새가 가득했다. 고영웅은 컵라면을 들고 텔레비전을 보고 있었다. 마순영 씨는 기가 막혀 말이 나오지 않았다. 내일이 시험인데, 저놈이 정신이 있나 없나? 시험 생각만 꽉 차 있어서 저녁을 챙겨주지도 않았고 저녁을 먼저 먹으란 말도 없었다는 것에는 전혀 생각이 미치지 않았다. 시험 전날인데도 공부도 안 하고 텔레비전이나 보다니! 엄마가 제일 싫어하는 컵라면이나 먹고 있다니! 마순영 씨는 화산이 폭발하듯 화가 폭발했다.

"참 잘하는 짓거리다. 너 지금 텔레비전 볼 때야? 내일 시험 치는데, 1분 1초가 아까운 이 마당에 정신이 있어, 없어? 시간이 남아나? 지금 제정신이야?"

"그럼 저녁도 못 먹었는데, 굶을까? 엄마는 수업하고 있는데? 주방에서 덜그럭대지 말래서 컵라면 먹고 있는데 나보고 어쩌라고?"

"누가 먹지 말라고 했어? 시험 칠 애가 공부할 교과서와 프린트물도 팽개치고 잘하는 짓이다. 시험 전날 잠이나 퍼질러 자고, 게다가 텔레비전까지 보고 있으니 이게 말이 되니, 지금?"

"진짜, 좀 그만해! 먹을 때는 개도 안 건드려. 저녁 좀 먹자, 제발!"

고영웅은 소리를 버럭 지르며 마순영 씨를 노려보았다.

"뭐 잘했다고 버릇없이 대들어? 고영웅 너 진짜 이럴래?"

"아 씨! 개짜증나!"

고영웅은 나무젓가락을 바닥에 휙 집어던지고 밥상을 발로 찼다. 그 바람에 상 위에 놓인 컵라면 용기가 바닥에 떨어져 라면 건더기와 국물이 방에 퍽 엎질러졌다. 빨건 라면 국물이 방바닥에 번져나갔다.

"너, 지금 뭐 하는 짓이야? 과고 준비한다는 녀석이 공부를 열심히 하나, 행동이 똑바르나? 내가 너 땜에 진짜 못 살겠다. 어떻게 이렇게 쓸모가 하나도 없니? 정말 아무짝에도 쓸모없어."

"쓸모? 그래! 난 하나도 쓸모가 없는 놈이야. 그러니까, 쓸모없는 새끼는 없어져주면 되겠네. 쓸모없는 놈 없어지면 엄마 아무 걱정 없이 자알 살겠네. 그래, 죽어줄게. 쓸모 하나 없는 놈 죽어주면 되잖아."

"뭐? 이 자식이 말이면 단 줄 알아? 죽어? 그래, 죽고 싶으면 죽어!"

영웅이의 느닷없는 말에 눈이 뒤집힌 마순영 씨는 자신이 무슨 말을 하고 있는 줄도 모르고 악에 받혀 소리를 질렀다.

"죽는다고! 죽을 거야! 죽어버릴 거야!"

고영웅은 마순영 씨를 방문 밖으로 밀어내고는 문을 잠가버렸다. 마순영 씨는 영웅이의 완력에 떠밀려 엉덩방아를 찧었다. 몇만

볼트의 번개가 번쩍하고 온몸을 관통하는 듯했다. 영웅이가 죽다니! 영웅이가 죽는다니! 내가 방금 영웅이에게 무슨 짓을 한 것인가. 순간, 마순영 씨는 몸이 두 동강으로 쩍 갈라지는 것 같았다.

"영웅아! 이 문 열어!"

소리를 지르며 방문을 죽어라 두드렸다. 영웅이가 창문에서 만약 뛰어내린다면? 너무나 끔찍해서 상상도 되지 않았다. 아무리 문을 두드려도 고영웅은 방문을 열어주지 않았다.

"영웅아! 제발 이 문 열어!"

마순영 씨는 눈물을 줄줄 흘리면서 방문 고리를 붙잡고 매달렸다. 문이 부서져라 몸을 부딪쳐보았지만, 방문은 꿈쩍도 하지 않았다. 안에서는 아무 소리도 들리지 않았다. 10분 전으로, 아니, 5분 전으로만 시간을 되돌릴 수 있다면 원수의 신발 밑창이라도 핥을 수 있을 것만 같았다. 악마에게 영혼이라도 팔고 목숨도 내놓을 수 있었다. 영웅아, 엄마가 너무 심했어. 밥도 안 차려주고, 라면 먹는다고 혼이나 내고. 엄마가 미안해. 하며 다정하게 말을 건넸을 텐데. 미안해. 이 말 한마디를 건넸을 텐데. 아들과의 사이에 수천 길이나 되는 낭떠러지가 가로 놓여 있었다. 그 낭떠러지를 건너갈 수 있는 길은 그 어디에도 존재하지 않았다. 아들을 낭떠러지 저편에 위태롭게 세운 이는 바로 그 누구도 아닌 엄마였으니까.

"영웅아! 엄마가 잘못했어. 엄마가 잠시 잠깐 정신이 나갔나 봐. 미안해. 영웅아, 제발 이 문만 열어줘. 제발!"

고영웅은 방 안에서 기척도 없었다. 가늘디가는 촛불의 심지가 타들어가고 있었다. 심지가 다 타기 전에 방법을 찾아야 했다. 아이는 지금 저 문 안에서 얼마나 끔찍한 지옥의 순간을 경험하고 있을까. 무슨 일이 있어도 아이를 구해내야 했다.

마순영 씨는 머릿속이 텅 비어버린 것 같았다. 112에 신고해야 하는지 119에 신고해야 하는지 정신을 차리지 못했다. 119에 신고하는 게 맞을 것 같았다. 윗집에 양해를 구하고 들어가서 로프로 몸을 묶은 119 특공대원이 특공 작전하듯 안방 창문을 깨고 들어가서 아이를 구해낼 수도 있지 않을까? 그런데 만약 119 구급대가 요란하게 경적을 울리며 아파트로 진입하는 소리를 아이가 듣게 된다면 더 끔찍한 일이 벌어질 수도 있었다. 아이가 창밖으로 몸을 날리는 끔찍한 장면이 떠오르자 마순영 씨는 몸서리를 쳤다. 온몸이 산산조각 나는 기분이었다.

방법이 뭘까? 이럴수록 정신 차려야 해. 마순영 씨는 혼잣말하며 가슴을 주먹으로 연신 때렸다. 그 순간 고철용 씨의 얼굴이 떠올랐다. 이 급박하고 끔찍한 순간에 고철용 씨는 친구 아버지가 돌아가셔서 안동으로 문상을 가고 없었다. 털끝만치도 도움이 안 되는 인간이었다. 아니다. 어쩌면 영웅이가 아빠의 말이라면 들을 수도 있지 않을까? 얼마 전 학폭위가 열릴 뻔했던 변기준과의 폭력 사건도 아빠 때문이었다고 희은이가 말한 것이 떠올랐다. 기준이가 아빠 욕을 심하게 해서 영웅이가 미친 듯 달려들어 싸움이 났다고 했다.

고영웅은 어릴 때부터 아빠가 손님처럼 집에 가끔 들어와도 반

갑다고 매달렸다. 마순영 씨가 공부로 몰아세울 때면 고철용 씨는 좀 놀게 해주라며 영웅이 편을 들어주곤 했다. 나름 애틋한 부자지간이었다. 아빠가 사업이 망했건, 돈을 벌건 못 벌건, 엄마에게 쓸모없다고 구박을 당하건 말건, 고영웅은 아빠를 존재 자체로 좋아했다. 어쩌면 고철용 씨가 돈 한 푼 못 벌어다 주는 무능력한 가장이 되었어도 집에 꼬박꼬박 들어오고 알코올중독자가 되거나 노숙자가 되거나 더 엉망으로 망가지지 않는 것은, 아들이 아빠의 손을 놓치지 않았던 덕분인지도 몰랐다. 단 한 사람, 아들이 잡아주는 손의 온기 때문인지도 몰랐다.

마순영 씨는 곧바로 고철용 씨에게 전화를 걸었다.

"여보, 영웅이가 죽는다고 난리야. 방문을 안 열어줘. 어떡해? 우리 영웅이 어떡해? 제발! 영웅이 좀 살려줘!"

"뭔 소리야? 진정하고 차근차근 말해봐."

"영웅이가 죽는다잖아! 아들이 죽는다고 미쳐서 날뛰는데 진정하게 생겼어?"

마순영 씨가 울음 섞인 목소리로 고함을 질렀다.

"왜? 뭐 땜에 그러는데?"

"내 잘못이야. 내일이 시험인데, 공부 신경도 안 쓴다고 잔소리를 심하게 했어. 영웅이가 죽는다고…… 으흑."

목이 메어 말이 나오지 않았다.

"문을 잠그고 안 열어줘. 내가 영웅이를…… 여보, 어떡해?"

마순영 씨는 끝내 울음을 터트렸다. 울지 않으려고 했는데 그럴

수록 울음이 걷잡을 수 없이 터져 나왔다.

"정신 차려. 일단 내가 전화해볼 테니까."

잠시 뒤 방 안에서 전화벨 소리가 울렸다. 전화벨이 스무 번쯤 울려도 고영웅은 전화를 받지 않았다. 전화벨 소리가 마치 가느다란 실 같았다. 영웅이가 저 가느다란 줄을 잡고 이쪽 벼랑으로 건너올 수 있기를 간절하게 기도했다. 전화벨 소리가 끊어지자 소스라치게 놀랐다. 그 가느다란 생명의 줄이 툭 끊어질 것만 같아 심장이 타들어갔다. 다시 전화벨 소리가 울렸다. 영웅아, 제발 이 가느다란 줄이라도 잡아. 제발 잡아. 제발!

실의 끝부분을 잡듯 영웅이가 전화를 받았다. 방 안에서 영웅이의 웅얼웅얼하는 목소리가 들리고 예, 하는 소리도 들렸다. 한 5분 정도 통화가 제법 길게 이어졌다. 마순영 씨 인생에서 가장 긴 5분이었다. 지옥에서의 천년보다 더 긴 시간이었다. 꽉 닫힌 문이 지옥의 문 같았다. 전화가 끊기고 나서 10분 정도 시간이 지났을 때쯤 거짓말처럼 방문이 열렸다. 동굴을 막고 있던 무거운 바위 문이 열린 것만 같았다. 땀과 눈물로 범벅이 된 영웅이가 기진맥진한 얼굴로 방에서 나왔다. 아들이 죽었다가 다시 살아 나온 것만 같았다. 눈부신 빛이 동굴 속에 비치는 한 줄기 햇빛처럼 쏟아졌다.

"영웅아!"

마순영 씨는 두 번 다시 놓치지 않겠다는 듯 아들을 꽉 끌어안았다. 아이의 피와 살과 뼈와 영혼을 남김없이 껴안듯이 한동안 꽉 끌어안고 있었다. 자칫 잘못했으면 힘차게 뛰는 이 심장 소리와 체온과 숨소리와 눈동자와 머리카락과 손발과 팔다리와 목소리를 다 놓칠 뻔했던 것이다. 한낱 티끌이나 먼지나 연기로 바꿀 뻔했던 것이다.

"엄마아아! 엉엉!"

고영웅은 마치 어린아이처럼 엄마에게 한참을 안겨서 울었다. 물에 빠졌다가 겨우 살아 나온 아이처럼 온몸이 땀으로 흥건했다. 방 안에 혼자 쭈그리고 있는 동안 얼마나 괴로웠을까. 마치 백척간두의 칼날 끝에 서 있는 것처럼 끔찍하고 외로웠을 것이다.

"영웅아, 미안해, 미안해. 엄마가 잘못했어."

그 소동을 벌이고 나서 고영웅은 너무 지치고 힘들었는지 기절하듯이 잠이 들었다. 고른 숨소리가 들렸다. 숨소리 하나, 아이의 손톱, 발톱, 머리카락 한 올, 아이의 땀냄새까지 소중하지 않은 것이 없었다. 마순영 씨는 석고대죄하듯 밤새 잠들지 못하고 아이의 머리맡에 앉아 있었다.

하나도 쓸모없다는 그 말 때문이었을까? 엄마가 아빠에게 돈을 못 벌어온다고 잔소리하고 구박하는 것을 보면서, 치매와 중풍에 걸린 할머니가 요양원에서 돌아가시는 것을 보면서, 이 아이는 쓸모없는 존재가 된다는 것에 대한 두려움과 분노에 사로잡혀 있었던 것은 아니었을까? 쓸모없다는 것은 넌 인간이 아니야, 쓰레기야, 그 말과 같기에 고영웅은 이성을 잃어버렸는지도 몰랐다. 사람을 쓸모 있음과 쓸모없음으로 구분할 수 있는 기준은 대체 뭘까? 아무 생각 없이 그런 말을 아이에게 얼마나 많이 했던가. 물건은 쓸모 있는 물건, 쓸모없는 물건으로 구분할 수 있겠지만 사람은 그렇게 나누어선 안 된다고, 고영웅은 제 목숨을 걸고 엄마에게 항변한 것이 아니었을까?

뜬금없이 마순영 씨의 뇌리에 마트 앞에서 노숙하던 노숙자의 모습이 떠올랐다. 개에게 누더기 이불을 덮어주며 더러운 털을 쓰다듬고 또 쓰다듬어주던 그의 손길, 개를 바라보는 따스한 눈길이 떠올랐다. 보통 사람의 기준으로 본다면 그는 어쩌면 쓸모없는 사람일지도 몰랐다. 부유한 마린시티 주민들이 이용하는 대형마트 화단 한구석에서 노숙하는 노숙자는 도시의 미관을 해치는 쓰레기처럼 보일 것이다. 그가 키우는 늙고 병들고 더러운 개도 쓸모없긴 매한가지였다. 하지만 그는 하루하루 폐품을 모아서 팔아 개에게 먹일 사료도 사고 자신이 먹을 막걸리도 샀다. 개와 체온을 나누며 낡은 이불을 덮고 삶을 이어가고 있었다. 세상의 기준에서는 쓸모없는 것처럼 보여도 그 노숙자에게 개는 가장 귀한 존재인 것이다. 세상 사람들이 쓸모없다고 손가락질해도 둘은 세상에 둘도 없는 식구이자 서로에겐 가장 필요한 존재였다. 그냥 존재하는 것만으로도.

더러운 길바닥에서 노숙하는 그에게서 마순영 씨는 존엄함과 품위를 느낀 적이 있었다. 개에게 참치를 주려는 순간 우리 개에게 그걸 주지 마시오, 하고 말하던 노숙자의 목소리에는 함부로 근접할 수 없는 품위가 담겨 있었다. 삶의 진창에서도 인간의 존엄성을 지키며 사는 자의 품위 같은 것을 엿보았다.

그 노숙자가 버려지고 쓸모없는 개를 부양하는 것이 아니라, 어쩌면 그 개 한 마리가 그 노숙자에게 이 세상에 존재할 수 있는 이유를 만들어준 건 아니었을까. 차가운 길바닥의 냉기가 뼛속까지 시리게 만들 때 개를 끌어안고 체온을 나누며 잠들었던 그 수많은 노숙의 밤. 작고 따스한 한 생명이 곁을 지키고 있어 그가 생을 이어가고 있는 것이 아닐까. 개가 기다란 혓바닥을 내밀어 손등과 볼을 핥아줄 때 그는 인간에게서 받지 못하는 위로를 느끼며 살아가고 있는지도 모를 일이었다. 그 개가 그에게는 생의 이유이자 존재 이유일지도 몰랐다. 세상 사람들에게는 버려지고 쓸모없는 존재일지라도 개와 노숙자는 서로에게 가장 빛나고 소중하고 특별한 존재였던 것이다. 세상에 쓸모없는 존재는 없는 것이다. 쓸모없음과 쓸모 있음을 가를 자격은 아무에게도 없는 것이다. 쓸모없음 속에도 가장 빛나는 쓸모 있음이 있으니까.

어쩌면 영웅이가 엄마에게 분노를 느낀 것은 엄마에게 인간으로서 마지막 품위나 존엄성을 기대할 수 없다는 실망감 때문이 아니었을까. 엄마에게 오직 쓸모 있는 것은 1등과 돈일 뿐이니까. 그런 엄마에 대한 분노로 자살 소동을 벌인 것은 아니었을까. 인간의 쓸모만 따지는 엄마에게 지독한 염증을 느꼈기 때문은 아니었을까.

앞이 보이지 않는 막막한 피난살이 같은 삶을 마순영 씨가 견뎌낼 수 있었던 이유는 아이들이었다. 두 아이를 제대로 키워야 한다는 의무감 때문에라도 아침이면 일어나 밥을 하고, 집 청소를 하고 빨래를 하고, 공부방을 해서 돈을 벌고 일상을 유지했던 것이다. 모래성같이 위태한 생을 무너뜨리지 않고 지켜온 것이다.

고영웅은 엄마 공부방의 보조교사나 마찬가지였다. 복사 심부름도 하고 어떨 때는 수업에 참가해 분위기를 띄워주기도 했다. 엄마 일이 끝나면 마트에 따라가서 세일하는 물건들을 용케 찾아내 카트에 담았다. 카트에 담으며 암산까지 정확하게 해내 엄마를 기쁘게 해주곤 했다. 빚쟁이들을 피해 늘 집을 비웠던 고철용 씨 대신 고영웅은 마순영 씨의 작은 보호자가 되어주었고 수호자가 되었다. 그 노숙자가 작고 볼품없는 개 한 마리로 인해 삶을 이어가듯, 마순영 씨도 재난 상황 같은 부산에서의 삶을 작은 보호자 영웅이 덕분에 견디고 있었다. 엄마가 아이를 지킨 것이 아니라 아이가 엄마를 지켜주고 살게 해준 것이었다.

문득 영웅이가 초등학교 3학년 학예발표회 때 공연했던 연극이 떠올랐다. 세상에서 가장 뚱뚱한 왕자의 이야기. 남들에게 손가락질받는 가장 뚱뚱한 사람, 쓸모없다고 놀림받는 사람도 가장 빛나는 존재로 만들어내던 아이. 그런 영웅이가 엄마의 쓸모없다는 말 한마디에 죽어버리겠다고 한 것이었다. 그렇게 빛나던 아이를 한순간에 쓸모없는 존재로 만들어버린 것은 엄마라는 사람의 말 한마디였다. 고영웅은 그 누구보다도 엄마에게 인정받고 싶었던 것이다. 세상 그 누구도 인정해주지 않아도 엄마만은 인정해주고 안아줄 줄 알았는데, 엄마마저 존재를 부정했으니 그 분노가 세상을 다 덮어버릴 정도로 타올랐던 것이다.

마순영 씨는 언젠가 인터넷에서 본 사연이 떠올랐다. 어떤 아이가 자신의 반에 심한 왕따를 당하는 친구가 있다고, 그 아이가 안되어 보인다고 엄마에게 이야기를 했다. 아이의 엄마는 넌 그런 애랑 절대 놀지 마, 그런 애랑 놀면 너도 왕따 되니까, 하고 대꾸했다. 다음 날, 그 아이는 아파트 옥상에서 뛰어내려 자살하고 말았다. 그런 애, 왕따 당하던 그런 애가 바로 그 아이였던 것이다. 아이의 엄마가 넌 그 애랑 잘 지내. 그 애가 얼마나 힘들겠니? 한마디만 해주었더라면, 엄마가 아무 말 하지 않고 그냥 들어주기라도 했다면. 엄마의 비수 같은 말 한마디가 아이의 삶을 돌이킬 수 없게 만든 것이었다. 엄마의 말 한마디는 아이를 죽일 수도 있고 살릴 수도 있을 만큼 무서운 것이다.

만약 영웅이가 아파트 창문 아래로 몸을 던졌다면? 마순영 씨는 상상만으로도 숨이 제대로 쉬어지지 않았다. 제 아이를 제 손으로, 말 한마디로 죽인 엄마가 어떻게 살아갈 수가 있을까. 밥을 먹고 텔레비전을 보고 웃고 떠들고 수다를 떨면서 하루하루를 아무런 일도 없었던 것처럼 살아갈 수가 있을까. 아이의 몸이 그 높은 곳에서 떨어져서 수박처럼 처참하게 깨져버렸는데, 아이가 살아갈 수많은 시간이 깨지고, 웃음이, 노래가, 꿈이, 희망이, 아이가 걸어갈 수많은 길이, 찬란한 햇빛이 산산조각 깨져버렸는데. 아이를 제 손으로 죽인 엄마가 아무 일 없었던 듯 어떻게 살아갈 수 있을까.

마순영 씨는 아이의 고른 숨소리를 들으며 밤새 눈물을 흘렸다.

아이가 살아 돌아온 밤이었다.

오전에 명혜에게서 전화가 왔다. 부산 사는 동생 집에 왔는데, 올라가는 길에 잠깐 볼 수 있느냐고 했다. 다른 사람도 아닌 명혜라면 없는 시간도 만들어야 했다. 부산역 근처의 밀면집에서 같이 점심을 먹고 차 한 잔을 하기로 했다.

거의 1년 만에 만난 명혜는 갸름한 얼굴에 살이 조금 붙어 인상이 좀더 푸근해 보였다. 살얼음이 뜬 시원한 밀면을 먹고 근처 카페로 자리를 옮겼다.

"얼마나 힘들었어?"

마순영 씨에게 영웅이 사건의 전말을 들은 명혜의 눈시울이 붉어졌다. 손수건으로 눈가에 맺힌 눈물을 닦아냈다.

"아직도 그 일이 실제로 일어났던 일인가 싶기도 해. 거짓말 같아."

"청소년은 손끝으로도 건드리지 말라, 갑자기 그 말이 생각나네."

마순영 씨는 영웅이를 자기 손으로 벼랑 끝에 세웠던 순간을 떠올리며 고개를 끄덕였다. 그 순간 손끝으로라도 건드렸다면 아이는 어떻게 되었을까?

"청소년은 손끝으로도 건드리지 말라? 정말 그 말이 맞는 것 같아. 청소년 때는 매 순간이 벼랑 끝에 서 있는 것처럼 위태위태해. 누구야, 그 말 한 사람?"

"왜? 적어놓게?"

"응! 내가 중증 건망증 환자잖아."

"하긴! 마순영 건망증은 넘사벽이지. 유명인이 한 말이 아니고, 내가 참 좋아하는 동네 언니가 한 말이야. 난 그 언니에게 힘들고 아픈 사연이 있는 줄 꿈에도 몰랐어. 10년 넘게 만났는데, 지금까지 자기 이야기는 별로 안 했거든. 그 언니에게 소위 말하는 엄친아 외아들이 있었어. 4대 독자였으니 그 아이한테 거는 집안의 기대는 말도 못 한 거야. 기대를 걸 만도 했고. 애가 워낙 똑똑했으니. 모든 방면에 다재다능해서 어릴 때부터 수재 소리를 들었대. 말썽 한번 피운 적도 없고. 언니도 자기가 낳은 아이지만 진짜 너무 완벽하다 싶었대. 자기가 낳은 아들인지 실감이 안 날 정도였다니 말 다 했지. 근데 진짜 그런 아이가 있어? 난 본 적 없거든. 지금까지 수백 명 넘게 가르쳤지만, 아이가 아이지, 허점 없는 게 인간이냐고? 너무 완벽하면 인간미가 없잖아."

"난, 그런 애 딱 한 번 봤어. 영웅이네 반 아이였는데, 진짜 그 애는 서울대 가고도 남을 아이야."

"또 그놈의 서울대. 넌 완벽의 기준이 서울대지?"

"국립 서울대, 완벽, 넘사벽 그 자체잖아."

마순영 씨는 멋쩍게 웃으며 커피를 한 모금 마셨다.

"못 말려. 그 넘사벽 엄친아 아들이 말이지. 고 3 때 6월 모의고사에서 만점을 받았다는 거 아니겠어. 3월 모의고사도 아니고 6월 모의고사는 평가원 시험이라 진짜 어렵거든. 2학년 때도 모의고사 만점 두 번 받았으니, 주변에서는 수능 만점도 가능하겠다고 기대가 상당했어. 수시로도 스카이 충분히 갈 수 있는 점수였지만 수시 납치될까 봐, 수시 원서는 안 쓰고 그냥 수능에 올인하기로 했다는 거야. 충분히 승산이 있었으니까. 근데, 수능 보러 가서 일이 터졌어. 첫 교시부터 이상하게 머리가 터질 것처럼 두통이 몰려오고 지문이 눈에 하나도 안 들어오더래. 자신이 무슨 좀비가 된 기분이 들고 시험 치는 아이들, 감독들도 무슨 좀비처럼 보이고 막 환청이 들리더래."

"어머! 어떡해?"

"첫 교시 국어를 망치고 나니 수학 영어 연거푸 망쳐버렸지. 그다음부터는 딴생각만 했대. 수능 끝날 때까지, 태어나서 내가 진짜 원하고 해보고 싶었던 것은 무엇이었나? 한 번이라도 내가 원해서 공부를 했던가? 난 공부 로봇이 아니었던가. 완전히 꼭두각시같이 살아온 삶이었다는 생각이 들었대. 수능을 마치고 나서 엄마한테 이제 수능도 끝났으니까, 자기가 원하는 걸 하겠다고 선언하더래. 난데없이 음악을 하겠다고, 실용음악학원에 다니겠다고 하더란 거야. 언니는 많이 놀랐지만 수능 선물 주는 기분으로 허락했대. 근데 수능 성적이 발표되고 이 집은 인간의 집이 아니라 지옥으로 변했어. 상상도 못 한 성적표에 언니 남편이 충격을 받아 아이에게 골프채를 휘두르고 아이는 아파트에서 뛰어내린다고 자살 소동을 벌이고 경찰차와 구급차가 연이어 출동하고 난리였다는 거야."

마순영 씨는 커피를 마시다 사레가 들린 듯 기침을 했다. 며칠 전 해운대 고층 아파트에서 성적 문제로 고민하다 엄마에게 유서를 써놓고 아파트 옥상에서 뛰어내린 고등학생이 있었다. 머리가 심장을 갉아 먹는다는 그 아이의 유서 문장이 마순영 씨의 심장을 비수처럼 찔렀다. 자사고에서 전교 1등을 하던 아이였다고 했다. 1등의 부담이 얼마나 컸기에 머리가 심장을 갉아 먹을 정도였을까. 명혜는 물을 한잔 주욱 들이켜고 이야기를 계속했다.

"가장 먼저 이성을 찾은 사람은 언니였어. 엄마니까 아들부터 살리자 싶었던 거야. 아들의 이야기를 처음으로 끝까지 들어봤어. 아들은 수능이 다가올 때 부담감으로 죽고 싶었다는 거야. 주변에서 수능 만점을 기대하니까, 공부도 안 되고, 하루하루 숨이 막히고 늘 죽고 싶었었대. 옥상에 올라갔다가 내려온 적도 몇 번 있었다는 거야. 한 날 친구가 이어폰을 꽂고 듣던 퀸의 〈보헤미안 랩소디〉를 들었대. 심장이 탁 트이고 온몸을 묶고 있던 밧줄이 풀려나가는 그런 해방감을 느낀 거지. 진짜 살아 있다는 벅찬 행복감을 처음 느꼈다는 거야. 어쩌다 우연히 듣게 된 퀸의 목소리가, 음악이 그 아이를 살게 해준 거야. 언니는 아들이 하고 싶은 대로 그냥 지켜보고 있대. 아들이 지금 군에 갔는데, 나오면 또 생각이 어떻게 바뀔지는 모른다고, 그냥 아들이 살아만 있으면 된다고, 그것이면 충분하다고, 무엇을 하든, 어떤 모습이든 괜찮다고 했어. 청소년은 절대 손끝으로도 건드려선 안 된다는 말이 언니의 결론이었어. 물론 공부라는 손끝으로!"

마순영 씨는 명혜의 긴 이야기를 들으며 숨을 길게 내쉬었다. 엄마가 자기 손으로 제 아이를 벼랑 위에서 떠미는 일이 바로, 성적과 공부로 아이를 몰아세우는 것인지도 몰랐다. 지금까지 영웅이를 벼랑 끝에 세워놓고 떠밀었던 순간이 얼마나 많았던가. 명치에 아릿한 통증이 몰려왔다.

"지랄 총량의 법칙이라고 들어봤어?"

"뭐? 지랄 총량? 뭐 그런 법칙도 다 있냐? 질량 보존의 법칙은 들어봤지만, 별 희한한 법칙도 다 있네."

마순영 씨는 명혜가 무슨 농담을 하나 싶었다.

"사람마다 평생 써야만 하는 지랄의 그릇이 따로 있다는 거야. 청소년 때 지랄을 많이 하면 어른이 되면 좀 적게 한다나 봐. 영웅이가 나중에 지랄을 좀 덜 하려고, 지금 미리 가불해서 쓴다고 생각해. 나중에 어른 되면 지랄 덜 할 거야. 고로 청소년의 지랄은 아름다운 거니까, 좀 봐줘야 한다 이거야. 통과의례고 성장통이지."

"아이고, 스승님, 큰 가르침 감사드리옵니다, 할렐루야! 아멘!"

마순영 씨는 두 손을 모으며 명혜에게 고개를 꾸벅 숙였다. 명혜가 웃음을 터뜨렸다.

어쩌면 명혜에게 '청소년은 손끝으로도 건드리지 말라'는 말을 들었던 순간이 마순영 씨가 아직도 끊지 못했던 탯줄을 끊을 수 있었던 마지막 기회였는지도 몰랐다. 하지만 어리석기 짝이 없는 헬리콥터 맘 마순영 씨는 그것을 알아채지 못했다. 영웅이와 이어진 탯줄을 끝까지 잘라내지 못하고 꼭 붙들고 있었다. 떠나야 할 때가 언제인지를 알고 떠나는 이의 뒷모습은 얼마나 아름다운가. 이런 시 구절도 있듯이, 아이와 연결된 탯줄을 끊어내야 할 때가 언제인지를 아는 엄마는 얼마나 아름다운 것인가. 이미 다 커버린 아이와 이어진 탯줄을 끊지도 못하는 엄마가 어디 있겠는가. 불안감의 노예인 헬리콥터 맘들만 그 줄을 끊지 못했다. 마순영 씨는 끝내 그 줄을 놓지 못했다. 전적으로 헬리콥터 맘인 마순영 씨의 선택이었다.

"어마마마, 소자 왜 전화했는 줄 아시옵니까?"

영웅이의 목소리가 최근 들어 가장 밝았다. 기분이 좋을 때면 고영웅은 가끔 사극 흉내 내기를 좋아했다. 빛나와 통화할 때면 성우처럼 사극 흉내를 내며 장난을 쳤다.

"너 갑자기 웬 높임말이야? 엄마한테 뭐 잘못한 거 있지?"

"거 참! 엄마도, 센스가 없으시단 말씀이야. 좀 주고받는 재미가 있어야지."

영웅이의 전화를 받는 중인데 갑자기 인터폰이 울렸다. 인터폰 화면을 보니 휴대폰을 귀에 대고 있는 영웅이가 보였다. 어이가 없었다. 마순영 씨가 현관문을 벌컥 열었다.

"짜잔!"

"야! 집 앞에서 무슨 전화야?"

"기쁜 소식을 한순간이라도 빨리 전해드리고 싶어서 그랬사옵니다. 엄마 나, 이번에 전교 2등 했어."

"뭐?"

"왜 못 믿으셔? 진짜라니까. 딱 한 개만 더 맞았으면 전교 1등 할 수 있었는데. 엄마 나 이번에 총 세 개밖에 안 틀렸어."

마순영 씨는 입이 쩍 벌어졌다.

"진짜? 진짜, 2등이야? 역시 고영웅, 우리 아들 대단하다. 멋져."

전교 2등이라면 영웅이가 중학교에 들어와서 받은 성적 중에 가장 좋은 점수였다. 2학기 중간고사 때 자살 소동을 벌인 이후 마순영 씨는 영웅이에게 일절 공부 이야기도 하지 않았고 과학고 이야기도 꺼내지 않았다. 공부하란 말이 없자 오히려 영웅이는 스마트폰도 예전보다 덜 하고 롤 게임도 줄이면서 공부에 집중했다. 마순영 씨는 공부하란 말을 하지 않아도 공부를 하는 게 너무 신기해 저러다 얼마 못 가겠지, 하고 지켜보기만 했다.

"혹시 궁금한 것 없어?"

"없는데."

"전교 1등이 누군지 엄청 궁금하잖아?"

고영웅은 엄마 머리 꼭대기 위에 있었다. 비교 대마왕인 마순영 씨가 전교 1등이 누군지 궁금하지 않을 리가 없었다.

"하나도 안 궁금하거든."

"에이, 궁금하면서. 원래 캐릭터대로 하셔. 왕재수 윤수연이 1등이야."

고영웅은 안인자 선생 반일 때부터 반장이었던 윤수연이랑 이상하게 사이가 안 좋았다. 윤수연은 공부는 잘하는데 욕도 잘하고 성질도 더러웠다. 5학년 때도 아이들을 심하게 차별하고 왕따를 주도하는 아이였는데 영웅이와도 싸운 적도 많았다. 영웅이가 만점을 받아서 그런 애 코를 납작하게 해줬으면 더 좋았을 건데. 마순영 씨는 아쉬워 입맛을 다셨다.

마순영 씨는 노력해서 성적을 크게 올린 영웅이에게 선물을 주고 싶었다. 영웅이에게 공부 외에 뭐 하고 싶은 게 없느냐고 했더니 미니 수족관과 부화기를 사달라고 했다. 예전부터 동물을 그렇게 좋아했으니, 어련하겠나 싶었다. 고영웅은 마트에만 가면 애완동물 코너로 달려갔다. 토백이 때문인지도 몰랐다.

이사 온 지 3년이 지났을 때 토백이는 마순영 씨의 실수로 죽었다. 건망증이 심한 마순영 씨가 기온이 영하 5도까지 내려간 날 베란다 창문을 열어놓았던 때문이었다. 토끼 오줌 냄새가 집에 배어 있어 환기를 시키려고 창문을 열어두고는 문단속을 잊어버렸던 것이다. 다음 날 아침에 베란다로 나가보니 토백이는 뻣뻣하게 얼어 죽어 있었다. 고영웅은 엄마 아빠가 죽기라도 한 것처럼 슬퍼했다. 토끼를 실수로 죽인 엄마에 대한 감정이 좋을 리가 없었다.

이사 와서 마음 붙일 데도 없이 지낸 아이에게 늘 공부만 강요했다는 생각이 들었다. 마순영 씨는 영웅이가 원하는 대로 미니 수족관을 사주고 병아리 부화기도 사주었다. 스마트폰에 푹 빠져 있던 고영웅은 이제 수족관과 물고기에 빠졌다. 영웅이가 처음 사온 열대어는 구피였다. 새끼를 많이 낳고 번식을 쉽게 시킬 수 있다고 했다. 구피는 작은 송사리같이 생긴 물고기였다.

"엄마, 구피 잘못 사왔나 봐."

"왜?"

"햄스터가 스트레스 받으면 자기 새끼 잡아먹기도 하거든. 근데 구피도 새끼를 낳으면 자기 새끼를 잡아먹는대. 영양 보충하기 위해서라니, 참나! 아무리 배가 고파도, 어떻게 자기 새끼를 먹는지 몰라. 새끼를 낳으면 빨리 분리해줘야 하는가 봐."

새끼를 잡아먹는 동물이 있다니. 마순영 씨는 소름이 오싹 끼쳤다. 도둑이 제 발 저리다고 영웅이의 자살 소동이 떠올랐기 때문이었다. 새끼를 잡아먹는 어미에게서 분리하는 게 그 새끼를 살리는 유일한 방법이라면, 문제가 있는 부모라면 아이를 살리기 위해 그 부모에게서 떼어놓는 게 해결책일 것이다. 부모 자신의 욕심이나 이기심 때문에 아이를 죽음으로 내몰고 학대하고 방치하는 문제 부모가 얼마나 많은가. 부모답지 못한 부모는 아이를 키울 자격이 없는 것이다. 마순영 씨는 수족관 속의 구피들이 징그럽기 짝이 없었다. 아이를 공부로 몰아세웠던 지난날의 자신과 구피가 흡사하다는 생각이 들었다.

고영웅은 마트에서 사온 유정란 열 개를 부화기에 집어넣었다. 마트에서 파는 달걀에서 병아리를 부화시킬 수 있다니. 마순영 씨는 마술도 아니고 무슨 수작인가 싶었다. 고영웅은 같은 수학 퍼즐 동아리 활동을 했던 친구 석현이와 자주 어울렸다. 석현이를 집에 데려와 매일같이 부화기를 들여다보는 게 일이었다. 달걀을 들여다보기만 하는 게 아니라 달걀을 이리저리 굴리기도 했다. 부화기에 넣고 18일까지만 달걀을 굴려주어야 부화가 이루어진다고 했다. 하루에 두세 번씩 달걀을 굴려주는 일을 전란이라고 했다.

"엄마, 달걀 좀 굴려줘, 오전에 한 번, 오후에 한 번. 알았지?"

"야! 내가 어미 닭이냐?"

말은 그렇게 해놓고도 마순영 씨는 영웅이가 하교할 때까지 매일 달걀을 굴려주었다.

부화 일주일 전부터 고영웅은 부화가 가능한지 알아보려고 검란에 들어갔다. 불을 꺼놓고 달걀을 들고 휴대폰 불빛에 이리저리 비추어 보았다. 붉은 물감이 퍼져 나가는 것처럼 붉은 실핏줄이 선명하게 보였다. 마순영 씨는 저도 모르게 탄성을 내뱉었다. 식용유를 두르고 불에 달군 프라이팬에 깨뜨리면 달걀프라이로 변할 달걀 안에서 한 생명이 만들어지고 있는 중이었다. 두근거리는 생명의 기척이 들리는 것 같았다.

"엄마, 여기 와봐. 부화하려나 봐. 달걀 속에서 소리가 들려. 진짜 신기해!"

한 날 고영웅이 마순영 씨를 급히 불렀다. 마순영 씨는 설거지를 하다 말고 부화기가 놓인 안방으로 가보았다. 부화기 속을 들여다보는 고영웅은 잔뜩 흥분된 표정이었다.

"안 들리는데?"

"이 소리가 안 들려? 작게 톡톡, 노크하는 것 같은 소리."

귀 기울여 들어보니 정말 무슨 소리가 들리는 것 같았다. 안에서 톡톡 두드리는 작디작은 생명의 신호에 가슴이 두근거렸다. 나

여기에 살아 있어, 하는 생명의 목소리였다. 그 순간 달걀 껍질에 금이 가고 아기 손톱만큼 껍질이 깨졌다. 조금씩 구멍이 커졌다. 그 작은 구멍 사이로 개나리 꽃잎 같은 노란 부리가 들락날락했다. 마순영 씨는 가슴이 뛰었다.

"부화 시간이 생각보다 진짜 오래 걸리네. 한 시간이 넘었는데 아직도 못 나오잖아?"

마순영 씨가 지겨워하자 고영웅은 핀셋을 들고 왔다.

"너무 오래 걸리면 나오기 힘드니까 밖에서 좀 도와줘야 해. 안에서 병아리가 이렇게 껍질을 깨면, 이렇게 밖에서도 잘 깨지도록 도와줘야 해."

영웅이가 조심스럽게 핀셋으로 달걀 껍질을 톡톡 깨뜨렸다. 깨진 달걀 안에서 삐악삐악대는 소리가 쉴 새 없이 들렸다. 작은 생명 하나가 세상으로 나오기 위해 눈물겨운 투쟁을 하고 있었다. 마순영 씨는 나올 준비도 안 된 병아리를 꺼내려고 껍질을 깨버린 어리석은 짓을 했던 엄마가 바로 자신이었다는 생각이 들었다. 도움이 꼭 필요한 순간에, 도움을 원할 때 손을 내밀어야만 하는 것이 진정한 부모의 사랑인 줄도 모른 채.

"영웅아! 이게 바로 줄탁동시지? 안에서 병아리가 껍질을 깨는 걸 줄이라고 하고 밖에서 도와주는 걸 탁이라고 하는 거잖아? 맞지?"

마순영 씨가 아들 앞에서 자랑하듯 상식을 뽐냈다.

"오! 우리 엄마, 아는 것도 많아요. 시인 맞았네."

"야, 엄마 그래도 애들한테 국어 내신 잘 가르친다고 소문났어. 엄마가 아는 사자성어가 얼마나 많은데!"

"네! 네! 알겠습니다요."

그때 달걀 껍질이 두 쪽으로 완전히 깨지고 깃털이 푹 젖은 병아리가 드러났다. 저절로 감탄사가 터져 나왔다. 밖으로 나오자마자 병아리는 비틀대며 걸음을 떼놓았다. 넘어질 듯하면서도 넘어지지 않았다. 알에서 나오자마자 걸을 수 있다니 신기했다. 고영웅은 티슈로 병아리의 젖은 깃털을 조심스럽게 닦아주었다. 병아리는 계속 삐악거렸다. 헌 수건을 깔아둔 작은 상자에 병아리를 옮기자마자 다른 달걀이 꿈틀거렸다. 부화의 신호였다. 고영웅은 휴대폰으로 두 번째 부화의 전 과정을 동영상으로 찍었다. 생명의 탄생이 동영상으로 고스란히 기록되고 있었다. 부화는 단 두 개의 알에서만 일어났다. 마트에서 사온 달걀, 달걀말이나 달걀찜이나, 달걀지단이 되어 뱃속으로 사라질 뻔했던 달걀이 병아리 두 마리로 변신한 거였다.

두 번째 부화한 병아리는 태어날 때부터 약했는데 이틀 만에 죽고 말았다. 살아남은 한 마리는 제법 튼튼했다. 석현이가 병아리에게 홀딱 빠져서 자기가 키우겠다고 난리였다. 영웅이가 석현이 집에 가서 병아리를 보기로 하고 병아리는 석현이에게 맡겨졌다. 마이클 잭슨과는 어떤 사이인지는 모르겠지만 석현이는 병아리 이름을 잭슨이라고 지었다. 잭슨은 석현이 집에서 다리를 부러뜨리는 등 별별 사고를 다 치다 중닭이 되었다. 홰를 치고 시끄럽게 울어서 더 이상 아파트에서 키울 수가 없었다. 시골에 사는 석현이 친척 집으로 거주지를 옮긴 뒤 잭슨의 행방은 묘연해졌다. 자유를 찾아 떠난 마당을 나간 수탉이 되었는지, 아니면 사람 뱃속으로 사라졌는지, 그 내막은 알 도리가 없었다.

헬리콥터 맘 마순영 씨가 달리 마순영 씨겠는가. 영웅이의 즐거운 취미 생활을 그냥 봐넘기지 않았다. 더는 영웅이에게 공부로 몰아세우지 않겠다고 결심한 지 반년도 안 지나서 다시 과학고에 대한 열망이 잡초처럼 돋아났다. 마순영 씨가 보기에 영웅이가 집에서 하는 모든 활동은 과학고에 가기 위한 활동이었다. 어릴 때부터 수학 관련 활동을 줄기차게 해온 데다 병아리를 부화시키고 수족관에서 열대어를 키우며 관찰하는 전 과정이 과학고 입시용 활동이라고 할 수 있었다. 고영웅 자체가 과학고 맞춤형으로 준비된 인재인데, 뭐가 더 필요한가 싶었다.

영웅이를 공부로 더 이상 괴롭히지 않겠다던 결심은 온데간데 없었다. 중증 건망증 환자인 마순영 씨는 수족관 속의 구피떼들을 가만히 바라보았다. 수족관 바닥엔 죽은 구피 몇 마리가 가라앉아 있었다. 강한 자만이 살아남는 약육강식의 세계, 그것이 살아 있는 것들의 운명이었다.

중 3, 과학고가 대체 뭐라고?

중학교 3학년이 되자마자 마순영 씨는 영웅이에게 조심스럽게 말을 꺼냈다.

"영웅아, 너 혹시, 과학고 어떻게 할래? 과고 갈 거야, 말 거야?"

"과고? 가야지. 과고 준비한다고, 나, 이번에 친구들이랑 동물 부화 동아리도 신청해놨어."

마순영 씨는 영웅이가 별거 아니란 식으로 대수롭지 않게 말하자 마음이 놓였다.

"과고 준비하려면 많이 힘들 거야. 2학년 때 수학 내신 망친 거 만회하려면 내신도 잘 받아야 하는데, 너무 힘들면 과고 안 가고 일반고 가도 돼."

"엄마, 진심이야? 솔직히 말씀하셔. 넌 절대 과고 포기하면 안 돼. 얼굴에 다 쓰여 있는데?"

"너, 엄마 마음의 소리까지 들을 수 있나 보네."

"내가 좀 똑똑하잖아."

똑똑한 아들이 다시 과고를 준비한다고 해서 마순영 씨는 새 희망에 부풀어 올랐다. 질긴 잡초 같은 희망이 마순영 씨 마음속에서 무성하게 돋아났다.

영웅이가 이번에 만든 동아리는 아예 동물 부화를 위한 동아리였다. 과고 입시를 준비하는 동아리는 대부분 성적이 우수하거나 영재원에 다니는 아이들로 구성되어 있었다. 영웅이네 동아리만 예외였는데, 이름만 그럴싸한 과학 탐구 동아리였지, 실제로는 뭉쳐 다니며 놀기 위한 동아리였다. 동아리 부원 일곱 명 중에 실제 과고를 준비하는 아이는 영웅이 혼자였고 다른 아이들은 대부분 성적도 하위권인 데다 놀기만 좋아하는 순 농땡이들이었다. 뒤늦게 들어온 태훈이 혼자만 자사고 입시용 자기소개서와 교사 추천서를 채우기 위한 용도로 동아리에 들어왔을 뿐이었다. 다른 동아리에 들어가지 못해서 울며 겨자 먹기로 가입한 것이었다. 중구난방으로 모인 영웅이팀 아이들은 '청둥오리의 각인 효과에 관한 연구'라는 거창한 제목으로 딴에는 과제 탐구를 한다고 이리저리 몰려다녔다.

고영웅은 청둥오리 부화를 위해 이번에는 스티로폼 박스를 이용해 LED 전구를 설치한 부화기를 제작했다. 내부에 자동 온도조절기를 설치하고 부화기 안 온도를 조절하며 수시로 살폈다. 영웅이의 말에 따르자면 청둥오리 새끼는 처음 본 사물이나 대상을 어미로 인식한다고 했다. 갓 태어난 청둥오리 새끼가 처음 본 대상이 인간이라면 인간을 어미로 생각하고 졸졸 따라다닌다는 거였다. 고영웅은 청둥오리가 자기를 어미로 알고 졸졸 따라다니는 모습을 상상하는 것만으로도 행복한 모양이었다. 마순영 씨는 어쩌면 아들의 장래희망은 각종 동물들의 엄마가 되는 게 아닐까, 하고 생각했다.

집에 있던 미니 부화기를 가져간 준규란 아이가 메추리 유정란을 구해서 부화에 성공했다고 야단이었다. 세 마리나 부화에 성공했다고 좋아서 난리라고 했다. 준규에게서 걸려온 전화 통화 내용을 들어보니 가관이었다. 메추리 한 마리가 애꾸눈이어서 동물병원에 데려갔는데 수의사가 눈 수술을 하려면 40만 원이 든다고 했다는 게 아닌가. 준규가 어떻게 해야 할지 묻자 고영웅은 대뜸 수술시키라고 했다. 메추리 눈 수술하는 데 40만 원을 쓰다니. 마순영 씨는 기도 안 찼다. 영웅이가 전화를 끊자마자 마순영 씨는 영웅이의 등짝을 철썩 소리 나게 때렸다.

"야! 고영웅 너 어쩌려고 그래? 메추리 눈 수술하는 사람이 세상에 어딨어? 그 수의사 돈에 환장한 거 아냐?"

"어머니, 생명의 가치는 그 크기나 돈으로 매길 수가 없사옵니다. 사람의 목숨이든, 메추리의 목숨이든 다 소중하옵니다, 어마마마!"

고영웅은 또 사극 투로 말장난을 했다.

"야, 수술하다 죽일 수도 있잖아? 그리고 40만 원이 뉘 집 개 이름이야? 나중에 준규 엄마 아빠가 알면 어쩌려고 그래?"

"준규네 집 보면 엄마 기절할걸. 90평이나 되는 아파트에 사는데 방이 여섯 개고 화장실이 세 개야. 준규 아빠 취미가 수족관 꾸미기인데 방 하나가 온통 초대형 수족관이야. 3미터까지 자라는 철갑상어를 다 키워. 준규 걔 한 달 용돈이 50만 원이니까, 뭐, 지 용돈으로 알아서 하겠지."

마순영 씨는 90평 아파트, 방 여섯 개, 화장실 세 개, 철갑상어, 이런 말이 무슨 딴 나라 말 같아 전혀 실감이 나지 않았다. 50만 원이 중학생 용돈이라니. 고영웅은 한 달 용돈이 기껏 만 원이었고 대학생인 빛나는 월 20만 원이었다. 그 돈으로 밥까지 사 먹어야 해서 빛나는 늘 쪼들렸다. 모든 학비는 알바나 성적장학금이나 국가장학금으로 충당하고 있었다. 마순영 씨는 말문이 막혀 한참 멍하니 있다가 생각난 듯 물었다.

"준규 아빠, 엄마는 뭐 하시는데?"

"아빠가 큰 호텔 사장이고 엄마는 매일 골프 치러 다닌대. 골프 선수가 직업이 아닌데 말이지."

문제의 청둥오리가 부화한 날 마순영 씨도 흥분을 감출 수가 없었다. 세 마리가 부화했는데 청둥오리는 병아리에 비해 압도적이고 치명적으로 귀여웠다. 일단 시끄럽고 활발하고 생명력이 넘쳤다. 꼭 웃는 것 같은 노란색 부리는 볼 때마다 우스꽝스러웠다. 각인 효과에 관한 연구는 뒷전이었고 영웅이도 청둥오리의 귀여움에 빠져서 정신을 못 차렸다. 청둥오리는 공부방의 일약 대스타가 되었다. 아이들은 수업하러 오면 베란다로 가서 청둥오리부터 구경했다. 커다란 플라스틱 상자 안에 청둥오리를 넣고 키웠는데, 얼마 안 가 청둥오리는 좁은 베란다 전체를 우리로 만들어버렸다.

마순영 씨는 졸지에 생각지도 않은 청둥오리 육아까지 겸하게 되었지만, 이 모든 일이 영웅이 과고 뒷바라지라고 생각했다. 그런데 이렇게 청둥오리를 키우거나 동아리 활동이나 봉사활동만 한다고 해서 과고에 합격할 수 있는 건 아니었다. 과고 면접시험에서는 고등학교 과학 수준 이상의 심화 문제가 출제된다고 했다. 고영웅은 수학은 일주일에 한 번씩 사고력 수학 학원에 다니고 교육청 영재원에 나가고 있었지만, 과학 선행학습은 전혀 하지 않았다. 2학기를 앞두고 마음이 급해진 마순영 씨는 영웅이 과학 과외를 시키기로 마음을 먹었다. 생활비도 빠듯한데 비싼 과외비를 지출할 여력이 없어서 마지막 남은 보험까지 깼다. 한 달 과학 과외비가 80만 원이었다. 사고력 수학 학원비까지 합치면 월 150만 원의 큰 돈이었다. 한 달 수입에 맞먹는 돈이었다. 뱁새가 황새 따라가다 가랑이 찢어지는 격이었지만 마순영 씨는 눈 질끈 감고 과외를 시키기로 결정했다.

홍역처럼 심하게 앓았던 중2병은 시간이 약이었다. 과학고 준비를 하면서 정신없이 지내다 보니 영웅이와 마순영 씨 사이에 큰 갈등은 없었다. 늘 대박의 꿈에 젖어 있던 고철용 씨도 이제는 정신을 차리고 온갖 험한 일을 하면서 적은 돈이나마 생활비에 보탰다. 고철용 씨가 새로 시작한 일은 간판이나 현수막을 설치하고 철거하는 일이었다. 높은 곳에 올라가 간판을 설치하는 작업은 위험했지만 꾸준하게 일이 있어서 그나마 다행이었다. 고철용 씨는 개인회생신청을 하고 빚을 조금씩 갚아나가고 있었다.

나현이의 과학고 합격 자소서를 들여다보며 마순영 씨는 회심의 미소를 지었다. 과학고 합격 자소서의 노하우를 가진 마순영 씨는 여름방학 동안 고영웅 자소서 작성에 매달렸다. 과고 합격생 나현이 자소서를 첨삭하면서 터득한 비법을 영웅이 자소서 작성에 남김없이 써먹어야 했다. 어디까지나 자소서는 수험생 본인이 작성하는 게 관건인데 마순영 씨는 애초부터 엄마 자소서로 만들 계획이었다. 과고에 제출하는 자소서를 아이 스스로 작성하는 경우는 드물었다. 대부분 사교육업체에 의뢰해 대신 작성하는 경우가 허다했다. 마순영 씨는 3학년 1학기까지의 영웅이 생활기록부를 바탕으로 자소서를 썼다. 어린 시절부터 수학에 관심이 많았고 생물과 동물에도 관심이 많았으며 관련 활동과 탐구 활동을 꾸준하게 했다고 적었다. 그것은 명백한 사실이었다. 보름간 공을 들여 자소서를 완성한 마순영 씨는 이렇게 완벽한 자소서가 있을까 하고 스스로 감탄했다.

마순영 씨는 추석에 친정에 가면서 차 안에서도 과학고 면접 연습을 시켰다. 인터넷에서 뽑은 예상 질문과 자소서를 바탕으로 영웅이가 막히지 않고 술술 답을 할 수 있도록 반복 연습을 시켰다. 과고에 지원한 동기는 무엇인가? 이 학교가 왜 자신을 뽑아야 하는지 설명하시오, 가장 존경하는 과학자는? 가장 감명 깊게 읽은 과학 도서는? 여러 가지를 끊임없이 물어대자 고영웅은 짜증을 냈다. 마순영 씨는 무시하고 계속 질문 공격을 해댔다.

"엄마! 좀 그만하자! 진짜 돌겠네!"

"잔말 말고 그냥 해! 생물 동아리를 하면서 알게 된 새의 생태에 대해 말해보시오."

"타조의 경우 어미 타조가 새끼들과 같이 있는 다른 어미 타조를 공격해 새끼를 빼앗아간다고 합니다. 천적이 공격했을 때 자기 새끼를 보호하기 위해, 뺏어온 새끼 타조를 대신 내주기 위해서입니다. 청둥오리를 직접 키우면서 알게 된 것은 새끼가 제일 두려워하는 것이 무리와 떨어지는 일이란 사실입니다. 한 마리가 안 보이면 가장 큰 소리로 울고 남은 무리도 나머지 한 마리를 찾아서 큰 소리로 웁니다."

고영웅은 입이 한발이나 나와서 퉁명스럽게 대답했다.

"인공 파각에 대해 말해보시오."

"알을 깨고 나오는 시간이 너무 오래 걸리면 새끼들이 알 속에서 죽을 수도 있기 때문에 알을 인공적으로 깨주는 것을 말합니다. 부화기 온도 조절이 잘 안 되면 꺼꾸리 병아리가 생기는데 꺼꾸리를 살리기 위해선 인공 파각을 필수적으로 해주어야 합니다. 꺼꾸리는 공기가 있는 기실과 반대쪽으로 알을 깹니다. 즉 둥근 쪽이 아니라 뾰족한 쪽을 깨다 잘못하면 양수에 질식해 죽을 수도 있고 알을 깨고 나오는 데 30시간이나 걸려 죽을 위험이 있습니다. 그래서 인공 파각을 하는 것입니다."

"나오는 데 30시간이나 걸린다고? 그러니까 꺼꾸리는 좀 늦되는 병아리네."

마순영 씨는 꺼꾸리를 늦되는 병아리로 잘못 이해하고 올되는 아이 고영웅을 붙들고 계속 면접 연습을 시켰다.

"과학고에 입학하면 공부를 어떻게 해나갈 계획인가요?"

"엄마, 좀 그만해! 힘들어! 정말 미치겠다고!"

"뭘 그만해?"

마순영 씨는 눈을 치켜뜨고 소리를 질렀다.

"대충 좀 해."

운전대를 잡고 있던 고철용 씨는 마순영 씨를 돌아보며 얼굴을 찌푸렸다.

"명절이잖아? 애 좀 쉬게 해주지. 애가 무슨 기계냐? 쉴 땐 쉬고 그래야지."

고철용 씨가 영웅이 편을 들며 한마디했다. 그제야 마순영 씨는 또 욕심을 너무 심하게 부리고 있다는 생각이 들어 멈칫했다. 명혜가 했던 그 말, 청소년은 손끝으로도 건드리지 말라는 그 말이 등을 따끔하게 후려치는 것 같았다. 휴게소에 들러서 가자는 고철용 씨의 말에 영웅이가 만세를 불렀다.

과고 면접날이었다. 면접관들이 해문중학교에 직접 출장을 나와서 면접을 본다고 했다. 학부모들의 교육열이 높은 학교답게 해문중학교는 과고에 지원한 아이들은 총 열두 명이나 되었다. 고영웅은 어릴 때부터 앞에 서본 경험이 많았기 때문에 면접에서 긴장해서 실수할 걱정은 안 해도 되는 아이였다. 자신감이 과해서 탈일 정도였다.

과고 면접을 보고 집에 온 고영웅은 생각보다 덤덤했다.

"면접 안 어려웠니? 무슨 내용 물었어? 면접 준비한 것 도움이 된 거야? 잘했어?"

마순영 씨는 몸이 달아서 연달아 물었다.

"뭐 그런대로. 근데, 걱정이 하나 있어."

"무슨 걱정?"

"자소서 본인이 직접 쓴 거 맞냐고 묻던데."

마순영 씨는 가슴이 철렁했다. 왜 그걸 묻는가 싶었다.

"뭐라고 대답했어?"

"엄마가 썼습니다. 이렇게 씩씩하게 대답했습니다."

"얘가 미쳤어. 농담 그만하고."

"양심에 찔리긴 했지만 내가 썼다고 했어. 근데 고개를 갸웃거리더라고. 뭔가 불안해."

영웅이에게 듣고 보니 좀 불안한 것도 사실이었다. 마순영 씨는 아들을 과고에 합격시키겠다는 일념으로 여름방학 내내 영웅이의 자소서에 매달려서 그야말로 최고의 작품을 만들어냈다. 과고에 합격한 나현이의 자소서보다 멋지고 완벽한 자소서였다. 자소서를 읽어본 입학사정관이 이 인재를 뽑지 않으면 땅을 치고 후회할 정도로 멋들어지게 자소설, 아니 자소서를 썼는데 왜? 자소서를 완성해서 영웅이가 다니는 사고력 수학 학원 선생에게 자문까지 구했을 때 학원 선생도 더할 나위 없는 완벽한 합격 자소서라고 극찬하지 않았던가?

과고 1차 면접 합격자 발표일이었다. 늘 걱정거리를 달고 사는 마순영 씨였지만 크게 걱정하지 않았다. 누가 뭐라 해도 고영웅은 합격할 테니까. 문제는 2차였다. 1차는 당연히 붙을 것이고 2차 면접 준비만 제대로 하면 과고 합격은 따놓은 당상이었다.

마순영 씨가 설거지와 청소를 끝내놓고 느긋하게 커피를 마시려는데, 초인종이 울렸다. 마순영 씨는 인터폰 화면에 비친 영웅이를 보고 놀라서 커피잔을 떨어뜨릴 뻔했다. 학교에 간 지 두 시간도 안 되어 집에 돌아왔기 때문이었다.

"영웅아, 너 왜, 벌써 왔어?"

고영웅은 팔을 휘저으며 대답도 하지 않고 방으로 들어가더니 방바닥에 그대로 엎드려버렸다.

"왜 그래? 무슨 일 있어?"

"엄마, 지금은 아무 말도 하고 싶지 않아. 나 좀 자고 싶어. 배도 아프고 머리도 아프고 해서 그냥 조퇴했어."

고영웅은 장롱에서 이불을 아무렇게나 꺼내더니 그냥 이불을 둘러쓰고 누워버렸다. 마순영 씨는 말없이 방문을 닫아주었다.

고영웅은 과고 1차 서류전형과 면접시험에서 떨어졌다. 마순영 씨는 도저히 그 이유를 알아낼 수 없어 입학사정관을 찾아가서 도대체 선발 기준이 뭐냐고 따지고 싶었다. 과고를 위해서 이 정도로 완벽하게 준비된 아이가 어디 있느냐고, 어렸을 때부터 과학적 수학적 호기심도 많고, 관련 활동도 꾸준히 해온 아이를 뽑지 않고 도대체 어떤 아이를 뽑는지 납득할 수 없었다. 혹시나, 영웅이가 말한 대로 너무 완벽하게 써준 엄마표 자소서 때문이었을까? 마순영 씨는 머리를 쥐어뜯으면서 자책했다.

며칠 뒤 담임으로부터 전화를 받았다. 영웅이를 위해서 추천서도 잘 써주고 신경을 많이 써준 고마운 선생님이었다. 담임은 영웅이가 너무 힘이 빠져 있어 걱정되어 전화했다고 했다. 1차에서 합격한 아이들 소식을 들어보니 열두 명 중에서 여섯 명 합격했는데 그 아이들은 전반적으로 수학 과학 내신 관리가 잘된 편이라고 했다. 아마도 영웅이의 2학년 때 수학 내신이 눈에 띄게 안 좋아서 떨어졌을 거라고 했다. 과고에 떨어지긴 했어도 고등학교 가서 잘하면 되지 않느냐고, 영웅이는 잘할 거라고 덕담을 했다. 초등학교 때는 안인자 선생 때문에 고생했지만, 중학교 때의 담임들은 하나같이 영웅이를 걱정해주고 영웅이의 가능성을 열어주기 위해 많이 도와주려고 한 고마운 선생님들이었다.

과고에 떨어진 이후 고영웅은 매사에 아무런 의욕도 보이지 않았다. 스마트폰이나 게임에만 매달려 있었다. 그렇게 애지중지하던 청둥오리한테도 별 관심을 보이지 않았다.

한 날 마순영 씨가 백화점 수업을 마치고 돌아오니 영웅이도 보이지 않고 청둥오리도 보이지 않았다. 영웅이에게 전화를 걸었다.

"영웅아, 왜 청둥오리가 집에 없어?"

"지난번에 말했잖아? 오리 풀어주겠다고."

"뭐? 그런 말 안 했는데?"

"안 했었나? 상자에 갇힌 청둥오리가 갑자기 불쌍하더라고. 내 욕심대로 아파트 안에서 키우는 게 맞는가, 이런 생각이 들었어. 내가 청둥오리 말을 좀 알아듣잖아. 얘들이 나가고 싶다고 하더라니까!"

"이야! 언제 그런 초능력까지! 고영웅 대단한데."

영웅이의 농담에 마순영 씨도 장단을 맞춰주었다. 농담하는 걸 보니 안심이 좀 됐다.

"이젠 때가 된 것 같았어. 자유롭게 살아가야 할 때가. 그래서 강에 풀어주고 오는 길이야. 수영강에 풀어주고 왔어. 처음엔 적응이 힘들겠지. 어쨌든 우리 안에 갇혀 사는 것보다는 나을 거야. 청둥오리답게 살게 해주는 게 맞는 거 같았어. 지금 집에 가는 중이야."

수영강은 해문중학교 근처에 있는 아주 크고 넓은 강이었다. 바다와 민물이 만나는 강이었다. 영웅이가 부화를 시켰으니, 청둥오리에게 고영웅은 엄마였고 영웅이에게 청둥오리는 새끼였다. 엄마가 자식을 키우다 독립시키고 떠나보낸다는 게 말처럼 쉬운 일이 아니다. 그렇게 애지중지 키우던 오리까지 풀어주다니. 과고 떨어지고 충격이 엄청나게 컸던 모양이었다. 내 욕심대로 아파트 안에서 키우는 게 맞는가, 하는 생각이 들어서 청둥오리를 풀어주었다는 말에 마순영 씨는 가슴이 저릿했다. 청둥오리를 떠나보낸 영웅이처럼 이제는 나도 모든 욕심을 내려놓아야 하나? 잠시 생각에 잠겨 있던 마순영 씨는 이내 고개를 세차게 저었다.

고 1, 전지전능하신 조물주, 고등 생기부

“엄마 제발!”

“뭐?”

“이렇게 큰 제 발을 봐서라도 제발, 제에발 따라오지 마시옵소서.”

고영웅은 현관에서 신발을 신다가 자기 발을 번쩍 들어 올리며 말했다. 영웅이식 개그에 마순영 씨는 피식 웃음을 지었다.

“엄마 너 따라가는 게 아니거든. 학교 근처에서 누구 만나기로 했어.”

“뻥을 치더라도 좀 말이 되게 치셔야지. 길 잃을까 봐 해운대에서 빠져나갈 줄도 모르잖아? 엄마, 나 마마보이 좀 만들지 말고, 그냥 집에 계시옵소서. 부디 고정하시옵소서.”

“아들아, 엄마가 그리 쪽팔리냐?”

“그럼 안 쪽팔리겠어?”

헬리콥터 맘의 본분에 충실하고자, 마순영 씨는 아들이 그리 질겁을 하는데도 기어이 따라나섰다. 부산에 이사 온 지 7년째 접어들고 있었지만 마순영 씨는 공부방에서 아이들만 가르치느라 부산의 대명문 고등학교라는 부강고가 어디에 붙어 있는지조차 몰랐다. 아들이 3년 동안 다닐 학교라는데 입학하기 전에 한번 둘러보고 싶었다. 아들이 기숙사 시험을 치는 데 따라나서다니, 그야말로 오줄없는 헬리콥터 맘의 행차가 아닐 수가 없었다. 부강고는 명문고답게 배치고사를 친 다음 배치고사에서 선발된 60명의 학생을 따로 모아서 기숙사 입사 시험을 친다고 했다.

부강고는 경사가 완만한 언덕 위에 있었다. 마순영 씨는 영웅이가 기숙사 입사 시험을 치는 동안 학교 이곳저곳을 둘러보았다. 부강고 바로 옆에는 부강중학교도 보였다. 학교 주변이 오래된 주택가였다. 올망졸망한 건물들 사이에 현대식으로 지어진 본관 건물이 웅장하고 듬직해 보였다. 널찍한 야구장에서는 건장한 야구부 학생들이 야구 연습을 하고 있었다. 배트로 공을 치는 소리가 경쾌했다. 부강고는 경부고와 함께 야구 명문고로도 유명한 학교라고 했다.

과고에 떨어진 후 집 근처 학교에 보내려고 했다. 영웅이와 같은 영재원에 다닌 현우 엄마가 부강고가 과학중점고이면서 기숙사도 있는 학교라고 알려준 덕분에 지원한 거였다. 지금은 한물갔지만 부강고는 한때 소문난 명문고였다. 해운대에서 멀긴 하지만 기숙사에 입사하기만 하면 과학고 못지않게 입시에 유리한 지원을 받을 수 있었다.

기숙사가 어디인지 찾아보려다 발길을 돌렸다. 학교 정문 앞에 마순영 씨처럼 시험 치는 아이를 따라왔는지 한 엄마가 서성이고 있었다. 고급스러운 회색 롱코트에 가죽 부츠를 신은 화려한 인상의 여자였다. 큰 키에 황갈색으로 물들인 긴 웨이브 헤어스타일이 인상적이었다. 여자가 마순영 씨에게 말을 걸었다.

"안녕하세요? 아드님도 기숙사 시험 치러 왔나 봐요?"

"아! 네. 학교가 어떤가 해서 한번 따라와봤어요. 따라온다고 막 신경질을 내더라구요."

여자가 마순영 씨의 말에 활짝 웃었다.

"우리 이렇게 극성 엄마끼리 만난 것도 인연인데, 저기 북카페 가서 커피 한잔 하면서 아이들 기다릴까요? 제가 커피 살게요."

여자가 마순영 씨에게 카페를 가리켰다. 학교 정문 왼편에 북카페가 보였다. 서로 통성명도 하지 않고, 처음 만난 사람과 커피를 마시러 가다니. 마순영 씨는 피식 웃음이 나왔다. 북카페로 들어가 주문을 하고 자리에 앉았다.

"우리 정식으로 인사해요. 전 황민재 엄마, 송희선이에요. 우리 아인 해운대 양명중학교 다녔어요."

여자가 자기소개를 했다.

"같은 해운대네요. 마순영이라고 해요. 우리 아이는 고영웅이에요. 해문중학교 다녔어요."

"어? 해문중학교요? 그럼 윤수연이 아시겠네요?"

마순영 씨는 이 엄마가 그 재수 없는 아이를 어떻게 아는지 눈썹을 치켜올렸다.

"수연이 국제외고 합격했잖아요. 해문중학교에서 윤수연이 모르면 간첩이라던데?"

윤수연이 같은 유명한 아이는 당연히 알고 있어야 한다는 말투였다.

"그럼 전 간첩인 모양이네요. 이름은 들은 거 같기도 한데……."

마순영 씨는 수연이를 모르는 척하며 허탈하게 웃었다. 해운대에서 멀리 떨어진 이 부강고에서 해문중학교 윤수연이를 아는 사람을 만나게 될 줄이야. 이러다 변기준을 아는 엄마도 만날 수 있겠다 싶었다. 카페 여주인이 아메리카노 두 잔을 자리에 놓고 갔다. 커피향이 좋았지만 커피는 입천장이 델 만큼 뜨거웠다.

"우리 민재랑 수연이랑 같은 수학 학원 다녀서, 수연이 엄마랑 좀 친한 편이에요. 역시 여자애들이 남자애들보다 똑똑하고 야무진 거 하나는 알아줘야 해요. 민재 누나는 뭐든 저 알아서 척척 했거든요. 작년에 용인외고 졸업하고 스탠퍼드대 합격했거든요."

마순영 씨는 놀라서 입을 쩍 벌리고 민재 엄마를 쳐다보았다. 스탠퍼드라니, 하버드에 맞먹는 명문대가 아닌가. 윤수연이를 아느냐고 했던 건 잘난 딸 자랑을 위한 포석이었던 셈이었다. 생각보다 놀라운 스펙을 자랑하는 대단한 엄마를 만났다는 생각이 들었다. 마순영 씨는 앞에 앉은 민재 엄마를 존경심 가득 담은 눈빛으로 쳐다보았다.

"근데 우리 민재는 하나부터 열까지 다 챙겨줘야 하거든요. 집이 멀어서 차를 태워서 오긴 했지만 앞으로 챙겨줘야 할 게 한두 개가 아닐 건데 걱정이에요."

"남자애들이 다 그렇죠, 뭐. 우리 애도 그래요."

"우리 민재 말고도 민재 친구 세 명도 부강고 지원했어요. 과학 중점고라서 과고 떨어진 애들 많이 오잖아요. 한과영(한국과학영재학교) 2차에서 떨어진 애도 있고, 우리 민재도 과고 1차는 합격했는데 2차에서 떨어졌지 뭐예요."

마순영 씨는 과고 1차에서도 떨어졌다는 말은 명함도 못 내밀 것 같아 아예 말을 꺼낼 수가 없었다.

"정말 대단하네요. 부강고 애들 실력 장난 아니겠네요."

"당연하죠. 부강고가 예전엔 얼마나 명문고였는데요. 차 가져오셨죠?"

여자는 당연히 마순영 씨가 운전해서 온 줄로 안 모양이었다.

"아뇨, 버스 타고 왔어요."

"그럼 아이들 시험 마치고 나면 같이 가요. 어차피 같은 해운대라 방향도 같으니까요."

마순영 씨는 여자에게 커피도 얻어 마시고 차도 얻어 타려니 영 마음이 불편했다. 두 헬리콥터 맘은 앞으로 서로 연락하며 학교 소식도 주고받자며 연락처를 나누었다. 유별난 헬리콥터 맘답게 입학하기도 전에 아들로 인해 인맥이 초고속으로 생긴 셈이었다.

며칠 뒤 부강고 기숙사 합격 발표가 났다. 고영웅의 이름도 합격자 명단에 있었다. 과고에 합격한 것에 비교도 할 수도 없었지만 마순영 씨는 기뻐서 어쩔 줄을 몰랐다. 영웅이가 기숙사에 들어가기만 하면 앞으로 학습 관리를 체계적으로 받게 될 거라는 기대로 한껏 마음이 부풀었다. 완전히 멀어진 줄로 알았던 서울대로 가는 길이 다시 가까워진 것만 같았다.

마순영 씨가 중 3 논술 수업 준비를 위해 참고 도서를 읽고 있는데 전화벨이 울렸다. 낯선 번호였다. 혹시나 수업 문의 전화인가 해서 전화를 받았다.

"영웅이 엄마, 축하해요."

마순영 씨는 당황스러웠다. 알지도 못하는 사람에게서 축하부터 받으니 얼떨떨했다.

"죄송한데 누구시죠?"

"어머! 영웅이 엄마, 섭하네요. 얼마 전 학교 앞에서 같이 커피 마셨던 황민재 엄마예요."

"아! 네. 죄송해요. 제가 깜빡하고 전화번호를 입력해놓지 못했네요."

마순영 씨는 민재 엄마와 별로 친해지고 싶지 않다는 생각에 일부러 번호 입력을 하지 않았다. 윤수연이를 아는 사람과 구태여 가까이할 까닭이 없었다.

"영웅이 기숙사 합격한 거 홈피에서 봤어요. 우리 민재는 떨어졌지만 뭐, 해운대서 다녀도 별 상관 없어요. 해운대는 좋은 학원이 많으니까. 아 참, 근데, 그 소식 들었어요?"

"무슨 소식요?"

"우리 민재 친구 강우혁이가 수석했잖아요. 배치고사 수석! 명문 부강고 수석이라니 진짜 부러운 거 있죠? 걔가 바로 한과영 2차에서 떨어진 애잖아요. 중학교 3년 내내 딱 한 번 빼고 계속 수학 만점이었던 앤데, 괴물이에요, 괴물."

마순영 씨는 갑자기 배가 살살 아팠다. 질투심이란 고약한 녀석이 머리를 쳐들려고 했다.

"진짜 대단한 애가 부강고에 들어왔군요."

"우혁이 엄마가 아마 한턱 크게 쏠 거예요. 같은 해운대니까, 우혁이 엄마가 한턱 쏘면 같이 봐요. 아마 윤수연이 엄마도 만날 수 있을 거예요. 우혁이 엄마랑 친하니까."

마순영 씨는 질겁하며 고개를 저었다.

"말씀만 들어도 감사하지만…… 전 일을 해야 해서요."

"무슨 일 하는데요? 일한다고 저녁때 잠시 시간도 못 내나요? 전교 1등 엄마 사귀어놓으면 좋을 거 아니에요? 약속 잡히면 연락할게요."

마순영 씨는 간신히 전화를 끊고 한숨을 내쉬었다. 참 오지랖 넓고 피곤한 사람을 만났구나 싶었다. 민재 엄마의 전화를 받기 전에는 기숙사에 합격했다는 소식만으로도 감사하고 기쁜 마음이었다. 그런데 민재 엄마 전화를 받고 나니 왜 이렇게 마음이 싱숭생숭한지 알다가도 모를 일이었다. 마음이란 게 변덕이 죽 끓듯 하는 괴상한 날씨 같았다. 우혁이란 아이가 수석을 했다는 이야기를 듣자마자 질투가 끓어올랐다. 질투라는 녀석은 자신이 가진 것이나 장점에는 눈을 감아버리고 타인이 나보다 더 낫다는 것에만 집착하는 어리석은 놈이었다.

고영웅은 해문중학교에 입학할 때 수석을 했지만, 학교생활이 엉망이었던 탓에 졸업 때는 존재조차 희미해졌다. 수석 입학을 하는 게 중요한 게 아니라 학교생활을 어떻게 하느냐가 더 중요했다. 수석을 못 했어도 앞으로 학교생활을 잘하면 되는 거였다. 마순영 씨는 애써 질투라는 고약한 녀석의 엉덩짝을 때려 억지로 마음에서 밀어냈다.

초등학교 3학년팀 수업이 끝나고 한숨 돌릴 즈음 거실 전화기가 울렸다.

"여보세요?"

"안녕하세요? 고영웅 학생 어머니 되십니까? 부강고등학교 교무실입니다."

마순영 씨는 조건반사처럼 가슴이 철렁했다. 영웅이를 키우면서 하도 놀랄 일이 많아, 단련될 만큼 되었다고 생각했다. 하지만 학교에서 전화가 오면 심장부터 덜컥 내려앉았다.

"어머니, 먼저 축하의 말씀부터 드립니다. 고영웅 학생이 이번에 부강고 배치고사에서 수석을 했어요. 성적이 전례 없이 월등해서 선생님들이 전부 깜짝 놀랐습니다. 2등과의 차이가 너무 많이 나서 고영웅 학생에게 선서와 답사 모두 맡기기로 했습니다."

"네?"

믿기지가 않아서 마순영 씨는 손등을 세게 꼬집었다. 눈물이 찔끔 날 정도로 아팠다.

"그, 그게, 수, 수석이 진짜 사실인가요?"

"하하, 맞습니다. 내일 아침 10시까지 고영웅 학생, 부강고 교무실로 보내주십시오."

"네, 알겠습니다. 선생님, 정말 감사드립니다."

전혀 생각지도 못한 꿈 같은 일이 벌어진 것이었다. 방금 민재 엄마에게서 강우혁이가 1등을 했다는 전화까지 받지 않았던가. 그런데 영웅이가 1등이라니. 마순영 씨는 당장 민재 엄마에게 전화를 걸어 확인해보고 싶은 마음이 굴뚝같았다. 어떻게 된 일이냐고? 우리 영웅이가 1등이라는데 어떻게 우혁이란 애가 1등이냐고? 누구한테 들었냐고 막 따지고 싶은 기분이었다. 그래도 수석 입학생 엄마로서 품위와 체면이 있지 모양 빠지게 물어볼 수는 없는 일이 아닌가. 마순영 씨는 가짜 뉴스를 퍼나른 민재 엄마를 너그럽게 봐주기로 마음먹었다. 어떻게 그런 오보가 전해질 수 있는지 아무리 생각해도 이상했다. 우혁이 엄마가 그런 헛소문을 냈을 리는 없겠고, 우혁이란 아이가 그냥 장난으로 한 말을 민재가 곧이곧대로 듣고 엄마에게 전했던 건가. 그게 만약 사건의 내막이라면 강우혁은 진짜 맹랑한 아이였다. 장난을 칠 게 따로 있지. 금방 들통날 거짓말을 그렇게 천연덕스럽게 할 수 있다는 말인지, 어처구니없는 일도 다 있었다.

다음 날 영웅이가 학교에서 가져온 답사문과 선서문을 보고서야 마순영 씨는 영웅이가 수석했다는 사실을 완전히 믿었다. 답사문과 선서문 제일 마지막에 신입생 대표 고영웅이라는 글자가 떡

하니 박혀 있었다.

“입학식 전날까지 연습하래. 근데 이런 거 시키지 말고, 장학금 주면 안 되나? 다른 고등학교에선 수석 입학한 애들한테 100만 원이나 장학금 준다는데, 이게 뭐야? 실속 하나 없고 귀찮기만 하지.”

고영웅은 앞뒤 분간이 안 되는 소리를 했다. 100만 원이면 학비에 보탤 수도 있고 생활비에도 보탤 수 있는 거금이긴 하지만, 사람이 너무 큰 것을 바라면 눈앞의 행운도 달아날 수가 있는 법이었다.

“수석 입학만 해도 눈물이 다 날 지경인데 또 뭘 바라냐?”

“엄마, 촌스럽게 왜 그래? 내가 수석 처음이야? 수석 입학 전문이란 거 몰라?”

고영웅은 또 잘난 척을 해댔다. 마순영 씨는 영웅이가 잘난 척을 할 때마다 이상하게 불길한 느낌이 들었다. 중학교 때도 수석 입학을 했다가 대추락을 한 전력이 있었다. 마순영 씨는 고개를 흔들며 불안감을 털어냈다.

고영웅은 선서와 답사는 내팽개치고, 난데없이 장산계곡에 새우를 잡으러 가겠다고 했다. 과연 뻘짓계의 일인자다웠다. 장산계곡에 새우가 산다는 것도 금시초문이지만 이 한겨울에 산에 새우를 잡으러 간다는 엉뚱한 소리에 기가 막혔다. 고영웅은 뜰채 대신 집에 있는 손잡이 달린 채망과 국자와 플라스틱 통을 들고 새우사냥을 나갔다. 새우를 잡아 번식시켜 팔아서 돈을 벌겠다고 했다.

고영웅은 새우 중에는 수백만 원짜리도 있다고 우겼다. 하도 가난하게 자라서 돈에 저리 집착하는 건지도 몰랐다. 학교에서 장학금을 안 준다고 저러는 건지 짠한 생각까지 들었다. 며칠 동안 장산계곡을 오르내리더니 겨우 새우 다섯 마리를 건져와 수족관에 넣고 온종일 새우 관찰에 매달렸다.

기숙사 입소 날이었다. 마순영 씨는 몇 년 만에 새 이불 세트와 베개를 샀다. 처음으로 집을 떠나 생활하는데 그래도 새 이불 정도는 사줘야 하는 게 아닌가 싶었다. 옷과 이불과 세면도구와 책 등을 챙기니 짐이 제법 많았다. 일찍 퇴근한 고철용 씨가 기숙사에까지 짐을 실어주겠다고 했다. 마순영 씨는 수업이 있었지만 부강고 기숙사가 궁금해서 수업을 다음 날로 미루고 따라나섰다.

학교 지하주차장에 차를 대놓고 짐을 하나씩 나누어 들고 기숙사로 향했다. 본관 뒤쪽에 아담한 기숙사 건물이 보였다. 붉은 벽돌 건물로 지어진 5층 신축건물 외벽에 부강학사라는 기숙사 현판이 걸려 있었다. 검정 바탕에 휴먼옛체로 새긴 부강학사란 금빛 글자가 멋스러웠다. 기숙사 앞에는 캐리어를 끌거나 가방을 들고 들어가는 학생들과 학부모들이 보였다. 현관 안으로 들어가니 입구 쪽 왼편에 사감실 팻말이 붙어 있었다. 사감실 옆 벽면에는 커다란 기숙사 게시판이 보였다. 게시판에는 아이들 이름과 벌점 그래프와 각종 기숙사 규칙이 나붙어 있었다.

사감실에서 머리가 허옇고 땅딸막한 70대 노인이 나왔다. 나이가 너무 많아서 학교 경비라면 몰라도 전혀 사감으로는 보이진 않왔다. 사감실에서 나왔으니, 사감이 맞는 듯해 마순영 씨는 공손하게 인사를 했다.

"안녕하세요, 사감 선생님!"

고철용 씨와 영웅이도 어색한 표정으로 덩달아 고개를 숙이며 인사를 했다. 사감은 텃짓하듯 거만하게 고개를 까딱 숙였다.

"학생 이름이 뭔가?"

사감이 영웅이에게 물었다. 스포츠형으로 짧게 깎은 헤어스타일 때문인지, 딱딱한 말투와 표정 때문인지 퇴역군인 느낌이 물씬 풍겼다.

"고영웅입니다."

영웅이도 군기가 바짝 든 표정으로 대답했다.

"아하! 이번에 수석 입학한 학생이군. 수석 입학생이라 그런지, 인물도 훤하네. 영웅이 학생은 101호실, 저쪽 오른쪽 끝 방입니다. 따라오세요."

마순영 씨는 과연 1등이 좋긴 좋구나 싶어 입꼬리가 저절로 올라갔다. 딱딱하기 짝이 없던 사감 선생의 말투까지 금세 부드럽게 만들었으니 말이다. 역시 1등만이 대접받는 세상이었다.

"여기가 샤워실이고, 이쪽은 세탁실입니다."

사감이 화장실 옆에 있는 문이 반쯤 열린 세탁실과 샤워장을 가리켰다.

"1층은 1학년, 2층은 2학년이 씁니다. 3층은 3학년이 쓰고 5층에 컴퓨터실, 4층이 정독실입니다. 올라가서 둘러봐도 됩니다."

101호실 앞에서 방 안을 들여다보니 한 엄마와 남학생이 물건을 정리하고 있었다. 남학생 엄마가 사감과 함께 들어서는 마순영 씨네 가족에게 인사를 했다.

"이 자리가 영웅이 학생 자리, 1번 사물함을 쓰면 됩니다."

사감이 일러준 오른쪽 2층 침대의 아래칸에 짐을 내려놓았다. 101호실은 양쪽의 사물함 두 개와 2층 침대가 마주하고 있는 4인실이었다. 창문 아래에는 작은 빨래 건조대와 소화기가 놓여 있었다. 마순영 씨는 영웅이가 한 학기 동안 생활할 방을 감개무량한 표정으로 둘러보았다. 입구에 잠시 서 있던 사감은 다시 사감실로 갔는지 보이지 않았다. 마순영 씨는 건너편 사물함에 옷을 정리하던 아이 엄마와 눈이 마주쳤다. 아이 엄마가 미소를 지으며 인사를 했다.

"안녕하세요. 저는 정선우 엄마, 이현애라고 합니다. 선우야, 인사드려."

선우 엄마가 침대에 걸터앉아 휴대폰에 열중하고 있던 선우 팔을 쿡 찔렀다. 선우가 일어서서 어색한 표정으로 인사를 했다. 앉아 있을 때는 몰랐는데 키가 185센티미터가 넘어 보였다. 눈매가 아주 선해 보여 마순영 씨는 선우가 한눈에 마음에 들었다.

"반가워요. 선우 어머니, 잘 부탁드려요. 전 고영웅 엄마 마순영이에요. 선우야, 앞으로 잘 부탁해. 영웅아, 너도 인사드려야지."

"안녕하세요?"

영웅이도 선우 엄마에게 고개를 꾸벅 숙이며 인사를 했다.

"어머! 우리가 더 잘 부탁드려요. 수석 입학한 고영웅이랑 같은 방을 쓰게 되다니, 정말 영광이에요."

얼굴도 예쁘고 목소리도 좋은 사람이 말도 참 예쁘게 한다 싶어 마순영 씨는 기분이 좋았다. 여자 둘이 수선스럽게 떠들어대자 고철용 씨는 어색한지 기숙사를 둘러보겠다며 영웅이와 밖으로 나갔다. 밖이 약간 소란스럽더니 아이 두 명과 엄마 두 명이 짐을 잔뜩 들고 101호실로 들어왔다. 좁은 방이 짐과 사람들로 꽉 차버렸다.

"어머! 한승민! 승민 엄마, 이렇게 같은 기숙사에서 또 만나네요."

선우 엄마는 한승민이란 아이 엄마와 안면이 있는 모양이었다.

"어머! 진짜 신기하네요."

한승민 엄마가 눈웃음을 지으며 선우 엄마에게 반갑게 인사했다. 한승민은 아이돌처럼 세련되고 곱상하게 생긴 아이였다. 한승민 엄마는 네 명의 엄마 중에서 가장 돋보였다. 우아한 보브 스타일 단발에 세련된 화장과 옷차림을 하고 있었다. 패션의 완성은 얼굴이라더니, 일단 미모가 받쳐주니 고상한 귀부인처럼 보였다. 밝은 갈색으로 숏컷을 한 재준이 엄마는 네 명 중에서 나이가 가장 많았는데 목소리도 크고 덩치도 커서 여장부 같은 느낌을 풍겼다. 박재준은 보통 키에 영웅이만큼 뚱뚱했지만 다부져 보였다.

드디어 대망의 부강고 입학식날 아침이 밝았다. 고등학교 3년 생활의 막이 오르는 날인데 고영웅은 허둥지둥 정신을 못 차렸다.

"엄마, 내 안경 못 봤어?"

입학식 아침부터 고영웅은 안경을 찾아서 온 집 안을 헤매고 다녔다. 자기 전에 안경을 어딘가에 벗어뒀는데 안 보인다는 거였다. 마순영 씨는 앞이 캄캄했다. 완전히 망했구나 싶었다. 이 아침에 문을 여는 안경점도 없는데 어떡한단 말인가. 고영웅은 안경을 쓰지 않으면 글자가 안 보일 정도로 시력이 나빴다. 식구들이 총동원되어 안경을 찾아서 난리를 피웠지만, 안경은 보이지 않았다. 귀신이 곡할 노릇이었다. 빛나가 중학교 때 쓰던 안경이 책상 서랍에서 나오긴 했지만 그걸 쓸 수는 없는 노릇이었다.

안경을 찾다가 소동을 피우는 통에 학교에 갈 시간이 된 줄도 모르고 있었다. 입학식 리허설 때문에 교무주임 선생님이 30분 정도 일찍 등교하라고 했다는데, 마순영 씨는 영웅이 때문에 속이 터질 지경이었다. 선서와 답사를 맡은 녀석이 입학식은 신경도 안 쓰고 새우에만 정신을 팔더니 급기야 대형 사고를 친 것이었다. 결국 안경도 못 찾은 채 학교에 도착하니 8시였다. 입학식이 시작되려면 두 시간이나 기다려야 했다. 그 두 시간 동안 차 안에서 꼼짝없이 기다려야 했다. 고철용 씨는 태평스럽게 코를 골며 잠이 들었지만 마순영 씨는 차 안에서 안절부절못했다. 영웅이가 안경도 없이 선서와 답사를 제대로 할 수 있을지 걱정이 되어 마음이 전혀 놓이지 않았다.

입학식 시작 10분 전에 입학식이 열리는 8층 강당으로 올라갔다. 교복을 입은 학생들이 강당 앞쪽에 죽 앉아 있고, 학부모들은 뒷자리에 앉아 있었다. 학부모들이 3분의 1 정도만 참석한 것 같았다. 초등학교 때나 중학교 때 입학식과는 달랐다. 아이들이 다 컸다고 고등학교 입학식은 부모의 관심이 덜한 모양이었다. 학부모들이 하나도 빠짐없이 참석해 고영웅이 오늘의 주인공으로 무대에 오르는 모습을 봐주었으면 좋겠는데 아쉽기만 했다. 다른 줄에 앉아 있던 선우 엄마가 마순영 씨를 보고 손을 흔들며 아는 체를 했다. 마순영 씨도 미소를 지으며 손을 흔들었다. 선우 엄마라도 아는 체를 해주어서 기분이 조금 누그러졌다.

교장의 입학 허가 선언이 끝나자 신입생 선서가 이어졌다. 고영웅은 이름이 불리자 어정쩡한 자세로 앞으로 나갔다. 선서를 무난히 한 것까지는 봐줄 만했다. 문제는 답사를 읽을 때였다. 아니나 다를까 글자가 잘 안 보이는지 답사문을 심하게 버벅대며 낭독했다. 마순영 씨는 자신이 무대에 서 있는 것처럼 얼굴이 화끈거리고 숨이 막혔다. 왜 고영웅은 늘 이렇게 굴러들어온 복을 제 발로 걷어차는 탁월한 실력을 발휘하는지 알다가도 모를 노릇이었다. 주인공이 될 수 있는 가장 찬란한 순간을 망쳐버린 아들의 등짝을 먼지가 나도록 패주고 싶어 마순영 씨는 손이 근질거렸다.

신입생 대표 영웅이의 속 터지는 답사 낭독에 이어 3학년 전교회장의 축사 낭독 순서가 이어졌다. 전교회장은 보무도 당당하게 무대로 올라갔다. 구부정하고 어기적거리며 무대에 올라갔던 영웅이와는 비교 불가였다. 마순영 씨는 입학식에서도 고질병인 비교병이 도져서 전교회장과 영웅이를 비교했다. 전교생 앞에 서는 게 일상인 부강고 전교회장과 오늘 고등학교에 갓 입학한 신입생을 비교하는 게 애초에 말이 안 되는 노릇이었다. 전교회장의 축사 낭독은 거의 프로 수준이었다. 목소리 자체도 성우처럼 좋았고, 무엇보다 전문 시 낭송가 빰칠 정도로 낭독이 일품이었다. 영웅이의 답사문 낭독이 워낙 엉망이었기 때문에 더 훌륭하게 들렸는지도 몰랐다. 최상의 행복감을 느껴야 할 순간에 마순영 씨는 스스로가 만든 비교와 질투의 감옥 속에서 빠져나오지 못하고 있었다.

"반장, 부반장 둘 다 떨어졌어."

고영웅은 별거 아니란 식으로 대답했다. 마순영 씨는 수석 입학을 했으니 당연히 고영웅은 1학년 때부터 3학년 때까지 쭈욱 반장을 할 거라고 믿었다. 하다못해 부반장이라도 할 줄 알았다. 초등학교 입학식 때는 엄마가 첫 단추를 잘못 끼워준 탓에 출발이 엉망이었지만 이번에는 영웅이 제 손으로 첫 단추를 잘못 끼워서 첫 출발부터 틀어진 거였다. 그놈의 장산 새우잡이 탓이었다.

수시 학생부종합전형을 준비하기 위해서는 임원 경력도 많은 도움이 된다고 했다. 임원 경력은 자소서를 쓸 때 리더십을 보여줄 수 있는 중요한 수단이었다. 그래서인지 반장선거에 대한 엄마들의 관심은 폭발적이었다. 101호실 아이들은 선우만 빼고 모두 반장선거에 출마했다. 아이돌처럼 잘생기고 운동도 잘하는 승민이는 반장으로 뽑혔다. 영웅이와 같은 반인 재준이는 부반장이 되었다. 배치고사 1등이라고 장난을 쳤던 문제의 강우혁도 반장이 되었다고 했다. 귀에 들리는 임원선거 뒤 소식에 마순영 씨는 울화가 치밀었다.

엎친 데 덮친 격으로 고영웅은 스무 명을 선발하는 부강고 영재학급 시험에서도 떨어졌다. 마순영 씨는 아들이 영재학급 선발에서조차 떨어질 거라고 상상도 못 했다. 영재학급의 다양한 과학탐구 활동으로 학종(학생부종합전형)을 준비할 수 있다고 생각했는데 헛물만 켠 셈이었다. 영웅이 말을 들어보니 가관이었다. 한 문제에 막혔는데, 시험이 끝날 때까지 그 문제만 붙들고 있다 다른 문제는 전혀 못 풀었다는 거였다. 초등학생도 알고 있는 시험 치는 요령을 왜 고등학교에 와서 까먹은 것인지 알다가도 모를 노릇이었다. 모르는 문제가 나오면 일단 체크해놓고 다른 문제를 다 푼 다음에 풀어야 하는 것이 시험 요령이 아니겠는가. 수석 입학했을 땐 그렇게 똑똑해 보이던 영웅이가 그렇게 멍청하고 미련해 보일 수가 없었다. 대체 저 고지식하고 융통성 없고 앞일에 대해 생각 하나 없는 단순한 녀석을 어째야 하나 싶어 마순영 씨는 한숨만 푹푹 나왔다. 수석으로 입학해놓고 겨우 20명 뽑는 영재학급 시험에 떨어진 대참사의 주인공이 바로 고영웅이었다.

기숙사생 엄마들 대부분이 마순영 씨 못지않거나 그 이상 가는 헬리콥터 맘이 대부분이었다. 자기 아이들이 경쟁을 뚫고서 기숙사에 입소한 우수한 학생이라는 선민의식과 잘난 아들들에 대한 애정과 관심이 남달랐다. 다들 스카이 정도는 우습게 생각하는 듯

했다. 잘난 아들을 둔 엄마들은 헬리콥터 맘으로서의 에너지가 넘치다 못해 기숙사에 간식 배달까지 하자고 했다. 초등학생도 아니고 고등학생 간식 배달이라니. 아무리 헬리콥터 맘이긴 하지만 마순영 씨는 반대였다. 고영웅은 간식을 되도록 줄여야 했다. 늘 넘치는 식욕을 주체 못 하는 바람에 다른 아이들보다 거의 20킬로그램 정도 더 나가는 우람한 몸무게를 자랑하고 있지 않은가. 간식 배달을 하자는 엄마들의 주장은 아이들이 몸에 좋지도 않은 패스트푸드나 컵라면을 달고 살기 때문에 몸에 좋은 유기농 간식 위주로 먹여야 한다는 거였다. 기나긴 입시전쟁을 치러내자면 무엇보다 건강한 체력이 바탕이 되어야 한다는 기숙사 학부모 대표 한승민 엄마의 말에 대부분 찬성했다. 다수결이란 이름의 폭력에 저항할 생각 자체가 없어진 마순영 씨는 그냥 따라가기로 마음을 정했다. 다년간의 학부모 노릇으로 익힌 처세술이었다. 선조들이 남긴 속담에 따르자면 모난 돌이 정 맞는다고 했으니, 그 가르침을 충실히 따르기로 했다.

마순영 씨는 승민 엄마의 첫인상만 보고 절대 나서지 않고 조신하게 뒤에서 조용히 따라만 가는 사람인 줄로만 알고 있었다. 그런데 의외로 열혈 독립투사 저리 가라였다. 아이들이 같은 초등학교를 다녀 승민 엄마를 알고 있는 선우 엄마의 말에 따르자면 승민 엄마는 유치원 때부터 아이 뒷바라지에 열성적인 헬리콥터 맘이었다. 승민이는 엄마의 맹렬한 뒷바라지 덕분에 초등학교 때 줄곧 반장을 했고 전교회장까지 했다. 잘생긴 승민이가 여자애들에게 인기가 많아 승민 엄마가 따라다니며 단속을 해야 할 정도였다. 중학교 때는 3년 내내 반장을 했고 승민 엄마는 학부모회 회장까지 역임했다는 거였다.

열혈 헬리콥터 맘 승민 엄마가 기숙사 학부모 대표인지라 101호실은 더 모범을 보여야 했다. 차도 없는 마순영 씨는 가끔 선우 엄마 차를 얻어 타고 기숙사에 간식 배달을 하러 따라다녔다. 해운대에서 부강고까지 간식 배달을 가는 날은 귀찮기 짝이 없었다. 공부방 수업 때문에 간식 배달을 빠져야 하는 날도 있어서 눈치가 보였다. 기숙사 간식 배달을 하고 나면 엄마들은 인증 사진까지 올렸다. 사진을 기숙사 밴드에 올리면 엄마들은 여왕에게 아부를 떨어대는 시녀처럼, 중전마마에게 잘 보이려고 애쓰는 상궁이나 나인들처럼 찬양 댓글을 앞다투어 올리곤 했다. 어머! 짱이에요. 누구 엄마 센스도 있으셔라. 우리 아들들이 너무 좋아하겠어요. 어쩌구저쩌구, 블라블라, 댓글을 경쟁하듯 마구마구 올렸다.

고영웅은 엄마들이 비싼 간식을 매일 배달해주는 덕분에 집에 올 때마다 살이 더 붙어 있었다. 조만간 1톤에 육박할 것 같았다. 주말에 집에 온 영웅이가 한다는 말이 가관이었다.

"내가 부잣집 아들이 된 거 같다니까. 듣도 보도 못한 간식들 진짜 많이 먹어봤어."

그런 말이 나올 만도 했다. 특히나 승민 엄마가 공수해오는 백화점 간식과 유기농 간식들은 대부분 비싼 것들이었다. 기숙사비보다 간식비가 더 나갈 지경이었다.

"간식은 진짜진짜 마음에 드는데, 사감 할배 때문에 미치겠어."

"왜?"

"욕쟁이 할매 능가하는 욕쟁이 할배야. 버럭버럭 소리 지르고 욕하고, 몽둥이로 때리기도 하고. 엎드려뻗쳐도 잘 시켜. 기숙사가 아니라 완전 군대야."

"욕하고 때리는 건 좀 심했다만 엄격한 스파르타식 관리겠지. 그래도 너희들 잘 관리해서 좋은 대학 보내려고 애쓰시는 거잖아?"

"무조건 군대식이야. 꼰대 할배라니까. 제발 말 좀 통하는 젊은 사감 선생님으로 바꿔주면 소원이 없겠다니까. 진짜 짜증나는 건, 자기 마음대로 나보고 기숙사 대표 하란 거야."

"이야! 사감 선생님 최고다. 역시 영웅이가 수석 입학이라고 대우해주시는구나."

"대우? 기숙사 대표가 뭐 하는지 알아? 그냥 폰 수거 심부름꾼이야. 애들이 폰을 그냥 제출하냐고? 조금만, 조금만 하는 애들하고 매일 싸우는 게 일이야. 폰 수거 다 끝내려면 매일 30분이나 40분씩 잡아먹어. 아침에는 애들 폰 돌려줘야 하고. 하루에 한 시간씩을 폰 수거 때문에 쓴다고 생각해봐. 완전 시간 낭비야. 잠잘 시간도 없는데."

듣고 보니 영웅이 말이 맞았다. 고등학생이 황금 같은 시간을 하루에 한 시간씩 그냥 버린다니, 이건 말도 안 된다 싶었다. 입시 때문에 1분 1초도 아쉬운 상황에 도저히 묵과하고 넘어갈 일이 아니었다. 마순영 씨는 기숙사에 전화해서 사감에게 항의할까 고민

했다. 돌아가면서 대표를 시켜야지, 왜 영웅이 시간만 뺏느냐고 따질 작정이었는데 한편으로 생각해보니 꼭 손해만은 아니다 싶었다. 학종에 써먹을 수 있는 경력이란 생각이 들었던 것이다.

학종은 금수저 전형이라고 불렸다. 고액 컨설팅까지 받으며 활동 이력과 내신 성적을 철저하게 관리하고 스펙을 쌓아야만 준비할 수 있기 때문이었다. 수능 점수 위주의 줄 세우기식 선발 방식에서 벗어나 다양한 교내외 활동을 통해 학생들의 적성과 특기를 종합적으로 평가해 다양한 인재를 선발한다는 멋진 명분으로 도입되었지만 각종 비리가 쉴 새 없이 터져 나왔다. 교수들이 쓴 논문의 제1저자로 고등학생이 등장하기도 하고, 생기부(생활기록부)를 조작하고 금수저 부모의 인맥을 동원하는 등의 온갖 공정성 시비로 바람 잘 날 없는 전형이 학종이었다. 나름 공정하게 관리한다고 외부활동은 기재하지 않고 교내활동만 기재하도록 한 결과 공부 잘하는 학생들을 위해 다른 학생들이 들러리를 선다는 비판도 나왔다. 학종은 학생들의 일상적인 모든 학교생활과 교우관계, 인성까지도 대학 입시의 도구로 만들었다. 체육시간에 넘어져 다친 친구를 보건실에 데려간 일도, 친구가 모르는 문제를 물어볼 때 가르쳐준 일도, 아이들이 겨우 숨 쉴 구멍인 동아리 활동도 학생부에 기재할 수 있느냐 없느냐로 판단했다. 학생부에 쓸거리가 전혀 없다면 사교육업체에 의뢰해서 없는 활동을 지어내 자신의 꿈을 이루기 위해 일관된 활동을 한 학생이라는 스토리를 창조하기도 했다.

일명 음서제라고도 하는 수시 학종은 부모의 경제력과 정보력이 중요했다. 마순영 씨는 경제력은 전혀 안 되지만 나름 정보력은 있다고 자부했다. 폰 수거를 하느라 그 고생을 했으면 보람이 있어야 했다. 마순영 씨는 기숙사에서 대표로 활동한 경력을 자소서에 봉사활동 경력으로 넣도록 해야겠다고 생각했다. 아들이 괴로워하건 말건 그건 상관없었다. 학생부종합전형에서 써먹을 수 있는 활동인지 아닌지, 그것만이 중요했다.

사감이 맘에 안 든다고 투덜댄 것도 잠시, 기숙사 생활은 고영웅에게 해방감과 일탈의 기쁨을 선물했다. 고영웅은 동물원에서 탈출한 맹수처럼 자유를 만끽했다. 중학교 때까지는 엄마의 감시 레이더망 안에서 사육되다시피 살았는데 기숙사 안에서 온갖 본능을 충족시킬 수 있었다. 몸도 마음도 위장까지도 해방감을 맛보았다. 듣도 보도 못한 럭셔리한 간식들 앞에서 식욕은 고삐 풀린 망아지처럼 제멋대로 날뛰었다. 제 몫의 간식뿐 아니라, 친구가 먹기 싫다고 하는 간식까지 다 얻어먹는 통에 고영웅의 위장은 감당 안 되게 점점 늘어났다. 게다가 엄마들이 배달하는 간식으로는 늘어난 위장의 아우성을 감당하지 못했다. 밤마다 컵라면까지 부지런히 섭취했다. 불철주야 각종 밀가루 음식이나 기름기가 많은 음식을 뱃속에 집어넣었으니 몸이 남아날 턱이 있겠는가. 무릇 본능에 충실하면 그 대가를 치르게 되는 법이었다.

금요일 밤 집에 온 영웅이의 귀를 본 마순영 씨는 눈이 휘둥그레졌다.

"영웅이 너 귀가 왜 그래?"

"외이도염하고 급성중이염이 겹쳤대. 어제 학교에서 외출증 끊어서 병원 갔다 왔어."

영웅이는 얼굴을 한껏 찡그려 붙이며 귀찮은 듯 말했다. 귀에 종기가 나서 귀가 퉁퉁 부어 있었다. 귀뿐만이 아니라 얼굴과 목까지 각종 종기와 여드름으로 붉게 뒤덮여 있었다. 멀쩡하던 얼굴이 대체 왜 이 지경이 되었나 싶어 마순영 씨는 아연실색했다. 몸에 열까지 심하게 났다. 중이염이라면 최소 일주일 넘게 치료를 받아야 한다는 말이었다. 시험이 모레인데 머리가 지끈거렸다. 아들 몸 걱정보다 시험 걱정이 더 되었다.

죽일 놈의 시험 징크스였다. 마순영 씨는 눈앞이 캄캄했다. 월요일부터 중간고사 첫날이었다. 중학교 2학년 때의 그 악몽이 되살아났다. 시험만 앞두면 왜 일이 터지는지 알다가도 모를 일이었다. 중학교 2학년 1학기 중간고사를 앞두고 장염으로 응급실까지 갔던 적이 있었다. 그때 최악의 수학 점수를 받아 과학고 1차에서 떨어지지 않았던가. 기숙사 엄마들이 간식 배달을 한다고 할 때부터 예감이 안 좋더라니. 안 좋은 예감은 왜 그리 잘 맞는지 이상한 노릇이었다.

다음 날 병원에 다녀왔지만, 귀 상태는 점점 나빠지기만 했다. 귀에서 고름과 진물이 줄줄 흘러내렸다. 몸 상태가 최악으로 치달았다. 열을 재니 40도였다. 해열제를 먹이고 열을 내리는 데 도움이 될까 싶어 계속 물을 마시라고 했다. 중간고사 대비를 할 수 있는 상태가 아니었다. 저녁때 종합병원 응급실에 데려가 항생제 주사와 링거를 맞히고 밤 12시가 다 되어 집으로 왔다. 고철용 씨는 끙끙 앓는 영웅이를 보고 혀를 찼다.

"일단 월요일 하루라도 결석시켜."

"절대 안 돼! 하늘이 무너져도 시험은 쳐야 돼. 고등학생이 결석 한 번이라도 하면 대입 다 망쳐."

"지금 시험이 문제야? 아이가 다 죽게 생겼는데?"

고철용 씨가 화를 내며 소리를 버럭 질렀지만 마순영 씨는 고개를 저었다. 단순한 중간고사가 아니었다. 대학이 달린 문제였다. 대학은 아이의 미래와 인생을 결정하는 문제였다. 포기하고 자시고 할 수 있는 선택의 문제가 아니었다.

"안 돼, 시험 치러 가야 돼! 쓰러져도 시험 치고 나서 쓰러져야 된다고!"

마순영 씨가 소리치자 고철용 씨는 학을 뗀다는 표정으로 고개를 절레절레 흔들었다.

"진짜 미쳤구나. 인간이 어쩜 그러냐? 피도 눈물도 없네. 애가 이렇게 아픈데 그러고도 엄마냐?"

다음 날 고영웅은 피도 눈물도 없는 엄마 때문에 귀에다 커다란 거즈를 붙인 채 중간고사를 치러 학교에 가야 했다.

시험을 마칠 때쯤 마순영 씨는 부강고 교문 앞으로 가서 영웅이를 기다렸다. 1시가 되자 중간고사를 친 아이들이 삼삼오오 몰려나왔다. 영웅이에게서 문자가 왔다. 외출증을 끊고 10분 뒤에 나가겠다는 문자였다. 보나 안 보나 시험을 망쳤을 텐데 이제 수시를 포기해야만 하나, 마순영 씨는 그 생각만 하고 있었다. 마순영 씨는 아픈 아들보다 시험을 걱정하고 있는 자신이 지네나 바퀴벌레 같았다. 고영웅은 다 죽을상을 하고 교문 밖으로 나왔다. 시험을 완전히 망친 모양이었다. 아침에 붙이고 간 거즈는 핏물과 고름으로 누렇게 변해 있었다.

"많이 힘들었지? 귀는 어떠니?"

고영웅은 대답하기도 귀찮은지, 얼굴만 잔뜩 찌푸렸다.

학교 근처 병원에서 진료를 받고 약국에서 약을 탔다. 죽집으로 데려가서 전복죽을 주문했다. 아픈데도 죽은 잘 퍼먹는 걸 보니 어제보다는 살 만한 모양이었다. 집으로 데려가서 쉬게 하고 싶었지만 일단 죽이 되든 밥이 되든 중간고사는 치게 만들어야 했다.

마순영 씨는 영웅이를 기숙사에 들여보내고 부산역 앞 버스정류장 쪽으로 걸음을 옮겼다. 마순영 씨는 해운대 방향 버스를 기다리다 부산역 광장을 쳐다보았다. 노숙자들이 대낮부터 웃고 떠들며 술을 마시고 있었다. 그들은 뭐가 그리 즐거운지 노래를 부르고 왁자하게 떠들며 술이 선사하는 한순간의 쾌락에 몸을 내맡기고 있었다. 한쪽에서 싸움을 벌이는 사람들도 보였다.

버스가 갑자기 속도를 냈다. 좌석에 앉으려던 노인이 휘청하다 겨우 중심을 잡고 자리에 앉았다. 한 치 앞도 알 수 없는 게 삶인데 왜 그리 어리석은 목표의 노예로 살아왔을까. 내일 일도 알 수 없고, 바로 당장 10분 뒤에 벌어질 일도 알 수 없는 게 인생이었다. 얼마나 어리석었던가. 마순영 씨는 한숨을 내쉬었다. 세 살짜리가 천재일 거라는 믿음 하나로 서울대에 보내겠다고 지금까지 죽어라 달려온 자신이 미치광이 같았다.

고 1 때 내신을 한 번이라도 망치면 서울대에 수시 원서를 내는 것 자체가 아예 불가능했다. 금수저를 위한 전형이라는 비판을 받는 수시 학종 전형을 대비하려면 일단 내신이 완벽해야만 했다. 내신이 완벽한 건 기본이고 각종 비교과 활동과 스펙이 되어야만 서울대에 원서를 낼 수 있었다. 어느 신문에서는 서울대 합격의 조건으로 퍼펙트한 내신에다 교내 상은 48개, 동아리는 기본 5개, 책은 35권 이상 읽어야 한다고 합격생을 대상으로 분석해놓고 있었다. 봉사시간은 거의 100시간 넘을 정도였다. 사람이 아니라 완벽한 AI라야 가능한 일이었다. 아이 스스로 이 모든 것을 준비하기는 어려워 수행평가는 학원에 맡기고 봉사는 엄마가 뛰는 경우도 많다고 했다. 학종은 어쩌면 학부모 종합 전형의 줄임말인지도 몰랐다.

고영웅은 이제 수시 학종 준비는 아예 꿈도 꿀 수 없었다. 버스 차창 밖을 내다보고 있었지만 마순영 씨의 눈에는 스쳐 지나가는 거리의 풍경이 하나도 들어오지 않았다. 기숙사에 합격했을 땐 얼마나 좋아했던가. 과고에 떨어져 모든 희망이 사라졌다고 생각했을 때 기숙사에 붙고, 수석 입학까지 하게 되었을 때 다시 서울대로 가는 문이 활짝 열린 것만 같았다. 그런데 이제 그 망할 기숙사가 가장 큰 장애물이 된 거였다. 고영웅이 기숙사에서 저지르는 각종 만행을 마순영 씨가 모르는 게 정신 건강에 이로웠다.

고영웅을 비롯한 꼴통 남자애들은 취침 점호가 끝나고 기숙사 전등이 소등되기만을 기다렸다. 늙은 사감은 귀가 어두웠다. 2층 창문을 열고 기둥을 타고 내려가 기숙사 담에 무사히 착지한 꼴통들은 신나게 피시방으로 달려갔다. 새벽 3시나 4시까지 롤을 하다가 기숙사 담을 넘어 도둑처럼 기숙사로 잠입했다.

월담을 하고 무사히 방으로 들어온 고영웅은 안도의 숨을 내쉬었다. 다른 아이들보다 뚱뚱한 고영웅은 담을 타넘는 게 힘들어 땀으로 목욕했다. 도저히 그냥 잠을 잘 수가 없었다. 온몸이 끈적끈적해 샤워하러 샤워실로 들어갔다. 고영웅이 한참 샤워를 하고 있는데 친구 성휘가 장난으로 샤워실 문을 밖에서 잠가버렸다.

"한성휘! 너 죽는다. 빨리 문 열어!"

"알았어. 알았어. 좀 있다 열어줄게."

고영웅은 문을 열라고 소리 질렀다. 좀 있다 열어주겠다던 성휘는 기척이 없었다. 샤워를 마치고 아무리 문을 밀어보아도 밖에서 잠가버린 샤워실 문은 열리지 않았다. 새벽까지 피시방에서 롤을 했던 성휘는 샤워실 문을 열어주겠다던 약속을 잊고 눕자마자 그대로 곯아떨어진 거였다.

"한성휘, 이 개새끼야! 문 열어!"

고영웅은 한 시간 넘게 목이 터져라 외쳤지만 불러도 대답 없는 메아리였다. 고영웅은 아침에 아이들이 밖에서 문을 열고 들어올 때까지 샤워실에서 쭈그린 채 잠이 들어 있었다.

아들 고영웅의 학교생활에 대해서 아예 모르는 게 약인데도 친절한 엄마들은 마순영 씨 귀에 영웅이 소식을 수시로 배달해주곤 했다. 마순영 씨는 고등학교에서는 반 엄마 모임이 없는 줄 알았다. 아주 순진한 생각이었다. 반모임도 반모임이었지만 기숙사 엄마들 모임은 수시로 열렸다. 한 달에 한 번씩 기숙사 엄마들 모임이 있는데도 간식 배달을 할 때도 번개 모임을 하곤 했다. 엄마들의 이야기를 들어보면 고영웅은 수업시간에 아예 대놓고 잔다고 했다. 밤에 도대체 무슨 짓을 하기에 학교 수업시간을 수면 시간으로 삼는지 알다가도 모를 일이었다.

남자아이들 대부분이 자기 휴대폰 말고 몰래 감추어둔 공폰 하나씩은 가지고 있다고 했다. 실제 쓰는 휴대폰은 제출하고 공폰으로 밤새 휴대폰 게임을 하거나, 아이패드를 감추어두고 밤새 게임을 한다고 했다. 마순영 씨는 엄마들에게 남자애들이 벌이는 꼴통짓에 대해 듣고는 입을 다물지 못했다. 가는귀가 어두운 사감이 깊이 잠이 들면 남자애들은 수시로 창을 타넘고 기숙사 담을 넘어가서 피시방에 가기도 하고 통닭을 주문해서 먹기도 한다니, 대체 부강고 기숙사에서는 무슨 일이 벌어지는지 상상이 되지 않았다. 칠순이 넘은 사감 한 명에게 혈기 방장한 남학생 60명을 관리하라고 맡겨두었으니 관리가 잘될 리가 없었다. 사감도 부강고의 선배라 까마득한 후배뻘인 기숙사 부장 선생도 사감 선생에게 감히 기숙사 운영에 대해 이래라 저래라 하지 못했다.

주말에 영웅이가 집에 왔다. 잔뜩 벼르고 있던 마순영 씨는 혼꾸멍내고 싶은 마음이 굴뚝같았지만, 감정을 억지로 누르고 영웅이에게 물었다.

"영웅아, 너 몸이 안 좋니? 어디 아픈 거야?"

"갑자기 무섭게 왜 그래? 안 아픈데."

"몸에 이상이 생겼나, 걱정돼서. 소문 들으니, 너 수업시간에 계속 잔다던데?"

고영웅은 머리를 긁적거리며 멋쩍게 웃었다.

"아, 이야기 들었구나. 내가 좀 유명인사이긴 하니까. 내가 부강고 스타잖아. 박재준이 그 자식이 밤새 아이패드로 게임하는데 어떻게 자? 선우도 게임 많이 하고."

"넌?"

"난 절대 안 하지. 밤에 잠 안 자고 게임이라니! 나 같은 범생이가 게임을 왜 하겠어?"

범생이? 놀고 자빠졌네! 하는 소리가 입밖으로 튀어나오려 했다. 아마 밤새 공폰을 구해 게임을 하는 게 분명했다.

"너, 지난번 내신도 망쳤는데, 밤에 잠 안 자고 게임하면 절대 안 된다."

"알았어, 알았어. 걱정 붙들어 매셔."

남자아이들에게 게임은 자신들이 살아 있다는 존재 증명과도 같은 모양이었다. 공부와 입시 스트레스를 도무지 해결할 방법이 없었다. 맘껏 소리 지르며 스트레스를 풀 장소도 시간도 없었다.

스트레스를 손쉽게 해소할 수단은 오로지 게임밖에 없었다. 수십 만 년 동안 이어지던 수렵시대의 사냥 본능이 DNA에 각인된 남자 아이들은 게임으로 본능을 충족시키곤 했다. 몸속에 가득한 수렵에의 본능을 게임 아이템을 수집하고 게임 레벨을 올리는 것으로 발산했다. 게임이라도 없다면 남자아이들은 넘치는 사냥 본능과 에너지를 발산하지 못해 온갖 사건 사고를 칠지도 몰랐다.

고영웅은 기숙사 와이파이 비번까지 알아내 밤새 게임을 하고 수업시간에는 아예 잠을 잤다. 남자아이들이 푹 빠진 롤이란 게임의 중독성은 무시무시했다. 고영웅은 중학교 때 롤을 접한 뒤부터 롤에 빠져 정신을 못 차렸다.

"롤 좀 그만해. 롤은 죽기 전에 못 끊는다는 담배보다 더 끊기 어렵다더라. 너 그러다 대학 못 가."

"엄마 십팔 번인 서울대는 어려울지 몰라도, 부산대 정도는 롤 매일 해도 충분히 갑니다요."

"롤 매일 해도 부산대? 롤이나 당장 끊어! 넌 죽어도 서울대 가야 하니까!"

"롤만큼 환상적인 게임을 어떻게 끊겠사옵니까? 진짜 롤은 말 그대로 게임의 레전드야. 한국 게임은 피드백이 잘 안 되는 게 문젠데, 롤은 피드백도 끝내줘. 롤 회사는 롤만 서비스하니까 팀플레이, 채팅, 어느 것 하나 빠지는 게 없다니까!"

롤 끊으라는 엄마의 성화에 고영웅은 오히려 롤에 대한 찬양을 늘어놓았다. 이 꼴통을 어떻게 해야 공부에만 집중하게 할 수 있을

지, 포기할 수도 없고 안 할 수도 없고, 마순영 씨는 속이 터져 죽을 지경이었다.

영웅이를 깨우려고 방문을 연 순간 마순영 씨는 놀라서 몸이 굳었다. 영웅이가 뭔가를 손에 들고 들여다보고 있었다. 아니나 다를까, 못 보던 스마트폰이었다. 마순영 씨는 비호같이 달려들었다. 영웅이는 빼앗기지 않으려고 몸부림을 치고 용을 썼다. 마순영 씨가 팔까지 꼬집고 물고 난리를 치는 통에 고영웅은 스마트폰을 빼앗겼다. 엄마의 분노 게이지가 어디까지 치솟았는지도 모르고 영웅이는 눈만 끔벅거렸다.

"너 대체 이거 어디서 났어?"

마순영 씨의 눈은 분노로 이글거렸다.

"친구 거 잠시 빌렸어!"

"친구 거?"

마순영 씨는 코웃음을 치고는 밖으로 나와 신발장 문을 열었다. 신발장 안에 들어 있는 공구함에서 망치를 꺼냈다. 망치를 들고 휴대폰을 향해 냅다 내리쳤다.

"엄마! 헐!"

뒤늦게 사태를 알아채고 달려온 영웅이가 박살 난 휴대폰을 보고는 넋이 나간 표정을 지었다. 엄마가 아닌 아주 낯선 사람을 보는 눈빛으로 마순영 씨를 한참 쳐다보았다.

고영웅은 입이 잔뜩 나와서 학교로 갔다. 마순영 씨는 쓰레기통에 들어 있는 스마트폰 파편을 내려다보았다. 이럴 것까지는 없었는데 하는 후회가 밀려들었다. 마순영 씨는 사람의 정신력이 얼마나 무력한지 절감했다. 기껏 화의 노예가 되어 감정 조절도 못 하고 아이 앞에서 망치로 휴대폰을 때려 부수다니. 이런 엄마에게서 아들은 무엇을 보았을까.

고지식하고 융통성이 하나도 없는 마순영 씨는 영웅이가 약속을 지킬 것이라고 믿었다. 1학기 중간고사를 망치고 나서 영웅이와 약속한 게 있었다. 스마트폰이 방해가 되니까, 수능 때까지 2G폰으로 바꾸는 게 어떻겠냐고 물어보았다. 고영웅은 웬일인지 순순히 그러겠다고 했다. 가끔 쉬는 시간에 엄마 스마트폰을 쓰는 것으로 합의를 보았다. 만약 공폰을 사서 쓰는 걸 들키면 망치로 두드려 부수겠다고 엄포를 놓았다. 실제로 망치로 휴대폰을 두드려 부수는 순간이 올 줄은 생각지도 못했다. 마순영 씨는 망치에 가슴을 맞은 것처럼 묵직한 통증을 느꼈다.

"엄마 뭐 해?"

영웅이가 어깨를 툭 치자 마순영 씨는 펄쩍 뛸 정도로 놀랐다. 주방 창문가에 물그릇을 올려놓고 기도를 하는 중이었다. 마순영 씨는 망치로 휴대폰을 깨부순 후 단단히 각오했다. 다시는 아이 앞에서 격하게 감정을 폭발시키지 않겠다고. 예전의 엄마들이 새벽마다 자식들을 위해 그랬듯, 매일 정화수를 떠놓고 참회 기도를 올려야겠다고 생각했다. 실제로는 참회 기도라기보다는 우리 영웅이 서울대 합격하게 해주소서, 라는 발원 기도였다.

"보면 모르냐? 너 서울대 합격시켜달라고, 조물주, 예수님, 부처님, 알라신, 조상신 세상 온갖 신들에게 비는 중이다."

"헐! 그걸 왜 빌어? 공부는 내가 하는데! 나한테 빌면 모를까. 아, 참 맞다. 고무신에게도 비시지."

"뭐? 고무신? 야! 니가 열심히 안 하니 이렇게까지 비는 거야."

"아이구! 어머님 부디 고정하시옵소서. 기도까지 하시는 분이 마음을 착하게 가지셔야지."

"너, 엄마 이렇게 열심히 기도하는데, 절대 농땡이 짓 하면 안 돼! 알았어?"

"네, 네!"

고영웅은 어깨를 으쓱하며 자리를 피해버렸다.

"성휘가 자퇴한대."

한 날 고영웅이 친구 성휘 이야기를 했다. 성휘는 영웅이와 같은 반이었고 기숙사에서 가장 친한 아이였다.

뒷일 생각이라곤 아예 없는 고영웅이 만우절날 저지른 만행의 희생양이 바로 성휘였다. 고영웅은 단지 성휘를 깜짝 놀라게 해줄 작정으로 연필 깎는 칼을 책 사이에 끼워서 성휘에게 자, 하며 건넸다. 영웅이의 시나리오에 따르자면 책을 받으려던 성휘가 깜짝 놀라는 것으로 마무리되어야 마땅했다. 고영웅의 계산과는 다르게 성휘는 영웅이가 준 책을 보지도 않고 무심코 받았다. 1초 뒤에 비명을 질렀다. 모르고 칼날 쪽을 쥔 바람에 칼에 베여 피가 솟구쳤다. 성휘는 손을 싸쥐고 보건실로 미친 듯 달려갔다. 교실에서 보건실까지 뚝뚝 떨어진 핏방울이 마치 헨젤과 그레텔이 집으로 되돌아오기 위해 떨어뜨린 돌멩이처럼 떨어져 있었다. 사고를 친 웬수 같은 친구놈을 단호히 응징할 만도 했는데 성휘는 고영웅이 아이스크림을 사주자 너그럽게 용서해주는 아량을 베풀었다. 참으로 대인배적인 친구가 아닐 수 없었다. 전국의 모든 청소년에게 보급이 시급한 친구라고 고영웅은 생각했다. 물론 샤워장 감금 사건이 성휘의 치밀한 복수극인 줄 몰랐기 때문이었다.

대인배인 성휘는 부강고등학교의 친구들로 만족하지 못해 전국의 가출 청소년들과 친구가 되고 싶어 불철주야 노력했다. 성휘는 기숙사에서 가장 벌점을 많이 받아서 첫 번째로 퇴소당했다. 담배를 몰래 피우다 걸리기도 했고, 기숙사에서 폰으로 랩을 크게 틀어놓고 춤을 추기도 했다. 한번은 다 자는 밤에 몰래 들고 들어온 기타를 연주해서 사감에게 빰을 맞기도 했다. 기숙사에서 퇴소당해 집에서 다닌다고 해서 별일이 없는 줄로만 알고 있었는데 가출을 밥 먹듯이 하고 결석도 잦다고 했다.

마순영 씨는 자고로 친구를 잘 사귀어야 한다는데 혹시나 영웅이가 성휘랑 어울려 다니다가 나쁜 물이 들지나 않을까 해서 걱정이 태산이었다. 성휘 아버지는 고등학교 윤리 선생님이고 엄마는 소아과 의사라고 했다. 그런 집 아이가 가출을 밥 먹듯이 하고, 학교 규칙은 신경도 안 쓰고 야생마처럼 제멋대로 날뛰다 자퇴까지 한다는 거였다. 마순영 씨는 도무지 이해가 되지 않았다. 남들이 보기엔 전혀 걱정거리가 없는 집이 아닌가. 그런 집 아이가 왜 고등학교 자퇴를 한단 말인가.

"왜 자퇴를 한대?"

"래퍼 할 거래. 성휘 걔, 작곡 작사도 진짜 잘해. 국어시간에 시 써서 발표하는 거 보고 놀랬어. 엄마보다 시 더 잘 쓰던데? 진짜 타고난 재능이 있어."

마순영 씨는 엄마보다 친구가 시를 더 잘 쓴다고 칭찬하는 아들놈에게 심한 배신감을 느꼈다.

"타고난 재능이 있든 없든 일단 고등학교는 졸업해야지. 중졸로 뭘 한다고?"

"엄마! 우리 아빠도 중졸이거든. 학력 좀 따지지 마."

고영웅은 짜증을 버럭 냈다.

"서태지도 고등학교 졸업 안 했어. 음악 하는 데 무슨 학력이나 학벌이 중요해? 난 성휘가 진짜 대단하다고 봐. 자기 아버진 성휘 보고 의사나 대학교수 하라는데, 자긴 죽어도 그런 고리타분하고 점잔 떠는 직업 싫대. 공부 노예로 사는 인생이 뭐가 좋냐고 했어. 무대에서 미친 듯이 소리 지르고 춤추고 살아 있다는 걸 온몸으로 표현해보고 싶대. 자유롭게! 난 그렇게 용감한 자식이 내 친구란 게 진짜 자랑스러워. 성휘 걔 진짜 개멋있어."

"뭐가 개멋있냐? 쥐뿔도 안 멋있다."

고영웅은 자퇴를 하고 학교를 뛰쳐나가는 성휘가 정말 부러운 모양이었지만 마순영 씨는 성휘 엄마의 심정을 생각하니 눈물이 날 것만 같았다. 하룻강아지 범 무서운 줄 모른다더니, 세상 무서운 줄도 모르고 날뛰는 철없는 아들을 둔 성휘 엄마는 얼마나 속이 탈까 싶었다.

나이스에 접속해 영웅이의 생기부 10번 항목, 행동특성 및 종합의견 내용을 확인한 마순영 씨는 아파트가 떠나갈 정도로 비명을 질렀다. 자신이 비명을 지른 것도 까먹고 충격에 휩싸여 머리를 쥐어뜯고 있는데 잠시 뒤 경비실에서 인터폰이 왔다.

"경비실인데, 902호에 무슨 일 났습니까?"

"네?"

"방금 902호에서 비명 소리가 들린다고 신고가 들어와서요."

마순영 씨는 입을 틀어막았다. 너무 충격이 커서 저도 모르게 큰 소리로 비명을 지른 모양이었다.

"아무 일 없습니다. 잘못 들었나 보네요."

"거 참 이상하네, 두 집에서나 인터폰이 왔는데."

마순영 씨는 직분에 충실한 경비원 아저씨에게 아무 일도 없다고 거듭 안심을 시켜주고 인터폰을 끊었다.

고영웅이 1학년 동안 저지른 완벽한 꼴통 행각은 바로 생기부라는 염라대왕 앞에서 여실하고 명명백백하게 드러났다. 마순영 씨는 일단 냉수부터 한잔 따라서 벌컥벌컥 마셨다. 모든 희망이 와르르 무너진 날이었다. 생기부라는 전지전능하시고 무시무시한 신에게 아들이 완벽하게 버림받은 것이었다.

수업 태도가 지극히 산만하고 불량하여 각 교과 담당 선생님들에게 많은 지적을 받았음. 이에 대한 교정 지도가 필요함. 자신과 생각이 맞지 않을 때 어필하는 점이 다소 강할 때도 있음.

담임선생은 고영웅의 생기부를 이 모양으로 써주고는 3월에 있는 결혼식 준비를 한다고 1년 휴직계를 냈다고 했다. 이건 먹튀도 아니고 뭐라고 해야 하나? 한 제자의 운명이 달린 생기부를 이따위로 써주는 선생이 어디 있단 말인가? 아무리 아이가 밉더라도, 미운 짓을 했다고 해도 조그만 가능성은 남겨두어야 하지 않는가.

생기부는 그야말로 조물주이자 전지전능한 신이었다. 패자부활전을 허락하지 않는 잔인한 신이었다. 담임이 쓴 생기부 한 줄이 아이들의 대학 당락, 미래와 인생과 운명을 결정지었다. 공교육을 사수하고 있는 마지노선, 마지막 보루야말로 생기부였다. 한번 기재된 생기부는 어떻게 바꿀 방법이 없는 살생부였다. 언론에서는 자기 아이와 같은 학교에 다니던 교사가 자기 아이 생기부와 성적을 조작했다가 탄로 난 뉴스를 연일 내보냈다. 서울의 강남 명문고 선생이 자기 아이의 성적을 조작해 구속된 적도 있었다. 생기부를 조작하고도 안 들키는, 불가능한 일에 도전해 성공한 분들도 있는 모양이긴 하지만 그건 신의 영역이었다.

아이들이 그나마 수업시간에 수업을 듣고 있는 시늉이라도 하는 까닭은 오로지 생기부가 버티고 있기 때문이었다. 생기부 신의 눈 밖에 나지 않기 위해 아이들은 어떻게든 눈을 부라리고 잠을 자지 않는 척이라도 해야 했다. 대입을 준비하는 고등학생은 생기부의 노예였으나 그것을 용감히 거부한 아이가 바로 고영웅이었다.

고영웅이 수석 입학을 했을 때 모든 부강고 선생님은 전교 1등을 지원할 태세를 갖추고 있었다. 학교의 모든 역량을 총동원해서, 될 놈 하나 잘 키워보자는 생각이었다. 바다같이 너그러운 선생님들도 고영웅의 꼴통 행각에 인내심이 바닥나고 말았다. 교과 전담 선생들은 참다못해 수업시간마다 고영웅이 떠들거나 잔다고 담임에게 말했다. 교사가 된 지 2년이 채 안 된 공명정대하시고 정의감에 불타는 신출내기 담임선생님은 영웅이의 생기부에 교과 선생님들의 당부를 잊지 않고 지적받은 내용을 아주 친절히 적시했다. 전적으로 고영웅의 탓이었다.

그렇다고 해도 이건 너무한 게 아닌가. 학생이 비록 문제가 많다고 해도 사람이란 언제나 변화의 가능성이란 게 있는 법이다. 변화 발전 가능성이 있기에 기계가 아닌 인간인 것이다. 문을 닫아버리고 아예 못까지 쾅쾅 쳐버린 거였다. 담임이면 담임이지 어떻게 아이의 장래를 글 몇 줄로 완벽하게 망칠 수 있단 말인지, 마순영 씨는 분노로 심장이 터질 것 같았다. 1학년 중간고사를 망치긴 했지만 앞으로 남은 내신은 잘 보면 될 거라고 생각했는데, 담임이 쓴 생기부 한 줄 때문에 모든 가능성이 일거에 사라져버린 것이었다.

생기부, 즉 수시 학생부 종합전형으로 영웅이를 서울대에 보내겠다는 마순영 씨의 원대한 꿈은 와르르 무너지고 말았다.

헬리콥터 맘 마순영 씨는 불굴의 항일 투사만큼이나 아들을 서울대 보내고 말겠다는 열망과 의지가 강하신 분이 아닌가. 과연 이대로 주저앉고 말 것인가. 절대로! 도저히! 주저앉을 마순영 씨가 아니었다. 세 살 때부터 아들을 서울대 보내겠다고 마음을 먹었던 마순영 씨는 또다시 질기디 질긴 희망 하나를 찾아냈다. 문제가 있다면 해결 방법이 있었다. 병을 고치기 위해 의사들은 병의 원인부터 찾아 그에 맞는 치료를 하지 않는가.

모든 원인은 바로 기숙사였다. 기숙사에서 엄마의 감시에서 벗어나 제 맘대로 생활하다 보니 건강을 망치고 학교생활도 엉망이었다. 고영웅은 자기주도 학습능력이 1도 없으니, 감시와 감독이 절대적으로 필요한 녀석이었다. 이른바 엄마주도 학습체제로 다시 되돌아가야 했다. 영웅이를 악의 소굴인 기숙사에서 당장 끌어내야만 했다. 공부할 놈은 소돔과 고모라에서도 타락하지 않고 공부를 하겠지만 고영웅은 본능과 쾌락에만 충실한 놈이었다. 영웅이를 무사히 서울대에 넣어줄 만병통치약으로 생각했던 그 기숙사가 모든 문제의 소굴이었다. 마순영 씨는 서울대로 가는 길에 가로놓인 기숙사란 지뢰를 제거하기로 결심했다.

마순영 씨는 한 치의 망설임 없이 곧바로 작전을 실행했다. 고영웅을 기숙사에서 퇴소시켰다.

고 2, 네가 모의고사 만점이면 손에 장을 지진다

"이사? 또?"

종이호랑이 신세로 전락한 고철용 씨가 뜨악한 표정으로 되물었다.

"영웅이 때문에 이사 가야겠어. 맹모삼천이라고 했잖아? 이게 마지막 이사야. 통학 거리가 좀 가까운 데로 가야겠어."

"그럼 공부방은?"

"공부방은 접어야지. 난 딱 2년만 눈감고 영웅이 뒷바라지만 해야겠으니까, 당신이 이제부터 우리 벌어먹여 살려야 해. 당신만 믿어. 여보 홧팅! 힘내!"

마순영 씨의 말에 고철용 씨는 어처구니없다는 표정을 지었다. 종이호랑이로 만들 땐 언제고 이젠 펄펄 뛰는 호랑이가 되어서 피 튀기는 정글에서 사냥감을 사냥해오란 말이었다.

맹모삼천, 이사만이 답이었다. 해운대에서 영웅이를 통학시키는 일은 쉽지가 않았다. 통학하려면 거의 한 시간이나 걸렸다. 새벽 6시에 아이를 깨워 아침밥을 먹여 내보냈다. 잠이 덜 깬 고영웅은 버스에서 잠들어 종점까지 갈 때도 있었다. 기숙사 퇴소하고 지각을 다섯 번이나 했다는 말을 듣고 마순영 씨는 뒷목을 잡았다. 통학 거리를 줄이기 위해선 이사밖에 방법이 없었다. 7시 넘어 버스를 타면 앉을 자리가 없어 무조건 서서 가야 하니까, 종점까지 그대로 실려 갈 위험은 없었다.

마순영 씨는 장장 7년간에 걸친 마린시티 공부방 사업을 접고 주인에게 이사를 통보했다. 주인은 계약 날짜가 많이 남았는데 이사 간다고 하자 이삿짐을 다 싸고 이삿짐 차가 출발하는 순간까지도 보증금을 주지 않고 애를 먹였다. 송금을 안 해주는 주인과 옥신각신 싸우고 난리를 쳐서 겨우 보증금을 받아냈다.

이사한 집은 타워 주차를 해야 하는 빌라형 아파트였다. 고철용 씨는 24평 월세 집에서 18평으로 집도 줄고 타워 주차 때문에 불편하다고 투덜거렸다. 마순영 씨는 고철용 씨의 불평을 귓등으로 흘렸다. 아들놈 서울대 합격이란 원대한 목표보다 중한 게 없었다.

고영웅은 저 때문에 엄마가 공부방을 접고 좁은 월세 집으로 이사까지 하자 눈치가 보이는지 공부를 제법 열심히 했다. 마순영 씨가 사준 모의고사 문제집으로 줄기차게 문제를 풀었다. 문제지 탑이 1미터 정도 쌓였다. 언젠가 신문에서 보니 수능 만점을 받은 한 학생은 천장까지 닿는 문제지 탑을 두개나 쌓았다고 했다. 그 애를 따라가려면 한참 멀었지만 고등학교 들어와서 가장 열심히 공부했다. 마순영 씨는 이사하고 나서 오로지 영웅이 공부 관리에만 매달렸다. 수십 명을 관리하던 공부방 교사의 실력과 에너지를 아낌없이 고영웅에게 퍼부었다.

지피지기면 백전백승이라 했다. 마순영 씨는 입시 전문가처럼 아들의 성향을 객관적으로 분석해보았다. 백 번 천 번을 생각해도 고영웅은 수시형 아이가 아니었다. 일단 금수저가 아니란 게 그 첫 번째 이유였고 두 번째 이유는 영웅이가 우주 최강 꼴통에다 농땡이라는 거였다. 학생부로 서울대에 합격하기 위해서는 내신 1등급은 기본이고 교내 경시대회는 무조건 다 참가해야 했다. 동아리 활동도 부지런히 해야 하고 독서, 봉사활동까지 챙겨야 할 정도로 만능이 되어야 했다. 수시형 아이는 목표와 진로가 뚜렷해서 일관된 활동을 하는데 고영웅은 목표 자체가 없었다. 수시형 아이는 꼼꼼하고 야무져야만 하는데 고영웅은 수행평가도 안 챙기고 필기조차 전혀 하지 않았다. 필기도 하지 않는 아이가 내신에서 좋은 점수를 받기는 어려웠다.

고영웅은 내신은 중구난방이었지만 모의고사 점수는 꾸준히 잘 나왔다. 수시형이 아니라 정시형, 수능 스타일이었다. 학교 동문회에서는 내신과 모의고사 평균을 내서 분기별로 장학금을 수여했는데 고영웅은 중이염으로 중간고사를 망친 때를 빼고는 장학금을 놓치지 않고 있었다. 내신은 오르락내리락 기복이 심했지만, 모의고사 성적이 잘 나왔던 덕분이었다. 마순영 씨는 그 장학금을 한 푼도 안 쓰고 차곡차곡 모으고 있었다. 서울대 합격하면 영웅이에게 합격 선물로 줄 작정이었다. 엄마들이 장학금 받았다고 한턱내라고 성화였지만 눈도 꿈쩍하지 않았다.

내신 관리나 생기부 관리가 제대로 안 되어서 수시를 포기해야 하는 아이에게 아직 정시 입시 제도가 남아 있다는 것은 구원의 밧줄이 남아 있다는 말이었다. 수시는 대학별 합격 기준을 알 수 없는 깜깜이 전형이었다. 수시는 금수저 전형이란 말도 있듯이 화려한 스펙을 쌓아야 가능했지만 정시는 죽어라 열심히 공부만 하면 그래도 가능성이 있었다. 문제는 수시는 70 내지 80 퍼센트 이상인데 정시는 20 내지 30 퍼센트도 안 된다는 거였다. 정시의 좁은 구멍을 뚫기 위해 재수생 고득점자와 수시를 포기한 재학생이 피 튀기며 경쟁했다. 당연히 재수생이 유리한 싸움이었다. 수시를 포기한 재학생 학부모들은 정시를 늘리라고 인터넷 댓글로 아우성을 쳤다. 교육부는 임금님 귀는 당나귀 귀라는 식으로 학부모들의 원성에 귀를 막았다.

수시로 가장 이득을 보는 곳은 바로 수시 원서 장사로 돈을 버는 대학이었다. 정시 원서는 원서비도 낮고 세 장만 쓸 수 있었다. 수시 원서는 최대 여섯 장까지 쓸 수 있고 원서비도 비쌌다. 수만 명의 학생이 수시 논술원서를 내놓고 수시 논술시험을 포기했다. 대학 측에서는 입시철이면 땅 짚고 헤엄치기로 돈을 벌어들였다. 성적도 좋고 재력도 좋은 특목고나 자사고 아이들을 수시로 선점할 수 있는 상위권 대학은 회심의 미소를 지었다. 정시로는 학생 모집이 불가능한 대학들도 수시 제도가 있어서 겨우 대학 간판을 유지할 수 있었다. 수시 학생 선발의 기준은 대학에 있기 때문에 대학 입맛대로 학생을 골라잡을 수 있었다. 그 누구도 선발 기준을 알 수 없고 이해할 수도 없는 깜깜이 전형이라는 비판이 나올 수밖에 없는 게 수시 학생부 전형이었다.

수시로 득을 보는 곳은 대학만이 아니라 공교육, 학교였다. 생기부, 즉 학생들의 생사여탈권이 달린 염라대왕의 저승길 명부가 바로 생기부였다. 그러니 학생들이 선생님에게 불만이 있어도, 수업을 엉망으로 한다 해도 불만을 제기할 수도 없었다. 공부는 학원에 맡기고 시간만 대충 때우고 월급만 받아 가면 된다는 자세로 교직에 몸담고 있는 스승님 아래서 아이들은 잠만 퍼질러 잤다. 선생에게 밉보여 생기부에 안 좋은 말 한마디라도 적히면 자신의 운명과 미래가 바뀌는데, 일체의 불만을 제기할 수가 없었다. 무능 교사라도 오직 생기부라는 여의봉만으로 학생들을 꼼짝달싹 못하게 할 수 있었다. 그나마 공교육의 부실한 성벽이 무너지지 않는 이유는 오로지 생기부란, 무소불위의 능력을 갖춘 조물주 덕분이었다.

전형 종류가 3천 개가 넘다 보니, 입시 전문가도 아닌 학부모들은 아예 근접도 하기 힘든 신의 영역이 입시전략 수립이었다. 수천, 수억의 돈을 들여서라도 자식을 명문대 보내겠다는 투지에 불타는 고소득층 학부모들의 가려운 데를 긁어주는 곳이 바로 고액 입시 컨설팅 학원이나, 고액 입시학원이었다. 스펙이나 내신이 조금 부족한 학생이라 해도 고액의 돈만 지불하면 입시 실적과 입시 노하우가 뛰어난 사교육업체들은 도깨비방망이로 마술을 부린 듯 스카이나 명문대에 뚝딱 합격시켰다. 의욕도 전혀 없고 능력이 모자라는 아이라 하더라도 잠재력이 뛰어나고 발전 가능성이 많은 우수한 학생이라고 멋들어지게 포장해냈다. 돈으로는 안 되는 게 없었다. 고소득층 학부모와 사교육업체, 누가 악어이고 악어새인지는 모르겠지만 이러한 공생관계는 필연적이었다. 고로, 수시가 계속 늘어난 이유는 수시로 이득을 보는 세력들, 기득권 세력들 때문이었다.

사정이 이러니 순수한 성골 흙수저 학부모 마순영 씨는 정시만이 살길이라 생각했다. 정시는 고 3 때라도, 수능이 몇 달 안 남았다 해도 정신을 바짝 차리고 공부하면 희망이 있었다. 정시는 수시에서 버림받은 아이들의 마지막 남은 희망이었다. 고영웅은 오로지 정시라는 밧줄에 매달려 저 높은 하늘로 올라가야 했다. 그곳은 스카이 중에서도 가장 높은 곳, 바로 서울대였다.

3월 모의고사 전날이었다. 고영웅은 아침에 늦게 일어나는 바람에 택시를 타고 학교에 갔다. 마순영 씨는 불같이 화가 치밀었다. 통학 거리를 줄이기 위해 이사까지 왔는데 택시를 타고 등교하는 저놈을 어째야 하나 싶었다. 마순영 씨는 생리 전 일주일 무렵이면 공황장애에 빠진 사람처럼 감정 조절을 못 했다. 하필 모의고사 전날 마순영 씨는 휴대폰 고지서를 받았다. 요금이 무려 15만 원이었다. 간이 좁쌀보다 작은 마순영 씨는 기절할 지경이었다. 통신사에 전화해보니 휴대폰으로 인터넷 게임 결제를 했다는 거였다. 영웅이 짓이었다. 종일 화가 부글부글 끓어 폭발 일보 직전이었다.

화를 꾹꾹 누르고 참았는데, 학교에서 돌아온 아들을 보자마자 사이다 병뚜껑이 열리듯 폭발하고 말았다.

"영웅이 너, 일루 와봐! 너 진짜 왜 이래?"

"왜?"

"너 이거 뭐야? 왜 엄마 휴대폰으로 게임 요금 결제를 해? 이거 명백한 도둑질이야."

"뭐? 도둑질? 와! 엄마, 진짜 심하네. 어떻게 아들에게 그런 말을 해?"

고영웅은 도둑질이란 말에 화를 삭이지 못했다.

"몰래 결제를 하니까 도둑질이지."

"도둑질이라니? 잘못한 거 맞지만 어떻게 도둑질했다는 말을 하냐고? 진짜 돌겠네. 엄마한테 말하려고 했어. 지난달에 결제한 거야. 이제 게임 절대 안 한다구."

"니 휴대폰도 아니잖아? 니가 돈 내? 왜 엄마 휴대폰으로 결제를 해? 이게 도둑질이 아니고 뭐야?"

"진짜, 개짜증나네. 나, 내일 모의고사야. 도둑질했다는 소리까지 들었는데 공부하고 싶겠어? 나 공부 안 해!"

"뭐? 공부를 안 해? 야!"

마순영 씨가 버럭 소리를 지르자 고영웅은 냅다 가방을 집어 던지고 방으로 들어가 방문을 잠가버렸다. 마순영 씨는 또 조건반사처럼 심장이 덜컥했다. 영웅이가 문을 걸어 잠그기만 하면 심장이 오그라들었다. 아, 조금만 참았어야 했는데. 모의고사를 앞두고 아이랑 싸우는 정신 나간 고등학생 엄마가 누가 있겠는가. 죽일 놈의 생리 전 증후군 탓이었다. 정신과에 가보든지, 무슨 수를 내야 했다.

다음 날, 마순영 씨는 아들이 시험을 친다고 아침 일찍 일어나 소고기뭇국을 끓이고 달걀말이에다 고등어까지 구워 정성껏 밥상을 차렸다. 아침을 먹으라고 했지만 고영웅은 엄마와 눈길도 마주치지 않았다. 밥상은 쳐다보지도 않고 빈속으로 학교에 가버렸다. 배고픈 걸 전혀 못 참는 아이를 학교에 보내놓고 마순영 씨는 안절부절못했다.

모의고사를 치고 온 고영웅은 집에 오자마자 소파에 픽 쓰러지듯 한참 누워 있더니 갑자기 가슴 벅찬 표정으로 벌떡 일어나 앉았다.

"엄마, 나, 아무래도 모의고사 만점인 것 같아."

"뭐?"

아침도 안 먹고 나가더니, 배가 고파서 헛소리를 하나 싶었다. 마순영 씨는 모의고사 만점이 뉘 집 개 이름이냐고 한소리하려다 입을 다물었다.

"진짜 죽을힘을 다해서 시험 쳤어. 시험 칠 때 이렇게 열심히 한 적 없었거든. 진짜 처음이야! 아무래도 나, 만점 맞은 것 같아. 학교에서 대충 애들이랑 맞춰봤는데 틀린 문제가 하나도 없어."

"아들아! 이거 몇 개로 보이니?"

마순영 씨는 검지를 세우고 좌우로 흔들었다.

"아! 정말, 왜 이래? 아들을 왜 이렇게 못 믿어?"

"니가 모의고사 만점이면 손에 장을 지진다."

"진짜 만점이라니까! 나중에 후회하지 마셔."

마순영 씨는 영웅이가 오랜만에 공부하는 것 같더니 머리에 과부하가 걸린 모양이라고 생각했다. 평소에 안 하던 공부를 갑자기 했으니 오죽하겠는가.

얼마 뒤 모의고사 성적표가 나오는 날이었다. 고영웅에게 영상통화가 걸려왔다. 난데없이 웬 영상통화인가 싶어 마순영 씨가 영상통화 수락 버튼을 누르자 모의고사 성적표가 화면에 떴다. 모든 과목의 원점수가 100점으로 표기되어 있고 등급은 모두 1등급이었다. 믿기지 않아 눈을 비비고 다시 들여다보았다. 마순영 씨는 심장이 튀어나오는 것 같았다.

"영웅아! 이게 어떻게 된 일이야? 진짜 만점이네!"

"이제 우리 모친, 손에 장을 지질 일만 남으셨네. 이 일을 어쩌나? 진작 이 아들을 믿으셨어야지."

"열 번, 스무 번 장을 지져도 좋으니까, 앞으로 계속 만점 부탁해, 아드으들!"

마순영 씨는 입이 귀에 걸렸다. 모의고사 만점이라니! 1학년 때의 망한 생기부 때문에 모든 희망이 와르르 다 무너졌다고 생각했는데, 기숙사를 나오고 집에서 공부를 시키니 모의고사 만점이라는 기적을 이뤄낸 거였다. 마순영 씨는 자신의 선구적 혜안에 스스로 감탄을 했다. 고영웅을 위한 준비된 입시 전문가, 최적화된 전문가는 바로 이 엄마라고 또 한번 확신했다. 고영웅에겐 엄마주도 학습만이 살길이었다.

학부모 총회가 열리는 날이었다. 한껏 어깨에 힘을 줄 절호의 기회를 마순영 씨가 놓칠 리가 있겠는가. 마순영 씨는 위풍도 당당하게 학교로 향했다. 온 세상이 마순영 씨를 향해 미소를 지어주고 있었다. 세상이 환한 빛으로 가득했다. 이 찬란하고 눈부신 기쁨 속에 오랫동안 잠겨 있고 싶었다.

강당 입구는 학부모, 교사, 학생 들로 북적거렸다. 각 반 임원 엄마들이 총회에 참석하는 엄마들에게 믹스 커피와 티백 녹차를 타주고 있었다. 맛깔나 보이는 소포장된 떡도 나누어주었다. 언제 봐도 단아한 승민이 엄마는 멀리서도 한눈에 띄었다. 승민 엄마는 마순영 씨를 보고 반갑게 인사했다. 승민이는 이번에도 반장이라고 했다. 기숙사에서 낯을 익힌 엄마들이 많이 보였다. 다들 아이들 뒷바라지에 열을 올리는 엄마들, 치맛바람을 세게 일으키는 헬리콥터 맘들이 대부분이었다. 마순영 씨는 총회 유인물을 받아 들고 강당으로 들어섰다. 강당 문 앞에서 두리번거리고 있는 낯익은 뒷모습을 발견했다. 선우 엄마 어깨를 살짝 쳤다.

"어머, 영웅이 언니! 안 그래도 찾았잖아요?"

선우 엄마가 눈을 동그랗게 뜨며 반갑게 인사했다. 마순영 씨보다 나이가 세 살 어린 선우 엄마는 마순영 씨를 영웅이 언니라고 불렀다. 마순영 씨는 공부방 교사 때의 습관을 버리지 못해 늘 선우 어머니라고 불렀다. 선우와 고영웅은 이번에는 같은 반이었다.

선우는 여전히 기숙사에서 생활했다.

"언니, 이번에 영웅이 만점 축하해요. 기숙사 나오자마자 만점이라니! 진짜 대단해요. 선우도 기숙사 나오게 할까 봐요. 진짜 부러워요."

선우 엄마는 자리에 앉자마자 축하 인사를 했다. 마순영 씨의 입꼬리가 저절로 올라갔다.

"선우 기숙사에서 잘하는데 뭘 그래요? 영웅인 기숙사가 안 맞더라구요. 영웅이 농땡이 짓 한 거 알잖아요? 오죽하면 기숙사 나왔겠어요?"

마순영 씨가 웃으며 응수했다. 앞에 앉은 머리 긴 여자가 돌아보았다. 민재 엄마였다.

"어? 영웅이 엄마! 영웅이 모의고사 만점이라면서? 축하해요. 맨날 엎드려 자는 게 고영웅이라고 학교에 소문났던데, 웬일이래? 영웅이 진짜 천재가 봐. 만점을 다 맞고. 총회 마치고 한턱 크게 쏘세요. 만점 비결도 가르쳐주고, 알았죠?"

민재 엄마의 목소리가 너무 컸는지 너도나도 목을 빼고 마순영 씨를 쳐다보았다. 민재 엄마의 옆자리에 앉은 여자도 돌아보고 마순영 씨에게 인사를 했다. 강우혁, 배치고사 1등이라고 장난을 친 그 맹랑한 우혁이 녀석의 엄마였다.

총회를 마치고 선우 엄마와 함께 2학년 3반 교실로 향했다. 교실에는 엄마들뿐 아니라 아빠들도 대여섯 명이 와 있었다. 명문 부강고답게 아빠들의 교육열도 엄마들 못지않게 대단하다고 마순영 씨는 생각했다. 입시 열기를 나타내듯 학부모들이 스무 명 넘게 모인 것 같았다. 교탁 앞에서 50대 후반으로 보이는 여선생이 한 엄마와 이야기를 나누고 있었다. 선생은 붉은 포도주 빛 모직 투피스 차림에 어깨 아래까지 내려오는 파마머리 스타일이었다. 나이가 많은 여선생님들은 아나운서같이 단정한 헤어스타일이 어울린다는 고정관념에 빠져 있는 마순영 씨는 담임이 촌스러워 보인다고 생각했다.

엄마들은 용케 자기 아이들의 책상을 찾아서 앉은 모양이었다. 마순영 씨는 영웅이 자리가 어느 쪽인지 알 수가 없어 선우 엄마와 같이 대충 빈자리에 앉았다. 교실은 전체적으로 어수선했다. 체육복이 둘둘 뭉쳐진 채 책상 서랍에 쑤셔 박혀 있고, 책상 걸이에는 종이가방과 비닐봉지가 주렁주렁 매달려 있었다. 지저분한 남자아이들의 방 그대로였다. 책상에는 온갖 희한한 낙서들로 도배되어 있었다. 피카츄, 졸라맨, 스파이더맨, 배트맨, 아이언맨, 악당 조커까지 불려 나와 장풍을 쏘아대고 있는 낙서를 보니 웃음이 피식 나왔다.

"안녕하세요. 올 한 해 2학년 3반 담임을 맡은 성정순이라고 합니다. 바쁘신데도 아이들을 위해 귀한 걸음 해주신 학부모님들께 감사드립니다."

담임이 의례적인 인사말을 했다.

"어제 고등학교 입학시킨 것 같은데 벌써 2학년이라니 실감이 안 나시죠?"

담임이 분위기를 부드럽게 할 요량으로 이런 말을 꺼내자 여기저기에서 학부모들이 네, 맞아요, 예, 하고 맞장구를 쳤다. 담임이 흡족한 미소를 지었다.

"이제 2학년이 되고 보니 마음이 많이 조급해지실 겁니다. 정시로 보내야 하나, 수시로 보내야 하나? 2학년이면 이미 결정이 나 있어야 합니다. 제가 저희 아이를 서울대에 정시로 보내봐서 아는데요."

학부모들 사이에서 한숨과 탄성과 박수가 터졌다. 마순영 씨는 놀라서 눈이 크게 벌어졌다. 아이를 서울대까지 보낸 위대하신 분이 바로 눈앞에 있었다. 처음엔 촌스러워 보이던 담임의 헤어스타일까지 갑자기 멋있어 보이고 얼굴에 후광까지 비치는 것 같았다.

"아시다시피 요즘 입시제도가 많이 바뀌어서 수시 아니고는 재학생들이 스카이 간다는 건 꿈도 못 꿀 일이 아닙니까? 우리 반에도 정시로 스카이 갈 수 있는 학생이 있긴 합니다. 이번에 우리 반 고영웅 학생이 모의고사에서 만점을 받았어요. 고영웅 어머니, 오셨죠?"

마순영 씨는 갑자기 영웅이 이름이 불리자 어리둥절했다. 얼떨떨한 얼굴로 자리에서 일어나 담임에게 고개를 숙이고 자리에 앉았다. 선우 엄마가 마순영 씨를 쳐다보며 미소를 활짝 지었다.

"모의고사 만점 받은 영웅이는 이대로만 한다면 정시로 서울대 충분히 갈 수 있겠지만 솔직히 다른 우리 아이들 성적으로는 냉정하게 말씀드려서 정시로는 부산대도 뚫기 힘듭니다. 부산대가 지방거점 국립대 중에 1위 아닙니까? 제 말의 요지는 수시가 훨씬 중요하다는 겁니다. 수시가 70 내지 80퍼센트 이상인데 재학생은 수시 아니고는 방법이 없습니다. 서연고 서성한 중경외시 들어보셨죠? 소위 말하는 인 서울 순위입니다. 우리 아이들을 인 서울 시키기 위해서는 사교육보다는 공교육에 대한 절대적인 믿음이 필요합니다. 수시 학생부 전형에서는 내신과 비교과 활동이 아주 중요합니다. 교과 담당 선생님께서 써주시는 한 줄의 수업 평가도 중요하기 때문에 수업시간에 엄청 집중해야 합니다. 선생님께 인사도 잘해 눈도장 찍고 발표도 열심히 하고 수행평가도 열심히 하고 뭐든 성실히 해야 좋은 평가를 받을 수 있습니다. 무엇보다 생기부 작성에 관여하시는 모든 선생님과의 관계가 중요합니다. 학생부 교과 전형은 내신 성적만 봅니다. 그러니 첫째도 둘째도 내신 성적이 가장 중요합니다. 우리 반 학생들은 무엇보다 야간자율학습에 백 퍼센트 참석해야 합니다. 야자만 충분히 해도 성적을 올릴 수 있습니다. 저희 아이도 야자를 충실히 해서 서울대 갔답니다. 그리고 수시 입시제도가 너무 복잡해서 학부모님만의 정보력이나 전략만으로는 효과적으로 대응하기가 힘이 듭니다. 수시전형의 종류가 수천 개라고 하는데 전문적으로 입시 지도를 하시는 선생님들의 지원 사격을 받으시면 입시전쟁에서 기필코 승리하실 것입니다. 교육청에서도 입시설명회를 자주 열고 있습니다. 입시설명회가 열릴 때마다 문자를 드리겠습니다. 혹시나 질문할 사항 있으시면 말씀해주세요."

뒤쪽에 앉은 한 엄마가 손을 들었다.

"선생님, 말씀 들으니 입시전쟁이란 말이 더 실감되는군요. 아이에게 맞는 입시전략을 짤 때 선생님 도움이 절실할 것 같습니다. 선생님, 바쁘실 테지만 혹시나 입시에 관해서 선생님과 대면 상담도 가능할까요?"

"네, 물론입니다. 방과 후에 전화해주시면 시간을 맞추어보고 상담해드리도록 하겠습니다."

담임은 흔쾌히 대답했다.

마순영 씨는 성정순 선생님을 존경의 눈빛으로 쳐다보았다. 무엇보다도 아이를 서울대까지 보낸 위대하신 분이 아닌가. 이렇게 학생을 진심으로 걱정해주는 열정적인 선생님을 만나다니 행운이었다. 더군다나 영웅이가 모의고사 만점이라고, 학부모들이 모인 자리에서 다시 한번 사방팔방 광고까지 해주어서 체면을 한껏 세워주질 않았는가. 이렇게 훌륭하신 선생님이 어디 있겠는가.

"영웅아, 너희 선생님 진짜 좋으시더라."

마순영 씨는 학부모 총회를 마치고 와서 영웅이에게 선생님 칭찬을 했다.

"뭘 모르시네. 난 지금까지 대한민국 제일 잔소리꾼이 우리 엄마라고 생각했거든. 엄마는 더욱 분발하셔야 되겠더라고. 우리 쌤한테 비교하면 새 발의 피입니다요. 물론 잔소리는 백 날 천 날 해봐야 다 헛소리지만!"

"뭐?"

"잔소리는 투입 대비 효과가 1퍼센트도 없거등. 종례는 얼마나 길게 하는데. 한 소리 또 하고, 또 하고. 담임 잔소리 듣고 있다 보면 우리 학교가 세상에서 제일 꼴통 학교고, 우리 반이 제일 문제 반인 것 같다니까. 술도 안 마시고 맨 정신으로 같은 말 또 하고 또 하는 거 보면, 진짜 넘사벽이야."

"그건 제자들에 대한 넘치는 애정 표현인 거지. 얼마나 감사한 일이니?"

"진짜 못 말려. 엄만 너무 순진해. 사람 볼 줄을 모르십니다요."

고영웅은 고개를 절레절레 흔들었다. 담임은 모의고사 만점을 받은 영웅이에 대한 기대가 큰 모양이었다. 영웅이만 보면 붙들고 잔소리를 해댄다고 했다. 서울대 가려면 수업시간에 얼마나 열심히 해야 하는 줄 아느냐, 문제지는 뭐를 풀어야 하고, 수업시간에 자지 마라, 수행평가 좀 열심히 해라, 과제 좀 성실히 해라, 선생님께 인사 좀 잘해라, 니가 애들하고 장난이나 칠 때냐, 쉬는 시간에 엎드려 자지 말고 자투리 시간이 나면 공부해라, 영어단어 한 개라도 더 외워라, 서울대 가려면 숨도 안 쉬고 공부해야 한다, 기타 등등등…….

대로변에 있는 강남기 피부과는 5층이었다. 중간고사를 앞두고 영웅이의 귀가 또 말썽이었다. 고등학교에 들어와서 체질이 완전히 바뀐 건지, 외이도염과 피부병을 달고 살았다. 집에서 등하교를 시키면 건강이 좋아질 줄 알았는데 쉽게 호전되지 않았다. 엘리베이터에서 내려 피부과 문을 열고 들어갔다. 피부과 대기실에는 교복을 입은 남학생 한 명과 중년 여자가 앉아 있었다. 영웅이 또래로 보이는 남학생이었는데 어딘지 낯이 익다는 생각이 들었다. 남학생 옆에 앉아 있는 여자도 낯익은 얼굴이었다. 마순영 씨는 고개를 갸웃했다. 접수하고 대기실 소파에 앉으려는데 귀에 익은 이름이 들렸다.

"변기준 환자 들어오세요."

마순영 씨는 잘못 들었는가 했다. 진료실로 들어가는 남학생과 엄마를 보니 문제의 변기준 모자지간 같기도 했다. 해운대에 사는 두 사람을 이 동네에서 만날 리가. 해문중학교 졸업식 때 보고 한 번도 마주친 적이 없었다. 진료실에 들어간 지 3분도 안 되어서 두 사람이 나왔는데 마순영 씨는 심장이 멎을 만큼 놀랐다. 문제의 그 모자지간이 확실했다. 평소 같았으면 영웅이를 따라 진료실에 들어갔을 텐데 마순영 씨는 대기실에 그대로 앉아 있었다. 병원 문을 밀고 나가는 두 사람의 뒷모습을 뚫어지라 쳐다보았다. 원수는 외나무다리에서 만난다고 하더니, 하필 이사까지 온 동네 피부과에서 변기준을 만날 줄이야. 심심해서 장난칠 거리만 찾던 신이란 작자가 마순영이란 돌멩이를 들고 퐁당퐁당 물수제비 뜨기를 하는 것 같았다.

진료실에 들어갔던 영웅이도 금방 나왔다. 마순영 씨는 처방전을 받아 들고 병원 밖으로 나와 평소에 가던 대로 제일약국 쪽으로 향했다. 약국 문을 밀고 들어서던 마순영 씨가 멈칫했다. 문제의 그 변기준 모자가 약을 기다리고 있었다. 이놈의 못된 신이란 작자 같으니. 신이 장난을 친다면 마순영 씨도 가만있을 수 없었다. 마순영 씨는 약사에게 처방전을 내밀고는 돌아서서 표정을 한껏 밝게 만들었다.

"어머머! 이게 누구세요? 기준이 엄마 아니세요?"

"누구신지……? 절 아세요?"

카키색 남방 차림인 기준이 엄마가 눈이 휘둥그레져서 마순영 씨에게 되물었다. 볼 때마다 눈에 확 띄는 빨간색 옷을 즐겨 입던 레드 매니아, 기준 엄마는 웬일인지 수더분한 동네 아줌마 스타일이었다.

"네, 알다마다요. 방금 강남기 피부과에서 봤는데, 설마 했는데 맞네요. 저 영웅이 엄마예요. 고영웅 아시죠?"

"아! 근데 이 동네에 어쩐 일로?"

별로 반갑지 않은 모양인지 표정이 떨떠름했다. 기준이도 당황한 표정이었다. 마순영 씨 옆에 서 있던 영웅이의 표정도 벌레 씹은 것 같았다. 엄마를 쿡 찌르며 눈치를 주었지만 마순영 씨는 멈추지 않고 직진했다.

"영웅이 학교 통학 거리가 많이 멀어서 이사 왔어요. 기숙사 있다가 얼마 전에 나왔거든요. 부강고 다녀요. 어머! 기준아, 너 진짜 키가 어쩜 이렇게 크니?"

마순영 씨가 한껏 오버하며 반가운 척을 하자 옆에 서 있던 기준이가 얼떨결에 꾸벅 머리를 숙였다. 기준이는 영웅이를 힐끗 쳐다보더니 눈길을 피했다.

"부강고, 좋겠다. 우리 기준이는 그때나 지금이나 공부 못해서 요 근처에 있는 부성공고 다니는데, 영웅인 공부 잘하죠? 옛날에 과고 간다고 소문 들은 것 같은데?"

"과고는 떨어졌어요. 부강고 지원했는데 운이 좋았는지, 수석 입학했지 뭐예요. 이번에 모의고사도 전 과목 만점 받았거든요. 근데 요즘 좀 농땡이 피워서 걱정이에요."

기준이 엄마의 표정은 점점 복잡미묘하게 일그러졌다. 웃는 것도 아니고 찡그린 것도 아닌 이상한 표정이었다. 기준이는 입을 쩍 벌린 채 영웅이를 곁눈질했다. 마순영 씨가 쓸데없는 자랑을 늘어놓자 고영웅은 미치겠다는 표정을 지었다. 다른 쪽으로 가서 비타민제들을 들여다보며 딴청을 피웠다.

"변기준 고객님, 약 나왔습니다."

기준이 엄마는 안도한 표정으로 재빨리 약을 받고 계산을 했다.

"그럼 바빠서 이만……."

기준이 모자는 인사도 하는 둥 마는 둥 약국을 나가버렸다.

"대체 엄마 왜 그래? 진짜 쪽팔려 죽는 줄 알았어. 엄마 일부러 그랬지?"

"맞아, 일부러 그랬어. 이런 날만 기다렸거든."

"뭐야? 촌스럽게!"

"이게 다 인과응보라는 거야."

"헐! 엄마 그러고도 애들 국어 가르쳤어? 갖다 붙일 걸 갖다 붙여."

마순영 씨는 찬란하고 아름다운 복수를 꿈꾸었다. 아직 멀었다. 고영웅은 꼭 서울대에 가고 말 거니까. 변기준 너 따위 녀석이 그렇게 무시하고 괴롭히고 왕따를 시켰던 영웅이가 어떻게 성공하는지, 얼마나 높이 올라가는지 한번 두고 봐, 꼭. 고영웅은 너 따위가 함부로 할 그런 아이가 절대 아니야! 마순영 씨는 미세먼지로 부옇게 된 하늘을 올려다보며 씽긋 웃었다.

마순영 씨는 오랜만에 머리나 손질하려고 미용실로 향했다. 대로변에 있는 2층 미용실로 올라가려다 멈칫했다. 좁은 미용실 계단에 한 아이가 웅크리고 앉아 뭔가를 열심히 적고 있었다.

"얘! 너 뭐 하니?"

"보면 몰라요? 숙제하잖아요?"

아이는 마순영 씨 얼굴도 보지도 않은 채 귀찮은 듯 말했다. 아이는 비좁고 더러운 계단에 앉아 정신없이 문제를 풀었다. 초등학교 5학년쯤 되어 보이는 남자아이였다. 경적이 울리고, 사람들이 쉴 새 없이 오가고, 먼지가 날리는 길에서도 공부를 할 수 있다니 놀라운 집중력이었다. 저렇게 미친 듯 공부하면 전교 1등은 따놓은 당상이겠다 싶었다.

책상과 의자도 없이 길에서 공부하던 피난 시절도 아닌데 21세기를 사는 아이들이 피난민처럼 길에서 공부하는 모습을 종종 마주쳤다. 지하철 의자에서나 버스 안에서 문제집을 푸는 아이들도 보았다. 학원 차를 기다리며 길에 쭈그려 앉아 문제지를 푸는 아이들도 마주치곤 했다. 예전에 공부방에서 수업할 때 10분의 쉬는 시간을 주면 놀 생각도 하지 않고 문제집을 꺼내 숙제를 하는 아이가 있었다. 학교 숙제는 안 해도 학원 숙제는 꼭 해가야만 한다는 거였다. 숙제를 안 해가면 학원 선생이 때리기도 하는데, 그것보다 더 무서운 건 엄마라고 했다. 숙제 안 했다고 학원에서 전화가 오면 엄마가 때리거나 잠을 안 재우고 숙제를 시킨다고 했다. 양육이 아니라 사육이었다.

무한 경쟁 사회는 정글에서 살아남기 위해선 남을 짓밟고 올라서라고, 각자도생의 사회에서 제 살길만 찾으라고, 느릿느릿 걷다가 굶어 죽고 싶냐고, 불안을 키우고 욕망을 부풀린다. 경쟁 사회가 만들어낸 욕심과 불안감이란 감옥에서 못 나오는 엄마들이 아이를 공부의 노예로 만들었다. 자식을 공부란 감옥에서 못 나오도록 감시하는 엄마들, 자식을 사랑하는 방법을 알지 못해 사육하는 엄마들이었다. 내 자식은 남들보다 더 앞서나가야 한다는 욕심이, 남들보다 절대 뒤처지면 안 된다는 불안감이 헬리콥터 맘이란 괴물 엄마와 공부 기계가 된 괴물 아이들을 만들어냈다.

마순영 씨는 공부에 시달리는 아이들을 보면 안쓰럽다고 생각했다. 아들 고영웅을 공부로 늘 몰아세우면서도 유체이탈 화법으로 엄마들이 진짜 문제라고, 대한민국 교육이 문제라고 말하곤 했다. 강남 좌파들이나 소위 입진보라 불리는 인사들이 교육 문제를 성토하면서 뒤로는 자기 자식을 특목고나 자사고에 보내고 고액 사교육을 시키거나 비싼 해외 유학을 시키는 것과 진배없었다. 내로남불 마순영 씨는 자신도 영웅이를 스파르타식으로 무섭게 관리하면서 스스로는 정도가 심하다고 생각하지 않았다. 사교육도 안 시키고 모의고사 만점까지 시켰다고 자랑스레 떠벌리며 목에 힘을 주었다.

마순영 씨는 담임선생님의 영웅이에 대한 배려와 관심에 보답하기 위해서라도 집에서 학습 관리를 완벽하게 시켜야겠다고 마음을 먹었다. 영웅이를 뒷바라지하는 데 모든 역량을 집중시켜야 하는데 그놈의 돈이 문제였다. 고철용 씨는 낮에는 간판 설치 일을 하고 밤에는 대리기사 일까지 하며 정신없이 뛰었다. 매달 100만 원이 넘는 빚을 갚아나가야 했기 때문에 월세와 생활비로는 턱없이 부족했다. 만창과(만화창작과)를 졸업한 빛나가 얼마 전 게임회사에 취직이 되어 겨우 한시름 놓았다. 취직을 했지만 빛나도 서울에서 고시원 생활을 하며 학자금 대출을 갚아나가야 했다.

이사를 하고 마순영 씨는 공부방 일을 접었기 때문에 다른 일자리를 찾아보았다. 영웅이 문제집이라도 사주고 생활비에 보태야 했다. 공부방 교사나 백화점 강사 경력, 허울뿐이지만 시인이란 이름 따위는 머릿속에서 싹 지워버려야 했다.

마순영 씨는 한 달에 120만 원을 받기로 하고 집에서 20분 거리에 있는 에덴김밥에 취직했다. 주인이 교회를 다녀서 김밥집 이름이 꽃집 이름에나 어울리는 에덴이었다. 고등학교 근처에 있는 에

덴김밥은 아침 7시부터 문을 열었기 때문에 아침 설거지도 못한 채 식당으로 달려가야 했다. 이름만 김밥집이지 김밥, 라면, 떡볶이, 튀김, 순대, 카레라이스, 김치볶음밥까지 파는 분식집이었다. 7년 동안 공부방 교사로 일을 하다 식당 일을 하려니 일이 손에 쉽게 익지 않았다. 오후 3시까지 파트타임으로 일했는데 오후 3시부터 밤 8시까지는 아이를 다 키웠다는 50대 후반의 아줌마가 와서 교대해주었다. 60대인 주인 여자가 독실한 기독교 신자였기 때문에 일요일에는 무조건 쉬었다. 영웅이 공부 뒷바라지를 해가면서 충분히 일할 수 있었다. 오후 3시에 일을 마치고 집에 돌아와서는 밀린 집안일을 했다.

마순영 씨는 영웅이 자율학습을 안 시키고 집에서 학습 관리를 할 작정이었다. 영웅이가 5시에 집에 도착할 때까지 개인 공부방 모드로 집을 완전히 세팅해놓고 공부를 시킬 계획을 세웠다. 이 아름답고 원대한 계획을 방해하는 사람이 있었으니 바로 마순영 씨가 그렇게 존경하고 찬양해 마지않았던 담임 성정순 선생이었다.

담임은 이 부강고등학교에서 명예롭고 멋진 정년을 마칠 계획이었다. 자신이 담당한 반을 최고의 반으로 만들 욕심을 갖고 있었는데 그 선행조건이 바로 자율학습 참석률 100퍼센트 달성이었다. 성정순 선생은 학년주임 선생이라 2학년 3반이 완벽한 모범을 보여야 한다고 생각했다. 다른 반 선생님들에게도 야간자율학습 불참을 허락해선 안 된다고 역설했다. 부강고에서 공식적으로 야간

자율학습 불참이 허락된 학생들은 야구부 학생들밖에 없었다. 라이벌 경부고와 함께 야구 명문으로 유명한 부강고의 야구부 학생들은 체육 특기생으로 명문대에 진학했다. 2학년 3반은 과학중점반이라 야구부 학생이 없어 자율학습 참석률 100퍼센트 달성이 가능했다. 심하게 아파 병원에 가야 하는 아이도 야자를 안 빼주는 바람에 학부모가 학교까지 찾아와 대판 싸운 일까지 있었다. 성정순 선생은 야자에 목숨을 걸다시피 집착했다.

성정순 선생의 아름다운 '빅 픽처'에 흠집을 내버린 녀석이 한 놈 있었다. 성정순 선생 딴에는 나름 물심양면으로 신경을 써준다고 늘 폭풍 잔소리를 하며 애정의 손길을 쏟아준 녀석이었다. 그 은혜도 모르고 하극상을 저지르다니, 성정순 선생은 놈이 괘씸하기 이를 데 없었다. 그 괘씸한 놈이 바로 고영웅이었다. 고래 심줄보다 더 질긴 영웅이를 못 이긴 담임은 결국 마순영 씨에게까지 전화를 걸었다.

"영웅이 어머니, 영웅이 자율학습 안 하겠다고 하던데 어떻게 된 일입니까?"

"선생님, 자율학습은 자유가 아닙니까? 집에서 시키겠습니다. 제가 예전에 공부방을 하면서 아이들을 가르친 적이 있습니다. 학원 안 보내고 지금까지 공부시켰어요. 저희 아이 학습 관리는 충분히 가능합니다. 영웅인 집에서 공부하는 게 더 효율적입니다. 성과로 꼭 보여드리겠습니다. 집에서 공부시켜 서울대 꼭 보내겠습니다."

마순영 씨가 공부방을 했다는 경력에다 서울대까지 들먹였지만, 담임은 포기하지 않고 공교육을 불신하느냐고 설교를 잔뜩 늘어놓았다. 마순영 씨도 끝까지 물러서지 않았다. 영웅이 학습 관리를 해주려고 맹모삼천까지 감행했는데 어떻게 포기를 하겠는가. 마순영 씨는 공부방 할 때의 실력을 발휘해 구체적인 가정 자율학습 계획서까지 작성해서 영웅이 편에 들려 보냈다. 성정순 선생은 마지못해 자율학습을 허락했다.

성정순 선생 딴에는 영웅이에게 화가 날 만한 건 사실이었다. 영웅이가 자율학습에 빠지자 자율학습을 안 하겠다고 하는 아이들이 하나둘씩 늘어나 담임의 신경을 긁어놓았다. 어쩌다 영웅이가 종례를 빼먹고 집에 달아나기라도 한 날엔 담임은 어김없이 전화를 걸어 영웅이가 종례도 안 받고 도망을 쳤다고, 학생이 이래서 되겠냐고 학부모인 마순영 씨를 학생 취급하며 일장 연설을 늘어놓았다. 청소를 빼먹고 간 날에도 어김없이 전화해 영웅이 단속을 잘 시키라고 했다. 불성실하다고 생기부에 기재될 수 있다는 말까지 덧붙였다.

쉬는 시간에 소화기로 장난치다 교실을 허연 분말로 뒤덮이게 만든 놈이 수업시간에 뻔뻔하게 잠을 자다니! 담임은 분기가 탱천했다.

"고영웅! 안 일어날래?"

담임이 신성한 수업을 무시하고 퍼질러 자는 영웅이의 등짝에 스매싱을 날리려는 찰나였다. 언제 잤냐는 듯 고영웅은 벌떡 일어나 교실 뒤로 비호같이 달려갔다. 청소쓰레받기를 방패처럼 쳐들어 뒤쫓아 온 담임의 손바닥을 막아냈다. 고분고분 맞을 생각을 안 하는 이 버릇없는 제자놈에게 화가 치민 담임은 쓰레받기를 빼앗아 후려치려 했다. 고영웅은 팔로 방어하고는 냅다 도망쳤다.

연로하신 담임께서는 체통도 잊으신 채 제리를 쫓는 톰처럼 정신없이 고영웅을 쫓아다녔다. 구경하던 반 아이들만 신나서 웃어댔다. 온몸을 불살라 재미있는 공연을 시연하는 선생과 제자에게 아이들은 아낌없이 박수를 보냈다. 고영웅은 교실에서 복도로 뛰어나갔다가 다시 교실로 들어와 제자리에 앉았다. 헉헉 뒤쫓아 오는 담임을 보고는 번개같이 몸을 날리며 도망을 다녔다. 담임은 약이 올라 씩씩대며 쓰레받기를 들고 쫓아왔다. 고영웅은 담임의 우아하시고 찬란하신 교권을 땅에 떨어뜨려 웃음거리로 만들어버린 발칙하고 괘씸한 녀석이었다.

사랑의 본질이 움직이는 게 아니겠는가. 고영웅에게 쏠렸던 담임의 사랑과 관심은 금세 다른 대상을 찾아냈다. 성정순 선생의 총애를 받게 된 아이는 바로 최승재란 아이였다. 승재는 부강고 제일의 엄친아였다. 아버지가 치과병원 몇 개를 운영하는 치과병원장이라 금수저를 입에 문 아이였다. 1학년 때부터 내신은 늘 전교 1등이었고, 모의고사 점수까지도 영웅이와 엎치락뒤치락하며 1, 2등을 다투었다. 수시, 정시 둘 다 완벽하게 대비가 잘되고 있었다. 고영웅은 내세울 게 모의고사 성적밖에 없었는데 승재는 비교과 활동도 완벽하게 챙겨 교내상이란 상은 전부 휩쓸었다. 과학경시대회, 소논문대회, 수학경시대회, 글쓰기대회, 심지어 예체능까지 완벽했다. 잘생긴 훈남에다 춤과 노래까지 겸비한 팔방미인, 아니 완벽한 팔방미남이었다. 엄마들이 모인 자리에서는 최승재 이야기가 빠지는 때가 없었다. 자연히 성적을 사랑하시는 성정순 선생의 사랑과 관심이 최승재에게 쏠릴 수밖에 없는 노릇이었다.

최승재는 머리끝에서 발끝까지 안 예쁜 데가 없는 모범생인데, 고영웅은 뒤통수만 봐도 화가 머리끝까지 치밀어 오르는 꼴통 녀석이었다. 영웅이 딴에는 1학년 때의 망한 생기부를 보완하기 위해 부지런히 쫓아다니고 나름 열심이었다. 하지만 담임 눈에는 고영웅의 모든 학교생활이 한심하기 짝이 없는 꼴통 짓으로만 보였다.

마순영 씨는 담임 눈치를 보며 집에서 영웅이 공부를 시키려니 늘 쫓기는 심정이었다. 걸핏하면 공황발작을 일으키기 직전까지 갔다. 어떻게든 보란 듯이 성과를 내서 담임이 다시는 자율학습 말을 못 꺼내게 만들어야 했다. 마순영 씨는 스파르타식으로 고영웅의 학습 관리를 했고 절대 노는 꼴을 못 봐 넘겼다. 고영웅은 학교에서도 집에서도 잔소리에 시달리다 보니 점점 의욕을 잃어갔다. 고영웅은 책상에 10분을 못 앉아 있었다. 마순영 씨는 영웅이가 눕거나 엎드려 공부하는 걸 보면 울화통이 터졌다.

"자세 좀 바로 해. 공부를 누워서 하는 고딩이 어딨니?"

"학교에서는 선생님 잔소리, 집에서는 엄마 잔소리, 지겨워 죽겠네. 차라리 도서관 가서 공부할 거야."

"뭐? 도서관?"

"낼부터 도서관 갈 거야. 그렇게 알아."

고영웅은 급기야 선전 포고를 했다. 몇 달간 고분고분 엄마의 진두지휘 아래 집에서 엄마주도 학습을 제법 성실하게 하는가 싶었다. 마순영 씨는 마순영 씨대로 영웅이와 매일 싸우고 소리를 지르는 게 힘이 들어 죽을 맛이었다. 번아웃증후군인 것도 같고, 이른바 '고 3 엄마 병'인지도 몰랐다. 영웅이 초등학교 때부터 아이가 수능생인 것처럼 공부로 몰아붙여 댔으니, 둘 다 무기력증이 올 만도 했다.

빛나는 집에 올 때마다 엄마에게 신앙생활도 정도껏 하라고 했다. 자식을 위해 살 생각을 하지 말고 엄마 자신을 위해서 살라고, 아들을 마마보이 만들 거냐고, 서울대 광신도 노릇 좀 적당히 하라고, 아들을 그렇게 모르냐고, 집착을 그만 놓으라고 말했다. 빛나의 말 때문이 아니라도 심신이 지친 마순영 씨는 당분간 영웅이와 심리적, 물리적 거리를 두는 것도 좋겠다 싶었다. 재충전이 필요했다. 2보 전진을 위한 1보 후퇴 전략이었다.

뭐든 자기 좋을 대로 믿는 마순영 씨는 영웅이가 도서관에 가서 공부를 열심히 한다고 믿었다. 조금 무리다 싶을 정도로 문제지 숙제를 많이 내줘도 고영웅은 숙제를 잘해왔다. 매번 너무 많이 내준다고 투덜대면서도 숙제를 다 해오는 게 대견했다.

우주 최강 꼴통 고영웅이 순진하고 고지식한 엄마의 기대를 충족시켜줄 리가 만무했다. 고영웅은 구립도서관을 순식간에 자신만의 핫 플레이스로 삼았다. 집에 오자마자 엄마가 싸놓은 도시락을 들고 도서관으로 향했다. 엄마는 집에서 밥을 먹고 가라고 했다. 고영웅은 수험생이 쉴 틈이 어디 있냐고, 1분 1초라도 아껴야 한다고 엄마를 감격하게 만들었다.

고영웅은 도서관 지하식당에서 라면까지 시켜서 엄마가 싸준 도시락과 같이 먹었다. 세상에서 제일 좋아하는 음식, 고영웅의 소울 푸드가 바로 라면이었다. 밥과 라면으로 푸짐하게 배를 채운 고영웅은 4층 남자 열람실로 올라가서 가방을 내려놓았다. 책도 펼치지 않고 곧바로 책상에 엎드렸다. 포만감 때문에 나른하고 기분 좋은 식곤증이 몰려왔다. 책상에 침까지 질질 흘리며 거의 한 시간 정도를 자고 나면 피곤이 풀려 생기가 돌아왔다.

고영웅은 3층에 있는 멀티미디어실에 가서 마음껏 인터넷 서핑을 즐겼다. 도서관 컴퓨터실에서는 게임을 할 수 없어서 각종 동물 관련 동영상이나, 나무위키, 위키디피아 사전에서 신기하고 잡다한 내용을 검색하거나 유튜브를 감상하며 시간을 보냈다. 컴퓨터실에서는 금방 시간이 갔다. 9시쯤이 되면 엄마가 내준 문제지 숙제 생각이 났다. 마음이 급해져 인터넷으로 답지를 검색해서 재빨리 프린트했다. 4층 열람실로 올라가서 정신없이 답지를 베꼈다. 답이 다 맞으면 어리숙한 형사인 엄마가 범행을 의심하므로 한두 개씩 틀리는 요령을 부렸다. 수학이 문제였다. 수학은 문제지에 문제를 푸는 시늉이라도 해야 했다. 처음에는 몇 문제 푸는 요령이라도 부렸지만, 나중에는 이마저도 귀찮아 연습장에 문제를 풀었다고 눙쳤다. 순진하신 엄마는 추호의 의심도 하지 않았다.

전국의 수많은 수험생이 학교나 학원에서 우리에 갇힌 짐승처럼 갇혀서 잠을 쫓아가며 한 문제라도 기를 쓰고 풀고 있을 때, 고영웅은 도서관을 놀이공원처럼 즐겁게 돌아다니며 행복을 만끽했다. 어떨 때는 도서관 가는 것도 귀찮아서 일주일에 한두 번 피시방에 가서 그리운 롤을 몰래 하고 돌아올 때도 있었다.

마순영 씨는 영웅이가 도서관에서 밤 11시가 다 되어서 돌아오면 피시방에 갔다 온 것도 모르고 고생했다며 간식을 챙겨주었다. 그래도 고영웅은 효심이 지극한지라 엄마가 고생했다고 등을 두드려줄 때마다 실망시키지 않도록 오만상 얼굴을 찌푸리고 피곤한 척 연기를 했다.

"피곤해 죽겠네. 화장실 갈 때 빼곤 절대 안 일어나고 공부만 하느라 진짜 피곤해 죽겠어."

도서관에서는 온갖 농땡이를 부리긴 했지만, 영웅이 나름 학교생활은 충실히 했다. 1학년 때의 망한 생기부를 만회하기 위해 고영웅은 과학 탐구 동아리, 독서토론 동아리를 만들었다. 동아리 회장을 하며 과학경시대회도 출전하고 책도 읽는 시늉을 하며 부지런을 떨었다. 과학 동아리 지원금을 받아 교실에 수족관을 설치하고 교무실에까지 수족관을 설치해 업무에 지친 선생님들의 정서 순화에도 힘썼다. 교내 과학축전에서는 레몬 샴푸를 만들어 학생들에게 나누어주었다. 레몬 소다수를 만들어 판매를 하기도 하고 별 이상한 짓들을 벌였다. 부족한 혈액 수급에 이바지하고 봉사 활동 경력을 쌓기 위해 주기적으로 헌혈에 동참해 빵과 음료수와 과자를 받아오고 영화 티켓을 받아오기도 했다. 그렇게 모은 헌혈증이 열다섯 장이 넘었다.

담임은 전혀 인정하지 않았지만, 고영웅은 봉사 정신이 투철한 학생이었다. 친구들의 학력 증진에도 기여했다. 고영웅에게 수학 문제 풀이 방법을 물어오는 아이들이 많았다. 고영웅은 교과서에서 배운 대로 수학을 풀지 않고 독특하고 간단한 방법으로 문제를 푸는 방법을 친구들에게 가르쳐주곤 했다. 문제를 설명하면서 더 나은 방법을 찾아낼 때도 있었다. 고영웅은 자신만의 색다른 수학 공부법 때문에 수학 담당인 담임과 자주 부딪쳤다. 교과서적인 문제 풀이 방법만을 고수하는 담임은 독특하고 간단한 방법으로 문제를 푼, 고영웅의 서술형 답안에 심하게 감점을 했다. 창의적인 문제 풀이 방법을 아예 이해를 하지도 못하는 담임이 답답해 미칠 지경이었지만 고영웅은 자신의 풀이가 왜 맞는지 설명하면서 한마디도 안 지고 따졌다. 담임은 절대 안 물러서는 고집불통 제자에게 뒷목을 잡았다. 결국 다른 수학선생님까지 동원해 고영웅은 자신의 풀이가 맞다는 것을 증명했으니 담임이 얼마나 영웅이에게 화가 치밀고 자존심이 상했겠는가. 담임은 선생의 자존심을 깔아뭉갠 버릇없는 제자놈을 응징할 순간만을 기다렸다.

담임의 분노에 기름을 붓는 격으로 고영웅은 생명과학 시험문제를 세 문제나 잘못 낸 생물선생까지 두 손 두 발 들게 했다. 귀

차니즘이 인생철학인 생물선생은 교사의 본분인 수업을 귀찮아 한 나머지 잠잘 시간도 부족한 아이들에게 파워포인트 발표를 하도록 했다. 말만 거창하게 발표 수업이지 실제로는 아이들에게 수업을 떠맡기고 자기는 수업시간에 쉬겠다는 계산이었다. 수행평가와 생기부에 반영하겠다는 엄포에 아이들은 억지 춘향으로 팀별로 파워포인트 자료를 만들어야 했다. 그렇게 수업을 했으니 시험문제가 제대로 출제될 리가 없었다. 생물선생은 문제지에서 대충 숫자만 바꾸어서 문제를 냈는데 그마저 계산이 귀찮아 확인을 안 한 바람에 오류가 난 거였다. 저는 꼴통 짓을 엄청나게 하면서 다른 사람의 잘못된 점은 절대 못 보고 넘어가는 고영웅은 아이들을 끌어모아 교무실로 쳐들어갔다. 시험문제가 틀렸다고 아이들이 떼거리로 몰려와 항의하자 생물선생은 기겁해서 성정순 선생에게 도움을 요청했다.

스승의 그림자도 밟지 말라고 했건만, 이 버릇없는 제자놈은 선생님의 면전에서 문제 오류를 지적하고 시정하라고 목소리를 높이는 게 아닌가. 담임으로서 버릇없는 제자 녀석을 용납할 수가 없어 생물선생을 대신해서 고영웅을 심하게 윽박지르고 나무랐다. 고영웅은 물론이고 따라온 아이들도 피 같은 내신 점수 깎이는 것을 받아들일 수가 없었는지 교무실에서 연좌 농성이라도 벌일 기세였다. 생물선생의 실수가 명백했기 때문에 오답임을 인정하고 아이들의 점수를 수정해주는 선에서 문제가 해결되었다.

고영웅은 옳은 주장을 굽히지 않으면 상대가 선생이라 해도 바로잡을 수 있다는 것을 증명해내 나름 뿌듯했다. 다른 아이들도 영웅이 덕분에 성적을 바로잡았다며 좋아했다. 하지만 고영웅은 이래저래 담임에게 단단히 찍혀버렸다. 영웅이 딴에는 필사적으로 학교생활을 성실하게 하느라 했지만, 또다시 망해버린 2학년 생기부가 저승사자처럼 버티고 있었다.

겨울방학을 며칠 앞둔 날이었다. 씩씩대며 집에 돌아온 영웅이가 마순영 씨에게 어이없는 말을 꺼냈다.

"나, 이과반으로 옮길 거야."

"무슨 소리야? 왜 이과반으로 옮겨?"

"담임이 3학년 때 과중반(과학중점학급) 따라서 올라간대. 자기 손으로 사랑하는 제자들을 서울대 꼭 보내고 명예롭게 퇴직하는 게 꿈이래. 스카이 꼭 열 명 이상 보낸대나 뭐래나? 나 다시 1년 더 담탱이랑 같은 반 하게 되면 자퇴하고 검정고시 칠 거야. 나보고 최순실 같은 놈이라고 했다니까! 진짜 빡쳐서 무슨 짓 저지를 뻔했어."

세상에! 자기가 가르치는 아이에게 최순실 같은 놈이라는 망발을 하는 선생이 있단 말인가? 이런 사람이 선생이라니! 아무리 화가 나도 할 말이 있고 안 할 말이 있는 법이다. 이른바 온 나라가 최순실 국정 농단 사건으로 벌집 쑤신 듯 난리였다. 공부시간 1분 1초에 목숨 거는 마순영 씨가 영웅이를 데리고 집회에 참석할 정도였으니 말 다 한 것이 아니겠는가. 친정엄마 칠순 때도 시험 걱정이 되어 영웅이를 데려가지 않았던 마순영 씨까지 집회에 불러 낸 장본인이 바로 최순실이었다. 이화여대에 딸 정유라를 부정 입학시키고, 대통령을 허수아비로 만들어 온갖 이권을 챙기고, 국고를 탕진해 특혜를 누린 최순실의 행각은 경악 그 자체였다. 정유라의 입시 특혜와 부정은 입시에 목숨을 거는 대한국민 국민의 역린을 잘못 건드린 일이었다. 전국에 분노의 불길이 거세게 번져나갔다. 당장의 수능 공부도 중요하지만, 나라의 앞날이 걱정되어 마순영 씨는 수험생 영웅이까지 부산역 집회와 서면 집회에 데리고 나갔다.

"왜? 왜, 최순실 같은 놈이라고 했는데?"

"몰라. 자기 빡친 거, 그냥 나한테 화풀이한 거지 뭐. 자율학습 안 하고 간다고 괜히 시비를 걸더라고. 준현이랑 수업 마치고 청소 깜빡하고 나오다가 걸렸어. 막 짜증내고 신경질내다가 갑자기 나 보고 최순실 같은 놈이라고 소리를 빽 지르는 거야. 순간 너무 빡쳐서 머리가 확 돌 뻔했어. 그런 선생님이 1년 더 담임한다면 나 학교 진짜 자퇴할 거야."

마순영 씨는 영웅이의 분노가 백번 이해되었다. 마순영 씨도 담임에게 학을 뗐다. 영웅이가 뭘 좀 잘못하거나 하면 사소한 문제로도 전화해서 엄청 문제가 있는 듯이 야단이었다.

과중반에서 이과반으로 옮기는 것은 간단한 문제가 아니었다. 부강고는 과학중점학교여서 과중반 중심으로 전 교과 과정이 짜여 있었다. 과중반에 학교의 모든 역량과 지원이 총집중되었다. 대학과 연계한 과제 연구나 소논문 작성, 과학경시대회준비도 과중반 아이들이 독점했다. 과중반에는 과고를 지망했다가 떨어진 아이들이 대부분 몰려 있었기 때문에 학생들 실력이 우수하고 학부모들 또한 입시 지원에 열성적이었다. 자기 아이가 경시대회에서 수상을 못 하면 난리치며 항의하는 학부모도 있었다. 과중반에 있으면 학교의 수시 입시 지원도 제대로 받을 수 있었다. 자소서를 수정 검토해주고 학교장 추천서나 교사 추천서도 잘 써준다고 했다. 학교의 전면적인 지원 덕분에 과중반 학생들의 수시 입시 실적은 우수했다. 과중반을 포기한다는 것은 수시 카드를 완전히 포기한다는 의미였다.

더 큰 문제는 과중반은 과학탐구 투 과목을 가르치는데 이과반에서는 안 가르친다는 거였다. 서울대에 지원하기 위해서는 물리, 화학, 생명과학, 지구과학, 이 네 과목 중에서 과탐 투 과목을 수능 과목으로 선택해야 했다. 문제는 과탐 투 과목이 극상위권 아이들만이 공부할 수 있을 정도로 어렵다는 것이었다. 독학할 수 있는 만만한 과목이 아니었다. 학교에서 수업을 듣고 사교육도 받아야 겨우 따라갈 수 있는 과목이 과탐 투였다.

"이과반에서는 과탐 투 안 한다며? 너 혼자, 독학해야 하잖아?"

"아들 실력 못 믿어?"

"응, 못 믿어."

"섭하네, 아들을 좀 믿어보셔. 나 고영웅이라구."

고영웅은 턱 밑에 손가락으로 브이 자를 그리며 잘난 척을 했다.

'근자감' 하나는 끝내주는 녀석이었다.

어쨌거나 주사위는 던져졌다. 고영웅은 겨울방학 동안 생투(생명과학 투) 독학에 매달렸다. 고영웅의 공부방식이란 게 좀 독특했다. 고영웅은 개념 공부는 하지 않고 다짜고짜 문제부터 풀었다. EBS 인강(인터넷강의)도 안 들었다. 문제를 풀다가 막히면 그 문제에 해당하는 개념을 다시 읽고 새로 문제를 풀었다. 어릴 때부터 엄마 몰래 답지를 베끼다가 생긴 버릇이었다. 공부한 척하려고 답을 베끼면서 몇 개 정도는 일부러 틀린 답을 체크하던 습관이 있었다. 엄마 눈앞에서 일부러 틀린 문제를 새로 풀어야 했기 때문에 문제에 해당하는 개념을 이해할 때까지 읽고 문제를 풀던 습관이 생겼다. 안 풀리는 문제를 풀기 위해서 해당 개념을 이해할 때까지 집중해서 읽었다. 겨울방학이 끝날 때쯤 생투를 독학으로 마스터했다.

수학은 가장 자신 있는 과목이어서인지 절대 답을 보지 않는 습관이 배여 있었다. 고영웅은 고난도 문제를 풀 때는 한 시간이고 두 시간이고 매달렸다. 그런 공부 습관으로 인해서 수석 입학을 했으면서 영재학급 시험에서 떨어졌던 적도 있었던 것이다.

"영웅아, 제발, 모르는 문제는 체크만 해뒀다가 나중에 풀어. 만약 수능 칠 때 그렇게 하다가 완전 망치는 수가 있어."

"헐! 수포자 어머니, 저한테 왜 이러시는 겁니까? 수학은 제가 알아서 합니다요. 부디 고정하시옵소서. 1 더하기 2 더하기 7 더하기 3 빼기 6은?"

"아, 됐고, 7인가? 6인가? 아, 7이다."

"오! 좀 하는데? 엄마, 수능 칠 때는 절대 안 그래. 이렇게 문제를 끝까지 풀어봐야 어떤 어려운 문제도 스스로 풀어낼 수 있거든. 답지 보고 문제 푸는 건 내 게 아니야. 수학이 인생하고도 비슷한 거 알아?"

"뭐 인생? 하이고! 니가 인생을 알아?"

"아무리 어려운 문제라도 답이 있다구. 답을 보지 않고 끝까지 자기 힘으로 풀어내야만 자기 실력이 된다는 거야. 다른 과목하고는 좀 달라, 수학은! 엄마는 암기는 잘하지만 수학이 안 되니 수학의 맛을 몰라. 그래서 그런지 엄만 아직 인생을 모르는 것 같아."

"이 녀석아, 엄마를 갖고 놀아라."

고영웅은 어렸을 때 만화 〈수학 대전〉으로 수학을 접하고 수학을 좋아하게 된 아이였다. 못 말리는 농땡이였지만 영웅이는 수학 공부를 할 때만은 공부의 즐거움을 느끼면서 공부하는 듯했다.

고영웅만의 수능 언어영역 공부라고 할 건 특별한 게 따로 없었다. 어릴 때부터 탄탄하게 다져온 독서력이 뒷받침되어 있었다. 게다가 도서관에 공부하러 간다고 해놓고선 공부는 안 하고 몰래 종합자료실에서 동물 관련 자료를 읽었다. 공부 빼고는 뭐든 읽을거리는 재미있었다. 종합자료실에서 수족관 관리 방법이라든가, 베르나르 베르베르의 소설을 시간 가는 줄 모르고 읽었다. 그렇게 잡식성으로 독서를 많이 한 탓에 언어영역 공부는 수능특강 문법만 공부해도 만점을 받곤 했다.

영어 공부는 그야말로 영어 교과 선생님에게 엎드려 큰절이라도 올려야 할 정도였다. 영어 선생님은 아이들에게 돌아가면서 본문을 읽고 지문 해석을 시키는 방법으로 수업했다. 아이들의 독해력을 높여주려는 방법이었다. 영웅이가 읽고 해석을 하자 선생님은 놀라서 입을 쩍 벌렸다.

"너, 해외 몇 년 살다 왔냐?"

"아닌데요?"

뼛속부터 흙수저라 해외는커녕 제주도도 못 가봤다는 말을 하진 않았다. 마린시티에 살던 아이들에겐 해외 영어 공부 1년이나 2년 정도는 기본이었다. 뉴질랜드, 캐나다, 미국, 호주, 하다못해 필리핀이라도 다녀온 아이가 열에 아홉이었다.

"너 오늘부터 본문은 무조건 니가 다 읽고 해석해라. 전문 번역가보다 실력이 더 좋아. 거 참 이상한데?"

선생이 고개를 갸웃거렸다.

아무도 모르는 고영웅만의 기절초풍할 영어 공부 비법이 있긴 했다. 중학교 때 밤마다 잠도 안 자고 식구들 몰래 야동을 즐겨 보다 어느 해외 사이트에서 성인 게임을 찾아냈다. 단어를 하나하나 찾아가며 대충 뜯어 맞춰서 게임을 하다 보니 끊임없이 영어 말풍선이 등장했다. 말풍선 대사가 궁금해 누나가 쓰던 구닥다리 전자사전을 켜놓고 계속 단어 뜻을 찾아가면서 열공했던 적이 있었다. 롤을 만나기 전에 그 게임에 반년 정도 빠져 있었는데 영어 공부에 매진한 셈이었다. 영어 문장 전체의 단어를 몰라도 한두 개 단어의 뜻을 파악해서 우리말로 문장을 만들 수 있었다. 기본적인 국어 실력이 있었으니 영어 맥락도 잘 파악했던 것이다. 이런 경험이 바로 자연스러운 영어 독해 비결이었던 셈이다.

사교육을 안 받고 제 나름대로 특이하고 괴상한 공부법으로 공부를 한 덕분에 고영웅은 전혀 스트레스를 받지 않고 공부했다. 시간이 남아나니 늘 딴 데로 신경을 돌리는 습관은 고 3이 되어서도 여전했다.

고 3, 고양이를 따라다니는 고 3

그 생명체는 고영웅이 태어나서 만난 생명체 중에서 가장 매혹적이고 신비했다. 앙칼지고 도도하고 날렵하고 깊고 조용하고 그윽하고 나른하고 고요하고 우아하고 거만하고 부드럽고 아찔한 매력을 풍겼다. 세상에 존재하는 온갖 형용사와 수식어를 다 갖다 붙여도 그 생명체를 제대로 설명할 수가 없을 것 같았다. 봄 햇살을 즐기며 행인들이 오가는 길 한가운데서 쭈욱 몸을 늘이며 앞발을 뻗고 기지개를 켜더니 금세 나른하고 거만한 자세로 드러누워 엎드리는 그 생명체를 마주한 순간, 고영웅은 고 3 수험생이라는 자기 본연의 정체성을 잊고 저도 모르게 손을 뻗어 저녁 햇살 아래 황금색으로 빛나는 황갈색 털을 쓰다듬었다. 손에 닿는 보드라운 털의 감촉은 온몸이 녹아내릴 정도로 아찔했다. 조심스럽게 털을 쓰다듬어주니 그 생명체는 눈을 지그시 감고 그 손길을 즐겼다. 마치 이 구역을 오래 다스려온 거만한 왕 같은 풍모를 풍겼다. 내 털을 쓰다듬는 것을 영광으로 알라, 하는 듯했다. 조바심을 내거나 불안한 낌새가 전혀 없고 그르렁거리며 친근감까지 나타냈다.

"아이고! 학생, 길고양이를 그렇게 만지면 병 걸려."

지나가던 아줌마가 고영웅을 보고 한 소리를 했다.

남부도서관 가는 길에는 길고양이가 많았다. 재개발 때문에 붉은 스프레이로 철거라고 쓰여 있는 빈집들이 곳곳에 흉물스럽게 방치되어 있었다. 사람들이 떠난 빈집을 점거하고 집주인 행세를 하는 고양이들이 이곳저곳에서 어슬렁거렸다. 철거촌 주변에 사는 사람 중에는 길고양이를 혐오하는 이들도 많았지만, 고양이를 자식처럼 극진히 보살펴주는 캣맘들도 있었다. 캣맘의 보살핌을 잘 받은 덕분에 털도 반지르하고 윤기가 흐르는 아름다운 고양이들의 자태에 고영웅은 정신을 빼앗겼다. 도서관 오가는 길에 마주친 고양이들과 시간 가는 줄 모르고 놀았다.

길거리에서 만난 고양이들에게 무섭게 매혹된 고영웅은 이젠 공부의 영역을 고양이로 바꾸었다. 도서관 멀티미디어실에서 고양이에 관한 모든 자료들을 검색해서 읽고 동영상도 감상하곤 했다. 고양이에 관한 세상의 모든 동영상을 다 감상할 기세였다. 종합자료실에서는 고양이에 관한 책들을 대출해서 정신없이 읽었다. 고양이의 세계는 파고들면 파고들수록 신기하고 매혹적이었다. 고영웅은 저도 모르는 새 언어영역 비문학 공부를 무섭게 하고 있는 셈이었다. 무릇 언어영역은 독서가 비법이었으니까.

고 3 아들이 도서관 오가는 길에 마주친 고양이들과 놀고 있는 줄도 모르고 마순영 씨는 열심히 108배를 하고 있었다. 아들이 도서관에서 딴 맘 안 먹고 공부에 집중하도록 엄마로서 해줄 수 있는 것은 기도밖에 없다는 생각이 들었다. 수능 때까지 108배를 하기로 마음을 먹었다. 108배를 하면서 마순영 씨는 온 마음을 다해 기도했다. 그 대상은 누구라도 좋았다. 부처님인지, 예수님인지, 조물주인지, 하느님인지, 알라신인지, 아니면 자기 자신인지도 모르고 간절하게 기도했다. 우리 영웅이 열심히 공부해서 꼭 서울대 합격하게 해주세요. 그렇게 온 정신을 집중해 기도하다 보면 마순영 씨의 머릿속에는 샤 자 모양의 서울대 교문 상징탑과 서울대 로고가 찬란하게 떠오르곤 했다. 어쩌면 마순영 씨가 엎드려 절하는 대상은 바로 서울대라는 신이었다.

도서관에서 돌아올 시간인데도 영웅이가 평소보다 많이 늦는다 싶었다. 늦어도 밤 11시면 집에 도착하곤 했다. 요즘은 이상하게 11시 반이나 12시가 다 되어 집에 도착하는 일이 잦았다. 전화도 안 받았다. 마순영 씨는 걱정이 되어 영웅이 마중을 나갔다. 대로변으로 나가보니 편의점 앞에 한 마리의 고릴라 비슷한 형체가 쭈그리고 앉아 있는 게 아닌가. 고영웅이었다.

"야, 고영웅! 너 여기서 뭐 해?"

마순영 씨가 쭈그리고 앉은 영웅이의 어깨를 툭 쳤다. 그 순간 시커먼 무엇인가가 마순영 씨의 다리 사이를 날쌔게 빠져나갔다.

"엄마야!"

마순영 씨는 심장이 떨어지는 것처럼 놀라서 비명을 질렀다.

"엄마, 갑자기 그렇게 놀래키면 어떡해?"

"방금 지나간 거 뭐야? 고양이 맞지?"

"응, 고양이 맞아. 진짜 귀여워."

"너, 요즘 저 고양이 때문에 매일 늦었던 거야? 야! 너 어떻게 이럴 수가 있냐? 고 3이?"

"뭐 고 3은 사람도 아닙니까? 고양이하고 놀 수도 있지. 고 3, 고영웅, 고양이, 같은 고씨끼리 모여서 친목을 도모할 수도 있지. 맞다! 고등어통조림이 빠졌네. 뭘 그까짓 거 갖고 이렇게 흥분하세요? 정신 건강에 해롭습니다. 엄마, 혹시?"

"혹시 뭐?"

"생리증후군 아니지? 지난번에 엄마가 그랬잖아? 생리하기 전이면 엄마 미치니까 조심하라고."

마순영 씨는 영웅이의 등짝에 스매싱을 날렸다.

예전에 해운대에 살 때는 이런 일이 전혀 없었는데 이사를 괜히 왔나 하는 생각까지 들었다. 이놈이 알고 보니 문제의 캣맘인지도 몰랐다. 길고양이들에게 밥을 챙겨주는 캣맘을 향한 증오 범죄 뉴스가 심심치 않게 뉴스에 등장하고 있었다. 1분 1초도 아까운 고 3인데 고양이와 노닥거리고 있다니. 마순영 씨는 다시 전투력을 상승시켰다. 영웅이가 도서관 오고 갈 때 같이 따라다니며 감시를 하기로 마음을 먹었다. 고양이 때문에 다시 이사 갈 수도 없으니까, 걸어다니는 감시카메라 노릇이라도 할 작정이었다.

"정말 아름다운 모습이네요. 모자지간에."

"네?"

옆에서 행주로 테이블을 닦던 도서관 식당 여주인은 흐뭇한 미소를 띠고 저녁을 먹고 있는 모자지간을 쳐다보았다.

“엄마와 고등학생 아들이 이렇게 정답게 도서관에 공부하러 오다니 참 보기 좋네요. 도서관에서 공부하고 같이 밥을 먹고, 이렇게 시간을 같이 보내는 것만큼 아름답고 멋진 일이 어디 있어요?”

그 말을 듣는 순간 마순영 씨는 입안 가득 퍼넣던 오징어덮밥을 내뿜을 뻔했다. 고영웅은 아줌마의 그 말에 썩소를 씩 날렸다. 만약 저 아줌마가 내막을 알면 어떤 표정을 지을까? 진실은 그 민낯이 드러나지 않을 때, 화장이나 포장으로 덮여 있을 때나 아름다운 법이다. 실은 아들과 같이 공부하는 엄마가 아니라 고 3 아들이 도서관에서 농땡이를 부리고 딴짓을 할까 불안해 따라다니며 감시하는 헬리콥터 맘이라는 사실을 알면 어떤 표정을 지을까. 극성 엄마가 CCTV처럼 감시 감독하러 따라다니는 줄 알면 과연 저런 말을 할 수 있을까. 마순영 씨는 식당 여주인의 아름다운 환상을 깨뜨리고 싶지 않아 부지런히 밥만 퍼먹었다.

마순영 씨가 백일기도를 하고, 도서관에 따라다니며 감시 감독을 철저히 한 것도 보람이 없었다. 4월 모의고사 땐 생투 빼고는 모두 1등급이었는데, 6월 모의고사에서는 수학까지 2등급이었다. 수학 2등급은 고등학교 들어와서 받은 최악의 점수였다. 어떻게 된 노릇인지 언어만 만점이었다. 생투와 수학 위주로 공부했는데 공부한 과목은 성적이 잘 안 나오고 공부를 거의 안 한 언어영역만 점수가 잘 나온 것이다. 차라리 수학을 만점 받고 언어영역이 2등급이었다면 마순영 씨의 충격이 그리 크진 않았을 터였다.

자칭 타칭 고영웅의 학습 코디이자 학습 매니저, 학습 컨털턴트인 마순영 씨는 불안해서 피가 바짝바짝 말랐다. 백약이 무효였다. 이래서는 정시로 어떻게 서울대를 바라본단 말인가. 수시 카드는 망한 생기부 때문에 완전히 버렸는데 수시를 안 쓸 수도 없고 쓸 수도 없고 갈피를 잡을 수가 없었다. 수시는 완전히 버린 카드인데 정시도 망한다면 어쩌나 싶어 잠이 오지 않았다.

마순영 씨도 도서관 환경이 그리 공부에 도움 안 된다는 것을 체험을 한 바였다. 다 늙어 아들 감시하러 도서관에 저녁마다 따라가서 책을 펼치면 늘 졸음이 쏟아졌다. 아침 7시부터 김밥집에서 일하고 왔으니 그럴 만도 했다. 도서관의 탁한 공기가 더 문제였다. 사람들이 내뿜는 이산화탄소가 실내에 가득 차 있으니, 졸음이 오는 건 당연했다. 학교도 도서관도 집도 문제라면 대체 어디에서 공부해야 성적이 오른단 말인지 마순영 씨는 답답해서 미칠 지경이었다.

재수생들이 시험을 안 치는 7월 모의고사를 기대했는데, 겨우 수학 1등급 턱걸이였고, 생투는 여전히 2등급에 머물렀다. 고영웅은 좀체 성적이 안 오르자 슬럼프에 빠진 것처럼 무기력한 모습이었다. 예전엔 엄마가 도서관을 따라다니지 않아 스트레스가 크게 쌓일 틈이 없었다. 하지만 몇 달 동안 엄마가 도서관을 따라다니며 일거수일투족을 감시하는 바람에 숨 쉴 구멍이 없었다. 고영웅은 스트레스가 극에 달해 늘 짜증을 심하게 냈다.

여름방학을 앞두고 반 엄마들 아홉 명이 학교 근처 한식당에서 만났다. 곤드레밥을 먹고 한식당 근처의 카페로 자리를 옮겼다.

"스마트폰 땜에 미칠 노릇이에요. 수호가 수능 때까지 스마트폰 안 한다고 각서까지 써놓고는 스마트폰 하다가 아빠한테 들켰거든요. 글쎄, 애 아빠가 이성을 잃고 스마트폰을 빼앗더니 20층 아파트 아래로 냅다 집어 던졌다니까요."

수호 엄마의 말에 엄마들이 놀라서 얼어붙었다. 수호 아빠는 잘나가는 피부과 의사였다. 스마트폰은 나름 이성적일 것 같은 사람도 이성을 잃게 만드는 초능력자였다.

"그날 난 지옥을 갔다 왔다니까요. 사람이 안 지나갔기에 천만다행이지, 휴! 지금도 소름이 쫙 끼쳐요."

수호 엄마는 진저리를 쳤다. 마순영 씨는 스마트폰을 망치로 두드려 깼던 날 느꼈던 극심한 자괴감을 또 한번 느꼈다.

"진짜 입시전쟁, 입시전쟁 하잖아요? 그게 바로 이 스마트폰과의 전쟁이 아닌가 싶을 때도 있어요. 밤새 스마트폰을 하는 애한테 뭐라 하면 짜증이나 내고, 매일 싸우고, 집이 전쟁터 한복판 같아요."

정훈 엄마의 말에 다른 엄마들이 여기저기서 맞아요, 하며 맞장구를 쳤다.

"고 3이 무슨 벼슬도 아니고. 오냐 오냐 해주고 있으니, 완전 상전이 따로 없어요. 엄마가 아니라 세자마마 보필하는 무수리 취급당하는 느낌이에요. 이러다 수능 치기 전에 내가 우울증 걸려 정신과 입원할 것 같아요. 그놈의 입시가 뭔지……."

걱정이 가득한 표정으로 동원 엄마가 한숨을 쉬며 말했다.

"엄마가 무슨 죄인이냐고요? 애 공부 못하는 것도 엄마 탓, 입시 전쟁도 엄마 탓, 엄마가 동네북인가요? 정부의 입시정책이 뒤죽박죽인 바람에 엄마들이 안 나설 수가 없는 거잖아요? 수백 수천이나 하는 입시 컨설팅을 엄마들이 받고 싶어서 받겠어요? 교육부의 입시정책이 문젠데, 언론이고 뭐고 전부 다 엄마들 욕심이 입시 문제의 원인인 것처럼 뒤집어씌우는 것 있죠? 진짜 엄마 노릇 사표 내고 싶다니까요."

재민 엄마에 말에 엄마들이 전부 옳소! 맞아요! 하며 맞장구를 쳤다.

"이제 방학 끝나면 수시 원서 써야 하잖아요? 입시제도가 얼마나 복잡한지, 미적분보다 어렵다니까요. 우리 학교에도 대치동에 입시 컨설팅 받으러 간 엄마들 몇 명 있잖아요. 윤재권이, 한승민이, 황민재, 박성현이, 우민성이도 갔대요. 수능 5등급도 학종으로 인 서울 시키는 게 입시 컨설팅 학원이잖아요. 없는 스펙도 창조적으로 지어내서 다양한 능력을 갖춘 인재로 포장해주니까요. 진짜 대치동에 컨설팅이라도 받으러 가야 하는 게 아닌지 정말 미치겠어요."

지호 엄마는 컨설팅 받으러 다니는 엄마들의 정보를 어디서 들었는지 쭉 꿰고 있었다. 기숙사 대표까지 하며 승민이를 뒷바라지한 승민 엄마나 딸을 스탠퍼드까지 보낸 민재 엄마답다는 생각이

들었다.

“아, 맞다. 정훈이, 모의고사 잘 쳤다고 소문났던데 비결이 뭐예요? 3월 모의고사부터 죽 올 1등급이라던데, 진짜 좋겠어요. 윈터 스쿨 덕분인가요?”

민우 엄마가 정훈 엄마에게 물었다.

“글쎄요. 윈터 스쿨에서 공부한 게 많은 도움은 됐나 봐요. 인적도 드문 산골 학원에 갇혀서 스마트폰도 못하고 스파르타식으로 공부만 했으니……. 글쎄, 어떤 애는 학원 주변이 온통 논밭인데 집에 간다고 탈출했다지 뭐예요. 공부하기 싫어서 도망쳤는데 탈출한 포로처럼 잡혀 왔다고 하더라니까요. 완전 웃픈 현실이에요.”

엄마들이 와르르 웃었다. 마순영 씨는 논에 푹푹 빠져가며 필사적으로 도망치는 아이의 모습을 떠올렸다.

“아! 나도 그때 윈터 스쿨 보낼 걸 잘못했나 봐요. 돈이 500만 원이나 든다고 해서 포기했더니……. 이젠 여름방학이라 늦었잖아요.”

마순영 씨는 입이 떡 벌어졌다. 500만 원이라니! 도대체 한 아이를 대학까지 보내려면 얼마나 많은 돈을 사교육비로 지출해야 하는지 상상이 되지 않았다. 한 집당 수천만 원이나 수억 원의 돈을 쓴다면, 한 해 수험생이 넌 60만 명이니까…… 머리가 어지러웠다. 암산이 전혀 안 되는 마순영 씨는 어마 무시한 숫자에 그냥 눈을 질끈 감아버렸다.

수능까지 넉 달밖에 안 남았는데, 학원을 보낼 수도 없는 상황이었다. 그렇다고 해서 슬럼프를 겪고 있는 영웅이를 저대로 내버려둔다 해서 뾰족한 수가 생기는 것도 아니었다. 마순영 씨는 에덴김밥 주방에서 김밥을 썰다가 잘나신 아들 걱정에 손톱까지 썰었다. 피가 뚝뚝 떨어졌다. 주인 여자가 혀를 차며 상처 밴드를 건네주었다.

한 날 고영웅이 학교에 갔다 오더니 할 말이 있다고 했다.

"엄마, 나, 학원 가서 공부할까? 독학재수학원에 재학생반도 있대."

"독학재수학원? 독학하는 학원도 있어?"

"졸면 깨워주고 폰도 못하게 하고, 관리 엄청 빡세게 한다던데."

생각해보니 도서관에 가는 것보다는 효과적일 것 같았다. 아침부터 밤까지 공부한다면 그동안 부족했던 과목들 보충도 하고 실력을 다시 회복시킬 수 있을 것 같았다. 독학재수학원이라 그런지 학원비는 생각만큼 비싸진 않았다. 마순영 씨는 비상금을 헐어야겠다고 생각했다.

생전 자기 입으로 학원에 다니겠다는 말을 하지 않던 아이가 학원 말을 꺼냈으니, 공부를 열심히 할 거라고 마순영 씨는 믿었다. 그러나 사람은 쉽게 변하지 않는 법이다. 고영웅은 학원에서도 줄기차게 문제집에 낙서만 해대고 관리 교사가 순회하지 않는 시간에는 엎드려 잠만 잤다. 연습장과 문제지에는 기묘하고 이상한 낙서가 빼곡하게 채워졌다. 마블 히어로 비슷한 인물들을 매일 그리다 보니 나름 독창적인 캐릭터가 만들어졌다. 게임회사 원화가인 빛나가 그림 천재들이 다닌다는 한예종 스타일이라고 칭찬할 정도로 낙서 신공은 나날이 늘어났다.

고 3 여름방학 동안 수시 원서를 내는 아이들은 자소서 작성에 매달렸다. 오로지 정시만이 살길인 고영웅은 자소서를 준비할 필요가 없었다. 시원한 에어컨 아래서 낙서나 하고 잠이나 퍼질러 자면서 신선놀음을 했다. 헬리콥터 맘, 엄마의 감시가 없는 독학재수학원은 천국이 따로 없었다.

여름방학이 끝나자마자 치러진 9월 모의고사에서 영웅이의 꼴통 행각의 결과물이 그대로 드러났다. 9월 모의고사는 6월 모의고사보다 점수가 더 내려갔다. 마순영 씨는 말이 나오지 않았다. 이런 결과를 예상했던 모양이었는지, 아니면 생각이라는 게 완전히 없어진 모양인지 고영웅은 덤덤했다. 그게 더 미칠 노릇이었다. 고 3 교실은 자소서 작성과 교사 추천서와 수시 원서 준비 때문에 수업이 제대로 진행되는 날이 없었다.

당연히 서울대 이과 지균(지역균형선발) 전형 학교장 추천서는 성적순이라 불리는 성정순 선생이 총애하시는 최승재가 받았다. 최승재 같은 엄친아가 지균 추천을 받는 것은 당연했다. 그리고 문과에서도 한 명 추천받았는데 보기 드문 괴짜였다. 작년 연말 국정농단 규탄 집회에 나가서 고등학생을 대표해서 연설까지 했던 민수형이란 아이였다. 공부시간을 쪼개 사회문제에 참여의식을 갖고 열심히 참가하고, 내신 관리도 완벽하게 하고, 학교생활도 열심히 해서 지균 추천을 받았다고 했다. 선생님들의 칭찬이 자자한 아이였다.

고영웅은 지균 추천을 받은 두 아이를 보면서 뒤늦게 정신이 번쩍 들었다. 자신의 꿈을 향해 한순간도 흐트러지지 않고 달려온 두 아이가 당연한 결과로 지균 추천을 받는 것을 보면서 꿈도 목표도 없이 하루살이처럼 지내온 자신의 고등학교 생활을 돌아보았다. 수석 입학을 해놓고서도 수시 원서 한 장도 쓸 수 없을 정도라니 심한 자괴감에 빠졌다. 자업자득이었다. 이러다간 그야말로 서울대는 꿈도 못 꾸게 될지도 몰랐다. 서울대는커녕 인 서울도 못하게 된다면, 생각만 해도 아찔했다. 무엇보다 자존심이 상했다. 고영웅은 자수해서 광명을 찾기로 마음먹었다. 불굴의 투사, 엄마라면 뭔가 해결책을 찾을지도 몰랐다.

"엄마, 나, 실은 학원 가서 공부 하나도 안 하고 잠만 자고 놀기만 했어."

영웅이가 한 날 신부님에게 고해성사하듯 엄청난 범죄를 고백했다. 마순영 씨는 소리를 빽 지르려다가 얼른 목구멍 속으로 밀어넣었다. 오 주여! 하느님 맙소사! 였다. 만약 생리전 증후군 기간이었다면 화산이 폭발하듯 집 안에 쓰나미가 지나갔을 터였다. 마인드 컨트롤을 하듯 심호흡을 몇 번 한 마순영 씨는 일단 들어보기나 하자 싶었다.

"엄마, 미안한데, 수능 때까지 딱 두 달간만 나 좀 관리해줘. 이번에는 엄마 관리해주는 대로, 제대로 공부해볼게. 정말 열심히 할

게. 이게 진짜 마지막이잖아?"

마순영 씨는 불타버린 폐허를 바라보듯, 막막한 얼굴로 아들을 쳐다보았다. 수능을 무슨 기말고사나 중간고사처럼 벼락치기로 준비할 수 있으면 좋겠지만 그게 가능한 일일까. 수능을 딱 두 달 앞두고 마음잡고 공부를 하겠다는 이 대책 없는 놈을 어찌 해야 하는가 싶었다.

"그래, 고맙다."

고영웅은 뜨악한 얼굴로 엄마를 쳐다보았다. 내 엄마가 맞나 하는 얼굴이었다.

"지금이라도 솔직하게 말해주었으니 얼마나 다행이니? 난 니 점수 보고 공부 제대로 안 한 거 알고 있었어. 문제집에는 온통 낙서뿐이고……. 늦었지만 해보자. 난 우리 아들 믿어. 너 마음잡고 하면 수능 만점도 가능해."

"엄마, 왜 그래? 만점은 무슨? 엄마 혹시 아픈 거 아냐? 충격 너무 심하게 받은 거 같은데?"

"너 2학년 때 모의고사 만점 받았잖아? 그때 너 정말 대단했어. 겨울방학 때 마음잡고 정말 열심히 했잖아? 지금도 안 늦었어. 다시 한번 해보자구. 끝날 때까지 끝난 게 아니라잖아! 왜? 너 지금 감동받은 거야? 영화 대사 한번 써먹어봤어."

평소의 마순영 씨 같았으면 난리를 치고 한바탕 전쟁이 났을 터였다. 하지만 엎질러진 물이었다. 지금은 어쨌든 문제를 수습하고 해결을 해야 하는 절체절명의 상황이었다.

그날부터 마순영 씨는 모든 일정을 영웅이에게 다 맞추었다. 마순영 씨가 선택한 방법은 시중의 모든 모의고사 문제집을 구해 와서 거의 하루도 빠짐없이 실전처럼 시험을 치는 방법이었다. 문제지 탑은 영웅이 키만큼 쌓여갔다. 시간을 재가며 매일 실전처럼 모의고사를 쳤다. 그러고는 오답이 나오지 않을 때까지 다시 풀어보게 했다. 오답은 별표를 하고 또 지우고 풀도록 만들었다. 영웅이가 문제를 푸는 동안 마순영 씨는 지금까지 풀었던 산더미 같은 문제집들을 꺼내 틀린 문제를 지우고 또 지웠다. 한석봉 엄마 저리 가라였다. 석봉아, 너는 글씨를 써라! 엄마는 떡을 썰 테니, 하는 것처럼 공부하는 아들 옆에서 틀린 문제를 지우고 또 지웠다. 지우개 가루가 검은깨처럼 방바닥에 떨어져 쌓였다. 지금껏 떨어진 지우개 가루를 다 퍼담아 모으면 비료 포대로 한 포대는 채울 것 같았다. 오답의 별표가 다섯 개가 되는 문제도 있었다.

"틀리는 문제는 자꾸 틀리지? 문제를 똑바로 안 읽고 니 맘대로 읽기 때문이잖아? 문제에서 묻는 게 뭔지를 정확하게 봐. 왜 기본을 안 지켜? 실수 안 하는 게 더 중요해. 실수 땜에 10점이 왔다 갔다 해. 1점에도 대학이 왔다 갔다 하는데 10점이면 인생이 바뀐다."

"네, 네. 알겠습니다요."

"언어영역에서는 무엇보다 출제자의 의도를 찾아내는 게 중요해. 수능에 출제되는 시를 쓴 시인도 자기 시에 관한 문제를 반 넘게 틀린대. 니 생각이 중요한 게 아니고 출제자의 생각이 뭔지, 가장 상식적인 생각, 누구라도 맞다고 생각하는 보편적인 답을 찾아봐."

"출제자가 신인가? 진짜 이상한 답도 많더만."

"출제자가 신이라고 생각해야 해."

"참나, 더럽고 치사하네. 틀린 답을 맞다고 해야 하다니. 아이구! 내 팔자야!"

산등성이의 나무들은 간절한 기도를 하듯 하늘을 향해 가지를 뻗고 있었다. 나뭇가지에 앉아 있던 산새가 포르르 날아갔다. 산까치 소리와 산비둘기 소리가 들려왔다. 아무 걱정 없이 제각각의 본성대로 살아가는 새들이 부러웠다. 자식 걱정, 공부 걱정, 돈 걱정에 시달리지 않아도 되는 새들처럼 살면 얼마나 좋을까. 마순영 씨는 숨을 헉헉 몰아쉬면서 팔공산 갓바위로 올라가는 가파른 산길을 올라갔다. 아들을 서울대로 올려보내는 길이 이 가파른 산길과 흡사하다는 생각이 들었다. 단풍보다 더 색깔이 고운 원색의 등산복을 입은 등산객들이 등산로에 빼곡했다. 젊은 엄마들에서부터 지팡이를 짚은 칠순의 노인들까지 쉬지 않고 산길을 올라갔다. 길바닥에는 붉은 물감으로 손바닥 모양을 찍어놓은 듯 단풍잎이 꽃잎처럼 깔려 있었다. 붉은 단풍잎들 사이로 노란 단풍, 갈색 단풍이 그려내는 무늬가 아름다웠다.

마순영 씨는 해마다 수능 철이 되면 갓바위에서 수능기도를 하는 학부모들을 보여주는 뉴스를 보며 혀를 찼다. 대체 갓바위 부처가 무슨 영험이 있다고, 돌로 만든 조각상에게 왜 저리 빌고 야단인지, 전혀 이해하지 못했다. 그런데 사람이 절박하면 지푸라기라도 잡고 매달리게 되어 있는 모양이었다.

영웅이에게는 아무 걱정 하지 말라고, 넌 할 수 있다고 해놓고선 정작 마순영 씨는 불안해서 잠이 오지 않았다. 피가 바짝 마르는 날들이었다. 자다가 벌떡 일어나곤 했다. 한 가지 소원이라도 꼭 들어준다는 갓바위 부처님에게 가서라도 매달려볼까? 마순영 씨는 자려고 누웠다가 일어나 스마트폰으로 갓바위 수능기도 가는 방법을 찾아보았다. 자비정진회라는 불교단체에서 매일 아침 6시에 부산역에서 출발하는 갓바위행 관광버스를 운행한다는 것을 알아내고는 곧바로 돈을 송금했다.

쇠뿔도 단김에 빼라고 했으니 새벽에 일어나자마자 자비정진회 버스가 기다리는 부산역으로 향했다. 독실한 기독교 신자인 김밥집 주인 여자에게 갓바위 간다는 말을 곧이곧대로 할 수가 없어서 집에 무슨 일이 있다고 문자를 했다. 남의 일을 다니는 사람으로서 무책임한 짓이었지만 아들을 위해선 한시라도 빨리 갓바위 부처님을 알현해야만 했다.

버스에는 수능기도를 하러 가는 40대나 50대 아줌마들이 대부분이었다. 편한 승복 차림인 60대나 70대로 보이는 나이 지긋한 신자도 보였다. 스무 명 정도의 갓바위 순례객을 태우고 버스는 코스모스가 하늘거리는 국도를 달렸다. 갓길에는 빨간 고추를 말리는 노부부의 모습이 보였다.

마순영 씨는 팔공산 아래 문수암 매점에 내리면 일단 수능 대박 엿을 사라는 버스기사의 말에 솔깃했다. 갓바위에서 기도하고 수능 엿을 집에 가져가 아이 책상에 떡하니 붙여놓으면 아이가 원하는 대학에 딱 붙을 수 있다고 했다. 지푸라기라도 잡고 싶을 만큼 간절한 마순영 씨는 귀가 번쩍 띄었다. 버스기사의 말대로 문수암 매점에서 어른 팔 길이만 한 초대형 수능 대박 엿과 공양미 한 봉지를 샀다. 매점에는 갖가지 수능 대박 상품들이 진열되어 있었다. 마순영 씨는 영웅이에게 주려고 염주 팔찌도 하나 샀다. 이 엿을 집에 가서 붙여놓으면 된다는 거지? 마순영 씨는 그 수능 대박 엿이 귀한 부적이라도 되는 양 가슴에 꼭 안았다. 갓바위 주차장까지는 작은 승합차를 타고 갔다. 10분쯤 달려 갓바위 주차장에 사람들을 내려준 운전기사는 두 시간 뒤에 데리러 오겠다고 했다. 문수암에 점심 공양이 준비되어 있다고 했다.

마순영 씨가 더는 못 올라가겠다고 주저앉으려는 순간 관봉이 나타났다. 갓바위 주변은 온통 목탁 소리와 염불 소리의 바다였다. 올라가 보니 108배를 드리는 사람들로 발 디딜 틈이 없었다. 오색의 연등이 천막 아래 줄줄이 매달려 있고 노란 국화 화분이 곳곳에 놓여 있었다. 갓바위 부처님이 서 있는 제단 아래에는 수천 개의 촛불이 켜져 있었다. 갓바위 부처님은 지금까지 대한민국 학부모들의 소원을 들어주느라 몹시 무겁고 피곤해서인지 한쪽으로 어깨가 기우뚱하게 기울어져 있었다. 피사의 사탑처럼 기울어진 갓바위 부처님이 안쓰러웠지만 마순영 씨도 제단에 공양미와 수능 엿을 올리고 108배를 드렸다. 갓바위에 오르느라 다리가 욱신거리고 무거웠지만 간절한 마음을 모아서 기도를 드렸다. 우리 영웅이 지금이라도 마음 고쳐먹고 열심히 공부하고 있으니 제발 굽어 살펴달라고, 이 못난 어미의 간절한 소원을 들어달라고 기도했다. 기도를 마치고 갓바위 부처님을 보니 마순영 씨가 얹어준 소원 때문에 어깨가 더 기울어진 것처럼 보였다.

창밖을 바라보니 빌딩 사이로 노을에 물든 하늘이 보였다. 가을 하늘을 물들이고 있는 황금빛 노을과 황금빛 구름이 아름다웠다. 건조대에 빨래를 널고 있는데 명혜의 전화가 걸려왔다.

"마 여사, 잘 지내셨나?"

"명혜야, 나, 갓바위 수능기도 갔다 왔어."

"흐흐, 그래? 갓바위 부처님이 소원 들어주신다고 하셔?"

"아마, 들어주시지 않을까? 갓바위 부처님이 바라보고 계신 방향이 부산 경남 쪽이라 기도발 되게 잘 받는다던데? 근데, 갓바위 부처님도 힘이 들 거야. 전국 그 수많은 부모가 다 명문대 붙게 해달라고 기도하는데, 좀 안쓰럽긴 하더라구. 누군 붙여주고 누군 떨어뜨려야 하는데 얼마나 골치 아플까? 다들 왜 이렇게 명문대에 목을 매는지, 집단적인 정신병에 걸린 것 같기도 해. 특히 내가 가장 정신 나간 엄마긴 하지만."

"하하, 자폭 개그네. 애들 말로 팩폭 쩐다야. 그 잘난 서울대가 없어지면 좀 덜해지지 않을까?"

"서울대를 없애? 그게 어떻게 가능해?"

"서울대를 못 없애면 서울대를 산골 오지에다 옮겨놓으면 어떨까? 고려대는 저기 전라도 땅끝 마을로 옮기고 연세대는 경북 봉화마을이나 문경쯤에 옮기고. 스카이가 서울에 없으면 부동산 가격도 잡히고 그럴걸. 스카이가 서울에 있으니까 부동산 가격도 미친 듯이 뛰는 거지. 사교육비도 올라가고, 부동산 가격이 올라가니, 애들 낳아 기르기도 힘들고, 출산율도 떨어지고 그런 것 같아. 우리나라 모든 사회문제의 근원은 서울대, 바로 스카이야. 니가 그토록 흠모하는 서울대가 사회악의 뿌리라니까."

"사회악? 씩이나? 역시 윤명혜, 과격분자야. 근데, 스카이를 어떻게 지방으로 옮겨? 그게 가능하겠어? 우리 윤명혜 여사가 교육부장관이라면 몰라도!"

"그럼 이 몸께서 교육부장관 한번 해? 하하! 스카이 출신들이 우리나라 권력을 쥔 특권층인데 자기들이 누리던 특권, 기득권이 없어지는 걸 바라겠니? 대대손손 자식들에게 서울대란 온갖 특혜, 그 후광효과를 누리게 해주고 싶대잖아. 서울대가 존재해야만 그 후광효과를 누리는데 서울대를 절대 못 없애지. 좌파는 또 어떻고. 입으로는 기층 민중을 위하는 급진좌파인데 자식 문제에 있어선 위선적인 386 기득권층 좀 봐. 운동권도 스카이라야 출세하는지 스카이 출신 운동권이 더 하다니까. 진보도 이젠 기득권이 된 지 오래라니까. 오죽하면 수구 진보라는 말이 다 나왔겠니? 온 국민이 다 들고일어나면 모를까, 절대 교육 문제는 풀 수가 없어. 내 자식은 남들보다 뛰어나야 하고 특권과 특혜를 누려야 한다는 부모들의 생각은 바뀔 수가 없지. 인간의 본성이 이기적이어서 그런지,

아니면 대한민국 부모만의 특수성인지 모르겠다. 아마 대한민국이 망할 때까지 바뀌긴 힘들겠지."

"그래, 다들, 내 자식만 잘 먹고 잘 살면 된다고 생각하니까."

"그래도 지구는 돈다고 했듯이, 그래도 수능 시계는 가는구나. 수능이 이제 보름밖에 안 남았네. 우리 씩씩한 마 여사, 끝까지 파이팅해. 행운을 빌겠어!"

"고마워."

명혜 말처럼 수능이 보름밖에 남지 않았다고 생각하니 마순영 씨는 가슴속에 연기가 가득 찬 듯 갑갑했다. 장장 몇 년간의 대장정이었던가. 대장정의 끝은 과연 어디인지, 무엇이 기다릴지 가늠이 되지 않았다. 주홍빛과 황금빛이 섞여 있던 저녁 하늘이 어느새 검붉게 물들어 있었다.

"엄마! 소식 들었지? 수능이 일주일 연기됐다는데?"

"야! 지금 무슨 소리 하는 거야?"

마순영 씨는 안 그래도 조마조마해서 죽을 지경이라 빛나의 전화를 받고 짜증을 버럭 냈다. 만우절도 아닌데 얘가 왜 이러나 싶었다.

"정말이야. 인터넷 들어가봐. 포항 지진 나서 수능 연기됐다고 난리야."

마순영 씨는 전화를 끊고 긴가민가하며 네이버 앱을 눌렀다. 실시간 검색어 1위가 '수능 연기'였다. 온통 뉴스에는 수능 연기 관련 속보가 올라와 있었다.

포항 지진으로 수능 일주일 연기!
11월 23일 시행, 학생 안전이 우선

마순영 씨 입에서 "헐! 대박!" 하는 소리가 절로 새어 나왔다. 평소 아이들이면 몰라도 어른들까지 헐, 대박이란 말을 쓰는 것을 듣기 거북해하던 마순영 씨였다. 되도록 그 말만은 안 쓰자는 주의였는데 저도 모르는 새 불쑥 튀어나온 것이다. 이 무슨 천지개벽할 일이란 말인가. 마순영 씨는 텔레비전을 틀었다. 포항에서 규모 5.5의 지진이 발생했다는 뉴스 속보가 올라왔다. 화면에는 대학건물 외벽이 무너져 내리고 먼지가 피어오르는 모습이 보였다. 사람들이 비명을 지르며 정신없이 도망을 치고 있었다. 콘크리트 건물이 흔들리고 컴퓨터와 사무실 비품이 책상에서 떨어지자 놀란 사람들이 우왕좌왕했다. 건물 벽에 균열이 일어나고 편의점 진열대가 넘어져 편의점 안은 삽시간에 난장판이 되었다. 수능 시험장 건물 곳곳에 균열이 생긴 모습도 화면에 보였다.

수능이 연기된 일은 사상 초유의 일이라고 했다. 얼마 전 엄마들 모임에서 99년생 토끼띠 아이들만큼 불쌍한 아이들도 없다는 이야기를 농담처럼 한 적이 있었다. 99년생은 이상하게 수학여행을 갈 시기만 되면 나라에 온갖 사고가 터지곤 했다. 그 때문에 99년생은 초등학교 때, 중학교 때 수학여행 한번 못 갔다. 신종플

루, 세월호 참사, 메르스까지 연달아 터지는 바람에 학창시절의 아름다운 추억이랍시고 꺼내볼 만한 게 없는, 지지리 복도 없는 애들이라고 탄식을 한 적이 있었다. 이제는 지진으로 수능까지 연기되었으니 99년생의 저주라는 말까지 나올 정도였다. 하늘이 99년생을 특별히 사랑하고 아끼는 탓에 이런 시련을 주시는 건가, 하고 마순영 씨는 생각했다.

"와, 개짜증! 낼부터 해방인데 공부를 일주일 더 해야 한다고?"

화장실에서 볼일을 보며 친구와 통화하던 영웅이가 투덜대며 밖으로 나왔다.

"영웅아, 이건 하늘이 주신 기회야."

"뭐?"

고영웅은 뜨악한 표정으로 마순영 씨를 쳐다보았다.

"내가 너 공부 일주일만 더 하면 소원이 없겠다고 생각했거든. 근데, 일주일을 벌었어. 일주일 진짜 빡세게 공부하면 점수 더 올릴 수 있어."

마순영 씨의 말에 고영웅은 학을 떼겠다는 표정을 지었다.

"난 못해. 진짜 엄마 어떻게 된 거 아냐? 그렇게 공부가 좋으면 엄마가 수능 치러 가."

"영웅아, 포항 지역 애들을 봐. 지금 지진이 나서 얼마나 힘들겠어? 더 힘든 애들을 생각해. 그 애들도 마음 다잡고 공부하는데, 왜 못해? 끝까지 한 번만 더 최선을 다하자."

마순영 씨가 영웅이의 손을 잡으며 간절하게 설득했다.

"알았으니까, 이 손 좀 놔."

고영웅은 귀찮은 듯 엄마 손을 뿌리쳤다. 뉴스 화면을 보니 학생들이 학교 쓰레기장과 학원 옥상에 버린 참고서와 문제집을 찾는다고 난리였다. 말 그대로 입시지옥과 입시전쟁터였다.

다음 날 마순영 씨는 영웅이를 등교시킨 뒤, 서면에 있는 교보문고로 달려갔다. 김밥집에는 일이 있어 하루 결근한다고 했다. 마음 좋은 김밥집 주인도 요즘 자주 결근을 한다며 짜증을 낼 정도였다. 마순영 씨는 주인 여자에겐 미안했지만, 수능이 일주일 연기되었기 때문에 다음 주 수능날에도 결근을 할 생각이었다. 일을 그만두라고 해도 할 수 없었다.

서면 교보문고 앞에 가득한 인파를 보고 마순영 씨는 깜짝 놀랐다. 문제집을 사러 온 사람들이 마순영 씨뿐만이 아니었다. 등교한 아이들을 대신해 문제집을 사러 온 학부모와 학원에 문제집을 버리고 온 재수생들로 서점 앞은 북새통이었다. 영웅이도 봉투형 모의고사 문제집을 다 풀어버린 탓에 더 풀 문제집이 없었다. 천정까지 닿는 문제지 탑 두 개는 아니어도 한 개 정도는 쌓을 정도였다. 수험생들은 학원이나 학교 폐지수거함에 문제집을 다 버렸다고 했다. 수능을 앞두고 문제지를 다 내다 버린 전국의 수험생들이 얼마나 많겠는가.

10시에 서점 문이 열리자 학생들은 마치 꽁무니에 불이라도 달린 것처럼 맹렬한 기세로 지하로 뛰어 내려갔다. 마순영 씨도 파도에 휩쓸리듯 사람들에 떠밀려서 정신없이 내려갔다. 자습서 코너에서 마치 먹이를 서로 차지하려는 맹수들처럼 문제집 쟁탈전이 벌어졌다. 문제집을 살펴보지도 않고 다들 닥치는 대로 한 권이라도 더 건지기 위해 손에 잡히는 대로 집어 들었다. 마순영 씨도 달려들었지만 겨우 봉투 모의고사 한 권밖에 못 건졌다. 인터넷으로 문제집을 주문해야겠다고 마음먹고 마순영 씨는 빈약한 전리품을 끌어안고 계산대에 줄을 섰다.

"엄마!"

분명히 수능 시험장에 있어야 할 영웅이 목소리였다.

"여, 여, 영웅이 너, 너, 너, 왜, 왜 들어왔어?"

마순영 씨는 너무 놀라 말을 더듬었다. 아침 일찍 깨워 아빠 차를 태워서 수능을 치러 내보냈는데 영웅이가 헐레벌떡 집으로 뛰어든 것이었다.

"엄마, 큰일 났어! 수험표를 안 들고 갔어. 수험표! 수험표!"

마순영 씨는 영웅이 방으로 달려가 수험표를 찾아 건네주었다. 심장이 타들어갔다. 이러다 늦어서 시험장 문이 닫히면 어쩌나 발을 동동 굴렀다. 시계를 보니 7시 30분이었다. 8시 10분까지 입실 시간이었다. 아슬아슬했다.

"야! 늦었어. 이러다 수험장에 늦겠다. 어떡하니? 아빠는?"

"밑에서 기다려. 갈게."

고영웅은 그 말만 하고는 문을 닫고 뛰어나가 버렸다. 마순영 씨는 순간 얼어붙었다. 영웅이가 수험표 대신 이번에는 메고 왔던 가방을 내버리고 간 거였다. 가방을 열어보니 다른 아이 수험표와 도시락과 필통도 들어 있었다. 이 일을 어째? 그럼 가방 주인인 이 아이는 시험을 어떻게 친단 말인가? 가방과 수험표가 사라져 발을 구르고 있는 건 아닐까? 영웅이 때문에 한 아이의 인생을 망치는 게 아닌가 해서 더럭 겁이 났다. 마순영 씨는 가방을 집어 들고 뛰어나가다 현관문에 그대로 머리를 쾅 들이박았다.

머리가 너무 아파서 눈을 떠보니 방 안이 캄캄했다. 꿈이었다. 문에 박은 줄 알았는데 장롱 모서리에 머리를 박았던 모양이었다. 마순영 씨는 불을 켜고 휴대폰 시계를 보았다. 4시 반이었다. 10년 감수했다 싶어 숨을 길게 내쉬며 가슴을 주먹으로 몇 번 쓸어내렸다. 5시 반에 알람을 해두었는데 알람이 울리기 한 시간 전에 잠에서 깬 것이었다. 마순영 씨는 정신을 차리고 주방으로 가서 불을 탁 켰다.

드디어 전쟁의 서막이 올랐다. 적벽대전 그 이상 가는 대전투가 벌어지는 수능날이었다. 전국의 60만 수험생이 시험을 치는 수능날은 마치 대한민국 전체가 군사작전을 치르는 것 같았다. 천여 명에 이르는 문제지 출제 관계자들이 수능 대전을 앞두고 두 달 가까이 격리된 생활을 했는데, 올해엔 지진 때문에 일주일 더 갇혀 있어야 했다. 수능 당일은 출근 시간이 한 시간 정도 미뤄지고 증권시장 개장도 한 시간 늦추어졌다. 지각 수험생들을 실어 나르기 위해 경찰차와 구급차가 경적을 울리며 달렸다. 경찰 오토바이와 퀵 배송 업체들까지 수험생들을 부지런히 실어 날랐다. 지각 수험생들이 교문을 아슬아슬하게 통과하는 순간 응원 나온 후배들이 북을 치고 만세를 부르며 함성을 질렀다. 마치 개선장군이라도 맞이하는 것 같았다.

하필이면 부강고와 라이벌 학교인 경부고가 고영웅의 수능 시험장이었다. 교문 앞에는 별의별 응원 문구를 적은 피켓과 종이를 든 아이들이 함성을 질렀다. 자원봉사자들이 따뜻한 차와 핫팩을 나눠주었다. 아이를 들여보내며 포옹하는 엄마, 눈물을 글썽이는 엄마, 뒤돌아서서 눈물을 닦는 엄마들이 보였다. 고영웅은 교문까지 따라온 엄마의 배웅을 받으며 수험장 안으로 들어갔다. 등 뒤에 엄마의 시선이 무겁게 달라붙어 있는 것만 같았다. 응원 나온 후배들이 질러대는 함성이 교실까지 따라 들어왔다.

8시 40분, 첫째 시간, 드디어 피가 튀는 전투가 시작되었다. 문제지 넘기는 소리, 코를 훌쩍이는 소리, 누군가의 한숨 소리, 침 넘기는 소리, 조그만 기침 소리, 지문에 연필로 줄을 긋는 소리도 크게 들렸다. 교실 안에는 숨 막히는 긴장감이 흘렀다. 국어는 무난하게 시험을 친 편이었다. 처음 보는 지문이 대부분이었지만 답을 찾기는 쉬웠다. 그런데 둘째 시간, 수학이 문제였다. 30번 문제에서 막혀 시간을 많이 썼다. 30번 문제를 다 못 풀었는데 시계를 보니 끝나기 5분 전이었다. 미친 듯 마킹을 하고 나니 끝나는 종이 울렸다. 검산해볼 시간도 없었고 가채점 답안지에 체크할 시간도 없었다.

점심시간에 고영웅은 엄마가 준비해준 전복죽도 먹지 못했다. 비싼 전복을 세 개나 넣고 끓인 죽인데 먹을 수가 없었다. 모의고사를 칠 때마다 영어 시간에는 졸려서 듣기 문제를 놓친 적이 몇 번 있었다. 실전인데 듣기 문제를 놓치는 대참사가 벌어지게 만들 수 없었다. 가뜩이나 수학이 불안한데 거의 공부를 안 한 영어마저 1등급을 놓칠 수는 없었다. 생각해보니 2학년 때 모의고사 만점을 받았을 때도 아침도 안 먹고 점심마저 거르고 빈속에 시험을 쳐서 만점을 받았다. 초콜릿 한 알로 점심을 때웠다. 수학과 국어 답을 서로 비교하고 맞춰보는 아이들 때문에 교실이 시끄러웠다. 고영웅은 점심시간에 교실을 나와서 화단 주변을 걸어다니며 마음을 겨우 추슬렀다. 속은 쓰렸지만 머리는 맑았다.

비행기 이착륙도 금지되고 학교 근처에서는 자동차 경적도 금지되는 수능 영어 듣기 시험시간이었다. 고영웅이 영어 듣기 시험을 치는 그 시간, 마순영 씨는 아침부터 교문 앞을 떠나지 않고 있었다. 마순영 씨처럼 교문 앞에서 서성거리거나 기도하듯 두 손을 모으고 있는 학부모들이 서른 명쯤 보였다. 날씨도 추운데 오들오들 떨면서 아이들을 기다리고 있는 엄마들이 끝나지 않는 형을 사는 죄수들 같았다.

마순영 씨는 악몽까지 꾼 데다 새벽 일찍 일어나 피곤했지만, 수능 시험장 앞을 떠날 수가 없었다. 김밥집 주인에게 아들 수능 치는 날이라고 사실대로 말하고 딱 하루만 더 양해해달라고 했다. 주인 여자는 어쩌겠냐고, 다음에 또 이러면 얄짤 없다고 했다. 일을 그만두라는 뜻이었다. 교문 밖에서라도 응원하는 마음을 보내줘야만 영웅이가 실수하지 않고 시험을 잘 칠 것만 같았다. 오후 4시쯤 되자 경부고 교문 앞에는 학부모들이 점점 불어나기 시작했다.

"영웅이 언니!"

선우 엄마였다. 마순영 씨는 적진에서 살아 돌아온 동지를 만난 것처럼 반가워 선우 엄마의 손을 덥석 잡았다. 선우 엄마의 손이 얼음처럼 차가웠다. 마순영 씨는 가방을 뒤져 핫팩을 건넸다.

"고마워요. 언니 언제부터 와 계셨어요?"

선우 엄마는 핫팩을 비비며 말했다. 입술이 새파랬다.

"영웅이 들어갈 때부터 이러고 있었어요. 진짜 이게 뭐 하는 짓인가 싶어요. 수능날 교문 앞에 서 있는 엄마들 진짜 이상하다, 욕했는데 내가 지금 여기서 왜 이러나 싶더라구요."

"그렇죠? 저도 지금까지 교회에서 기도하고 오는 길이에요. 불안해서 견딜 수가 있어야 말이죠. 우리 선우는 예비소집 갔다 와서 피시방에서 저녁까지 롤하다 왔다니까요. 긴장을 풀어야 시험을 잘 친다면서. 수능 칠 녀석이 그러니 불안해서 견딜 수가 있어야 말이죠."

두 사람이 한참 수다를 떨고 있는데 인파를 뚫고 민재 엄마와 승민이 엄마가 옆으로 다가왔다.

"영웅이 엄마, 오랜만이네요. 영웅이 인터뷰하는 거 아니에요?"

마순영 씨를 보자마자 민재 엄마가 웃으며 난데없이 엉뚱한 말을 꺼냈다. 승민 엄마와 선우 엄마가 의아한 표정으로 민재 엄마와 마순영 씨를 번갈아 쳐다보았다.

"네? 무슨 인터뷰요?"

"에이, 알면서 왜 그래요? 시치미 잡아떼기는. 영웅이 수능 만점 받고 인터뷰할 거면서."

민재 엄마의 말에 다들 웃었다. 농담이지만 생각만 해도 기분이 좋은 농담이었다. 아닌 게 아니라 진짜 그런 일이 일어나면 어쩌지, 하는 생각으로 마순영 씨는 마음이 풍선처럼 부풀었다. 상상만 해도 황홀했다.

승민 엄마는 수능을 앞두고 전국의 유명한 절이란 절은 다 쫓아다녔다고 했다. 요즘은 무릎관절 때문에 물리치료까지 받는다고 했다. 대치동 유명 입시 컨설팅 학원에서 컨설팅까지 받은 승민이는 고려대 수시 1차에는 합격했지만, 수능 최저등급을 맞추어야 했다. 엄마들과 이런저런 수다를 떨고 있는 사이에 인파는 점점 늘어나고 심지어 방송국 차까지 들어왔다. 교문 앞은 수능생들을 마중 나온 학부모의 인파로 넘실거렸다.

"아이들이 나온다."

사람들 사이에서 외침이 들렸다. 시험을 마친 아이들이 한두 명씩 나오는 모습이 보였다. 12년간의 긴 싸움을 마치고 나온 아이들의 표정은 다양했다. 울음이 쏟아지려는 것 같기도 하고, 후련한 것 같기도 하고, 혼이 나가버린 것 같기도 했다. 아이들은 힘든 전투를 벌이느라 크고 작은 상처를 입은 병사들처럼 보였다. 전쟁터에서 돌아오는 아이를 맞이하는 부모들의 표정은 하나같이 형언키 어려운 복잡한 감정들이 뒤섞여 있었다. 먼저 나온 아이들을 만난 부모들은 말보다는 몸짓으로 그 복잡 미묘한 감정을 전했다.

엄마들은 어디 피 흘리고 찢긴 데는 없는지 확인하듯 아이들의 얼굴과 팔을 어루만지고 연신 쓰다듬었다. 아빠들은 아이의 등을 툭툭 치며 고생했다는 말을 전했다.

"어! 영웅이네. 영웅아!"

민재 엄마가 소리를 질렀다. 마순영 씨는 그 소리에 놀라 교문 쪽으로 눈을 돌렸다. 영웅이의 얼굴이 보였다. 영웅이의 얼굴은 넋이 나간 것처럼 허옇게 질려 있었다. KO당하기 직전의 권투선수 같았다. 선우 엄마가 영웅이를 보더니 갑자기 눈물을 왈칵 쏟아냈다. 다들 놀란 표정으로 선우 엄마를 쳐다보았다.

"선우 엄마, 왜 그래?"

승민 엄마가 선우 엄마의 팔을 잡았다. 심하게 두들겨 맞은 것처럼 지친 표정으로 다가온 영웅이도 놀라서 선우 엄마를 쳐다보았다. 민재 엄마가 선우 엄마 얼굴을 요리조리 살피며 말을 걸었다.

"선우 엄마! 왜 그래요? 아직 선우도 안 나왔는데 영웅이 보고 울긴 왜 울어?"

"영웅이 보니까…… 아, 죄송해요."

선우 엄마는 감정이 북받쳐 말을 잇지 못했다.

"갑자기 제가 왜 이러는지 모르겠어요. 애들이 마라톤 완주한 늙고 병든 선수들같이 너무 안쓰럽고 가슴이 아파서, 이 하루를 위해서 애들이 얼마나 고생했나 싶어서……. 영웅아, 너무 고생했어."

고영웅은 어리둥절한 모양이었다. 선우 엄마는 진짜 엄마의 마음을 가진 사람이었다. 내 아이만 걱정하는 그런 이기적인 엄마가 아니라, 모든 아이를 끌어안는 진짜 엄마. 내 아이가 소중하고 귀하면 내 아이의 친구들도, 남의 아이도 귀하고 소중한 법이었다. 내 자식만 생각하는 이기적인 마순영 씨가 한 번도 가닿지 못한 높고 귀한 마음의 영역. 마순영 씨는 마음이 울컥해 선우 엄마의 손을 꼭 잡았다.

"선우 엄마 혹시 출생의 비밀이 있는 건 아니죠? 혹시 영웅이가?"

민재 엄마가 웃으며 선우 엄마를 놀렸다.

"민재 언니, 너무 막장 드라마 많이 보신 것 아니에요?"

승민 엄마가 민재 엄마의 팔뚝을 가볍게 치며 웃었다.

"영웅아, 시험 어땠니? 잘 쳤지?"

민재 엄마가 영웅이에게 물었다. 마순영 씨도 그 말을 묻고 싶었지만 애써 참고 있던 중이었다. 영웅이가 괴로운 표정을 지었다.

"엄마, 지금 나, 좀 힘들어. 머리도 심하게 아프고……."

고영웅은 금방 쓰러질 것처럼 괴로워하는 얼굴이었다. 마순영 씨는 세 사람에게 인사를 하고 영웅이와 함께 인파를 헤치고 한참 걸어 나와 겨우 택시를 잡았다. 택시 안에서 고영웅은 좌석에 몸을 기대고 눈을 꼭 감고 있었다. 마순영 씨는 말도 붙일 수가 없었다. 혹시 컨디션이 안 좋아서 시험을 망쳤는지 불안해서 심장이 바짝바짝 타들어갔다.

집에 돌아오자마자 고영웅은 방으로 들어가서 내리 두 시간을 잠만 잤다. 밤 8시가 넘어서야 일어나 컴퓨터를 켜 수능답안지를 확인했다. 잠시 멍하니 앉아 있더니 배고프다고 라면을 끓여달라고 했다. 수능 치고 온 날까지 라면을 먹다니 과연 영웅이다웠다. 행복할 때나 괴로울 때나, 슬플 때나 즐거울 때나 오직 라면이었다.

"점심도 안 먹었던데? 배고파서 시험은 어떻게 쳤어? 많이 힘들었지?"

마순영 씨는 뜨거운 라면을 정신없이 입에 퍼넣는 영웅이에게 조심스럽게 물었다.

"점심 안 먹고 치니까, 안 졸리더라고. 진짜, 엄마, 내 피를 다 쏟아낸 것처럼 시험을 쳤어. 수혈을 열 팩이나 한 기분이었다니까. 몸속에 피가 한 방울도 안 남은 그런 느낌이더라구. 다 치고 나니 머리도 핑 돌고 어지럽고 토할 것 같았어. 젖 먹던 힘까지 쏟았다, 란 관용 표현이 뭔지 그때 처음 알았어. 에너지를 완전히 다 쓴 상태란 거. 2학년 모의고사 만점 받았을 때보다 더 필사적으로 쳤는데 장난 아니었어. 수학은 가채점 답안지 체크할 시간도 없고 진짜 죽는 줄 알았다니까!"

"진짜 힘들었겠네. 근데 점수는 어떨 것 같아? 잘 친 거 같니?"

마순영 씨는 영웅이의 눈치를 살피며 용건을 겨우 꺼냈다.

"정확한 성적표 나와봐야 알겠지만. 수학 2점짜리 두 개, 4점짜리 한 개, 화학 한 개, 생투 한 개 정도 틀린 것 같아. 이 정도면 서울대 갈 수 있지 않나?"

흐릿하던 눈앞이 천 개의 전등을 켠 듯 눈부시게 환해졌다. 마순영 씨는 속으로 만세를 수없이 불렀다. 이과에서 다섯 개 정도 틀리면 영웅이 말대로 충분히 서울대가 가능한 점수였다. 별처럼 아득하던 서울대가 바로 코앞에 있었다. 그날 밤 마순영 씨는 벅찬 행복감 때문에 가슴이 터질 것 같아 밤새 잠이 오지 않았다. 한 송이의 국화꽃을 피우기 위해 봄부터 소쩍새는 그렇게 울었듯이, 고영웅을 서울대 합격시키기 위해 집을 날리고 부산에 내려와 그토록 온 식구들이 힘든 일들을 겪어낸 것이었다. 전화위복이요, 새옹지마였다. 뜬눈으로 밤을 지새웠는데 하나도 피곤하지 않았다.

수능을 친 다음 날이었다. 김밥집에서 일을 마치고 온 마순영 씨가 집 현관문을 열었을 때였다. 영웅이가 화장실에 갑자기 후닥닥 뛰어 들어갔다. 순간 화장실에서 고양이 소리가 들렸다. 생각지도 못한 고양이 울음소리에 마순영 씨는 머리끝이 쭈볏 섰다.

"야! 고영웅! 화장실에서 왜 고양이 소리가 나? 어떻게 된 거야?"

마순영 씨는 화장실 문을 계속 두드렸다. 잠시 뒤 영웅이가 화장실 문을 열고 땀을 뻘뻘 흘리며 나왔다.

"엄마, 실은 고양이를 데려왔는데……."

"뭐? 무슨 고양이? 너 미쳤어? 어디 봐?"

마순영 씨는 화장실에 들어가서 고양이를 찾았다. 고양이 울음소리는 들리는데 고양이는 보이지 않았다.

"진짜 주먹보다 작은 아기 고양이야. 여기 변기 밑에 있는 구멍으로 들어갔는데 안 나와."

마순영 씨의 얼굴이 일그러졌다. 정말 이런 변이 있나 싶었다. 고양이가 변기 밑으로 들어가다니. 기가 막혔다. 너무 작아서 변기 아래에 난 좁은 틈 사이로 숨은 모양인데 보이지도 않았다.

"야! 의논도 안 하고 고양이 데리고 오면 어떻게 해? 변기 밑에서 죽으면 어떻게 하냐고? 변기 뜯어내야 하는 거 아니야?"

하다 하다 진짜 별 꼴통 짓을 다 한다, 싶었다. 수능 치기 전에 이런 짓을 안 벌인 게 천만다행이었다. 물을 내리면 변기 물소리에 놀라서 나올까 싶어서 물을 내려봐도 기척도 없었다.

"어미 고양이가 버리고 가버렸나 봐. 주유소 근처 빈 건물 보일러실 지하에서 우는 걸 봤거든. 어미랑 있는 걸 한 번도 못 봤어. 내가 참치캔 몇 번 챙겨주고 그러니까 자꾸 따라오더라고. 요즘 날씨도 너무 춥고, 길에서 얼어 죽을까 봐 데려온 거야."

마순영 씨는 헛웃음이 나왔다. 어찌나 동물 사랑이 지극하신지 눈물이 앞을 가릴 지경이었다. 고철용 씨에게 전화하니 참치캔을 뜯어 화장실 바닥에 놔두면 한밤중에라도 안 나오겠냐고 했다.

"엄마! 고양이, 새벽에 변기 밑에서 나왔어. 봐봐, 진짜 귀엽지?"

아침에 일어나 보니 영웅이가 고양이를 안고 쓰다듬고 있었다. 변기 밑에 있다가 나온 고양이를 더럽지도 않은지 껴안고 있는 걸 보니 기가 막혔다. 아몬드형의 투명한 갈색 눈에, 검정색, 흰색, 갈색 털을 가진 삼색 고양이였다. 너무 작아서 보기도 안쓰러웠다. 고양이는 제 털을 핥는다고 정신이 없었다. 그런데 꼬리가 없는 고양이였다.

"꼬리도 없네. 기형 아냐?"

"아니거든. 재패니즈 밥 테일 종류데 원래 꼬리가 없거나 토끼처럼 짧아. 성격도 진짜 온순해. 어마마마, 아들 수능 잘 친 기념으로 고양이 키우게 해주시옵소서. 엄마 서울대 소원 풀어드렸잖아. 이 효자 아들 굽어살피시옵소서."

"니 소원이 아니고? 수능 성적표 나오는 거 봐서. 니가 말한 점수 그대로 나오면 키우게 해줄게. 수능 점수 제대로 안 나오면 그냥 원래 있던 곳에 데려다 놔."

"엄마 고마워요. 싸랑해요."

마순영 씨는 고양이 덕분에 아들에게 난데없는 사랑 고백을 받았다. 처음으로 아들에게 사랑한다는 말을 들었는데도 그저 어리둥절할 뿐이었다.

지진 때문에 수능 성적 발표도 당초보다 일주일 연기되었다. 수능 성적은 영웅이가 말한 대로였다. 수능 성적표를 보니 전 과목 1등급이었고 총 다섯 개를 틀렸다. 서울대 중간 정도 과는 충분히 가능할 것 같았다. 꿈에 그리던 서울대 합격은 따놓은 당상이었다.

마순영 씨는 헬리콥터 맘답게 영웅이 원서 쓰는 일에 골몰하고 있는데 정작 당사자인 영웅이는 온통 고양이에게 정신이 빠져 있었다. 고양이 이름은 두부로 지었다. 마순영 씨가 아무 생각 없이 냉장고 안의 두부를 보고 말했을 뿐인데, 고영웅은 그 이름을 마음 들어 했다. 온종일 두부, 두부 소리가 입에서 안 떨어졌다. 졸지에 집 안이 두부로 가득 찬 것 같았다.

"영웅아, 두부 좀 그만 만지고 일루 와봐. 니 성적으로는 생명과

학부 충분히 가능하겠다. 생명과학부 쓸까? 아니다, 식품·동물생명공학부 쓸까?"

마순영 씨는 날마다 서울대 학과별 수능 점수 커트라인과 영웅이 점수를 비교하며 원서를 어떻게 쓸지 고민했다. 1지망 서울대 말고는 다른 학교는 아예 신경도 안 썼다.

"엄마, 나 수의대 넣을 거야. 나중에 우리 두부 아프면 치료도 해 주게."

"뭐? 수의대? 니가? 말도 안 돼. 고양이 치료해주고 싶어서 수의대 간다고? 초딩 같은 소리 그만해! 야! 서울대 수의대는 정시로 뽑지도 않아. 수시에서 이월 인원이 생겨야 되고 얼마나 커트라인이 높은데? 안 돼. 엄마는 절대 너 재수 못 시켜. 그리고 무슨 일이 있어도 서울대 합격해야 하니까, 생명과학부도 약간 높고, 그냥 안전 지망으로 식품·동물생명공학부 쓰자. 너 먹는 것 젤 좋아하지? 식품하고 동물 좋아하잖아? 서울대 합격하면 동문회에서 전액 장학금도 나온다며? 제발, 엄마 소원이다. 나도 서울대생 아들 한번 가져보자. 제발!"

마순영 씨는 아들에게 양손으로 비는 시늉까지 했다. 엄마 마음대로 하라며, 고영웅은 자신의 운명을 결정하는 일을 엄마 손에 맡겨버렸다. 제 운명을 스스로 결정하지 않으면 어떤 대가를 치러야 하는지 전혀 생각지도 않은 채.

헬리콥터 맘의 뜨거운 눈물

"저리 가!"

두부는 종일 개냥이처럼 마순영 씨를 졸졸 따라다녔다. 설거지 하는 마순영 씨의 다리에 머리를 비비며 그르렁거렸다. 저리 가라고 하면서도 싫지는 않은 듯 웃음을 터뜨리는 마순영씨를 고철용 씨가 어이없는 얼굴로 쳐다보았다.

"아무리 그래도 그렇지, 장모님까지 모시고 가는 건 그렇지 않나? 장모님 힘드실 텐데. 그 먼 데까지 어떻게 모시고 가? 환자를?"

이빨과 발톱이 다 빠진 늙은 호랑이 신세인 고철용 씨가 눈치도 없이 혀를 차며 말했다. 마순영 씨의 친정엄마는 2년 전 혈액암의 일종인 림프종을 진단받고 항암 투병 중이었다. 이 역사적인 날에 엄마를 모시고 가지 말라고? 다른 대학도 아니고 서울대였다. 친정엄마가 살아생전 서울대 구경할 일이 언제 있겠는가. 영웅이가 우리나라 최고의 대학에 입학하는데 온 가족이 출동해야만 마땅했다. 한 달 전부터 친구와 약속이 있다는 빛나까지 약속을 강제로 취소하게 만든 마순영 씨였다. 마순영 씨는 사나운 눈초리로 고철용 씨를 흘겨보며 한마디 팩 내쏘았다.

"엄마가 사시면 얼마나 사신다고? 손주가 다른 데도 아니고 무려 서울대에 입학하는데, 그 영광스러운 입학식을 놓치란 말이야?"

무려 서울대?! 고철용 씨는 마순영 씨의 위세에 눌려 입을 다물었다.

대학 합격 발표가 있던 날 마순영 씨는 아침에 일어나 안절부절못했다. 안전 지원을 했기 때문에 합격을 확신하고 있었지만 가슴이 두근거리고 불안했다. 오전 10시 전부터 합격자 발표 사이트에 접속했지만, 접속자가 너무 많아 확인이 힘들었다. 30분이 지나서야 사이트에 접속이 되었다. 합격을 확인한 순간 마순영 씨의 가슴에 가득 차오르던 환한 빛, 그야말로 환희의 순간, 베토벤의 환희 송가가 온 세상에 울려 퍼지는 것만 같았다. 드디어 황수희가 속한 그 빛나는, 금빛 세계 속으로 발을 내디딘 것이었다. 눈물이 볼을 타고 줄줄 흘러내렸다. 눈물이 흐르는데도 행복해서 미치겠는 순간이었다. 생애 처음으로 흘려보는 행복한 눈물, 눈물의 정수였다.

카지노에서 잭팟이 터지듯 기쁜 일은 연달아 이어졌다. 부강고가 달리 명문 고등학교가 아니었다. 중견기업 대표이사인 서울대 선배가 영웅이에게 4년 전액 장학금을 준다고 동문회에서 연락이 왔을 때 마순영 씨는 꿈을 꾸는 것만 같았다. 그 동문 선배님은 키다리 아저씨가 따로 없었다. 부강고 졸업식날과 서울대 입학생 오리엔테이션이 겹쳐 영웅이 대신 마순영 씨가 졸업장을 받으러 졸업식에 참석했다. 졸업식의 주인공은 3년 내내 학교생활을 충실히 한 수석 졸업생 최승재였다. 서울대 오리엔테이션 때문에 졸업식에 참석 못한 아들을 대신해 승재 엄마가 연단에 몇 번이나 올라가 대리 수상을 하는 것을 보면서 마순영 씨는 속으로 질투심을 삭여야 했다. 같은 서울대 합격생이었지만 엄친아 승재와 우주 최강 꼴통 고영웅은 레벨이 달랐다. 졸업식의 서운함을 서울대 4년 전액 장학금이 위로해준 것이었다.

차는 서울대 인근에서 전혀 움직일 생각을 하지 않았다. 마순영 씨네 가족은 어젯밤 서울 보라매공원 쪽에 사는 여동생네 비좁은 아파트에 끼어서 자고 아침 일찍 일어났다. 혹시라도 입학식에 늦을까 봐 일찍 출발했다. 서울대 인근에는 천지사방 차들의 바다였다. 전국 모든 차들이 서울대로 집결하는 것이 아닐까 싶을 정도였다. 1분에 겨우 1미터 정도 나가다 보니 한 시간이 지나서야 서울대 정문이 나타났다. 뉴스나 인터넷이나 수많은 입시 책자에서 보았던 샤 자 모양의 국립 서울대 상징탑 아래서 마순영 씨는 가슴이 벅차오르는 기분을 만끽했다. 국립 서울대를 줄인 상징탑이라고도 했고, 진리를 찾는 열쇠를 상징하는 탑이라고도 했다. 사진이나 영상으로만 보던 저 탑을, 하늘의 별처럼 아득히 멀리 있던 탑을 바로 눈앞에서 볼 줄이야. 황수희가 수없이 지나다녔을 이 정문을 비로소 마순영의 아들 고영웅이 통과하게 된 거였다. 꿈이 아니라 현실이었다. 영웅이가 세 살 때부터 꾸었던, 그 간절한 꿈 하나를 비로소 이룬 날이었다. 흙수저가 서울대에 합격하다니, 그야말로 우공이산이었다.

바로 눈앞에 관악산이 보였다. 마순영 씨는 그 유명한 서울대 슬로건, 누군가 조국의 미래를 묻거든 고개를 들어 관악을 보게 하라는 말이 생각났다. 고영웅은 이제 명실상부한 대한민국의 미래를 짊어질 인재, 개천의 용이 된 거였다.

서울대 정문 앞은 전혀 움직일 생각을 않는 차들로 인해 거대한 주차장을 방불케 했다. 수십 명의 교통 경찰관들이 호루라기를 쉴 새 없이 불면서, 경찰봉을 휘두르며 뛰어다녔다. 서울대 정문을 통과하는 데 30분 넘게 걸렸다.

주차할 곳을 찾아 여기저기 헤맸다. 우리나라에서 가장 넓은 캠퍼스라는데 한꺼번에 몰려든 차들로 주차할 곳이 보이지 않았다. 차 한 대도 들어가지 못할 자리를 간신히 찾아내 주차를 하고 강당 쪽으로 향했다. 마순영 씨는 지팡이를 짚은 친정엄마를 부축했다. 환자를 이 번잡한 곳에 데려오다니, 마순영 씨는 엄마를 힘들게 하는 것 같아 미안한 생각이 들었다. 친정엄마보다 더 몸이 불편해 보이는 노인도 휠체어를 타고 입학식장으로 향하는 모습이 보였다. 손에 꽃다발을 들고 입학식장으로 향하는 사람들의 행렬은 끝도 없었다. 역시 서울대 입학식은 급이 달랐다. 가문의 영광인 서울대 입학식에 온 가족과 친척들까지 총출동한 모양이었다. 입학식이 열리는 서울대 실내체육관 앞 광장에는 사람들로 인산인해였다. 꽃다발을 들고 서울대 입학식 현수막을 배경으로 사진을 찍고 있는 가족들의 모습이 이곳저곳에서 보였다. 사진을 찍는 이들의 얼굴에는 아이가 태어나서 이곳 서울대에 오기까지 장장

20년에 걸친 대장정을 마친 안도감과 빛나는 자부심이 흘러넘치고 있었다.

입학식장 입구에는 서울대 농생대에서 만든 약콩 두유를 공짜로 나누어주고 있었다. 공짜라면 사족을 못 쓰는 마순영 씨는 디자인도 고급스러운 약콩 두유를 세 팩이나 받았다. 빛나가 고개를 절레절레 흔들었다. 지팡이를 짚고 힘들게 걸어오느라 무리한 친정엄마가 목마를까 봐 두유에 빨대를 꽂아 건넸다. 인파를 헤치고 입학식이 이미 진행되고 있는 행사장으로 들어갔다. 빈자리를 찾아서 이리저리 돌아다니다 겨우 자리를 찾아서 앉았다.

무대 위에는 박사복을 입고 박사모를 쓴 교수들 수십 명이 앉아 있고 무대 아래의 좌석에는 수천 명의 서울대 신입생들이 앉아 있었다. 우리나라 최고의 아이들이 모인 저 자리에 내 아들 영웅이도 앉아 있단 말인가? 마순영 씨는 가슴이 벅차올라 숨을 쉬기조차 힘들었다. 학부모들은 무대 양옆과 무대 맞은편 2층과 3층 좌석에 빽빽하게 앉아 있었다. 행사가 진행되는 무대를 바라보며 학부모들은 휴대폰을 들고 입학식 광경을 찍어댔다. 플래시가 끝도 없이 터졌다. 마순영 씨는 무대를 바라보며 서울대 총장의 축사에 귀를 기울였다.

"서울대 졸업생들의 가장 큰 적은 특권의식입니다. 졸업 후에 다른 사람과 사회에 기여함으로써 이 빚을 갚을 필요가 있습니다. 더 나아가서 '빚진 자로서의 마음'이 필요합니다. 서울대는 여러분이 낸 등록금보다 일곱 배나 많은 돈을 교육과 연구를 위해 사용합니다. 국민의 세금으로 여러분이 공부하고 있습니다. 졸업 후에 사회에 기여함으로써 이 빚을 갚을 필요가 있습니다."

총장의 축사를 들으며 마순영 씨는 생각했다. 서울대생의 가장 큰 적이 특권의식이라고? 서울대 총장의 인사말은 오히려 서울대생이 대한민국의 특권층임을 만천하에 역설적으로 드러내는 말이 아니고 무엇이란 말인가? 마순영 씨는 흐뭇한 미소를 머금고 고개를 끄덕였다. 고영웅은 이제 대한민국의 특권층이 모인 이 자리까지 올라온 것이었다. 개천의 용이 스카이, 하늘 위로 날아오른 것이었다.

뜬금없이 촛불시위 때 자주 들었던 그 노래가 입안에서 맴돌았다. 대한민국은 민주공화국이다. 대한민국은 민주공화국이다. 대한민국의 모든 권력은 국민으로부터 나온다. 그 노래 가사의 진실은 다른 데 있었다. 대한민국은 서울대 공화국이다. 대한민국은 서울대 공화국이다. 대한민국의 모든 권력은 서울대로부터 나온다. 서울대 광신도인 마순영 씨는 벌떡 일어서서 그 노래를 목청껏 부르고 싶은 충동을 느꼈다. 시위대 앞의 선봉대처럼 주먹을 힘차게 휘두르며 노래를 부르고 싶은 이상한 충동의 불길에 휩싸였다. 저 무대 위로 뛰어 올라가 총장이 들고 있는 마이크를 빼앗아 이 노래를 부른다면 어떨까? 서울대 깃발이라도 휘두르면서 말이다. 모든 뉴스에 실시간으로 도배가 되고 전국이 발칵 뒤집히지 않을까. 진실을 발설하고 싶은 욕구가 치밀어 올랐지만 마순영 씨는 얌전히 앉아서 총장의 말을 경청했다.

총장은 서울대 광신도 마순영 씨가 무대에 난입하지 않은 덕분에 서울대 신도들에게 목사처럼 엄숙하게 설교를 늘어놓았다. 서울대생은 생각하는 힘을 키워야 하고, 추종자가 아니라 개척자가 되어야 하며 공공의 선善을 고려해야 한다고 했다. 대한민국의 엘리트 집단이니만큼 그에 걸맞은 책임의식을 가져야 한다는 멋진 말씀이었다. 마순영 씨에게는 그 고리타분한 설교가 귀에 하나도 들어오지 않았다. 지금 내 아이가 이곳에, 서울대에, 서울대 입학식에 와 있다는 것만이 중요했다. 뜨거운 눈물 한줄기가 볼을 타고 흘러내렸다.

"내 아들 고영웅은 서울대생이야. 누라 뭐라 하여도!"

마순영 씨는 돌에 깊이 새기듯 혼잣말을 했다.

에필로그

축! 서울대 자퇴

짜식, 쫌 멋진데. 중졸인 나만큼은 아니지만.

우주 대스타 한성휘님 친구답다.

오늘 홍대서 공연하는데 놀러와.

한 며칠 라면만 먹었더니 열라 고기 고프다.

고영웅은 피식 웃었다. 성휘에게 자퇴했다고 문자를 보냈더니 이런 답이 왔다. 성휘는 고등학교 자퇴한 뒤 서울로 올라와 래퍼로 데뷔했다. 처음 1년간은 굶기도 많이 했을 정도로 힘들었지만 부모님 도움을 안 받고 버텨냈다. 노트에 빽빽하게 적어 내려간 눈물과 고통이 노래가 되었다. 그간 발표한 앨범이 여섯 장인데 앨범 제작 비용은 유투버들의 배경 음악을 만들어주거나, 실용음악과에 갈 입시생 지도로 번다고 했다. 중졸이 대학에 갈 입시생 지도 선생님이라니, 소가 웃을 일이었다. 음원 수익은 없지만 닥치는 대로 이것저것 일을 하니 집에 손 안 벌리고 겨우 밥벌이 정도는 한다고 했다.

세상에 공짜 없어. 좋아하는 일을 하려면 그 대가를 지불해야지. 그렇게 말하던 성휘 녀석은 제법 어른스러워 보였다. 가시덤불을 헤치고 나가는 일이 힘겨울 텐데도 성휘는 당차게 길을 열어나가고 있었다. 고영웅이 성휘의 노래 〈빛이 걸어간다〉를 인터넷에서 다운받아 듣고 있는데 휴대폰 벨이 울렸다. 아빠였다.

"영웅아! 놀라지 마라!"

고영웅은 아빠가 전화를 걸어온 것에 더 놀랐다. 집에 연락할 일이 있으면 항상 엄마하고만 통화했기 때문이다. 아빠가 전화를 걸어왔던 적이 있었던가. 중학교 때 자살 소동을 벌였을 때 말고는 거의 없었던 것 같았다.

"왜요? 집에 무슨 일 있어요?"

"엄마 쓰러져서 응급실에 실려 왔다."

"네?"

"일주일 넘게 음식도 전혀 입에 안 댔다. 잠도 못 자고……. 너 자퇴한 것 때문에 충격이 심했는지…… 죽고 싶다는 말을 입에 달고 지냈어. 일단 내려와."

예상했던 일이었다. 고영웅은 이상하게 기분이 그냥 덤덤했다. 오래전에 겪었던 일처럼 기시감이 들었다. 아들이란 놈이 엄마 등에 칼을 꽂은 거였다.

"지금 바로 내려갈게요."

그놈의 서울대가 뭐라고? 서울대생이 아닌 아들은 엄마에게 더 이상 아들이 아니란 말인가? 아들이 죽어버린 것과 같다는 말인가? 아들이 죽었으니 살아갈 모든 희망이 사라져버린 것이었을까? 고영웅은 한숨을 푹 내쉬었다. 엄마에게 더 중요했던 것은 어쩌면 아들이 아니라 서울대생이라는 자랑거리, 최고급 장식품이었는지도 몰랐다.

고영웅은 자퇴하고 싶다고 엄마에게 먼저 말할 자신이 없었다. 우주 최강 꼴통 고영웅을 서울대 보낸다고 엄마가 죽도록 고생한 걸 아는데, 어떻게 말할 수 있겠는가. 당연히 엄마는 결사반대할 것 같았다. 자퇴는 생각보다 간단했다. 보호자 도장을 파서 자퇴서에 도장을 찍고는 지도교수 도장까지 받아 제출하니 끝이었다. 너무 간단하게 끝나버린 것이 이상하고 허전해 괜히 관악산에도 올라가보고 연인들이 데이트하는 자하연에서 무게 잡고 앉아 있기도 했다.

고영웅은 원래 뒷생각이라곤 없는지라 닥쳐올 일에 대해 큰 걱정은 하지 않았다. 어릴 때부터 동물이라면 정신 못 차릴 정도로 좋아했으니까 그쪽 계통 전공을 찾거나 일을 하면 잘할 자신은 충분히 있었다. 태어나서 처음으로 제 운명을 스스로 선택하고 결정한 일이었다.

부산행 기차에 올라 두리번거리며 좌석을 찾았다. 10호차 13D, 역방향 좌석이었다. 창가 쪽 좌석에 앉자마자 옆자리에 뚱뚱한 중년 여자가 와서 앉았다. 고영웅은 90킬로그램인데 여자도 80킬로그램은 넘어 보였다. 틈 하나 없는 자리가 답답하기 짝이 없었다.

이 아줌마도 우리 엄마같이 아이를 숨도 못 쉴 정도로 몰아세울까, 늘 일거수일투족을 감시하는 헬리콥터 맘일까, 하고 고영웅은 생각했다. 헬리콥터 맘에 대해 네이버 시사상식 사전에서 찾아보면 이런 설명이 나왔다.

> 평생을 자녀 주위를 맴돌며 자녀의 일이라면 무엇이든지 발 벗고 나서며 자녀를 과잉보호하는 엄마들을 지칭한다. 헬리콥터 맘이라는 개념은 우리나라 교육에 있어 엄마들의 뜨거운 교육열의 단면을 가장 잘 나타내어주는 치맛바람에서 파생된 것으로, 헬리콥터 맘은 착륙 전의 헬리콥터가 뿜어내는 바람이 거세듯 거센 치맛바람을 일으키며 자녀 주위에서 맴도는 어머니를 빗댄 용어다. 어릴 때부터 학습 매니저가 된 헬리콥터 맘은 대학교에 들어간 장성한 자녀들의 일거수일투족까지도 참견하는 경우가 많다. 자녀의 숙제를 대신 해주거나 학교 측에 사사건건 간섭하기도 하며, 자녀가 사회인이 되어 취직하게 되면 자녀의 경력 관리에 나서고 부서 배치를 조정하려고도 한다.

고영웅은 가슴이 답답해 숨을 길게 한번 내쉬었다. 이 설명 속의 헬리콥터 맘보다 몇 배나 더한 헬리콥터 맘이 바로 엄마였다. 아이들이 태어나서 아장아장 걷고, 혼자 밥 먹고, 기저귀를 떼고, 유치원에 가고, 초등학교에 가고, 중학교·고등학교·대학교에 가고, 취직하고 심지어 결혼해도 자식 주위를 벗어나지 못하는 엄마들,

죽을 때까지 자식과 연결된 탯줄을 끊지 못하고 주위를 빙빙 도는 엄마들이 바로 헬리콥터 맘이다. 자기 손으로 끝까지 보살펴주지 않으면 무한 경쟁의 정글에서 아이가 맹수에게 물려 죽을까 봐 불안에 떠는 엄마들, 세상에서 가장 불쌍한 엄마들, 자식이 스스로 탯줄을 끊지 않으면 죽을 때까지 탯줄을 끊지 못하는 엄마들이 바로 헬리콥터 맘이다.

엄마가 헬리콥터 맘이 아니었다면, 그냥 엄마였다면, 아들을 서울대에 보내겠다고 마음을 먹지 않았다면 어땠을까. 고영웅은 엄마가 바윗돌을 굴리고 있는 시지프스 같다고 생각했다. 고영웅은 기차 창밖을 내다보았다. 산등성이에 걸린 저녁 해가 빛을 길게 쏘고 있었다.

엄마를 헬리콥터 맘으로 만든 것은 서울대였다. 엄마에게 서울대는 과연 뭐였을까. 아들을 서울대에 합격시키는 것! 그것만이 아들에게 줄 수 있는 최대한의 사랑이라 믿었는지도 몰랐다. 주는 사람에겐 사랑일지 몰라도 받는 사람에겐 독이 되는 사랑, 그것은 사랑이 아니라 폭력이란 걸 엄마는 알지 못했다. 사랑의 도구, 욕망의 수단으로 만드는 것임을 알지 못했다. 헬리콥터 맘의 사랑은 자식을 욕망의 제물로 삼는 무서운 독이었다.

처음 서울대에 입학했을 때, 고영웅은 이른바 서울대 뽕, 일명 샤뽕에 취해서 한동안 발이 땅에서 들린 것 같았다. 세상을 다 가진 것만 같았다. 우리나라 최고의 대학에 들어왔다는 게 믿기지 않았다. 서울대 합격했다고 주변에서 온통 난리였다. 고영웅은 무슨 대단한 일이라도 해낸 줄 알고, 올림픽에 나가 금메달이라도 딴 것처럼 어깨에 잔뜩 힘이 들어가 있었다. 입학식 때 암 투병을 하는 외할머니까지 오시고, 식구들이 총출동하고, 온 집안 식구들에게 축하받고 야단법석이었다. 고등학교 친구들도 서울대 친구 생겼다고 떠벌리고 그러니 기분이 붕 떠 있었다. 서울대 입학했다고 마약에 취해 있는 듯한 그 기분의 유효기간은 딱 한 달 정도였다.

개강하고 한 달 정도 지나 정신을 차려보니, 고영웅은 서울대에서 무슨 외계인이 된 기분이었다. 주변을 둘러보니 온통 금수저였다. 수시 학종으로 합격한 금수저들은 금수저들끼리 몰려다녔다. 고영웅처럼 정시로 서울대에 온 흙수저는 보이지 않았다. 옛날에는 열심히 공부해서 서울대에 오는 흙수저도 꽤 많았다. 그런데 개천이 오염되어 용의 씨가 말라버린 건지, 아니면 원래 개천에는 용이 안 살고 지렁이만 사는 곳인지 몰라도, 흙수저는 눈 씻고 찾아봐도 보이지 않았다. 아니면 개천의 용이 올라올 사다리가 하나도 남김없이 부서져버린 건지도 몰랐다. 어느 강남 좌파 서울대 교수님은 모두가 용이 될 필요는 없다고, 대신 붕어와 개구리와 가재가 어울려 사는 예쁘고 따뜻한 개천을 만들어야 한다고 역설했다. 그 말씀대로 개천이 예쁘고 따뜻해질 거라 믿고 흙수저들은 이 높은 서울대로 올라올 필요성을 못 느낀 게 아닐까. 이미 개천은 오염되어 썩어버렸는데도 말이다.

흙수저 하나 보이지 않는 곳에서 흙수저 고영웅은 처음엔 서울대 인맥도 쌓아야 한다는 생각으로 동아리도 몇 군데 가입하고 얼결에 5·18 때는 광주 망월동에도 다녀왔다. 흙수저의 삶에 대해 개뿔도 아는 것 하나 없으면서 민중이 어쩌고저쩌고 떠드는 선배들의 관념적인 목소리가 듣기 싫었다. 그 선배들은 서울대를 졸업하면 이 사회의 지도층이 되어 강남 좌파, 캐비어 좌파로 변할 가능성이 많은 고매하신 분들이었다. 몇 달쯤 지나서는 과에서나 동아리에서 연락이 와도 안 나갔다.

고영웅은 서울대 들어오기 전이 더 나았다는 생각도 들었다. 수능 시험 칠 때까지 학습 매니저인 엄마가 시키는 대로 아무 생각 없이 살았으니까. 공부하다가 엄마 몰래 쓸데없는 뻘짓 하거나 게임이라도 할 수 있으면 세상 행복했다. 엄마가 고영웅을 서울대 보내기 위해 모든 걸 다 해주었으니까 힘든 게 없었다. 엄마는 공부방 할 때의 실력을 발휘해 매니저처럼 학습 계획도 다 세워주고 문제집도 골라주고, 오답도 체크해주고, 중간고사 기말고사가 닥치면 요약정리도 챙겨주고, 시험 칠 때 실수 안 하는 요령까지 다 알려주곤 했다. 팔이 빠지도록 지우개로 틀린 문제를 지우고 또 지우는 엄마를 보면서, 고영웅은 왜 저렇게까지 무식한 짓을 하나 싶을 때도 많았다. 고영웅은 뭐가 안 될 땐 엄마 탓만 하면 되었다. 엄마는 1인 연예기획사의 사장처럼 미래의 스타가 될 거라 굳게 믿고 고영웅을 관리했다.

금수저 아이들은 고영웅에게서 풍기는 가난의 냄새는 지독하게 잘 맡았다. 이상하게 자기들끼리만 어울리는 것 같았다. 고영웅은 물에 뜬 기름처럼 겉돌기만 했다. 자격지심인지 피해의식인지, 그 놈의 상대적 박탈감인지 알 수 없었다. 그들과의 사이에는 보이지 않는 철조망 하나가, 결코 넘을 수 없는 벽 하나가 둘러 쳐져 있는 것만 같았다. 기균전형(기회균형선발 특별전형)으로 들어온 흙수저들은 기균충으로 불리기까지 했다. 고소득층 자녀가 서울대생의 70퍼센트가 넘는다더니, 그건 사실이었다. 서울대에는 온통 금수저나 은수저밖에 없는 것 같았다. 서울대 안에서도 넘을 수 없는 계급의 벽이 있다는 것을 절실히 느꼈다. 그 높디높은 벽은 총알도 못 뚫는 두꺼운 방탄 유리벽이었다.

대한민국 최고 대학에 다니는데 가슴이 허하고 무인도처럼 외로움을 느끼게 될 줄 몰랐다. 스트레스가 쌓이고 마음이 답답하면 고영웅은 먹는 것으로 스트레스를 풀었다. 태생이 흙수저여서 그런지 몰라도 고영웅은 늘 배가 고팠다. 원래 먹성 하나는 어릴 때부터 남달랐지만 먹어도 먹어도 배가 고팠다. 가난과 비만은 비례한다더니, 가난하면 먹을 것에 더 집착하게 되는 걸까. 먹고 싶은 것은 끝도 없었고, 어떤 날은 치맥이 무지 당겨 몸이 배배 꼬일 정도였다.

용돈도 떨어졌는데, 돈을 벌어서 사 먹는 건 괜찮지 않을까 싶어 앞뒤 재지 않고 무작정 비상금 통장에 손을 댔다. 그 통장은 엄마가 준 서울대 입학선물이었다. 고등학교 때 받은 장학금을 한 푼도 안 쓰고 모은 돈이었다. 초등학교 때 괴상한 입학선물 줘서 미안하다고 하면서, 그 입학선물 대신 주는 거라고 했다. 혹시라도 집에서 용돈을 못 부쳐주는 일이 생기면 이 돈을 비상금으로 쓰라고 했다. 엄마는 고양이에게 생선을 맡긴 셈이었다. 고영웅은 눈 질끈 감고 그 통장을 헐었다.

뒷일 생각은 눈곱만큼도 없고 일단 사고부터 치는 게 고영웅의 특출한 재능이었다. 주식 앱을 깔아 한참 인기 있던 대북주를 50만 원 어치 사서 팔았는데 금방 두 배의 돈이 벌렸다. 돈이 돈을 버는구나, 눈이 번쩍 띄었다. 새로운 세상으로 발을 들여놓은 기분이었다. 가난을 벗어날 비밀의 통로를 발견한 것만 같았다. 어쨌거나 돈을 많이 벌고 싶었다. 고영웅은 주식으로 돈을 벌겠다는 욕심에 눈이 멀어 통장에 있는 돈 전부를 주식에 털어 넣었다. 500만 원이나 되는 돈은 그렇게 한 달 만에 다 사라졌다. 엄마가 3년 동안 모아서 준 돈을 한 달 만에 날리다니. 금수저도 아닌 흙수저가 제 주제도 모르고, 한날 치맥이 먹고 싶어 시작한 주식으로 돈을 날리다니. 지독한 삼류 B급 코미디였다.

고영웅은 세상에서 자신이 제일 못나고 쓸모없는 놈인 것만 같았다. 수업 없는 시간은 종일 롤을 하면서 기숙사에 틀어박혀 지냈다. 고영웅의 방은 2인실이었는데 방을 같이 쓰는 사람은 나이 많은 대학원 선배여서 동기들과 어울릴 기회도 없었다. 점점 외딴 섬처럼 고립되어갔다. 대학원 선배는 고독한 영웅이라고 고영웅에게 농담을 했다. 고영웅은 고독한 영웅답게 썩은 미소를 날려주었다.

고영웅은 1학년 내도록 폐인처럼 게임만 했다. 엄마한테 미안해서, 졸업할 때까지 전액 장학금을 준다는 선배님한테 미안해서, 게임으로 도망치는 자신이 부끄러워서, 마약중독자나 알코올중독자처럼 게임에만 빠져 있었다. 어리석고 못난 자신을 정면으로 마주치기 싫어서 게임으로 도망쳤던 거였다. 금수저들이 돈 펑펑 써대는 꼴도 보기 싫고 자신이 제일 못났다는 생각도 하기 싫어서 과모임도 안 나갔다.

고등학교 시절 고영웅은 몰래 농땡이 실컷 피우다가 엄마 앞에서만 공부하는 척했을 뿐이다. 머리가 좀 되는 건지, 선행학습이 잘된 건지는 모르겠지만 고영웅은 벼락치기 선수였다. 공부하기 싫어하고 한마디로 놀기만 좋아하는 꼴통일 뿐이었다. 깜냥이 안 되는 흙수저 꼴통을 엄마 혼자서 서울대 보낸다고 야단법석을 떤 것일 뿐이었다. 개천의 지렁이도 용이 될 수도 있고, 만들 수도 있다고 믿은 노력만능주의자 엄마의 명백한 착각이었던 것이다.

서울대에 들어올 깜냥이 되는 아이들은 따로 있었다. 공부가 좋아 죽는 타고난 공부벌레거나, 타고난 영재거나, 타고난 금수저라 집안에서 모든 걸 뒷받침해줄 수 있는 아이들이 바로 그들이었다. 태어나기 전부터 이미 모든 것을 가진 아이들, 박건우나 최승재 같은 애들이야말로 그런 부류였다. 초등학교 6학년 때 엄마는 매일 박건우와 고영웅을 비교했다. 박건우야말로 서울대를 위해 준비된 아이라고 예언했다. 어쩌면 엄마는 전생에 무당이 아니었을까.

고영웅은 박건우를 실제로 서울대에서 본 적이 있었다. 고영웅이 학교 편의점에서 학식 대신 컵라면을 먹고 있을 때였다.

"야, 박건우!"

박건우? 고영웅은 라면을 먹다 놀라서 돌아보았다. 얼굴이 하얀 남학생이 편의점으로 먼저 들어오고, 좀 있다 머리 긴 여학생이 뒤따라 들어왔다. 박건우와 눈이 짧게 마주친 순간 초등학교 6학년 때의 그 박건우라는 직감이 스쳤다. 6학년 때의 얼굴이 많이 남아 있었다. 창백할 정도로 흰 피부, 쌍꺼풀이 없는 기다란 눈매, 약간 뭉툭한 코, 얇은 입술, 눈썹 끝에 있는 붉은 점까지 그 짧은 순간 또렷이 보였다. 초등학교 때 점인 줄 모르고 뭐 묻었는데? 하니 건우가 이거 점인데, 하고 씩 웃었던 적도 있었다.

고영웅은 박건우에게 아는 척할까 말까 하다 그냥 얼굴을 돌리고 라면만 먹는 척했다. 건우와 여학생은 아이스크림을 골라 계산하고 웃음을 터뜨리며 편의점 밖으로 나갔다. 아이스크림을 입에 물고 서로 팔을 툭툭 치며 장난하는 두 사람의 뒷모습을 고영웅은 한참이나 쳐다보았다. 둘을 축복하듯 벚꽃 잎이 종이 꽃가루처럼 흩날렸다. 서울대와 박건우는 완벽하게 들어맞는 퍼즐 조각처럼 보였다. 그 퍼즐 사이에 고영웅이 들어갈 자리는 없었다. 컵라면은 퉁퉁 불어 있었다.

한 날 고영웅은 밤새워 게임을 하느라 늦잠이 들었다. 기말시험인 줄도 모르고 정신없이 자다가 깨어났다. 오후 1시였다. 오전 10시에 전공 시험이 있는 줄도 모르고 자고 있었던 거였다. 완전히 망했다는 생각이 들었다. 엄마의 인생을 벌레처럼 갉아 먹고, 엄마가 키다리 아저씨라고 불렀던 동문 선배님이 가난한 후배를 위해 좋은 마음으로 기꺼이 대주시는 귀한 장학금도 벌레처럼 축내고, 엄마가 3년 동안 안 쓰고 모은 고등학교 장학금도 주식으로 날리고, 마침내는 자신의 인생도 게임중독으로 완전히 갉아 먹을 것 같았다. 영락없는 한 마리 벌레였다. 자다가 갑자기 얼음물을 뒤집어쓴 듯, 고영웅은 정신이 번쩍 들었다. 침대에 걸쳐진 서울대 마크가 새겨진 과잠바가 눈에 들어왔다. 안 어울리는 저 옷부터 벗어 던져야 한다는 생각이 들었다.

고영웅은 어릴 때부터 옷 사는 것을 싫어했다. 엄마가 무리해서 고른 비싼 옷이 갑갑하고 싫기만 했다. 고영웅이 입고 싶은 옷은 그냥 편한 옷이었다. 답답한 걸 못 참았다. 엄마가 이런저런 옷을 사 입히면 딴사람이 된 것 같아 싫기만 했다. 어울리지도 않는 서울대란 옷을 입고 있으니 다른 사람의 옷을 입고 있는 기분이었다. 딴 사람의 옷을 얻어 입고 있는 기분은 거지 같았다. 서울대란 옷, 안 맞는 옷, 안 어울리는 옷부터 벗어 던져야만 제대로 살 수 있을 것 같았다. 서울대란 최고급 명품, 남들은 입고 싶어서 안달하는 최고의 명품 옷을 벗어 던지고 싶었다. 남들이 부러워하든 말든, 그건 아무 상관이 없었다. 중요한 건 서울대는 고영웅이 입고 싶은 옷이 아니라는 거였다. 고영웅은 그냥 몸에 맞는 편한 옷을 입고 싶었다.

엄마가 만들어서 입혀준 서울대생이라는 명품 옷이 마치 엄마와 자신 사이에 연결된 탯줄 같았다. 스무 살이 넘은 놈이 아직 탯줄도 못 끊고 있다니 자괴감이 몰려왔다. 진짜 원해서 들어간 서울대라면 몰라도 엄마가 만들어준 서울대생이란 명품 옷, 엄마가 정해준 길이어서, 그게 서울대라서 싫었다. 느려터지고 공부하기 싫어하는 우주 최강 꼴통인 고영웅이 서울대에 올 수 있었던 건 마순영 씨의 치밀한 계획과 제갈공명 빰치게 탁월한 입시전략 전술 덕분이었다.

서울대는 고영웅의 목표도 꿈도 아니었다. 고영웅은 단지 엄마가 어릴 때부터 서울대, 서울대 노래를 부르니 당연히 서울대 아니면 다른 길이 없는 줄로만 알았다. 만약 스스로 결정해서 대학에 갔다면, 고영웅이 원했던 학과 공부였다면 조금은 달랐을지도 몰랐다. 어울리지 않는 옷을 벗어 던지고, 감옥 문을 부수고 밖으로 나와야 했다. 서울대 자퇴, 그것만이 엄마와 자신 사이에 연결된 탯줄을 끊어낼 수 있는 유일한 길이었다. 한 인간으로 똑바로 설 수 있는 길이었다.

고영웅은 엄마를 생각하면 거울 나라의 앨리스가 떠올랐다. 〈거울 나라의 앨리스〉에는 이런 장면이 나온다. 엘리스가 죽어라 달려도 제자리인 것이 이상해 붉은 여왕에게 묻는다. 우리나라에서는 이렇게 빨리 달리면 다른 곳에 갈 수 있는데 왜 여기는 항상 제자리예요? 그러자 붉은 여왕은 이렇게 대답한다. 멍청한 나라 같으니라고! 우리나라에선 다른 곳에 가려면 두 배로 빨리 달려야 해.

거울 나라의 앨리스처럼 다른 곳에 가기 위해 두 배 세 배로 달리느라, 엄마는 죽을 만치 힘들었을 것이다. 흙수저 나라의 아들을 금수저들의 나라에 집어넣기 위해 엄마는 목숨을 걸고 달려야 했을 것이다. 엄마는 그 이상한 목표를 세우고 나서부터 삶이 얼마나 무거웠을까. 죽도록 달리느라고 얼마나 다리가 아팠을까.

기차가 속력을 늦추더니 부산역에 멈춰 섰다. 창밖에는 비가 내리고 있었다. 기차 창문에 맺힌 빗물이 멈추지 않는 눈물처럼 줄줄 흘러내렸다. 옆에 앉아 있던 뚱뚱한 아줌마가 일어서서 통로로 나갔다. 고영웅은 내릴 생각도 하지 않고 기차 창밖만 내다보았다. 비 내리는 창문 밖이 어두운 감옥처럼 보였다. 검은 감옥 속에서 엄마가 웅크리고 울고 있는 것만 같았다.

엄마는 다 큰 아들을 등에 업고 걸어오느라 바위에 눌리듯 생이 힘겨웠을 것이다. 엄마는 아직도 아들을 등에서 내려놓지 못하고 있었다. 엄마, 이젠 나를 내려놔. 나를 등에 업고 달리느라 죽을 만큼 힘들었잖아. 이젠 엄마는 엄마의 인생을 살아. 난 내 인생을 살 테니까. 엄마, 이제 거기서 그만 밖으로 나와. 거기엔 아무것도 없어. 고영웅은 손을 내밀었다. 딱딱한 유리벽이 가로막고 있었다.

고영웅은 병아리가 알을 깨고 나오던 광경을 떠올렸다. 모든 병아리가 제힘으로 밖으로 나올 수 있는 건 아니었다. 부화한 알 중에는 인공 파각을 해서라도 밖으로 꺼내 살려내야만 하는 꺼꾸리도 있다. 엄마는 알 속의 세상만이, 맨 꼭대기에 서울대가 있는 이상한 나라만이 유일한 세상이라고 믿었던 게 아니었을까. 그 때문에 아이를 사랑하는 길인 줄로만 알고, 아이를 위하고 잘 키우는 길인 줄 알고 잘못 들어섰던 길이, 헬리콥터 맘이란 이상한 길이 아니었을까. 어쩌면 지금 엄마는 신호를 기다리는 게 아닐까. 스스로 만든 감옥 속에서 밖으로 나올 때가 되었다는 신호를. 엄마가 안에서 못 깬 껍데기를 아들이 밖에서 깨뜨려주기를 기다리고 있는 건 아닐까.

"고객님, 내리실 시간입니다."

단정한 제복을 입은 여자 승무원이 다가와 안 내리고 뭐 하냐는 투로 말했다. 고영웅은 멋쩍은 얼굴로 자리에서 벌떡 일어섰다. 기차 안에는 승객이 한 사람도 보이지 않았다. 기차에서 내리니 추적추적 겨울비가 내리고 있었다.

고영웅은 역 밖으로 나와 에스컬레이터를 타고 내려왔다. 부산역 광장은 공사 때문에 가림막이 설치되어 있었다. 택시기사들이 연신 손님을 불러댔다. 기차 옆자리에 앉아 있던 여자가 누군가를 기다리고 있는지 에스컬레이터 아래에서 가방을 들고 서 있었다.

"엄마!"

교복 차림의 여고생이 노란 우산을 쓰고 달려와 여자에게 와락 안겼다.

"아이고 우리 강아지, 엄마 마중 왔쪄?"

여자가 덩치에 안 어울리게 혀 짧은 소리를 하며 딸의 등을 쓰다듬었다. 두 사람이 노란 우산을 쓰고 수다를 떨며 걸어가는 뒷모습이 정겨웠다. 그냥 엄마와 그냥 딸이었다. 고영웅은 가슴 한 귀퉁이가 시큰거렸다. 노란 우산을 쓴 모녀가 사라진 골목길 2층에 중국집 간판이 보였다. 고영웅은 엄마랑 짜장면을 먹었던 순간들을 떠올렸다. 엄마가 활짝 웃었던 순간들. 공기 중에 흩어지던 밝은 웃음소리. 엄마와 아무 일 없었던 듯 다시 짜장면을 먹을 수 있을까. 입안에 침이 고였다.

고영웅은 비를 그대로 맞으며 빗물이 흥건히 고인 길을 철벅대며 걸었다. 차가운 빗물이 얼굴을 타고 흘러내려 목덜미로 파고들었다. 엄마가 흘리는 눈물 같았다. 엄마, 내가 헤매더라도, 늦더라도, 그냥 지켜봐줘. 서울대생 아들이 아니더라도 난 엄마 아들이고 엄마는 그냥 내 엄마잖아. 고영웅은 엄마가 눈앞에 있기라도 한 듯 속으로 중얼거렸다. 차가운 겨울비는 쉴 새 없이 내렸다.

고영웅은 걸음을 멈추고 빗속을 무섭게 질주하는 차들을 바라보았다. 흙수저는 더 빨리 달려야 한다고? 목숨을 걸고 달려야 한다고? 부모 잘 만나 태어나기 전부터 이미 별처럼 아득히 앞서 있는 금수저들을 따라잡으라고? 누구 좋으라고? 죽을 때까지 달려야 한다는 규칙, 평생을 쉬지 않고 달려야 한다는 규칙 따위 개나 줘버려라. 고영웅은 속으로 혼잣말을 하다 돌팔매질을 하듯 팔을 휘둘렀다.

좀 느리면 어때서? 길을 가다 마주친 배고픈 길냥이에게 밥도 주고 고양이처럼 늘어지게 한숨 잔다 하여, 좀 느리게 간다 하여 뭐가 문제인가. 게으르고 나른한 것처럼 보여도 고양이가 날쌔게 움직일 때는 얼마나 재빠른지 모른다. 넘어진 사람에게 손도 내밀어주고, 물병의 물도 나눠 마시고, 장난도 치고, 휘파람도 불면서 갈 것이다. 내게 맞는 옷을 입고 나만의 속도로 걸어갈 것이다. 누가 뭐라 하여도! 고영웅은 비 내리는 도시의 하늘을 올려다보았다. 만세를 부르듯 기지개를 쭉 켜자 해방감이 밀려왔다. 갑갑한 곳에서 탈출한 고양이가 몸을 길게 쭉 늘이는 것 같았다.

한 줄기 바람이 불자 짜장면 냄새가 코끝에 스쳤다. 환하고 따스한 생의 냄새가 빗줄기를 뚫고 코에 와닿았다. 따스하고 친숙한 손길 같았다. 고영웅은 엄마가 자리에서 일어나면 짜장면을 먹으러 가자고 해야겠다고 생각했다. 어마마마! 제 발을 봐서라도 소자와 함께 짜장면 드시러 가옵소서. 어마마마! 통촉하여 주시옵소서! 이렇게 사극을 한번 찍으면, 아무리 심각한 마순영 씨라도 피식 안 웃고는 못 배길 것이다. 물론 싫다고 하겠지만, 아들의 손을 뿌리치진 않을 것이다. 서울대생 아들이 아니어도.

버스가 부산역 정류장에 천천히 들어왔다. 고영웅이 올라타자 버스가 출발했다. 빗소리는 더욱 거세졌다.

〈끝〉

도움받은 자료와 도서

2018년 서울대 입학식 성낙인 총장 인사말
네이버 시사 상식 사전_헬리콥터 맘
강준만, 〈서울대의 나라〉, 개마고원, 1996.
강준만, 〈입시전쟁 잔혹사〉, 인물과사상사, 2009.

99년생 영웅이에게

잘 지내지? 엄마와 같이 중국집에 가서 짜장면도 맛있게 먹었는지 궁금하다. 지금쯤 넌 군대에 가서 땀 흘리며 훈련을 받고 있거나, 네가 원하는 일을 하려고 공부를 하고 있거나, 생활력을 키우기 위해 이런저런 알바를 하고 있을지도 모르겠구나. 여전히 길고양이만 보면 정신 못 차리고 기상천외한 뻘짓도 하면서 재미나게 너만의 속도로 걸어가고 있으리라 믿는다.

"난 살면서 단 1초도 행복한 순간이 없었어."

얼마 전 영화 〈조커〉를 보다가 이 대사를 듣고 소름이 오싹 끼쳤단다.

내 아이들은 어리석고 욕심 많은 이 엄마 때문에 정말 단 한 순간도 행복하지 않았던 건 아니었을까? 나는 내 아이가 남들보다 조금이라도 뒤처질까 봐 전전긍긍하는 엄마였어. 아이의 존재 그 자체보다 성취에만 기뻐하고 타인의 시선을 늘 의식했지. 난 네 엄마 마순영 씨 못지않은 헬리콥터 맘이었어. 공부하다 딴짓을 할까 봐 늘 감시하고 핸드폰도 못하게 하고 공부 말고 다른 것에 관심을 돌리면 쓸데없는 짓 하지 말라고 잔소리하고, 엄친아와 내 아이를 비교하는 나쁜 엄마였지.

대한민국 입시생과 입시생의 엄마들은 입시가 끝날 때까지 마치 형을 사는 죄수처럼 행복을 뒤로 미룬 채 살고 있지. 좋아하는 드라마와 영화도 보고, 친구의 고민도 들어주고, 게임도 하고, 운동도 하고, 여행도 하고, 친구랑 노래방에서 목이 터져라 노래도 부르고, 가수들 공연도 쫓아다니고, 친구와 수다 떨며 떡볶이와 순대도 먹는 일상의 소소한 행복을 입시 이후로 미룬 채, 집단 정신병에 걸린 듯 미친 듯 달리고 있지. 저 꼭대기에, 스카이에 올라가기 위해. 거기에만 행복이 있다는 듯.

난 네 엄마 마순영 씨처럼 내 아이들에게 가난밖에 물려줄 게 없는 흙수저라 늘 불안하고 쫓기는 기분이었단다. 내 아이도 가난으로 고통받게 만들 수 없다는 생각 때문에 입시전쟁의 한복판으로 아이를 등 떠밀었어. 흙수저이기 때문에 더 노오력해야 한다고, 이 모든 게 너를 위해서, 너를 사랑하기 때문이라면서 아이가 행복한지 불행한지는 생각해보려 하지 않았지. 아이가 좋아하는 일, 원하는 일은 다 쓸데없는 짓이라고 공부로 아이를 몰아세웠지. 돌이켜보면 아이를 벼랑 위에 세워놓고 떠밀었던 끔찍한 순간들이 많았어. 그 순간을 아이는 얼마나 힘들게 통과해왔을까.

너도 그랬을 거야. 서울대에 가야만, 스카이에 올라가야만 네가 행복해질 수 있다고 믿었던 엄마와 살면서 비명을 지르고 싶었던 순간이 얼마나 많았을까. 마순영 씨는 네가 서울대에 가야만 네가 금수저들의 나라에 가야만 행복할 수 있다고 믿었지. 절대적인 가난이 사람을 얼마나 비참하게 만드는지, 영혼까지 파괴해버리는지, 자식에겐 그 고통을 대물림하고 싶지 않았을 거야.

영웅아, 네가 엄친아가 아니라서, 엄마 말 잘 듣고 어른 말에 순종하는 이른바 범생이가 아닌 꼴통 녀석이라 참 고맙고 다행이라 생각했단다. 네가 범생이였다면 넌 헬리콥터 맘 엄마가 감시하는 입시의 감옥에서 무사히 빠져나오지도 못하고, 탯줄도 못 끊고 아직도 엄마 눈치를 보며 살아가고 있을지도 모르겠구나. 네가 범생이였다면 단 한 순간도 행복했던 적이 없었던 조커처럼 살아가고 있을지도 모르겠구나.

넌 지금 이 순간의 소소한 행복을 찾아내는 재주가 탁월한 아이였지. 무섭고 힘센 가난도 지금 이 순간을 즐길 줄 아는 너의 재능을 훼손하지 못했지. 흙수저라 해서 행복을 누릴 권리가 없냐고 당당하게 항변하는 네 목소리가 들리는구나. 그래, 흙수저도 당연히 행복해야 하고말고.

소심하고 겁 많고 위선적인 꼰대들의 말을 듣지 않고 용감하게 길을 열어가는 젊은이들에게 아직 희망이 있다. 어른들이 가보지 못한 길을 걸어가는 미래의 너를 응원한다.

고맙다, 고영웅!

2019년 겨울의 입구에서

김옥숙